TOM CLANCY und STEVE PIECZENIK

# TOM CLANCY'S
## OP-CENTER 6
# AUSNAHMEZUSTAND

Aus dem Amerikanischen
von Michael Göpfert

WILHELM HEYNE VERLAG
MÜNCHEN

HEYNE ALLGEMEINE REIHE
Nr. 01/13042


Titel der Originalausgabe
TOM CLANCY'S OP-CENTER 6:
STATE OF SIEGE


*Umwelthinweis:*
Das Buch wurde auf
chlor- und säurefreiem Papier gedruckt.


2. Auflage

Redaktion:
Verlagsbüro Dr. Andreas Gößling und Oliver Neumann GbR, München

Deutsche Erstausgabe 1/2000
Copyright © 1999 by Jack Ryan Limited Partnership
and S & R Literary, Inc.
Copyright © der deutschsprachigen Ausgabe 2000 by
Wilhelm Heyne Verlag GmbH & Co. KG, München
Printed in Germany 2000
Umschlagillustration: SuperStock, München
Umschlaggestaltung: Nele Schütz Design, München
Satz: Pinkuin Satz und Datentechnik, Berlin
Druck und Bindung: Ebner Ulm

ISBN 3-453-16110-6

http://www. heyne.de

# Danksagung

Wir möchten Jeff Rovin für seine kreativen Ideen und seinen wertvollen Beitrag bei der Vorbereitung des Manuskriptes danken. Für ihre Hilfe danken wir auch Martin H. Greenberg, Larry Segriff, Robert Youdelman, Esq., Tom Mallon, Esq., und den wundervollen Menschen von der Putnam Berkley Group, einschließlich Phyllis Grann, David Shanks und Elizabeth Beier. Wie immer danken wir auch unserem Agenten und Freund Robert Gottlieb von der William Morris Agency, ohne den dieses Buch niemals erdacht worden wäre. Am wichtigsten aber ist uns, daß Sie, verehrter Leser, entscheiden, wie erfolgreich unsere gemeinsamen Bestrebungen gewesen sind.

*Tom Clancy und Steve Pieczenik*

*Vereinte Nationen* – Der Weltsicherheitsrat legte gestern die letzten Details einer Resolution fest, die den Irak auffordert, die internationalen Waffeninspekteure bei ihrer Arbeit zu unterstützen. Allerdings wird der Regierung in Bagdad für den Fall, daß sie die Entschließung ignoriert, nicht mit einem Militärschlag gedroht.

*Associated Press,*
*5. November 1998*

# Prolog

### *Kampong Thom/Kambodscha – 1993*

Sie starb im funkelnden Licht der Morgendämmerung in seinen Armen. Ihre Augenlider schlossen sich sanft, und ihrer zierlichen Kehle entwich ein letzter schwacher Seufzer. Dann war sie tot.

Hang Sary sah auf das blasse Gesicht der jungen Frau hinab, auf das Gras und den Dreck in ihren nassen Haaren. Schnittwunden verunstalteten ihre Stirn und ihre Nase. Der rote Lippenstift, das über die Wangen verschmierte Rouge und die aschgraue Wimperntusche, die von den Augen bis zu den Ohren verlaufen war, verursachten ein Gefühl der Übelkeit in seinem Magen.

Das hätte nicht geschehen dürfen. Nicht einmal hier, in einem Land, in dem die Idee der Unschuld so fremd war wie der Traum vom Frieden.

Phum Sary hätte nicht so jung sterben dürfen – und nicht auf diese Weise. Niemandem wünschte Hang Sary es, so zu sterben, auf dem Rücken liegend in einem windigen Reisfeld, während das Blut das kühle Wasser hellrot färbte. Aber wenigstens hatte Phum in ihren letzten Minuten gewußt, in *wessen* Armen sie starb. Wenigstens war sie nicht so gestorben, wie sie wahrscheinlich den größten Teil ihres Lebens verbracht hatte, allein und ohne jegliche Zärtlichkeit. Und obwohl Hangs Suche, die er nie ganz aufgegeben hatte, jetzt ein Ende gefunden hatte, wußte er, daß eine neue Suche gerade erst begann.

Hangs Knie waren angewinkelt, und der Kopf seiner Schwester lag in seinem Schoß. Er berührte ihre kalte Nasenspitze, ihr sanft geschwungenes Kinn, ihren runden Mund, der immer gelächelt hatte, egal was sie gerade tat. Sie fühlte sich so klein und zerbrechlich an.

Hang zog ihre Hände aus dem Wasser und legte sie auf

ihre Hüften, die sich unter dem engen blauen Lamé-Kleid abzeichneten. Dann zog er sie an sich. Unwillkürlich fragte er sich, ob sie jemand in den vergangenen zehn Jahren so gehalten hatte. Hatte sie die ganze Zeit dieses schreckliche Leben gelebt? Hatte sie am Ende genug gehabt und sich entschlossen, den Tod zu wählen?

Hangs längliches Gesicht straffte sich, während er über ihr Leben nachdachte, dann brach er in Tränen aus. *Wie war es möglich, daß er so nah bei ihr war, ohne es zu wissen?* Er und Ty waren seit fast einer Woche in geheimer Mission in dem Dorf. Würde er es sich jemals verzeihen, daß er sie nicht rechtzeitig genug gesehen hatte, um sie zu retten?

Die arme Ty würde untröstlich sein, wenn sie erfuhr, wer hier vor ihnen lag. Ty war zur Aufklärung im Camp gewesen, um herauszufinden, wer hinter dieser Sache steckte. Sie hatte Hang über Funk mitgeteilt, daß offensichtlich eine der Frauen versucht hatte zu fliehen, und zwar kurz vor Sonnenaufgang, als der Wachwechsel stattfand. Man verfolgte sie, und sie wurde angeschossen. Die Kugel traf Phum in die Seite. Vermutlich rannte und ging sie, bis sie sich nicht mehr auf den Beinen halten konnte. Dann legte sie sich hierher, um den blasser werdenden Nachthimmel zu betrachten, wie sie es als kleines Mädchen oft getan hatte. Hang hoffte, daß der Himmel und die Erinnerungen an eine bessere Zeit seiner kleinen Schwester vor ihrem Tod etwas Frieden geschenkt hatten.

Mit zitternden Fingern fuhr er durch ihre langen, schwarzen Haare. Aus der Ferne hörte er ein Geräusch, wahrscheinlich Ty. Er hatte sie über Funk davon verständigt, daß er das Mädchen entdeckt und gesehen hatte, wie sie angeschossen wurde. Sie antwortete, daß sie innerhalb einer halben Stunde zu ihm stoßen werde. Sie hofften, daß das Mädchen ihnen zumindest einen Namen nennen könnte, um ihnen zu helfen, die schreckliche Schweigemauer zu durchbrechen, die so viele junge Leben zerstörte. Aber nicht einmal das geschah. Als sie ihren Bruder sah, hatte Phum nur noch die Kraft, seinen Namen zu flüstern. Sie starb mit diesem Namen und der Andeutung eines

Lächelns auf den tiefroten Lippen, ohne den Namen des Täters ausgesprochen zu haben.

In diesem Moment trat Ty, die wie eine der hiesigen Reisbäuerinnen gekleidet war, zu ihm, den Blick nach unten gerichtet. Sie stand unbewegt, während der Wind durch ihre Haare strich. Dann kam der Schock. Sie kniete neben Hang nieder und legte die Arme um ihn. Minutenlang schwiegen sie regungslos. Schließlich stand Hang langsam auf, den Körper seiner Schwester auf den Armen, und trug sie zurück zu dem alten Kombi, der ihm als Feldstützpunkt diente.

Ihm war klar, daß sie Kampong Thom jetzt eigentlich nicht verlassen sollten, denn sie waren sehr nah daran, das Ziel ihrer Mission zu erreichen. Aber er mußte seine Schwester nach Hause bringen, wo sie begraben werden sollte.

Die Tropensonne trocknete seinen feuchten Rücken schnell. Ty öffnete das Heck des Kombis und breitete eine Decke zwischen den Kisten aus, in denen sich Waffen und Funkgerät, Karten und Listen und auch ein Explosionssatz befanden, dessen Fernauslöser an Hangs Gürtel befestigt war. Sollten sie einmal gefaßt werden, würde er den Wagen mit seinem gesamten Inhalt in die Luft sprengen und seinem Leben mit dem 38er Smith & Wesson, den er bei sich trug, ein schnelles Ende machen. Ty würde ebenso verfahren.

Mit ihrer Hilfe gelang es Hang, die Leiche seiner Schwester auf die Decke zu legen. Zärtlich deckte er sie zu. Vor der Abfahrt sah er noch einmal zu dem Reisfeld hinüber. Es war durch ihr Blut geheiligt worden. Aber das Land mußte erst mit dem Blut der Täter gewaschen werden, um wieder rein zu sein.

Und das würde geschehen. Wie lange es auch dauern sollte, er schwor sich, daß es geschehen würde.

# 1

*Paris/Frankreich – Montag, 6 Uhr 13*

Sieben Jahre waren vergangen, seit der Draufgänger und
Abenteurer Lieutenant Reynold Downer vom 11./28. Ba-
taillon, dem Royal Western Australia Regiment, sich auf
seinen Einsatz bei der UNTAC – der UN-Übergangsver-
waltung in Kambodscha – vorbereitet hatte. Im Rahmen
seiner Ausbildung lernte er, daß drei Bedingungen zu erfüllen waren, bevor Friedenstruppen der Vereinten Nationen in ein Land geschickt werden konnten. Er hatte nicht
danach gefragt und wollte es eigentlich auch nicht wissen,
aber das kümmerte die australische Regierung nicht.

Erstens mußten die fünfzehn Mitgliedsstaaten des Si-
cherheitsrates der Vereinten Nationen der Operation und
ihren Vorgaben im Detail zustimmen. Da die UNO über
keine eigene Armee verfügt, mußten die Mitglieder der
Vollversammlung sich zweitens darauf verständigen, Soldaten und einen Missionskommandeur zu entsenden, der
mit dem Einsatz der multinationalen Armee beauftragt
wurde. Dritte Voraussetzung war, daß die kriegführenden
Nationen der Friedensmission und der Präsenz der Blau-
helme zustimmten.

Vor Ort hatten die Friedenstruppen drei Ziele. Zuerst
mußte ein Waffenstillstand verkündet und durchgesetzt
werden, während die kriegführenden Parteien nach fried-
lichen Lösungen suchten. Danach wurde eine Pufferzone
zwischen den feindlichen Lagern geschaffen. Und dann
mußte der Frieden gesichert werden. Wenn nötig, gehörten dazu Militäraktionen. Das Gelände wurde von Minen
gesäubert, damit die Zivilbevölkerung in ihre Häuser zurückkehren und Wasser- und Lebensmittelversorgung
wieder gewährleistet werden konnten. Außerdem mußte
für humanitären Beistand gesorgt werden.

Alle diese Einzelheiten wurden den Soldaten detailliert erläutert, während sie zwei Wochen lang in den Irwin Barracks in Stubbs Terrace, Karrakatta, ausgebildet wurden. Zum Ausbildungsprogramm gehörte es, sich mit den einheimischen Bräuchen, der örtlichen Politik und der Sprache vertraut zu machen. Die Soldaten lernten, wie man Trinkwasser gewann und einen Wagen langsam genug lenkte – ein Auge auf die unbefestigten Wege gerichtet –, um nicht auf eine Mine zu fahren. Und sie lernten, nicht mehr peinlich berührt zu erröten, wenn sie sich mit der blauen Kappe und dem dazu passenden Halstuch im Spiegel sahen.

Nach Abschluß der UNO-spezifischen Indoktrinierung – der ›Sterilisierung‹, wie sie von seinem Kommandeur treffend charakterisiert worden war – wurde das australische Kontingent auf die sechsundachtzig Bezirksstützpunkte in Kambodscha verteilt. Australiens Lieutenant General John M. Sanderson war Einsatzkommandeur der gesamten UNTAC-Mission, die von März 1992 bis September 1993 andauerte.

Diese Friedensmission war sorgfältig darauf angelegt, einem bewaffneten Konflikt aus dem Weg zu gehen. Die Soldaten der Vereinten Nationen durften nur zur Waffe greifen, wenn auf sie geschossen wurde, und auch dann sollte eine Eskalation der Feindseligkeiten vermieden werden. Eventuelle Todesfälle unter den Soldaten sollten von der örtlichen Polizei untersucht werden, nicht von den Militärbehörden. Die Menschenrechte würden durch Erziehungsmaßnahmen gefördert werden, nicht durch Gewalt. Außer ihrer Pufferfunktion gehörte es zu den wichtigsten Aufgaben der Friedenstruppe, die Lebensmittelverteilung und die medizinische Versorgung zu organisieren.

Für Downer war der Feldeinsatz weniger eine Militäraktion als vielmehr eine Art von Volksbelustigung. *Kommt, ihr kriegführenden und unterdrückten Völker der Dritten Welt. Holt euch Brot, Penizillin und sauberes Trinkwasser.* Das Gefühl einer Zirkusbelustigung wurde noch verstärkt durch die Zelte mit ihren bunten Flaggen und die Schaulustigen,

die nicht so recht wußten, was sie von der ganzen Angelegenheit zu halten hatten. Obwohl nur wenige die angebo-
tenen Dinge ausschlugen, sahen sie doch aus, als wäre es
ihnen lieber, wenn sich das alles nur als Fata Morgana er-
wiese. Gewalt gehörte zu ihrem Alltag – sie rechneten mit
ihr und verstanden sie. Ausländer gehörten nicht dazu.

Es gab in Kambodscha so wenig zu tun, daß Iwan Georgiew, ein hoher Offizier der bulgarischen Volksarmee, einen Prostitutionsring organisierte. Sie wurden von Pol
Pots Nationaler Befreiungsfront geschützt, die mit einem
Viertel am Gewinn beteiligt war und harte Währung
brauchte, um Waffen und anderweitigen Nachschub ein-
zukaufen. Georgiew organisierte den Ring von Zelten aus,
die hinter seiner Befehlsstelle errichtet worden waren.
Einheimische Mädchen kamen, um angeblich an Radio-
sprachkursen der UNTAC teilzunehmen, und blieben wegen des Geldes der Ausländer.

Hier hatte Downer sowohl Georgiew als auch Major
Ishiro Sazanka kennengelernt. Georgiew war der Meinung, daß die japanischen und die australischen Soldaten
seine besten Kunden seien, obwohl die Japaner manchmal
etwas rauh mit den Mädchen umgingen; man mußte auf
sie aufpassen. Der Bulgare nannte sie ›wohlerzogene Sadi-
sten‹. Downers Onkel Thomas, der als Soldat der 7. Australischen Division im Südwestpazifik gegen die Japaner
gekämpft hatte, hätte dieser Bezeichnung sicherlich nicht
zugestimmt. Für ihn waren die Japaner alles andere als
wohlerzogen.

Downer half dabei, neue ›Sprachschülerinnen‹ für die
Zelte zu rekrutieren; auch die anderen Untergebenen
Georgiews hatten diverse Methoden, Mädchen zur Arbeit
zu bewegen. Bei mangelnder Bereitschaft wurden sie ent-
führt. Die Roten Khmer halfen ebenfalls, bei jeder sich bie-
tenden Gelegenheit neue Mädchen zu beschaffen. Abge-
sehen von dieser ›Nebenbeschäftigung‹ fand Downer
Kambodscha langweilig. Die Richtlinien der Vereinten
Nationen waren zu lasch und zu unflexibel. Er war im
Hafenviertel von Sydney aufgewachsen, und für ihn gab

es nur eine einzige Richtlinie. Verdiente es irgendein Hurensohn, daß man ihm eine Kugel in den Kopf jagte? Wenn ja, erschieß ihn und geh nach Hause. Wenn nicht, was, zum Teufel, hast du dann hier verloren?

Downer verdrängte die Erinnerungen an Kambodscha, trank seinen Kaffee aus und schob die schwere, große Tasse zurück auf den Kartentisch. Der Kaffee war gut, schwarz und bitter, wie er ihn immer bei der Arbeit trank. Jetzt fühlte er sich energiegeladen und einsatzbereit. Vielleicht kein allzu motivierender Gedanke, denn hier und jetzt gab es nichts, das einen Einsatz verlangt hätte. Trotzdem war es ein angenehmes Gefühl.

Der Australier hob den sonnengebräunten Arm und schaute auf seine Armbanduhr. *Wo, zum Teufel, steckten sie?*

Die Gruppe war normalerweise gegen acht Uhr zurück. Wie lange konnte es dauern, Videoaufnahmen zu machen, die sie bereits sechsmal gedreht hatten?

Die Antwort war, daß es so lange dauerte, wie Captain Vandal es für nötig erachtete. Bei dieser Phase der Operation hatte Vandal das Kommando. Und wenn der französische Offizier nicht so effizient wäre, dann wäre keiner von ihnen jetzt hier. Vandal hatte sie ins Land geschleust, die notwendigen Dinge besorgt, die Vor-Ort-Aufklärung überwacht, und er würde sie auch wieder hier herausbringen, damit sie die zweite Phase der Operation starten konnten, die Georgiew befehligen würde.

Downer fischte sich einen Cracker aus der offenen Tüte und biß ungeduldig hinein. Der Geschmack brachte seine Gedanken zurück zum Waffentraining im australischen Outback. Dort hatte sich die Truppe von solchen Crackern ernährt.

Während er kaute, schaute er sich in der kleinen, dunklen Wohnung um. Seine blauen Augen wanderten von der Küche rechts zum Fernseher auf der anderen Seite des Raums, dann zur Wohnungstür. Vandal hatte dieses Apartment vor mehr als zwei Jahren gemietet und dabei sicher nicht an Komfort gedacht. Die Einzimmerwohnung lag im ersten Stock eines Mietshauses in einer kleinen, gewundenen Straße in der Nähe des Boulevard de la Bastille, nicht weit von einer großen Post. Außer ihrer Lage war nur wichtig, daß sich die Wohnung im ersten Stock befand, falls sie bei einer Flucht aus dem Fenster springen mußten. Die fünf Partner hatten ihre Ersparnisse für diese Operation zusammengeworfen, und Vandal hatte ihnen versprochen, nur bei den Ausgaben für gefälschte Dokumente, Überwachungsgerät und Waffen großzügig zu sein.

Der kräftige und hochgewachsene Downer wischte sich die Krümel von der ausgeblichenen Jeans. Dabei schaute er zu den großen Taschen, die in einer Reihe zwischen dem Fernseher und dem Fenster auf dem Boden lagen. Er war der Babysitter für diese fünf mit Waffen vollgestopften Taschen. Vandal hatte seinen Job gut erledigt. AK-47er, Pistolen, Tränengas, Granaten, eine Panzerfaust. Und alle ohne Markierungen und ohne Hinweise auf ihre Herkunft. Der Franzose hatte sie über chinesische Waffenhändler eingekauft, die er während des Aufenthalts der Friedenstruppe in Kambodscha kennengelernt hatte.

*Gott segne die Vereinten Nationen,* dachte Downer.

Morgen kurz nach Sonnenaufgang würden die Männer diese Taschen auf den gekauften Lkw laden. Vandal, Downer und Barone würden Sazanka und Georgiew am Hubschrauberlandeplatz absetzen und dann die Uhren vergleichen, damit alle zum vorbestimmten Zeitpunkt am Angriffsziel eintrafen.

*Das Ziel,* dachte Downer. So gewöhnlich und doch so entscheidend für den Rest der Operation.

Der Blick des Australiers wanderte zurück zum Tisch. Eine weiße Keramikschüssel stand neben dem Telefon. Darin befand sich eine schwarze Paste – verbrannte Pläne und Aufzeichnungen, eingeweicht in Leitungswasser. Die Notizen enthielten alles, von den Berechnungen zu erwartender Rücken- und Gegenwinde in dreihundert Meter Höhe um acht Uhr morgens bis zu Verkehrsfluß und Polizeipräsenz auf der Seine. Die Asche verbrannter Dokumente konnte manchmal noch entziffert werden, nasse Asche dagegen war zu nichts mehr zu gebrauchen.

*Nur noch ein solcher Scheißtag*, sagte er sich seufzend.

Wenn der Rest der Gruppe zurückkam, würden sie noch einen Nachmittag damit verbringen, Videobänder zu analysieren. Sie mußten sichergehen, daß sie diese Phase der Operation komplett im Griff hatten. Noch eine Nacht, in der sie Karten zeichnen würden für diesen Teil der Planes. Dann würden sie die Flugzeiten kalkulieren, Busfahrpläne und Straßennamen noch einmal überprüfen, ebenso wie die genaue Adresse der Waffenhändler in New York für die nächste Phase. Nur um sicherzugehen, daß sie sich all diese Informationen eingeprägt hatten. Und dann noch eine Morgendämmerung, in der sie alle Aufzeichnungen verbrennen würden, so daß die Polizei weder hier noch im Müll irgend etwas finden würde.

Downer schaute zu den Schlafsäcken, die auf der anderen Seite des Raums auf dem Boden lagen, vor einem Sofa, dem einzigen anderen Möbelstück im Raum. Der Ventilator vor dem Fenster war während der Hitzewelle der letzten Tage ununterbrochen in Betrieb gewesen. Vandal hatte ihnen versichert, daß die Temperaturen über fünfunddreißig Grad gut für ihren Plan waren. Das Angriffsziel hatte Ventilation, aber keine Klimaanlage, und die Männer, die drinnen saßen, würden ein wenig erschöpfter als sonst sein.

*Anders als wir*, dachte Downer. Er und seine Partner hatten ein Ziel.

Die vier anderen ehemaligen Soldaten, die an diesem Projekt beteiligt waren, kamen ihm in den Sinn. Er hatte sie alle in Phnom Penh kennengelernt, und jeder von ihnen hatte einen eigenen, ganz persönlichen Grund, bei dieser Operation mitzumachen.

Als er einen Schlüssel im Schloß der Wohnungstür klirren hörte, langte er nach seiner schallgedämpften Pistole Typ 64. Sie steckte in einem Halfter, das von der Rückenlehne des Holzstuhls baumelte. Mit einer sanften Bewegung schob er die Tüte mit den Crackern zur Seite, damit er ein freies Schußfeld zur Tür hatte, blieb aber sitzen. Außer Vandal hatte nur der Hausmeister einen Schlüssel.

Downer war im letzten Jahr dreimal in der Wohnung gewesen, und der alte Mann kam immer nur, wenn er gerufen wurde – und manchmal selbst dann nicht. Sollte es irgendeine andere Person sein, dann gehörte sie nicht hierher und würde sterben. Downer hoffte fast, daß es sich um einen Unbekannten handelte. Er war genau in der richtigen Stimmung, ohne zu zögern abzudrücken.

Die Tür öffnete sich, und Etienne Vandal trat ein. Er hatte seine langen braunen Haare zurückgekämmt und trug eine Sonnenbrille. Die Tragetasche einer Videokamera hing an seiner linken Seite. Ihm folgten der kahlköpfige, riesige Georgiew, der kleine, dunkelhäutige Barone und der große, breitschultrige Sazanka. Alle Männer trugen Touristenhemden und Jeans. Außerdem hatten sie den gleichen leeren Gesichtsausdruck.

Sazanka schloß die Tür, leise, mit Gefühl.

Downer seufzte und steckte die Waffe in den Halfter zurück. »Wie ist es gelaufen?« fragte er. Seine Stimme war immer noch geprägt von den engen, kehligen Lauten der westlichen Region von New South Wales.

»Wie ist es gelaufen?« wiederholte Barone, wobei er spöttisch den starken Akzent des Australiers imitierte.

»Laß das«, befahl Vandal.

»Jawohl, Sir«, antwortete Barone. Er zeigte dem Offizier die Andeutung eines militärischen Grußes und wandte sich stirnrunzelnd zu Downer.

Downer konnte Barone nicht ausstehen. Der vorlaute kleine Mann hatte etwas, das keinen der anderen Männer auszeichnete: eine eigene Meinung. Er verhielt sich, als ob jeder sein potentieller Feind wäre, sogar seine Verbündeten. Außerdem hatte Barone ein feines Gehör. Als Jugendlicher hatte er in der amerikanischen Botschaft gearbeitet und dabei ein fast akzentfreies Englisch gelernt. Downer hielt sich dem jüngeren Mann gegenüber lediglich deshalb zurück, weil beide eines ganz genau wußten: Wenn der kleine Mann aus Uruguay jemals zu weit ginge, würde der ein Meter neunzig große Australier ihn in Stücke reißen.

Vandal setzte die Tragetasche auf den Tisch und nahm das Videoband aus der Kamera. Während er zum Fernseher ging, sagte er: »Ich glaube, mit unserer Überwachung läuft alles bestens. Der Verkehr scheint genau so zu sein wie in der letzten Woche. Aber wir werden die Bänder jetzt vergleichen, damit wir ganz sicher sind.«

»Zum letztenmal, hoffe ich«, warf Barone ein.

»Das hoffen wir *alle*«, sagte Downer.

»Ja, aber ich will jetzt endlich los«, erwiderte der neunundzwanzigjährige Barone. Er sagte nicht, wohin er wollte. Eine Gruppe Ausländer in einer heruntergekommenen Wohnung konnte nie wissen, wer sie gerade belauschte.

Sazanka saß schweigend auf dem Sofa, zog seine Nike-Turnschuhe aus und massierte seine geschwollenen Füße. Barone warf ihm eine Flasche Mineralwasser aus dem Kühlschrank in der Kochecke zu. Der Japaner dankte grunzend. Er sprach am wenigsten gut Englisch von allen, und aus diesem Grund war er sehr einsilbig. Downer hatte den Japanern gegenüber die gleiche Einstellung wie sein Onkel, und ihm gefiel die Schweigsamkeit von Sazanka. Seit seiner Kindheit hatte Downer immer wieder Massen japanischer Seeleute, Touristen und Spekulanten im Hafen von Sydney erlebt. Wenn sie sich auch nicht so aufführten, als ob ihnen die Stadt bereits gehörte, so benahmen sie sich doch so, als ob dieser Tag nicht mehr weit entfernt sei. Leider konnte Sazanka verschiedene Flugzeugtypen fliegen, und die Gruppe war auf seine Fähigkeiten angewiesen.

Barone reichte auch Georgiew, der hinter ihm stand, eine Flasche Mineralwasser.

»Danke.«

Das war das erste Wort, das Downer seit dem Abendessen gestern aus dem Mund des Bulgaren vernahm, obwohl dessen Englisch fast perfekt war. Er hatte schließlich nahezu zehn Jahre in Sofia als Kontaktmann für die CIA gearbeitet. Georgiew hatte auch in Kambodscha nicht viel geredet. Er hatte die Kontaktpersonen bei den Roten Khmer im Auge behalten, genauso eventuelle Regierungsspione oder Menschenrechtsbeobachter der Vereinten Nationen. Der Bulgare zog die Rolle des Zuhörers vor, selbst wenn es nichts zu diskutieren gab. Downer hätte dazu gern die notwendige Geduld aufgebracht. Gute Zuhörer hörten viele Dinge bei alltäglichen Unterhaltungen, wenn die meisten Leute nicht aufpaßten, und diese Dinge waren oft von unschätzbarem Wert.

Barone drehte sich zu Vandal um. »Willst du auch eine Flasche?«

Der Franzose schüttelte den Kopf.

Barone sah zu Downer herüber. »Ich würde dir auch eine anbieten, aber du willst ja doch keine. Du hast es lieber heiß, oder? Kochend.«

»Warme Getränke sind besser«, antwortete Downer. »Da kommt man wenigstens ins Schwitzen. Außerdem reinigt das den Körper.«

»Als ob wir nicht schon genug schwitzen würden«, entgegnete Barone.

»Ich bestimmt nicht«, sagte Downer. »Es ist angenehm. Man fühlt sich produktiv. Lebendig.«

Barone verzog das Gesicht. »Wenn du mit einer Frau zusammen bist, ist Schwitzen okay. Aber hier drinnen hört sich das eher nach Selbstbestrafung an.«

»Das kann auch ein gutes Gefühl sein«, meinte Downer ironisch.

»Für einen Verrückten vielleicht.«

Downer grinste. »Wir sind doch verrückt, oder nicht, Kumpel?«

»Genug jetzt«, sagte Vandal, der gerade das Videogerät eingeschaltet hatte.

Downer redete ebenfalls gern. Ihn beruhigte das Geräusch seiner Stimme. Als Kind hatte er oft versucht, sich selbst in den Schlaf zu reden. Er erzählte sich Geschichten, um den Lärm zu verdrängen, den sein angetrunkener Vater machte, wenn er nach der Arbeit auf den Docks wieder einmal irgendein billiges Mädchen in das heruntergekommene Holzhaus mitbrachte. Das Reden wurde zu einer Gewohnheit, die Downer nie mehr aufgab.

Barone ging in die Mitte des Raumes, öffnete seine Flasche, trank sie mit einem langen Schluck aus und setzte sich auf einen Stuhl neben Downer. Er nahm sich einen Cracker und kaute darauf herum, während alle auf den Fernsehschirm starrten. Dann beugte er sich zu Downer hinüber. »Mir gefällt nicht, was du gesagt hast«, flüsterte er. »Ein Verrückter ist irrational. Ich bin nicht irrational.«

»Wenn du meinst.«

»Meine ich«, entgegnete Barone scharf, wobei er wiederum Downers Akzent nachmachte.

Downer ließ es durchgehen. Im Gegensatz zu Barone war ihm klar, daß er nur dessen Fähigkeiten brauchte, nicht seine Zustimmung.

Die Männer sahen sich das zwanzigminütige Videoband einmal an, dann ein zweites Mal. Vor dem dritten Durchlauf setzte sich Vandal zu Downer und Barone an den wackligen Tisch. Barone wirkte jetzt völlig konzentriert. Er war ein ehemaliger Revolutionär und bei der Gründung des kurzlebigen Consejo de Seguridad Nacional dabeigewesen, der den korrupten Präsidenten Bordaberry aus dem Amt gejagt hatte. Sein Spezialgebiet waren Sprengstoffe. Downers Talent konzentrierte sich auf Handfeuerwaffen, Raketen und Nahkampf. Sazanka war Pilot, Georgiew hatte die Kontakte, um alles Notwendige auf dem Schwarzmarkt zu organisieren, der in alle Ressourcenbereiche der ehemaligen Sowjetunion hineinreichte, Kunden im Nahen und Fernen Osten und in den USA anzog. Georgiew war kürzlich aus New York zurückgekehrt, wo er über einen Waffenhändler der Roten Khmer Material bestellt hatte und mit seiner Kontaktperson beim Geheimdienst die Details des Angriffsziels durchgesprochen hatte. All diese Dinge waren beim zweiten Teil der Operation von größter Wichtigkeit.

Aber an den zweiten Teil dachte noch niemand. Zuerst mußte die erste Phase erfolgreich abgeschlossen werden. Zusammen betrachteten die Männer die Aufnahmen, wobei sie sich Bild für Bild vergewisserten, daß die geplante

Explosion sie an die Zielzone heranbrachte, ohne weitere Zerstörungen anzurichten.

Nach vier Stunden vor dem Videogerät verbrachten sie den Rest des Nachmittags damit, Vandals örtliche Kontaktpersonen aufzusuchen, um den Lkw, den Hubschrauber und die anderen Geräte, die sie hier einsetzen würden, noch einmal gründlich zu checken. Dann aßen sie in einem Straßencafé zu Abend. Anschließend gingen sie in die Wohnung zurück, um sich auszuruhen.

Trotz der Anspannung schliefen alle bald ein. Sie brauchten den Schlaf dringend.

Morgen würden sie eine neue Ära der internationalen Beziehungen einleiten. Dieses neue Zeitalter würde die Welt dadurch verändern, daß die Aufmerksamkeit der Weltöffentlichkeit auf eine große Lüge gelenkt wurde. Außerdem würden sie in wenigen Tagen reich sein. Downer lag auf seinem Schlafsack und genoß die leichte Brise, die vom offenen Fenster hereinwehte. In seinen Träumen war er bereits ganz woanders. Vielleicht auf seiner eigenen Insel oder in seinem eigenen Land. Wohlige Entspannung breitete sich in ihm aus, während er sich vorstellte, was für Möglichkeiten sich ihm mit seinem Anteil an den zweihundertundfünfzig Millionen Dollar boten.

## 2

*Andrews Air Force Base/Maryland –*
*Sonntag, 0 Uhr 10*

Am Ende seiner Amtszeit als Bürgermeister von Los Angeles hatte Paul Hood festgestellt, daß das Ausräumen seines Schreibtisches eigentlich eine viel tiefere Dimension in sich barg. Es handelte sich um echte Trauerarbeit, wie bei einer Beerdigung. Man dachte an die guten und an die traurigen Dinge zurück, an die Rückschläge und an die Belohnungen, an erfolgreich abgeschlossene Projekte und an solche, die nicht zu Ende gebracht worden waren. Man dachte auch an die Liebe zurück und manchmal an den Haß.

*Der Haß.* Seine braunen Augen verengten sich. Im Moment war er voller Haß, obwohl er sich nicht sicher war, wen oder was er warum haßte.

Haß war nicht der Grund gewesen, weshalb er seine Arbeit als erster Direktor des OP-Centers, des Eliteteams für Krisenmanagement der amerikanischen Regierung, aufgegeben hatte. Er hatte gekündigt, um mehr Zeit mit seiner Frau, seiner Tochter und seinem Sohn zu verbringen. Um seine Familie zu retten.

Trotzdem war da dieses Haßgefühl.

*Wegen Sharon?* Die Frage kam plötzlich, und im gleichen Moment schämte er sich ein wenig. *Bist du auf deine Frau wütend, weil sie dich vor die Wahl gestellt hat?*

Er versuchte, sich darüber klarzuwerden, während er seinen Schreibtisch ausräumte. Die nicht geheimen Erinnerungsstücke warf er in einen Pappkarton; die geheimen Akten mit eventuell dazugehörigen persönlichen Briefen mußten hierbleiben. Er konnte kaum glauben, daß es nur zweieinhalb Jahre gewesen waren. Im Vergleich zu anderen Jobs war das keine lange Zeit. Aber er hatte hautnah mit diesen Leuten zusammengearbeitet, und er würde sie vermissen. Außerdem beinhaltete die Arbeit hier etwas, das der Leiter der Aufklärungsabteilung, Bob Herbert, einmal als ›sexuelle Erregung‹ beschrieben hatte. Es gab Momente, in denen Millionen von Menschenleben von klugen oder instinktiven oder manchmal auch verzweifelten Entscheidungen betroffen waren, die er und sein Team gefällt hatten. Herbert hatte recht. Hood fühlte sich bei diesen Entscheidungen nie wie ein allmächtiger Gott – er fühlte sich wie ein Tier. Alle Sinne aufs äußerste angespannt, die Nerven auf dem Siedepunkt.

Diese Energie und diese Empfindungen würde er auch vermissen.

Er öffnete eine kleine Plastikkiste, in der sich eine Aktenklammer befand – ein Geschenk von General Sergej Or-

24

low. Orlow war der Direktor des russischen OP-Centers, einer Einrichtung mit dem Codenamen ›Spiegelbild‹. Das OP-Center hatte zusammen mit Spiegelbild verhindert, daß revisionistische russische Offiziere und Politiker Osteuropa in einen Krieg stürzten. In der Aktenklammer war ein faserdünnes Mikrofon eingebaut. Oberst Leonid Rossky hatte diese Wanze benutzt, um potentielle Rivalen des Innenministers, Nikolai Dogin, zu belauschen, der zu den Hauptarchitekten des Kriegsplanes gehört hatte.

Hood legte die Plastikkiste in den Pappkarton und sah sich ein kleines schwarzes Stück aus verbogenem Metall an. Die Scherbe war hart und leicht, an ihren Enden befanden sich verkohlte Blasen. Es war ein winziger Teil des Stahlmantels eines nordkoreanischen Nodong-Marschflugkörpers. Das Metall war zusammengeschmolzen, als die Strikers, die militärische Spezialeinheit des OP-Centers, den Missile zerstört hatten – Sekunden vor seinem Abschuß auf Japan. Hoods Stellvertreter, General Mike Rodgers, hatte ihm das Fragment zur Erinnerung mitgebracht.

*Mein Stellvertreter*, dachte Hood. Offiziell würde der Direktor noch zwei Wochen Urlaub machen, bevor seine Kündigung wirksam wurde. In der Zwischenzeit war Mike der amtierende Direktor. Und Hood hoffte, daß der Präsident Mike dann zu seinem Nachfolger bestimmte. Es wäre ein schrecklicher Schlag für Mike, wenn jemand anderes für den Posten ausgewählt werden würde.

Hood griff nach dem Nodong-Fragment. Es war, als hielte er einen Teil seines Lebens in der Hand. Der Angriff auf Japan war in letzter Minute verhindert, ein bis zwei Millionen Menschenleben gerettet worden. Trotzdem hatte es Tote gegeben. Solche Andenken waren zwar leblose Gegenstände, die von ihnen hervorgerufenen Erinnerungen jedoch von lebhafter Intensität.

Er legte das Metallstück in den Karton zurück. Plötzlich kam ihm das Summen der Deckenlüftung ungewöhnlich laut vor. Oder lag es daran, daß es in seinem Büro so still war? Das Nachtteam war bei der Arbeit, und kein Telefon klingelte. Auch Schritte waren nicht zu hören, niemand kam oder ging an seinem Büro vorbei.

Rasch sah Hood sich die anderen Andenken in der obersten Schublade seines Schreibtisches an.

Da waren Postkarten seiner Kinder, die sie ihm aus den Ferien bei ihrer Großmutter geschrieben hatten. Beim letztenmal waren sie und Sharon nicht wegen der Ferien dort, sondern weil seine Frau überlegte, ob sie ihn verlassen sollte. Dann die Bücher, die er auf langen Flügen gelesen hatte und deren Ränder mit Notizen beschrieben waren. Diese Notizen sollten ihn an Dinge erinnern, die er am Ankunftsort erledigen mußte oder wenn er zurückkam. Und der Messingschlüssel des Zimmers des Hamburger Hotels, in dem er Nancy Jo Bosworth wiedergetroffen hatte, die er einst geliebt hatte und heiraten wollte. Nancy war vor über zwanzig Jahren aus seinem Leben verschwunden, ohne eine Erklärung zu hinterlassen.

Hood hielt den Messingschlüssel in der Hand und widerstand dem Drang, ihn in die Hosentasche zu stecken und sich für einen Moment wieder wie in dem Hotel zu fühlen. Statt dessen legte er ihn in die Schachtel. Die Rückkehr – und sei es auch nur in Gedanken – zu der Frau, die ihn auf diese Weise verlassen hatte, würde ihm sicherlich nicht dabei helfen, seine Ehe zu retten.

Er schloß die obere Schublade. Er hatte Sharon versprochen, daß er sie ein letztes Mal auf Firmenkosten groß zum Essen ausführen würde, und er würde Wort halten. Von den Büroangestellten hatte er sich bereits verabschiedet, und die Abteilungsleiter hatten am Nachmittag eine Überraschungsparty für ihn veranstaltet – obwohl die Überraschung nicht ganz geklappt hatte. Bob Herbert hatte an alle eine E-Mail geschickt, jedoch vergessen, Hoods E-Mail-Adresse von seiner Liste zu entfernen. Paul hatte sich überrascht gestellt, als er in den Konferenzraum kam. Er war nur froh darüber, daß Herbert solche Fehler normalerweise nicht unterliefen.

Er öffnete die untere Schublade, nahm sein privates Adreßbuch heraus, dann die CD-ROM mit den Kreuzworträtseln, die er nicht ein einziges Mal gebraucht hatte, und das Notizbuch mit den Terminen der Violinkonzerte seiner Tochter Harleigh. Er hatte verdammt viele dieser Konzerte verpaßt. Am Ende der Woche würde die ganze Familie nach New York fahren, da Harleigh mit anderen jungen Musikern aus Washington bei einem Empfang für die Botschafter der Vereinten Nationen spielte. Ironischerweise wurde eine große Friedensinitiative in Spanien gefeiert, wo das OP-Center bei der Abwendung eines Bürgerkrieges erfolgreich Hilfestellung geleistet hatte.

Leider war die Öffentlichkeit, einschließlich der Eltern, bei diesem Empfang nicht zugelassen. Hood hätte gern gesehen, wie die neue UNO-Generalsekretärin, Mala Chatterjee, ihre erste öffentliche Amtshandlung absolvierte. Sie war gewählt worden, nachdem Generalsekretär Massimo Marcello Manni einem Herzschlag erlegen war. Obwohl die junge Frau nicht so erfahren war wie andere Kandidaten, hatte sie sich doch dem Kampf für Menschenrechte auf friedlichem Weg verschrieben. Einflußreiche Nationen wie die Vereinigten Staaten, Deutschland und Japan, die die Unterstützung Chatterjees als Mittel sahen, Druck auf China auszuüben, hatten für ihre Wahl gesorgt.

Das interne Telefonbuch der Regierung, ein monatliches Terminologiebulletin, in dem die Namen aller Nationen und ihrer führenden Politiker aufgelistet waren, und ein dickes Buch mit militärischen Akronymen ließ Hood zurück. Im Gegensatz zu Herbert und General Rodgers hatte er keinen Militärdienst geleistet. Er hatte sich immer ein wenig merkwürdig gefühlt, nie sein Leben im Dienst riskiert zu haben, besonders wenn er die Strikers zu einem Einsatz schickte. Aber der FBI-Verbindungsoffizier des OP-Centers, Darrell McCaskey, hatte es einmal treffend formuliert: »Darum nennen wir dies ein *Team*. Jeder bringt eigene, besondere Fähigkeiten mit.«

Hood hielt inne, als er zu einem Stapel Fotografien unten in der Schublade gelangte. Er entfernte das Gummiband und sah sie an. Unter den Bildern von Grillfesten und Schnappschüssen mit internationalen Politikern befanden sich auch Aufnahmen von Private Bass Moore, dem Strikerkommandeur Lieutenant Colonel Charlie Squires und von Martha Mackall, der Beauftragten für Politik und Wirtschaft des OP-Centers. Private Moore war in Nordkorea gefallen, Lieutenant Colonel Squires hatte bei einer Mission in Rußland sein Leben verloren, und Martha war erst vor wenigen Tagen in den Straßen Madrids ermordet worden. Hood band die Fotografien wieder zusammen und legte den Stapel in den Karton.

Er schloß die letzte Schublade. Dann nahm er sein abgenutztes Mousepad mit dem Foto von Los Angeles und die Camp-David-Kaffeetasse und legte sie in die Kiste. In diesem Moment bemerkte er, daß jemand in der geöffneten Bürotür stand.

»Brauchen Sie Hilfe?«

Hood lächelte ein wenig und fuhr sich mit den Fingern durch das wellige schwarze Haar. »Nein, aber Sie können hereinkommen. Was machen Sie noch so spät hier?«

»Ich sehe mir schon mal die Schlagzeilen der morgigen Zeitungen in Fernost an. Wir haben ein paar Meldungen lanciert.«

»Worüber?«

»Das kann ich Ihnen leider nicht sagen. Sie sind nicht mehr hier beschäftigt.«

»Touché«, gab Hood zurück und lächelte.

Ann Farris erwiderte das Lächeln und kam langsam ins Büro. Die *Washington Times* hatte sie einmal als eine der fünfundzwanzig begehrenswertesten geschiedenen Frauen in der Hauptstadt der Nation bezeichnet. Fast sechs Jahre später traf diese Bezeichnung immer noch zu. Die Pressesprecherin des OP-Centers war knapp einen Meter siebzig groß. Sie trug einen engen schwarzen Rock und eine weiße Bluse. Ihre großen, dunklen, rostfarbenen Augen strahlten Wärme aus und besänftigten die Wut ein wenig, die Hood immer noch in sich spürte.

»Ich hatte mir versprochen, daß ich Sie nicht mehr störe«, sagte die schlanke Frau.

»Trotzdem sind Sie hier.«

»Richtig.«

»Aber Sie stören auch nicht.«

Ann blieb neben dem Schreibtisch stehen und sah zu ihm hinunter. Ihre langen braunen Haare umrahmten ihr Gesicht und fielen vorn auf ihre Schultern. Während Hood ihre Augen und ihr Lächeln sah, mußte er an die vielen Gelegenheiten in den letzten zweieinhalb Jahren denken, bei denen sie ihn aufgerichtet, ihm geholfen und kein Geheimnis daraus gemacht hatte, daß ihr viel an ihm lag.

»Ich wollte Sie nicht stören«, wiederholte sie. »Aber ich wollte mich auch nicht einfach nur so auf dem Fest verabschieden.«

»Natürlich. Ich bin froh, daß Sie gekommen sind.«

Ann setzte sich auf den Rand des Schreibtisches. »Was werden Sie jetzt anfangen, Paul? Glauben Sie, daß Sie in Washington bleiben?«

»Ich weiß es nicht. Vielleicht gehe ich zurück in die Welt der Finanzen«, erwiderte er. »Ich habe mich mit ein paar Leuten verabredet, wenn wir aus New York zurück sind. Wenn das nicht klappt, muß ich mir etwas anderes einfallen lassen. Ich könnte mir auch vorstellen, mich in einer Kleinstadt auf dem Land niederzulassen und als Unternehmensberater zu arbeiten. Steuern, der Geldmarkt, ein Range Rover, Laub harken … Es wäre sicher kein schlechtes Leben.«

»Ich weiß. Ich habe es schon ausprobiert.«

»Und Sie glauben nicht, daß mir so etwas liegen würde.«

»Keine Ahnung«, antwortete sie. »Was machen Sie, wenn die Kinder einmal aus dem Hause sind? Mein Sohn kommt auch schon in die Pubertät, und ich fange an, mir Gedanken darüber zu machen, was ich tun möchte, wenn er in einer anderen Stadt studieren will.«

»Und was *werden* Sie tun?« fragte Hood.

»Wenn mich nicht ein wundervoller Mann in den besten Jahren mit schwarzen Haaren und braunen Augen nach Antigua oder Tonga entführt?« fragte sie zurück.

»Ja«, entgegnete Hood errötend. »Wenn das nicht passiert.«

»Dann kaufe ich wahrscheinlich auf irgendeiner dieser Inseln ein Haus und schreibe. Romane, nicht diesen Kram, den ich den Presseleuten hier in Washington täglich serviere. Es gibt ein paar Geschichten, die ich gern niederschreiben würde.«

Ann Farris, die frühere Politikjournalistin und ehemalige Pressesekretärin des Senators von Connecticut, Bob Kaufmann, hatte mit Sicherheit einige Geschichten zu erzählen. Geschichten von Propagandalügen und Affären, Dolchstoßlegenden aus den Hinterzimmern der Macht.

Hood seufzte und blickte auf seinen leeren Schreibtisch. »Ich weiß nicht, was ich tun werde. Ich muß mich noch um ein paar persönliche Dinge kümmern.«

»Sie sprechen von Ihrer Frau.«

»Ja, ich spreche von Sharon«, bestätigte er sanft. »Wenn mir das gelingt, wird sich die Zukunft von allein regeln.« Hood hatte mit Absicht den Namen seiner Frau genannt, denn damit verlieh er ihr mehr Wirklichkeit und mehr Gegenwart. Er tat dies, weil Ann ihn mehr als sonst bedrängte. Dieser Moment war ihre letzte Gelegenheit, mit ihm hier zu sprechen, an einem Ort, der plötzlich wieder gefüllt war mit Erinnerungen an ein langes und enges berufliches Verhältnis, an Triumph und Trauer und an sexuelle Spannung.

»Darf ich Sie etwas fragen?« sagte Ann.

»Natürlich.«

Ihr Blick senkte sich, und mit leiser Stimme fragte sie: »Wie lange werden Sie es versuchen?«

»Wie lange?« sagte Hood verhalten. Er schüttelte den Kopf. »Ich weiß es nicht, Ann. Ich weiß es wirklich nicht.« Er sah sie lange an. »Kann ich Sie auch etwas fragen?«

»Aber sicher. Was immer Sie wollen.«

Ihre Augen waren noch weicher als vorher. Er verstand nicht, warum er sich das antat. »Warum ich?« fragte er.

Sie schien überrascht. »Warum ich mich um Sie sorge?«

»Ist es das? Sorge?«

»Nein«, gab sie leise zu.

»Dann sagen Sie mir den Grund«, drängte er.

»Ist das nicht offensichtlich?«

»Ich glaube nicht. Gouverneur Vegas, Senator Kaufmann, der Präsident der Vereinigten Staaten ... Sie sind einigen der mächtigsten Männern des Landes nahe gewesen. Ich bin nicht wie diese Männer. Ich bin vor der Politik davongelaufen, Ann.«

»Nein, Sie haben sie aufgegeben«, korrigierte sie. »Das ist ein Unterschied. Sie sind gegangen, weil Sie genug hatten von den Intrigen, von politisch korrektem Verhalten, davon, jedes Wort auf die Goldwaage legen zu müssen. Ehrlichkeit ist sehr ansprechend, Paul. Intelligenz erst recht. Und noch mehr spricht es mich an, daß Sie die Ruhe bewahren, während all diese charismatischen Politiker und Generäle und internationalen Staatsmänner herumlaufen und mit ihren Säbeln rasseln.«

»Der standhafte Paul Hood.«

»Was soll daran falsch sein?«

»Ich weiß es nicht«, erwiderte Hood. Er erhob sich und nahm den Pappkarton. »Ich weiß nur, daß irgend etwas in meinem Leben falsch läuft, und ich muß dringend herausfinden, was es ist.«

Ann stand ebenfalls auf. »Wenn Sie dabei Hilfe brauchen, stehe ich Ihnen zur Verfügung. Wenn Sie sich aussprechen möchten, einen Kaffee trinken oder Essen gehen möchten – rufen Sie mich einfach an.«

»Das werde ich tun«, gab Hood lächelnd zur Antwort. »Und vielen Dank, daß Sie noch vorbeigekommen sind.«

»Gern geschehen«, entgegnete sie.

Er machte mit dem Karton eine Bewegung, um Ann anzudeuten, daß sie vorgehen möge. Sie verließ das Büro mit energischen Schritten, ohne sich noch einmal umzublicken. Das Wissen, ob Traurigkeit oder Verlangen in ihren Augen lagen, blieb Hood erspart.

Er schloß die Bürotür hinter sich. Sie fiel mit einem sanften, aber endgültigen Klick ins Schloß.

Auf dem Weg zum Aufzug wünschten ihm die Mitarbeiter des Nachtteams alles Gute. Er sah diese Leute selten, denn nach neunzehn Uhr kümmerten sich Bill Abram und Curt Hardaway um alles. Es gab so viele junge Gesichter. So viele Draufgänger. Der standhafte Paul Hood fühlte sich wirklich wie ein Überbleibsel aus einer anderen Zeit.

Hoffentlich würde er auf der Reise nach New York Zeit haben, um nachzudenken und seine Beziehung mit Sharon zurechtzubiegen. Er trat in den Aufzug und warf einen letzten Blick auf diese Institution, die ihn soviel Zeit und Energie gekostet, die aber auch für intensive Adrenalinschübe gesorgt hatte. Es hatte keinen Sinn, sich etwas vorzulügen: Er würde dies alles sehr vermissen.

Die Tür schloß sich, und Hood fühlte, daß seine Wut zurückkam. Ob er wütend war auf das, was hinter ihm lag, oder auf das, was ihm bevorstand, wußte er nicht. Liz Gordon, die Betriebspsychologin des OP-Centers, hatte einmal gesagt, daß die Menschen den Begriff ›Verwirrung‹ erfunden hätten, um eine Ordnung jener Dinge zu beschreiben, die sie noch nicht verstünden.

Er hoffte es aus tiefstem Herzen.

# 3

*Paris/Frankreich – Dienstag, 7 Uhr 32*

In jedem Teil von Paris sticht irgend etwas besonders ins Auge, seien es Hotels, Museen, Denkmäler, Geschichtliches, Cafés, Boutiquen, Märkte oder auch nur der Sonnenschein. Nordöstlich der Seine, jenseits des Port de Plaisance der Gare de l'Arsenal, einem fünfhundert Meter langen Kanal für die Freizeitschiffahrt, befindet sich ein Stadtteil mit einer ganz anderen Besonderheit: zahlreichen Postämtern. Zwei von ihnen liegen nah beieinander am Boulevard Diderot, ein drittes nördlich davon. Weitere kleinere Postämter sind über den ganzen Bezirk verstreut. Zu den Hauptkunden dieser Ämter gehören die Touristen, die Paris das ganze Jahr über besuchen.

Ein gepanzerter Geldtransporter der Banque de Commerce beginnt jeden Morgen um halb sechs seine Runde zu diesen Postämtern. Fahrer und Beifahrer sind bewaffnet, und hinten, bei den auszuliefernden Briefmarken, Geldanweisungen und Postkarten, sitzt noch ein bewaffneter Wachmann. Am Ende seiner Runde ist der Transporter mit Säcken aus den einzelnen Postämtern vollgeladen, prall gefüllt mit den abgezählten und gebündelten Geldeinnahmen des Vortages. Normalerweise handelt es sich um den Gegenwert von knapp einer Million Dollar, in den verschiedensten internationalen Währungen.

Der Geldtransporter fährt jeden Tag die gleiche Strecke, wobei er sich zuerst Richtung Nordwesten bewegt und dann in den vielbefahrenen Boulevard de la Bastille einbiegt. Kurz nach der Place de la Bastille liefert er seine Ladung bei einem Bankgebäude am Boulevard Richard Lenoir ab. Wie viele andere Firmen im Geldtransportgeschäft folgt auch die Banque de Commerce der Strategie, jeden Tag den gleichen Weg zu fahren. Auf diese Weise sind die Fahrer mit der Route und ihren Besonderheiten vertraut und erkennen eventuelle Veränderungen sofort. Wenn ein Elektrikerteam an der Straßenbeleuchtung arbeitet oder Bauarbeiter ein Schlagloch ausbessern, wird der Fahrer im voraus darüber informiert. Eine Funkanlage in der Fahrerkabine ist mit dem Büro der Banque de Commerce verbunden, das auf der anderen Seite des Flusses in der Rue Cuvier liegt, ganz in der Nähe des Jardin des Plantes.

Die wichtigste Konstante – paradoxerweise eine Konstante, die sich ununterbrochen ändert – ist der Verkehr. Die Männer hinter den Windschutzscheiben aus Panzerglas beobachten die schnelleren Personenwagen und Transportfahrzeuge, die den schwer gepanzerten Viertonner rechts und links überholen. Auf der Höhe des Port de l'Arsenal kommt der Bootsverkehr hinzu, in erster Linie Motorboote in allen Größen. Sie fahren vom Fluß hierher, um den Mannschaften Gelegenheit zum Essen, Schlafen, Auftanken und zu Reparaturarbeiten in den Hafenanlagen zu geben.

An diesem sonnigen Morgen stellten die Männer im Geldtransporter nichts Ungewöhnliches fest – außer der Hitze, die noch schlimmer war als am Vortag. Dabei war es noch nicht einmal acht Uhr. Die Männer trugen dunkelgraue Schirmmützen, die zwar heiß und klebrig waren, aber verhinderten, daß ihnen der Schweiß in die Augen tropfte. Der Fahrer hatte einen Revolver MR F1 bei sich, der Beifahrer und der Wachmann hinten im Laderaum hielten FAMA-Sturmgewehre.

Um diese Zeit war der Verkehr rege. Lastwagen lieferten ihre Waren aus, und Personenwagen manövrierten um sie herum. Keiner der Männer im Transporter fand es außergewöhnlich, als ein Lieferwagen vor ihnen langsamer fuhr, um einen Citroën vorbeizulassen. Der Lieferwagen war ein älteres Modell mit verbeulten schmutzigweißen Seitenwänden und einer grünen Plane an der Rückseite.

Der Fahrer sah zur linken Seite hinüber, wo sich der Kanal befand, und deutete auf das Wasser. »Ich kann dir sagen, daß ich heute lieber da draußen mit meinem kleinen Boot unterwegs wär. Die Sonne, das Schaukeln der Wellen, die Ruhe …«

Der andere Mann drehte sich um. »Wär mir viel zu langweilig.«

»Deswegen gehst du ja lieber jagen. Aber wenn ich auf dem Boot sitze, eine leichte Brise, Musik aus dem Kassettenrecorder, meine Angel …«

Der Fahrer schluckte den Rest seines Satzes herunter und runzelte die Stirn. Plötzlich waren Schirmmützen, Waffen, Gegensprechanlage und bekannte Route unwichtig geworden, denn der alte Lieferwagen vor ihnen bremste abrupt, und die Plane an der Rückseite wurde zur Seite gezogen. Ein Mann stand hinten auf der Ladefläche, ein anderer kam von der Beifahrerseite. Beide trugen Tarnuniformen, kugelsichere Westen, Gasmasken, Ausrüstungsgurte und dicke Gummihandschuhe. Jeder von ihnen schleppte eine Panzerfaust auf der Schulter. Der Mann auf dem Lieferwagen drehte sich ein wenig zur Beifahrerseite, um einen Winkel zu erreichen, in dem der Rückstoß die

Panzerfaust nicht gegen die Fahrerkabine treiben würde. Der andere Mann stand auf der Straße und hielt seine Waffe leicht nach oben gerichtet.

Der Wachmann im Geldtransporter reagierte sofort. »Notruf!« schrie er ins Mikrofon. »Zwei maskierte Männer mit Lieferwagen, Kennzeichen 101763, halten direkt vor uns. Sie sind mit Panzerfäusten bewaffnet!«

Einen Augenblick später feuerten die Männer.

Mit leichtem Zischen stießen gelborangene Flammen hinten aus den Panzerfäusten. Zur gleichen Zeit rasten glatte Stahlprojektile aus den Abschußrohren. Sie trafen die Windschutzscheibe auf beiden Seiten und explodierten. Der Wachmann auf dem Beifahrersitz hob sein Gewehr.

»Die Scheibe hat gehalten!« rief er triumphierend.

Der Fahrer blickte in die Außenspiegel. Dann schlug er das Lenkrad ein, um den Transporter auf die Gegenfahrbahn zu lenken. »Versuche Ausweichmanöver in Richtung nördliche Fahrbahn ...«, sagte er.

Plötzlich schrien beide Männer auf.

Erstklassiges Panzerglas aus laminiertem Plexiglas sollte auch den Explosionen von Handgranaten in kürzester Distanz Widerstand leisten. Einschußlöcher können auftreten, aber ein oder auch zwei Einschüsse werden ohne völlige Zersplitterung überstanden. Danach gibt es keine Garantien mehr. Wer auch immer sich hinter dem Panzerglas befindet – der Fahrer eines gepanzerten Transporters oder einer gepanzerten Limousine, der Bankangestellte, der Gefängniswächter, der Verkehrspolizist oder der Beamte einer Bundesbehörde – sollte Hilfe anfordern und sich wenn möglich aus dem Zielgebiet entfernen. Im Fall eines gepanzerten und mit Waffen bestückten Fahrzeugs können Fahrer und Beifahrer unter Umständen nicht wegfahren, aber sie sind immerhin bewaffnet. Demnach ist das Risiko der Angreifer nach Bruch der Windschutzscheibe theoretisch genauso groß.

Die vom Lieferwagen abgefeuerten Projektile verfügten allerdings über Tandem-Gefechtsköpfe. In der vorderen

Kammer befand sich Sprengstoff. Die größere hintere Kammer, die beim Aufschlag zerbarst, enthielt Schwefelsäure.

Die Windschutzscheibe hatte zwei etwa gleiche Bruchstellen – strahlenförmige Muster, hervorgerufen durch Hochgeschwindigkeits-Splitterprojektile: ein daumenbreiter Krater im Zentrum, von dem fadendünne Bruchlinien in alle Richtungen verliefen. Ein Teil der Säure war durch die Löcher hineingeblasen worden und spritzte dem Fahrer und dem Beifahrer ins Gesicht und auf den Schoß. Die restliche Säure fraß sich durch die Bruchstellen, indem sie die chemisch nicht inerten Polymeranteile des Panzerglases zersetzte.

Reynold Downer sprang von der Ladefläche, als der gepanzerte Transporter gegen das Heck des Lieferwagens prallte. Der LKW wurde zur einen Seite geschoben, der Transporter zur anderen, dann blieben beide stehen. Vandal und Downer stiegen auf die Haube des Transporters. Sie mußten der Windschutzscheibe nur noch einen Tritt versetzen, um sie aus dem Rahmen zu lösen, genau wie Vandal gesagt hatte. Das Glas war dicker und schwerer als Downer erwartet hatte, und die Säurereste ließen die Gummisohlen seiner Stiefel aufqualmen. Aber er dachte nur einen kurzen Moment daran. Dann zog er die Automatik aus dem Halfter an seiner rechten Hüfte. Er stand auf der Seite des Beifahrers. Während die Fahrer der Wagen auf den anderen Fahrspuren langsamer wurden, einen Blick hinüberwarfen und dann schnell beschleunigten, feuerte Downer eine einzige Kugel in die Stirn des Wachmanns. Vandal tat auf seiner Seite das gleiche.

Der einsame Wachmann im verriegelten Laderaum rief die Zentrale über die Sprechanlage. Vandal hatte auch dies vorhergesagt, denn nachdem er mit einwandfreien Zeugnissen aus der Armee entlassen worden war, hatte es den Lieutenant keine Mühe gekostet, bei der Banque de Commerce einen Job als Wachmann der Geldtransporter zu bekommen. Sieben Monate lang war er in einem Transporter gefahren, der diesem aufs Haar glich. Vandal war sich

36

außerdem im klaren darüber, daß die Polizei an diesem Punkt der Route und bei dieser Verkehrsdichte mindestens zehn Minuten brauchen würde, um zum Ort des Überfalls zu gelangen. Und das war mehr als genug Zeit, um den Job zu beenden.

Anhand der Videobänder hatten sich die Männer davon überzeugt, daß sich die Panzerung der Transporter in den Monaten seit dem Ausscheiden Vandals nicht geändert hatte. Bei Militäreinheiten wurden die Fahrzeuge ständig verbessert, um mit neuen Munitionstypen Schritt zu halten, von panzerbrechenden Plasmajets bis zu immer verheerenderen Landminen. Auch wurden strategischen Bedürfnissen nach geringerem Gewicht zur Erlangung größerer Geschwindigkeit und Beweglichkeit Rechnung getragen. Private Firmen waren jedoch etwas langsamer bei technischen Neuerungen.

Reynold Downer stieg in die Fahrerkabine, wobei er sorgfältig darauf achtete, nicht mit der Säure in Berührung zu kommen, die sich immer noch durch das Armaturenbrett fraß. Auf dem Boden zwischen den Sitzen war eine enge Vertiefung eingelassen, in der Reservemunition aufbewahrt wurde. Dieses Munitionsfach konnte sowohl von der Fahrerkabine als auch vom Laderaum des gepanzerten Fahrzeuges erreicht werden. Downer schob den toten Wachmann gegen die Kabinentür und öffnete die Klappe zum Munitionsfach. Dann griff er an seinen Gürtel, um ein kleines Stück C-4-Sprengstoff aus einer der Taschen zu lösen. Er steckte seine rechte Hand in die Vertiefung und befestigte das C-4 an der Klappe, die nach hinten zum Laderaum führte. Dann führte er einen kleinen Zeitzünder ein, den er auf fünfzehn Sekunden eingestellt hatte, ließ einen Tränengaskanister hinterhergleiten und schloß die Klappe. Er kletterte über den toten Wachmann, öffnete die Tür und stieg aus.

Zur gleichen Zeit kniete Vandal auf der Haube. Er nahm eine Metallschere vom Gürtel und streifte den rechten Ärmel des Fahrers zurück. Der Schlüssel zur Hecktür des Transporters war an einem Metallarmband am Handge-

37

lenk des Fahrers befestigt. Vandal zog den Unterarm des Mannes zu sich und durchschnitt das Armband. Im gleichen Moment explodierte das C-4. Es riß nicht nur ein Loch in die rückwärtige Verkleidung der Kabine, sondern zerstörte auch den Kanister mit dem Tränengas. Obwohl auch ein wenig Gas in die Fahrerkabine entwich, gelangte der größte Teil in den Laderaum.

Der Verkehrsstau hinter dem gepanzerten Geldtransporter wurde immer größer. Vor ihnen war die Straße frei, und der Rückstau würde die Polizei noch länger aufhalten. Als Vandal fertig war, rutschte er von der Haube herunter und ging zu Downer, der sich bereits am hinteren Teil des Transportfahrzeugs befand.

Keiner der Männer sagte etwas. Es gab immerhin die Möglichkeit, daß ihre Stimmen von der Funksprechanlage aufgezeichnet wurden. Während Downer Wache stand, schloß Vandal die Tür auf. Als er sie öffnete, quoll ihnen Gas entgegen, und ein keuchender Wachmann stürzte heraus. Er hatte versucht, die Gasmaske zu erreichen, die in einem Schrank im Laderaum verstaut war. Leider war die Maske dort in der Erwartung aufgehängt worden, daß Gasangriffe außerhalb des Wagens stattfanden, nicht innerhalb. Er schaffte es nicht bis zum Schrank, von der Gasmaske ganz zu schweigen. Er fiel auf den Asphalt, und Downer trat ihm mit aller Kraft gegen den Kopf. Der Mann bewegte sich nicht mehr, atmete aber noch.

Als Vandal in den Laderaum stieg, hörte er in der Ferne das Brummen eines näherkommenden Hubschraubers. Der schwarze Hughes 500D schwenkte vom Fluß zu ihnen hinüber. Sazankas Familie betrieb auf der anderen Seite des Flusses ein Transportunternehmen. Der japanische Pilot hatte den Helikopter gestohlen, damit keine Spuren zu ihnen führten. Über dem Boulevard drosselte er die Geschwindigkeit. Ein Hughes behält auch bei Langsam- und Schwebeflug seine außergewöhnliche Flugstabilität, und sein Abwind war erträglich. Der wichtigste Faktor war jedoch, daß in ihm Platz für fünf Personen und Ladung war.

Barone, der am Steuer des Lieferwagens gesessen hatte,

lief nach hinten. Während der Mann aus Uruguay seine Gasmaske überstülpte, öffnete Georgiew die Schiebetür im Heckbereich des Hubschraubers und ließ ein Kabel mit einem eisernen Haken herunter. Daran war eine vier mal zwei Meter große Metallplattform mit weiten Nylonnetzen an den Seiten befestigt. Während Downer Wache stand, begannen Vandal und Barone im dünner werdenden Nebel des Tränengases, die Geldsäcke auf die Plattform zu laden. Fünf Minuten nach Beginn der Operation zog Georgiew die erste Ladung nach oben.

Downer sah auf seine Armbanduhr. Sie waren ein klein wenig zu spät dran. »Wir müssen endlich fertig werden!« brüllte er in das speziell in die Gasmaske eingelassene Mikrofon.

»Reg dich ab«, entgegnete Barone. »Wir liegen noch im Limit.«

»Das reicht mir nicht«, kam es von Downer. »Es muß auf die Sekunde stimmen.«

»Wenn du mal das Kommando hast, darfst du die entsprechenden Befehle geben«, sagte Barone.

»Das gleiche gilt auch für dich, Kumpel«, fauchte Downer zurück.

Barone schoß einen bösen Blick durch das Sichtfenster der Gasmaske zu Downer. Im gleichen Moment wurde die Plattform wieder heruntergelassen, und die Männer beluden sie ein zweites Mal. In der Ferne hörten sie Polizeisirenen, aber Downer machte sich keine Sorgen. Wenn es sein mußte, hatten sie noch den bewußtlosen Wachmann als Geisel. Fünfzehn Meter über ihnen suchte Sazanka den Himmel ab. Nur die Ankunft eines Polizeihubschraubers hätte sie veranlaßt, die Mission abzubrechen. Sazanka schaute auf den Radarschirm im Cockpit, und unten achtete Downer auf Sazanka. Im Notfall würde der ein Zeichen geben, und im Handumdrehen wären sie verschwunden.

Die zweite Ladung Geldsäcke wurde nach oben gehievt, jetzt fehlte nur noch eine. Der Verkehrsrückstau war fast fünfhundert Meter lang, und inzwischen hatten einige

Leute gemerkt, was vor ihnen passierte. Doch es ging weder vor noch zurück. Die Polizei konnte nur mit ihrer berittenen Einheit oder auf dem Luftweg reagieren. Mit schnellen und effizienten Handbewegungen setzten die Männer ihre Arbeit fort. Es gab keinen Grund zur Panik.

Die dritte Ladung wurde gerade in den Hubschrauber gezogen, als Sazanka plötzlich seinen Zeigefinger hob und damit einen Kreis beschrieb. Dann deutete er nach links – von Westen kam ein Polizeihubschrauber in ihre Richtung geflogen. Georgiew ließ die Plattform wieder herunter. Wie geplant, stiegen Barone und Vandal nacheinander auf. Doch der Bulgare holte sie noch nicht nach oben. Statt dessen nahmen die Männer ihre Gasmasken ab, befestigten sie an ihren Gürteln und kletterten am Kabel hinauf. Als sie sechs beziehungsweise drei Meter nach oben geklettert waren, sprang Downer auf die Plattform. Erst jetzt begann Georgiew damit, sie zum Helikopter hochzuholen. Beim Hinauffahren hielt sich Downer mit einer Hand am Seitenschutznetz fest, während er mit der anderen Hand die Panzerfaust von seiner Schulter zerrte. Um besser sehen zu können, riß er seine Gasmaske herunter. Dann legte er sich hin, zog ein Projektil aus dem Granatenköcher und lud die Waffe. Über ihm half Georgiew nacheinander Barone und Vandal dabei, schnell in den Hubschrauber zu klettern.

Sazanka stieg und beschleunigte, so daß sie schnell die Maximalgeschwindigkeit von zweihundertsiebzig Stundenkilometern erreichten. Währenddessen sorgte Downer dafür, daß sowohl der Lauf als auch der hintere Teil der Panzerfaust aus den Maschen des Sicherheitsnetzes herausragten. Er spürte keinerlei Neigung, das Netz in Brand zu stecken und in den Tod zu stürzen.

Georgiew arretierte die Plattform mit Kabeln, die vorn und hinten an der dem Hubschrauber nächstgelegenen Seite durch zwei Stahlösen liefen. Von der Unterseite der offenen Hecktür des Hubschraubers betrug die Entfernung jetzt noch einen Meter. Von hier war Downer in der Lage, sich um Verfolger aus jeder Himmelsrichtung zu küm-

40

mern. Seine Position unter dem Bauch des Helikopters verhinderte außerdem, daß ihn die Fahrtwinde und der Abwind des Rotors zu sehr hin und her schaukelten. Darüber hinaus war es so für einen Scharfschützen auf dem Boden oder in der Luft viel schwieriger, ihn im Schatten des Hubschraubers auszumachen.

Während sie nach eventuellen Verfolgern Ausschau hielten, steuerte Sazanka bei einer Flughöhe von dreihundert Metern auf Nordwestkurs den Fluß entlang. Auf einer winzigen Landebahn außerhalb von Saint Germain wartete ein kleines Flugzeug auf sie. Nachdem sie umgestiegen waren und die Geldsäcke verladen hatten, würden sie sofort in Richtung Süden nach Spanien weiterfliegen. Angesichts des herrschenden Chaos des schwelenden Bürgerkrieges erwarteten sie keinerlei Schwierigkeiten dabei, das Land zu betreten und ungeschoren wieder zu verlassen. Bestechungsgelder würden ein übriges tun.

»Da sind sie!« schrie Georgiew nach unten. Der Riese deutete mit dem Finger in Richtung Südwesten.

Downer brauchte nicht nach oben zu schauen, denn er wußte, wohin der Bulgare zeigte. Er hatte den Polizeihubschrauber ebenfalls gerade entdeckt. Die Distanz zu ihnen betrug etwa achthundert Meter, und die Flughöhe schien sich auf zirka sechshundert Meter zu belaufen. Wie Vandal erwartet hatte, handelte es sich um die Spezialeinheit der französischen Gendarmerie.

Der weißblaue Polizeihubschrauber flog in einem nach unten gewölbten Bogen auf sie zu. Die Spezialeinheit würde sich an die übliche Vorgehensroutine halten. Zuerst würden die Polizisten versuchen, den flüchtigen Helikopter über Funk zu erreichen – damit waren sie sicherlich gerade beschäftigt. Sollten sie keine Antwort bekommen, würden sie permanenten Funkkontakt mit den Bodenkräften aufrechterhalten. Doch selbst wenn sie über Mittelstreckenwaffen verfügten, würden die Polizisten nicht versuchen, den Helikopter abzuschießen. Jedenfalls nicht, solange er sich über dichtbesiedelten Wohngebieten befand und fast eine Million Dollar Bargeld an Bord hatte.

Erst bei der Landung würde der Hughes-Hubschrauber von Luft- und Bodenkräften eingekreist werden.

Nach Vandals Informationen verließ sich die Pariser Polizei auf die Radaranlagen der beiden großen Flughäfen, um den Himmel über der Stadt zu überwachen. Der Flughafen Charles de Gaulle lag nordöstlich in Roissy-en-France, während sich Orly im Süden befand. Außerdem wußte Vandal, daß die Radarüberwachung wegen der Abdeckung durch die Gebäude in der Umgebung bei einer Flughöhe unter achtzig Metern versagte. Vorläufig ließ er Sazanka den Hughes-Hubschrauber auf dreihundert Metern halten.

Der Polizeihubschrauber kam rasch näher. Auf dem Nordufer des Flusses zogen unten die Hotels in schneller Folge an ihnen vorbei. Zu seiner Rechten, auf der anderen Seite der Seine, sah Downer den Eiffelturm, dunkel und schemenhaft im Morgennebel. Sie waren auf gleicher Höhe mit der Spitze der Metallkonstruktion.

Der sie verfolgende Hubschrauber kam bis auf vierhundert Meter heran, befand sich aber immer noch über hundert Meter höher als sie. Die Reichweite der Panzerfaust betrug dreihundert Meter, und laut Digitalanzeige im Visier war der Polizeihubschrauber noch knapp außer Reichweite. Downer schaute zu Georgiew hinauf. Sowohl Vandal als auch Georgiew waren der Meinung gewesen, daß Gespräche über Funk oder Handys zu leicht abgehört werden konnten. Da inzwischen alle die Gasmasken abgenommen hatten, fand daher Kommunikation auf die altmodische Weise statt.

»Ich muß näher ran!« schrie Downer aus Leibeskräften.

Der Bulgare formte mit seinen mächtigen Pranken einen Trichter um seinen Mund. »Wieviel näher?« rief er.

»Siebzig Meter höher, hundert Meter zurück!«

Georgiew nickte, lehnte sich durch die Tür zwischen hinterer Kabine und Cockpit und gab Downers Zahlen an Sazanka weiter.

Der japanische Pilot stieg höher und reduzierte die Geschwindigkeit. Downer hatte den Polizeihubschrauber im

Visier. Der Anstieg brachte ihn auf die gleiche Höhe, und die geringere Geschwindigkeit ließ den Abstand zwischen ihnen schrumpfen. Von der Kraft des Rotors wurde die Plattform auf und ab gedrückt, während sie gleichzeitig wegen des Fahrtwindes nach hinten drängte – Zielen war also eine schwierige Angelegenheit.

Downer hielt auf das Cockpit des Polizeihubschraubers. Obwohl das Visier der Panzerfaust keine Zielvergrößerung hatte, konnte er erkennen, daß jemand im Cockpit zwischen Pilot und Kopilot stand und sie mit einem Fernglas beobachtete. Da die beiden Hubschrauber jetzt auf gleicher Höhe flogen, würden die Polizisten Downer in Kürze entdecken.

Es war keine Zeit mehr zu verlieren, obwohl er den Abstand gern noch etwas reduziert hätte.

Der Australier preßte sich so fest wie möglich auf den Boden der Plattform, wobei er in Erwartung des Rückstoßes eng an die hintere Stütze rückte. Wieder nahm er das Cockpit des Hubschraubers ins Visier. Es brauchte kein vollendeter Schuß sein, er mußte lediglich den Helikopter treffen. Mit aller Kraft drückte er den schwergängigen Abzug durch.

Mit einem Luftrausch und einem lauten Knall verließ das Geschoß den Lauf. Vom Abschuß wurde die Plattform mit einem heftigen Stoß nach hinten geworfen und Downer gegen das Sicherheitsnetz geschleudert. Die Panzerfaust entglitt seinen Händen und schlug mit schepperndem Geräusch auf die Plattform. Dennoch ließ der Australier das Geschoß keinen Moment aus den Augen, das mit einer dünnen, fast weißen Kondensspur den Himmel durchschnitt.

Der Flug der Granate dauerte drei Sekunden. Sie traf das Cockpit auf der Backbordseite und explodierte. Grelle Flammenblitze vermengten sich mit rot-schwarzem Rauch und dem Feuer im Zentrum der Explosion. Glassplitter stoben in die Höhe und wurden vom Hauptrotor in alle Richtungen geschleudert. Wenige Augenblicke später legte sich der Hubschrauber auf die Steuerbordseite und begann zu sinken. Es gab keine weiteren Explosionen. Da die Besatzung offensichtlich tot oder aktionsunfähig war, drehte der Hubschrauber seine Nase ganz nach unten und stürzte in die Tiefe. Downer fühlte sich an einen Federball mit einseitig zerfetzten Federn erinnert. Der Polizeihubschrauber drehte sich um die eigene Achse, wobei der Heckrotor ihn erst zur einen und dann zur anderen Seite zog. Es schien fast, als ob der kleine Propeller allein versuchen wollte, den lahmen Helikopter in der Luft zu halten.

Inzwischen hatte Georgiew die Seilwinde wieder angestellt, um die Plattform endgültig hochzuhieven. Downer legte das letzte Stück seiner Reise zur offenen Tür zurück. Er hob die Panzerfaust zu dem Bulgaren hinauf, und dann streckte Barone seine Hand aus, um ihm hineinzuhelfen. Vandal und Georgiew zogen die Plattform in die Kabine.

Barone hielt Downers Hand fest. Seine Gesichtszüge waren wutverzerrt. »Ich hätte dich eigentlich nach unten befördern sollen«, sagte er.

Downer starrte ihn an. »Du hättest sagen sollen: ›Das war ein Volltreffer, Kumpel.‹«

»Du hast mich da unten mit deinem Gerede völlig aus dem Konzept gebracht!« schrie Barone. Wütend ließ er Downers Hand los.

»Das ging aber schnell«, sagte Downer. »Ich kenne Soldaten, die deinen Job im Schlaf machen.«

»Dann schlage ich vor, daß du beim nächstenmal mit *denen* arbeitest«, fauchte Barone zurück.

Vandal drehte sich um. »Genug jetzt!«

Georgiew und Vandal hatten zugesehen, wie der Polizeihubschrauber in einen Wohnblock in der Nähe des Flusses gestürzt war. Es gab eine kleine Explosion, und weißer Rauch stieg auf. Erst einen Moment später erreichte sie der gedämpfte Knall. Georgiew und Vandal machten sich daran, die noch geöffnete Seitentür zu schließen.

»Arrogantes Arschloch«, murmelte Barone. »Und mit so was arbeite ich zusammen. Mit einem arroganten australischen Arschloch!«

Noch bevor Georgiew und Vandal die Kabinentür geschlossen hatten, griff Reynold Downer plötzlich mit beiden Händen nach Barone. Seine Finger bohrten sich durch die Brust der Uniformbluse des kleineren Mannes, bis er sich in dessen Fleisch festkrallte. Barone schrie vor Schmerz auf. Downer schwang ihn herum und schob ihn zur noch offenen Tür. Er hielt Barone hinaus, so daß Kopf und Schultern im Freien über Paris hingen.

»Jesus!« brüllte Barone.

»Jetzt habe ich die Schnauze voll von dir!« schrie der Australier. »Du nervst mich schon seit Wochen!«

»Hört auf!« befahl Vandal und sprang zu den Männern.

»Ich habe nur meine Meinung gesagt«, entgegnete Downer. »Außerdem habe ich meinen Job erledigt und den Scheißhelikopter runtergeholt, verdammt noch mal!«

Vandal zwängte sich zwischen die beiden. »Schluß jetzt!« sagte er und ergriff Barones Arm mit seiner linken Hand. Mit der rechten Schulter drückte er Downer zurück.

Downer zog Barone in die Kabine zurück und trat bereitwillig zur Seite. Dann drehte er sich zu den Geldsäcken um, die an der gegenüberliegenden Kabinenwand aufgestapelt lagen. Mit einer schnellen Bewegung schloß Georgiew hinter ihm die Tür.

»Ganz ruhig, Leute«, sagte Vandal leise. »Im Moment sind wir alle sehr aufgekratzt, aber wir haben genau das geschafft, was wir vorhatten. Das einzig Wichtige ist jetzt, den Job zu Ende zu bringen.«

»Zu Ende bringen ja, aber ohne andauernde Beschwerden«, sagte Barone, noch immer vor Wut und Angst zitternd.

»Natürlich«, erwiderte Vandal ruhig.

»Es war eine gottverdammte Bemerkung, sonst nichts!« Downer preßte die Worte zwischen den Zähnen hervor.

»In Ordnung«, sagte Vandal. Er stand noch immer zwischen den Männern und erwiderte Downers Blick. »Nur möchte ich euch *beide* daran erinnern, daß wir diesen Teil der Mission nur abschließen und mit dem nächsten Teil beginnen können, wenn alle Leute im Team mitmachen. Außerdem haben wir alle unsere Arbeit hervorragend geleistet, und wenn wir uns in Zukunft noch ein bißchen mehr vorsehen, wird alles bestens laufen.« Dann drehte er sich zu Barone. »Sollte wirklich jemand seine Stimme gehört haben, bin ich mir trotzdem sicher, daß wir längst außer Landes sind, bevor irgend jemand darauf kommt, zu welchem Australier der Akzent gehört.«

»Zu welchem Australier mit genug Kommandoerfahrung, um so einen Job durchzuziehen«, schoß Barone wütend zurück.

»Trotzdem werden sie uns nicht rechtzeitig finden«, entgegnete Vandal. »Wenn sie ihn wirklich gehört haben, muß sich die Pariser Polizei erst einmal an Interpol wenden. Die checken es dann mit den Behörden in Canberra ab. Wir sind längst weg, bevor die auch nur eine Liste möglicher Verdächtiger vorliegen haben.« Zögernd trat er zur Seite und sah auf seine Armbanduhr. »Wir landen in zehn Minuten, und noch vor neun Uhr sollten wir wieder abgehoben haben.« Er zwang sich zu einem Lächeln. »Jetzt kann uns nichts mehr aufhalten.«

Zunächst starrte Barone weiterhin in Downers Richtung. Dann drehte er sich zur Seite und zog ärgerlich seine Uniform glatt.

Downer atmete tief durch und lächelte in Vandals Richtung zurück. Der Franzose hatte recht. Alles hatte geklappt. Jetzt hatten sie das Geld für die Bestechungen, für das Flugzeug und für die Papiere, die sie für die nächste Phase der Operation benötigten. Und die würde sie zu reichen Männern machen.

Vandal entspannte sich und ging in Richtung Cockpit. Barone wandte Downer den Rücken zu und verharrte in dieser Stellung. Downer ließ sich auf einem Stapel Geldsäcke nieder und ignorierte den kleinen Mann aus Uruguay. Die Ausbrüche des Australiers waren heftig und intensiv, jedoch von kurzer Dauer. Gelassen saß er auf den Säcken, weder wegen Barone verärgert noch wegen seiner eigenen Nachlässigkeit.

Georgiew schloß die Tür und ging ebenfalls ins Cockpit. Auf dem Weg dorthin vermied er jeden Blickkontakt

mit Downer, doch ganz ohne Absicht – es war lediglich
eine Angewohnheit nach Jahren der Arbeit für die CIA.
Immer anonym bleiben.

Vandal saß schon wieder im Kopilotensitz und verfolgte die Kommunikation im Pariser Polizeifunk. Georgiew
stellte sich hinter ihn in die offene Cockpittür. Barone sah
durch das Fenster der Schiebetür nach draußen.

Downer schloß die Augen und genoß die sanften
Schwingungen des Hubschrauberbodens und das weiche
Geldkissen unter seinem Kopf. Selbst der hämmernde
Lärm des Rotors störte ihn nicht.

Endlich konnte er ohne Probleme die vielen Details
vergessen, die sie sich für diesen Morgen hatten einprä-
gen müssen. Die Route des Geldtransporters, der Zeitplan, alternative Pläne für den Fall, daß die Polizei durch-
gekommen wäre, eine Flucht über den Fluß, wenn es der
Hubschrauber nicht geschafft hätte. Ein Gefühl tiefer Befriedigung überkam ihn, und er genoß diese Empfindung,
wie er noch nie etwas in seinem Leben genossen hatte.

# 4

*Chevy Chase/Maryland – Freitag, 9 Uhr 12*

Unter strahlendblauem Himmel stiegen Paul Hood, seine
Frau Sharon, ihre gerade vierzehn Jahre alt gewordene
Tochter Harleigh und ihr elfjähriger Sohn Alexander in
den neuen Van und machten sich auf den Weg nach New
York. Vertieft konzentrierten die Kinder sich auf ihre Disc-
mans. Harleigh hörte Violinkonzerte, um sich für den Auf-
tritt einzustimmen; mit einer gewissen Regelmäßigkeit
seufzte sie auf oder fluchte leicht vor sich hin, wenn sie
wieder einmal ehrfürchtig eine Komposition bewunderte
oder sich von der Brillanz eines Musikers entmutigt fühlte. In dieser Hinsicht war sie wie ihre Mutter. Keine der
beiden war je mit dem Erreichten zufrieden, Harleigh beim

Violinspiel, Sharon bei ihrer Leidenschaft für gesundes Kochen. Jahrelang hatte Sharon ihren Charme und ihre Aufrichtigkeit eingesetzt, um die Zuschauer ihrer Kabelsendung, ›The McDonnell Healthy Food Report‹, von Speck und Kuchen wegzulocken. Vor einigen Monaten hatte sie ihre Mitarbeit bei der Sendung aufgegeben, denn sie wollte der Fertigstellung ihres Kochbuchs zum Thema gesundes Essen ein wenig mehr Zeit widmen, außerdem öfter zu Hause sein. Die Kinder wurden schnell älter, und sie fand, die Familie sollte grundsätzlich mehr Zeit mit gemeinsamen Aktivitäten verbringen, vom Abendessen auch an Werktagen bis hin zu Ausflügen und Reisen, sooft es nur eben möglich war. Bisher war Paul selten zum Abendessen zu Haus gewesen, und Ferienreisen hatte er oft genug absagen müssen.

Alexander war viel mehr wie sein Vater. Herausforderungen persönlicher Art ließen ihm keine Ruhe. Computerspiele gehörten zu seinen Lieblingsbeschäftigungen – je komplizierter, um so besser. Auch Kreuzworträtsel und Puzzles gefielen ihm. Jetzt drang der neueste Rap aus seinem Kopfhörer, während er mit der Lösung eines besonders kniffligen Puzzles beschäftigt war. Auf seinem Schoß unter dem Rätselbuch lag ein kleiner Stapel Comicbücher. Für Alexander bestand die Außenwelt in diesem Moment nur noch aus den Dingen, die sich direkt vor ihm befanden. Paul war stolz auf seinen Sohn, denn Alexander wußte genau, was er wollte.

Sharon saß still an der Seite ihres Mannes. Noch vor einer Woche war sie allein mit den Kindern zu ihren Eltern nach Old Saybrook in Connecticut gezogen. Sie war aus dem gleichen Grund zurückgekehrt, aus dem Paul beim OP-Center gekündigt hatte: Sie wollten um ihre Familie kämpfen. Hood hatte keinerlei Vorstellung, wie es weitergehen sollte in seiner Karriere, und er würde auch erst diesbezügliche Kontakte aufnehmen, wenn sie am Mittwoch wieder in Washington waren. Er hatte ein paar Aktien aus seiner Zeit an der Börse zu Geld gemacht – genug, um die Haushaltskosten in den nächsten zwei Jahren zu bestreiten. Einkommen war nicht so wichtig wie Zufriedenheit und regelmäßige Arbeitszeiten. Aber Sharon hatte recht. Das Zusammengehörigkeitsgefühl, das er bei dieser Fahrt trotz kleinerer Störungen verspürte, war wirklich etwas ganz Besonderes.

Eine dieser Störungen, wohl die markanteste, war die Beziehung zwischen Hood und seiner Frau. Obwohl Sharon zu Beginn der Reise seine Hand ergriff, hatte er das Gefühl, als ob ihm eine Bewährungsfrist gewährt würde. Es gab kein spezielles Indiz dafür, nichts, das diese Fahrt von anderen unterschieden hätte. Aber irgend etwas stand zwischen ihnen. War es Frustration? Enttäuschung? Was immer es sein mochte, es war jedenfalls das Gegenteil der sexuellen Spannung, die er in Gegenwart von Ann Farris fühlte.

Paul und Sharon sprachen zunächst ein wenig darüber, was sie in New York unternehmen wollten. An diesem Abend stand ein offizielles Essen mit den Familien der anderen Geiger auf dem Programm. Vielleicht ein Spaziergang über den Times Square, wenn sie früh genug loskämen. Am Samstag morgen würden sie Harleigh zum UN-Gebäude bringen und dann Alexanders Wunsch erfüllen, der auf einem Ausflug zur Freiheitsstatue bestand. Der Junge wollte aus der Nähe sehen, wie sie errichtet worden war. Gegen achtzehn Uhr würden sie sich auf den Weg zum Konzert machen. Alexander würden sie vorher im Sheraton abliefern, wo er sich den im Zimmer vorhandenen Videospielen widmen konnte.

Am eigentlichen UNO-Empfang konnten Paul und Sharon nicht teilnehmen, da dieser in der Lobby des Gebäudes der Vollversammlung stattfand. Statt dessen würden sie das Konzert zusammen mit den anderen Eltern über die Bildschirme im Presseraum des zweiten Stocks verfolgen. Für Sonntag hatten sie Karten für ein Konzert des Metropolitan-Opera-Orchesters in der Carnegie Hall. Es wurde Vivaldi gegeben, Sharons Lieblingskomponist. Danach würden sie der Empfehlung von Ann Farris folgen und auf ein Schokoladeneis zu Serendipity III hinauffahren. Sharon war zwar nicht glücklich über diese Wahl, aber Hood hatte darauf hingewiesen, daß schließlich Ferien waren, und die Kinder freuten sich darauf. Außerdem war Hood sicher, daß seine Frau auch deshalb unzufrieden war, weil der Tip von Ann gekommen war. Am Montag wollten sie nach Old Saybrook hinausfahren, um Sharons Eltern zu besuchen – dieses Mal als ganze Familie. Die Initiative war von Paul ausgegangen. Er kam gut mit Sharons Eltern aus, und sie mochten ihn gern. Ihm war sehr daran gelegen, zu einem stabilen Familienleben zurückzufinden.

Über Baltimore, Philadelphia und Newark kamen sie im zähflüssigen Freitagnachmittagsverkehr nur langsam voran. Erst um halb sechs erreichten sie New York und fuhren direkt zu ihrem Hotel an der Ecke Seventh Avenue und Fifty-first Street. Das hohe, geschäftige Hotel gehörte inzwischen zur Sheratonkette; Hood erinnerte sich daran, daß es vor einigen Jahren Americana geheißen hatte. Sie kamen gerade noch rechtzeitig, um sich mit den anderen Familien zum Abendessen ins nahegelegene Carnegie Deli zu begeben. Es gab viel Pastrami, Roastbeef und Hot dogs. Die einzigen Bekannten der Familie Hood waren die Mathis', deren Tochter Barbara eine von Harleighs engsten Freundinnen war. Beide Eltern arbeiteten bei der Polizei in Washington. Es gab auch einige Mütter – zwei von ihnen attraktive Singles –, die Paul von seiner Amtszeit als Bürgermeister von Los Angeles wiedererkannten. Sie begrüßten ihn mit einem seinem Bekanntheitsgrad angemessenen Lächeln und fragten ihn, wie es denn sei, über Hollywood zu ›befehlen‹. Er sagte, daß er das auch nicht wisse, da müßten sie die Screen Actors Guild und die anderen Filmgewerkschaften fragen.

Sowohl das Essen als auch die Aufmerksamkeit der anderen störten Sharon. Zumindest brachten diese Dinge eine Unbehaglichkeit hervor, die sie schon seit Anfang der Reise fühlte. Hood beschloß, mit ihr darüber zu sprechen, wenn die Kinder im Bett waren.

In einem Punkt hatte Sharon natürlich recht: Paul war

zu oft abwesend. Das wurde ihm bewußt, als er Harleigh zusammen mit den anderen Musikern und ihren Eltern sah, denn er stellte fest, daß sie eine junge Frau war und kein Mädchen mehr. Wann sich dieser Wandel ereignet hatte, wußte er zwar nicht, aber er erkannte deutlich, daß er geschehen war. Er fühlte eine andere Art von Stolz auf Harleigh als auf Alexander. Sie besaß den Charme ihrer Mutter und die Haltung einer Musikerin.

Alexander konzentrierte sich auf die Kartoffelpfannkuchen. Er drückte mit dem Gabelrücken auf die Pfannkuchen, wartete darauf, daß oben das Fett heraustrat, und sah dann zu, wie lange es dauerte, bis es wieder aufgesaugt war. Schließlich bat ihn seine Mutter, nicht mehr mit dem Essen zu spielen.

Hood hatte eine Suite in einem der oberen Stockwerke reserviert. Nachdem Alexander ausgiebig die Wolkenkratzer der Stadt mit seinem Fernglas betrachtet und begeistert auf die Straße und in andere Fenster gesehen hatte, legten sich die Kinder schlafen, so daß Sharon und Paul ungestört sein konnten.

Ungestört und ein Hotelzimmer. Es gab eine Zeit, in der diese Kombination automatisch zum Sex geführt hatte, nicht zu Gesprächen oder unangenehmem Schweigen. Hood fand es beunruhigend, wieviel Zeit und Leidenschaft sie in den letzten Jahren für Schuldgefühle und Machtkämpfe aufgebracht hatten, statt sich in den Armen zu halten. Wie war es nur soweit gekommen? Und wie konnte man diesen Prozeß wieder rückgängig machen? Hood hatte eine Idee, aber es würde schwierig werden, seine Frau zu überzeugen.

Sharon schlüpfte ins Bett, rollte sich zusammen und sah ihn an. »Mir geht es nicht besonders.«

»Ich weiß.« Er streichelte ihre Wange und lächelte ein wenig. »Aber wir werden es schon schaffen.«

»Nicht wenn mir hier alles auf die Nerven geht«, murmelte sie.

»Was hat dich denn noch gestört, außer dem Essen?« fragte Hood.

»Genervt haben mich die Eltern, die Tischmanieren ihrer Kinder, die Art, wie die Autos bei Rot über die Kreuzungen fahren oder wie knapp sie vor den Zebrastreifen halten. Alles hat mich irritiert. Einfach alles.«

»Manchmal hat man so einen Tag«, sagte er.

»Paul, ich kann mich nicht mehr an eine Zeit erinnern, in der ich mich *nicht* so gefühlt habe«, erwiderte Sharon. »Es wird immer stärker, und ich möchte Harleigh und Alexander nicht die Ferien verderben.«

»Du hast in letzter Zeit ziemlich viel durchgemacht«, sagte Hood. »Und ich auch. Aber die Kinder sind nicht dumm. Sie wissen genau, was zwischen uns vorgeht. Was ich gern möchte, und worauf ich gehofft hatte, ist, daß wir uns während unserer Ferien hier von nichts aus der Ruhe bringen lassen.«

Sharon schüttelte traurig den Kopf. »Wie stellst du dir das vor?«

»Wir haben keine Eile«, sagte Hood. »In den nächsten Tagen brauchen wir uns nur darum zu kümmern, daß wir und die Kinder etwas Schönes erleben, an das wir uns später erinnern können. So schaffen wir am besten einen neuen Anfang. Wollen wir uns darauf konzentrieren?«

Sharon legte ihre Hand auf seinen Handrücken. Ein leichter Knoblauchgeruch vom gestrigen Abendessen wehte zu Paul hinüber. Das fachte seine Leidenschaft nicht gerade an, mußte er sich gestehen. Die Routine des Alltags. Die Gerüche, an die man sich gewöhnt hatte – ganz anders als der erste unvergeßliche Duft des Haars einer Frau. Die Hausarbeit, die aus den Spitzen der Engelsflügel wieder Frauenhände machte.

»Mir liegt viel daran, daß sich etwas ändert«, sagte Sharon. »Als wir auf der Fahrt hierher im Auto saßen, da habe ich so etwas gespürt …«

»Ich weiß«, sagte Hood. »Mir ging es genauso. Es war ein schönes Gefühl.«

Mit Tränen in den Augen sah Sharon ihn an. »Nein, Paul. Das meine ich nicht. Was ich gefühlt habe, war irgendwie beängstigend.«

52

»Beängstigend?« erwiderte Hood fragend. »Wie meinst du denn das?«

»Die ganze Fahrt über habe ich andauernd an die Ausflüge denken müssen, die wir unternommen haben, als die Kinder noch klein waren. Nach Palm Springs oder zum Big Bear Lake oder die Küste rauf. Damals waren wir ganz anders.«

»Wir waren jünger«, entgegnete Hood.

»Das ist nicht alles.«

»Wir waren mehr auf unsere Aufgabe konzentriert. Die Kinder haben uns viel mehr als heute gebraucht. Das ist wie auf dem Spielplatz. Wenn sie klein sind, muß man dicht daneben stehen, sonst fallen sie.«

»Das stimmt«, sagte Sharon leise. Die Tränen liefen ihr über das Gesicht. »Aber ich wollte diese Zusammengehörigkeit so gern heute spüren, und es ist mir nicht gelungen. Warum kann ich nicht die Gefühle von damals wiederhaben?«

»Wir können sie jetzt haben«, meinte Hood.

»Aber da ist dieser ganze Mist in uns drin. Diese Bitterkeit, diese Enttäuschung, dieses Mißtrauen. Wie gern würde ich noch einmal von vorn anfangen, damit wir zusammenwachsen, statt uns auseinanderzuleben.«

Hood sah seine Frau an. Wenn sie verwirrt war, schaute Sharon gewöhnlich zur Seite, wenn sie es nicht war, sah sie ihn an. Jetzt schaute sie ihm direkt in die Augen. »Das geht wohl leider nicht«, bemerkte er. »Aber wir können uns daranmachen, die Dinge nacheinander ins Lot zu bringen.«

Er zog sie näher zu sich heran. Sharon rutschte auf seine Seite des Betts, aber er verspürte keine Wärme in ihrer Nähe. Ihr Verhalten war für ihn unverständlich. Obwohl er ihr das gab, wonach sie verlangte, das, was sie ihren eigenen Worten zufolge brauchte, entzog sie sich ihm immer noch. Vielleicht machte sie sich einfach nur Luft. Dazu hatte sie eigentlich nie Gelegenheit gehabt. Einige Minuten lang hielt er sie schweigend in den Armen.

Dann sprach er weiter. »Liebling, ich weiß, daß du bisher kein Verlangen danach hattest, aber vielleicht solltest wir doch einmal zu einer Beratung gehen. Liz Gordon sagte, sie könnte mir ein paar Namen geben, wenn du möchtest.«

Sharon schwieg. Hood drückte sie an sich und hörte ihren Atem langsamer werden. Er beugte den Kopf ein wenig zurück. Sie starrte ins Nichts und kämpfte, um nicht in Tränen auszubrechen.

»Wenigstens ist aus den Kindern etwas geworden«, sagte sie mit erstickter Stimme. »Wenigstens das haben wir richtig gemacht.«

»Sharon, wir haben noch mehr richtig gemacht«, sagte Paul. »Wir haben uns zusammen ein Leben aufgebaut. Zwar kein perfektes, aber es ist besser als das von vielen anderen Leuten. Wir haben einiges erreicht. Und wir werden noch mehr erreichen.«

Als sie in lautes Schluchzen ausbrach, zog er sie mit aller Kraft zu sich, und sie schlang die Arme um seine Schultern.

»Weißt du, das ist es nicht, wovon eine Frau träumt, wenn sie an die Zukunft denkt«, sagte sie.

»Ich weiß.« Er wiegte sie fest in seinen Armen. »Es wird besser werden, das verspreche ich dir.«

Dann sagte er nichts mehr, hielt sie nur fest, während sie sich ausweinte. Sie würde wieder zu sich finden, und am nächsten Morgen würden sie sich auf den steinigen Weg zurück begeben.

Es würde schwierig sein, in aller Ruhe alles auf sich zukommen zu lassen, wie er Sharon versprochen hatte. Aber das war er ihr schuldig. Nicht weil er zugelassen hatte, daß seine Karriere seine Tage bestimmte, sondern weil er seine Leidenschaft Nancy Bosworth und Ann Farris geschenkt hatte. Nicht seinen Körper, aber seine Gedanken, seine Aufmerksamkeit, sogar seine Träume. Diese Energie, diese Konzentration hätte er für seine Frau und seine Familie aufsparen sollen.

In seinen Armen zusammengerollt, schlief Sharon schließlich ein. Zwar hätte er ihre Nähe lieber auf andere

Weise gespürt, aber es war wenigstens etwas. Als er sicher war, daß er sie nicht aufwecken würde, machte er sich vorsichtig aus ihren Armen frei, griff zur Nachttischlampe und löschte das Licht. Dann lag er auf dem Rücken, starrte an die Decke und war von sich selbst angewidert, auf eine gnadenlose Art und Weise, wie man sie nur in der Nacht erlebt.

Später grübelte er darüber nach, wie er den drei Menschen, die er manchmal im Stich gelassen hatte, an diesem Wochenende ein bißchen Freude bereiten könnte.

# 5

*New York/New York – Samstag, 4 Uhr 57*

Auf der Straße vor dem heruntergekommenen zweistöckigen Gebäude in der Nähe des Hudson River mußte Lieutenant Bernardo Barone an seine Heimatstadt Montevideo denken.

Nicht nur der traurige Zustand der Autowerkstatt vor ihm erinnerte ihn an die Slums, in denen er aufgewachsen war. Zunächst einmal waren da die steifen Winde aus dem Süden; der Geruch des Atlantik vermischte sich mit dem Benzingestank der Autos, die den nahegelegenen West Side Highway entlangrasten. In Montevideo waren Benzin und Meeresbrise allgegenwärtig. Über seinem Kopf folgte der Luftverkehr im Minutentakt dem Fluß in Richtung Norden, bis er nach Osten zum Flughafen La Guardia einschwenkte. Auch über seinem Haus in Uruguay hatten Flugzeuge den Himmel durchkreuzt.

Es gab noch einen anderen Umstand, der ihn an seine Heimat erinnerte. All das hatte Bernardo Barone in sämtlichen Hafenstädten der Welt vorgefunden. Der Unterschied bestand darin, daß er hier ganz allein war. Und die Einsamkeit überkam ihn auch bei jedem Besuch in Montevideo.

*Nein*, dachte er plötzlich. *Fang nicht wieder damit an.* In diesem Augenblick konnte er es sich absolut nicht leisten, wütend und deprimiert zu sein. Nicht jetzt. Er mußte sich konzentrieren.

Er lehnte sich gegen die Tür, die an seinem verschwitzten Rücken kühl war. Die Verkleidung der Holztür bestand auf beiden Seiten aus Stahl. An der Außenseite waren drei Schlösser angebracht, dazu kamen zwei schwere Riegel an der Innenseite. Auf dem verblichenen Schild über der Tür stand *Wiks Autowerkstatt*. Der Besitzer gehörte zur russischen Mafia und hieß Leonid Ustinowiks. Der kleine, drahtige Kettenraucher war zur Zeit der Sowjetunion Armeeoffizier gewesen und hatte über die Roten Khmer die Bekanntschaft von Georgiew gemacht. Von Ustinowiks erfuhr Barone, daß es in ganz New York keine Autowerkstatt gab, die ausschließlich diesem Zweck diente. Bei Nacht, wenn es still war und niemand sich den Gebäuden unbemerkt nähern konnte, verwandelten sich diese Werkstätten entweder in Umschlagplätze für gestohlene Autos, Drogen oder Waffen, oder in ihnen wurde der Menschenhandel organisiert. Die Russen und die Thais waren Spezialisten auf diesem Gebiet – entführte amerikanische Kinder wurden außer Landes gebracht, junge Frauen in die Vereinigten Staaten hineingeschleust. In den meisten Fällen wurden die Gefangenen als Prostituierte versklavt. Einige der Mädchen, die in Kambodscha für Georgiew gearbeitet hatten, waren über Ustinowiks hier gelandet. Die Größe der Kisten, die zur Verschiffung von ›Ersatzteilen‹ benutzt wurden, und der internationale Charakter des Geschäfts waren ideal.

Leonid Ustinowiks betätigte sich auf dem Waffensektor. Die Waffen wurden aus den früheren Sowjetrepubliken geliefert und gelangten auf Frachtschiffen nach Kanada oder Kuba. Von dort war es nicht weit nach New England und in die anderen Bundesstaaten am Atlantik oder nach Florida und in die US-Staaten am Golf von Mexiko. Normalerweise wurden sie in kleinen Mengen von Lagerhäusern in Kleinstädten zu Werkstätten wie dieser transportiert, damit im Fall einer Beschlagnahmung durch das FBI oder die Aufklärungsabteilung der New Yorker Polizei nicht alles verloren war. Beide Institutionen überprüften und beobachteten die Kommunikation und die Aktivitäten von Personen, deren Nationalitäten den Verdacht auf illegalen Handel oder Terrorismus nahelegten: Bürger aus Rußland, Libyen, Nordkorea und vielen anderen Staaten. Die Polizei wechselte regelmäßig Straßenschilder entlang des Flusses und in den Lagerhausbezirken aus, wobei Parkbegrenzungen und Abbiegemöglichkeiten geändert wurden. Das lieferte ihnen einen Vorwand, Autos anzuhalten und die Fahrer heimlich zu fotografieren.

Ustinowiks hatte ihm aufgetragen, auf alle Fahrzeuge zu achten, die vom Highway oder einer der Seitenstraßen abbiegen würden. Sollte irgend jemand hierherkommen oder auch nur beim Vorbeifahren die Fahrt verlangsamen, dann mußte er dreimal an die Tür der Werkstatt klopfen. Bei solchen Geschäftsabschlüssen war immer jemand zugegen, der im Fall einer Polizeikontrolle an die Tür kam und darauf bestand, daß ihm der Hausdurchsuchungsbefehl vorgelesen wurde – nach der Gesetzgebung von New York City hatte er einen Rechtsanspruch darauf –, während die anderen Beteiligten über das Dach auf das nächste Gebäude entkamen.

Nicht daß Ustinowiks Probleme erwartet hätte. Er sagte, vor zwei Monaten habe es eine Reihe von Razzien gegen russische Banden gegeben, und die Stadt könne es sich nicht leisten, den Eindruck zu erwecken, daß sie eine bestimmte ethnische Gruppe verfolgte.

»Jetzt sind die Vietnamesen dran«, hatte er grinsend gesagt, nachdem sie vom Hotel hier angekommen waren.

Barone glaubte, von der Seite des Gebäudes ein Geräusch zu vernehmen. Er holte seine Automatik aus der Windjacke und ging vorsichtig nach Norden in Richtung auf die abgedunkelte Gasse. Hinter einem hohen Zaun befand sich ein Club, The Dungeon. Die Türen, die Fenster und die Steinwände waren schwarz gestrichen. Er konnte sich nicht vorstellen, was dort drinnen vor sich ging. Es war schon seltsam! Was sie in Kambodscha heimlich tun mußten – Mädchen für Geld anbieten –, wurde hier wahrscheinlich in aller Öffentlichkeit getan.

*Wenn ein Land für die Freiheit eintritt, dann muß es auch die Extreme tolerieren,* dachte er.

Der Club war bereits geschlossen. Hinter dem Zaun bewegte sich ein Hund. Wahrscheinlich hatte der das Geräusch verursacht. Barone steckte die Pistole in den Schulterhalfter zurück und ging wieder an seinen Posten.

Aus seiner Brusttasche zog er eine selbstgedrehte Zigarette und zündete sie an. Er dachte über die vergangenen Tage nach. Bis jetzt hatte alles gut geklappt, und es würde auch weiterhin alles klappen. Daran glaubte er fest. Zusammen mit seinen vier Partnern war er problemlos in Spanien angekommen. Für den Fall, daß einer von ihnen identifiziert worden war, trennten sie sich und flogen an den darauffolgenden Tagen einzeln von Madrid in die USA. Sie trafen sich in einem Hotel in der Nähe des Times Square. Georgiew war als erster dagewesen. Er hatte bereits die notwendigen Kontakte, um die von ihnen benötigten Waffen zu erhalten. Drinnen fanden im Moment die Verhandlungen statt, während Barone draußen Wache stand.

Der Mann aus Uruguay zog an seiner Zigarette. Er versuchte, sich auf den Plan für den morgigen Tag zu konzentrieren. Er fragte sich, wer der andere Verbündete von Georgiew war, den nur der Bulgare selbst kannte. Georgiew hatte ihnen keinerlei Anhaltspunkt gegeben, außer, daß es sich um einen Amerikaner handelte, den er vor mehr als zehn Jahren kennengelernt hatte. Das wäre etwa zu der Zeit gewesen, als sie zusammen in Kambodscha waren. Barone überlegte, wen der Bulgare dort getroffen haben konnte, und vor allen Dingen, was für eine Rolle dieser Person bei der morgigen Operation zugedacht war.

Aber es hatte keinen Sinn. Seine Gedanken machten immer das, was sie wollten, und in diesem Moment wollten sie sich nicht mehr auf Georgiew oder die Operation konzentrieren. Sie wollten zurück, nach Hause.

*In die Einsamkeit*, dachte er bitter. Ans Alleinsein war er gewöhnt, und er fand es inzwischen auf merkwürdige Weise angenehm.

Nicht immer war es so gewesen. Obwohl seine Familie nicht vermögend war, hatte es doch eine Zeit gegeben, in der ihm Montevideo wie ein Paradies vorgekommen war. Die Hauptstadt von Uruguay liegt am Atlantischen Ozean und nennt einige der weitläufigsten und schönsten Strände der Welt ihr eigen. Dort verbrachte Bernardo Barone Anfang der sechziger Jahre seine Kindheit und seine Jugend, und er hätte kaum glücklicher sein können. Nach der Schule und den Hausarbeiten verbrachte er viel Zeit am Strand mit seinem Bruder Eduardo, der zwölf Jahre älter war. Die beiden jungen Männer blieben oft bis spät in die Nacht, schwammen stundenlang im Meer oder bauten Sandburgen. Bei Sonnenuntergang machten sie Lagerfeuer, und häufig schliefen sie neben ihren Sandburgen ein.

»Eines Tages werden wir in den Ställen schlafen, zusammen mit herrlichen Pferden«, pflegte Eduardo zu scherzen. »Kannst du sie riechen?«

Bernardo konnte keine Pferde riechen, nur die See und die Auspuffgase der Fahrzeuge und der Schiffe. Aber er glaubte seinem Bruder, daß er sie riechen konnte, und wollte sich diese Fähigkeit auch aneignen, wenn er einmal erwachsen war. Er wollte wie Eduardo sein. Wenn er mit seiner Mutter am Wochenende zur Kirche ging, betete er zu Gott, daß er später einmal so wie sein Bruder sein würde.

Dies waren Bernardos glücklichste Erinnerungen. Eduardo war so geduldig mit ihm gewesen und immer freundlich zu allen, die stehenblieben, um sie beim Bau der Sandburgen zu beobachten. Die Mädchen liebten den gutaussehenden, jungen Mann. Und sie liebten seinen süßen, kleinen Bruder, der diese Liebe aus vollem Herzen erwiderte.

Bernardos geliebte Mutter arbeitete in einer Bäckerei als Hilfskraft, sein Vater Martin war Preisboxer. Martin träumte davon, genug Geld zu sparen, um ein Fitneß-Cen-

ter zu eröffnen, damit seine Frau nicht mehr arbeiten mußte und wie eine echte Dame leben konnte. Von seinem
fünfzehnten Geburtstag an verbrachte Eduardo viele Tage
und Nächte auf Reisen mit seinem Vater, dem er bei den
Kämpfen als Assistent zur Seite stand. Häufig waren sie
wochenlang unterwegs, reisten mit anderen Boxern, die
gegeneinander oder gegen ehrgeizige Einheimische antra-
ten, im Bus von Mercedes nach Paysandu und Salto. Die
Bezahlung bestand aus dem Erlös der Eintrittskarten, ab-
züglich des Honorars für den Arzt, der mit den Kämpfern
unterwegs war. Eduardo lernte die Grundbegriffe der Ersten Hilfe, damit sie sich den Arzt sparen konnten.

Es war kein einfaches Leben, und für die Mutter des
Jungen war die Belastung schrecklich. Sie arbeitete viele
lange Stunden an einem glühendheißen Steinofen, und eines Morgens, als ihr Mann und ihr ältester Sohn auf Reisen waren, starb sie bei einem Brand in der Bäckerei. Da
die Familie arm war, wurde ihr Leichnam zu den Barones
in die Wohnung gebracht, und Bernardo mußte dabei sitzen und warten, bis sein Vater informiert werden konnte.
Erst dann wurde ein Bestattungsinstitut benachrichtigt
und bezahlt.

In diesem Jahr war Bernardo gerade neun geworden.

Während der Reisen mit dem Vater hatte sein Bruder
Eduardo auch noch andere Dinge gelernt. Rein zufällig
entdeckte er in einer kleinen Kneipe in San Javier einige
Anhänger der marxistischen Nationalen Freiheitsbewe-
gung der Tupamaros. Die Guerillabewegung war von Raul
Antonaccio Sendic, dem Führer der Zuckerrohrarbeiter im
nördlichen Uruguay, im Jahr 1962 gegründet worden. Die
Regierung war nicht in der Lage gewesen, die bis auf fünfunddreißig Prozent angestiegene Inflation zu besiegen,
und natürlich waren die Arbeiter am stärksten betroffen.
In der radikalen Bewegung der Tupamaros glaubte Eduardo ein Mittel gefunden zu haben, mit dem er Menschen
wie seinem Vater, der die Liebe seines Lebens und den
Willen zu träumen verloren hatte, auf irgendeine Weise
helfen konnte. Für die Guerilleros war Eduardo jemand,

der sich aufs Kämpfen und auf medizinische Behandlung verstand. Sie paßten gut zusammen, und mit dem Segen seines Vaters schloß sich Eduardo den Tupamaros an.

Im Jahr 1972 wurde der Despot Juan Maria Bordaberry Arocena zum Präsidenten gewählt. Bordaberry hatte die Unterstützung der gut ausgebildeten und hervorragend bewaffneten Armee, und zu ihren ersten Einsatzbefehlen gehörte es, die Opposition zu zerstören, einschließlich der Tupamaros. Im April kam es zu einem blutigen Zusammenstoß; am Jahresende waren fast alle Mitglieder der Bewegung im Gefängnis oder im Exil. Eduardo war im Gefängnis gelandet, wo er ›aus unbekannten Gründen‹ umkam. Weniger als zwei Jahre später starb auch Bernardos Vater. Im Ring hatte er schwere Treffer einstecken müssen, und davon erholte er sich nicht mehr. Bernardo hatte immer den Eindruck gehabt, daß sein Vater sterben wollte. Er war nie über den Verlust seiner Lieben hinweggekommen.

Der Tod seiner Familie machte aus Bernardo einen wütenden jungen Hitzkopf, der dem Regime des Präsidenten Bordaberry voller Haß gegenüberstand. Ironischerweise verloren auch die Generäle bald das Interesse an dem frisch gewählten Präsidenten, und im Februar 1973 kam es zu einem Militärputsch. In der Folge wurde der Consejo de Seguridad Nacional gegründet. Auf einen Neuaufbau Uruguays hoffend, ging Bernardo im Jahr 1979 begeistert zum Militär.

Aber nach zwölf Jahren vergeblichen Bemühens, der wirtschaftlichen Krise Herr zu werden, verabschiedeten sich die Militärs aus der Regierungsverantwortung und verschwanden buchstäblich von der politischen Bildfläche. Die wirtschaftliche Situation des Landes hatte sich kaum geändert.

Wieder einmal fühlte sich Bernardo betrogen, aber er blieb beim Militär. Im Andenken an seinen Vater hatte sich der junge Mann in allen Formen des Nahkampfes spezialisiert, zu etwas anderem taugte er nicht. Aber er gab niemals die Hoffnung auf, eines Tages die Flamme der Tupamaros wieder anfachen zu können, um sich für das Volk von Uruguay einzusetzen, nicht für die Herrschenden. Bei seinem UN-Einsatz in Kambodscha fand Barone einen Weg, seine Ideale zu verwirklichen. Gleichzeitig würde er Geld beschaffen und die Aufmerksamkeit der Weltpresse auf sich ziehen.

Barone zog ein letztes Mal an seiner Zigarette, bevor er sie auf dem Bürgersteig austrat. Er drehte sich um und sah zum Verkehr auf dem West Side Highway hinüber. Das war der Hauptunterschied zwischen Montevideo und New York City. Außer den Touristenhotels und den Kneipen schlossen in Montevideo alle Geschäfte bei Sonnenuntergang. Hier in New York waren die Straßen selbst um diese Zeit noch stark befahren. Für die Behörden war es wahrscheinlich unmöglich, alles unter Kontrolle zu behalten, zu wissen, wer kam und wer ging, was die Lkws und die Lieferwagen geladen hatten.

*Zum Glück für uns*, dachte er.

Ebenso unmöglich war es für die Polizei, alle Flugzeuge zu überwachen, die auf den vielen kleinen Landebahnen in der Region um New York landeten. Solche Flughäfen und auch offene Felder im Bundesstaat New York, in Connecticut, in New Jersey und in Pennsylvania waren bestens für unbemerkte An- und Abflüge kleinerer Maschinen geeignet. Die Wasserwege in diesen Bundesstaaten waren ebenfalls ideal – eine verlassene Bucht oder ein Flußufer im Morgengrauen ... Kisten wurden schnell und ohne Lärm von Booten oder Wasserflugzeugen auf Lkws geladen. Sehr einfach, und ganz in der Nähe von New York City. Auch das war ein glücklicher Umstand für das Team.

Eine Stunde verging, dann noch eine. Barone hatte vorher gewußt, daß es eine Weile dauern würde, da Downer jede einzelne Waffe genau untersuchen mußte. Obwohl Waffenhändler üblicherweise die Wünsche ihrer Kundschaft erfüllten, hieß das noch nicht, daß die Waffen alle in perfektem Zustand waren. Wie Flüchtlinge reiste auch diese heiße Ware nie Erster Klasse. Doch die Wartezeit störte den Mann aus Uruguay nicht. Es kam darauf an, daß die Waffen funktionierten, wenn er anlegte und abdrückte.

Zu seiner Linken erregte etwas seine Aufmerksamkeit, und er drehte sich um. In der Nähe der Flußmündung trafen die ersten Strahlen der Morgendämmerung auf die Freiheitsstatue. Es war ihm nicht bewußt gewesen, daß das Monument dort stand, und sein Anblick überraschte ihn. Dann ärgerte er sich, denn er hatte keine Beziehung zu den Vorstellungen von Freiheit und Gleichheit der Vereinigten Staaten von Amerika. Und hier im Hafen stand eine riesige, steinerne Verkörperung dieser Ideale. Ihm erschien sie wie ein Sakrileg. Seine Erziehung hatte ihm vermittelt, daß solche Dinge sehr persönlich waren. Sie wurden im Herzen verehrt, nicht im Hafen.

Kurz vor sieben Uhr morgens öffnete sich schließlich die Tür hinter ihm, und Downer sah heraus.

»Komm zum Hintereingang«, sagte der Australier kurz angebunden und schloß die Tür.

Barone verspürte keine Lust mehr, sich über Downers Akzent lustig zu machen. Mit dem gnadenlosen Söldner hatte er seit dem Vorfall im Hubschrauber über Paris kein Wort gewechselt.

Er drehte sich nach links und ging um das Gebäude herum. Seine neuen Stiefel hatten tiefgefurchte Gummisohlen, die auf dem Asphalt quietschten, als er die Einfahrt entlangschritt. Zu seiner Rechten befand sich ein Reifenladen, der von hohem Maschendraht umzäunt war. Ein Wachhund schlief zusammengerollt im Schatten. Einige Stunden vorher hatte er ihm etwas von seinem Hamburger zugeworfen – amerikanisches Fleisch schmeckte merkwürdig –, und das Tier hatte sich sofort mit ihm angefreundet.

Barone ging an zwei grünen Mülltonnen vorbei zu dem gemieteten Van. Insgesamt waren es siebzehn Waffen, drei Handfeuerwaffen für jeden Mann und zwei Panzerfäuste, sowie Munition und kugelsichere Westen. Die Waffen waren einzeln in Schutzverpackungen eingewickelt. Sazanka und Vandal trugen sie bereits von der Werkstatt herbei.

Durch die offene Seitentür sprang Barone in den Lieferwagen und nahm die Waffen entgegen, die ihm die Männer hochreichten. Dann legte er sie sorgfältig in sechs unbeschriftete Pappkartons. Downer beobachtete die Prozedur von der Hintertür der Werkstatt aus, um sich zu vergewissern, daß keine der Waffen fallen gelassen wurde. Es war das erstemal, daß Barone den Australier so ruhig und professionell erlebte.

Bei der Arbeit verlor sich das Gefühl der Einsamkeit, das ihn noch vor kurzem überkommen hatte. Nicht wegen der Gegenwart seiner Partner, sondern weil er endlich wieder in Bewegung kam. Sie waren jetzt so nah am Ziel. Barone hatte immer an den Plan geglaubt, aber jetzt war er sicher, daß ihnen alles gelingen würde. Nur noch wenige kleine Schritte fehlten zum Ziel.

Monate zuvor hatte Georgiew sich einen falschen Führerschein des Bundesstaates New York besorgt. Da Autovermieter sich grundsätzlich bei der Polizei nach Vorstrafen erkundigten, bevor sie einen Wagen aus der Hand gaben, hatte er zusätzlich zahlen müssen, um einen unverfänglichen Eintrag ins Computersystem der Kraftfahrzeugabteilung vornehmen zu lassen. Sogar an einen Strafzettel im Vorjahr hatte er gedacht, nicht nur um seinen festen Wohnsitz zu beweisen, sondern weil die meisten Autofahrer in großen Städten früher oder später einmal falsch parkten. Kein Eintrag könnte Verdacht erwecken.

Sie mußten jetzt nur noch aufpassen, daß sie keine rote Ampel überfuhren oder in einen Unfall verwickelt wurden, bevor sie das Hotel erreichten. Am Vortag hatten sie gelost, und Vandal war die Rolle zugefallen, im Lieferwagen zu schlafen, während sich die anderen Männer im Hotelzimmer ausruhten. Georgiew wollte nicht das Risiko eingehen, daß der Lieferwagen gestohlen wurde.

Um neunzehn Uhr wollten sie dann die Hotelgarage verlassen und in Richtung Forty-second Street fahren. Zuerst nach Osten, quer durch die Stadt, und dann auf der First Avenue nach Norden. Georgiew wollte wieder ganz besonders vorsichtig fahren.

Dann würde er plötzlich Gas geben. Mit einer Geschwindigkeit von hundert bis hundertzwanzig Stundenkilometern würden sie am Ziel vorfahren, und in weniger als zehn Minuten würde das Ziel fallen.

Die Vereinten Nationen würden in ihrer Hand sein. Und dann konnte der dritte und letzte Teil ihres Planes beginnen.


# 6

*New York/New York – Samstag, 18 Uhr 45*

Der Völkerbund wurde nach dem Ersten Weltkrieg gegründet, um entsprechend seinen Statuten ›internationale Zusammenarbeit zu fördern und internationalen Frieden und Sicherheit zu erlangen‹. Obwohl der damalige US-Präsident, Woodrow Wilson, hartnäckig für den Völkerbund eintrat, wollte der amerikanische Senat nichts von der Organisation wissen. Hauptsächlich störte die Senatoren, daß Truppen des Völkerbundes möglicherweise dafür eingesetzt werden könnten, die territoriale Unversehrtheit oder die politische Unabhängigkeit anderer Länder zu erhalten. Zudem erhoben sie Einspruch dagegen, die Oberhoheit der Organisation hinsichtlich der Belange in Nord-, Zentral- und Südamerika anzuerkennen. Präsident Wilson erlitt einen Schlaganfall als Resultat seiner unermüdlichen Anstrengungen, die Anerkennung des Völkerbundes und seines Mandats in den Vereinigten Staaten durchzusetzen.

Der Bund errichtete sich zwar in Genf einen Traumpalast für sechs Millionen Dollar, doch seine noblen Absichten blieben weitgehend wirkungslos. Die japanische Besetzung der Mandschurei im Jahr 1931 konnte nicht verhindert werden, ebensowenig 1935 die Einnahme Äthiopiens durch die Italiener oder der Anschluß Österreichs an das Deutsche Reich. Erst recht zeigte sich die Hilflosigkeit der Institution beim Ausbruch des Zweiten

Weltkrieges. Es wird immer noch darüber diskutiert, ob die Teilnahme der Vereinigten Staaten am Völkerbund den Lauf der Geschichte in irgendeiner Weise verändert hätte.

Die UNO wurde 1945 ins Leben gerufen, um zu erreichen, was dem Völkerbund nicht gelungen war. Zu diesem Zeitpunkt war die Situation allerdings völlig anders. Die Vereinigten Staaten von Amerika hatten Grund dazu, sich aktiv für die Souveränität anderer Nationen zu engagieren. Der Kommunismus wurde als die größte Bedrohung für den American Way of Life angesehen, und jede weitere Nation, die ihm zum Opfer fiel, bedeutete eine Ausweitung der Machtsphäre des Feindes.

Die UNO wählte die Vereinigten Staaten als Gastland für ihr internationales Hauptquartier, denn die USA waren nicht nur aus dem Zweiten Weltkrieg als weltbeherrschende militärische und wirtschaftliche Macht hervorgegangen, sondern hatten sich auch bereit erklärt, ein Viertel des Jahresbudgets der UNO zu übernehmen. Außerdem war die diktatorische Tradition vieler europäischer Länder Anlaß genug, um die Alte Welt für ungeeignet zu befinden, den Sitz einer Weltorganisation zu beherbergen, die eine neue Epoche des Friedens und der Völkerverständigung propagierte.

New York wurde gewählt, weil die Stadt zum zentralen Angelpunkt der internationalen Kommunikation und Finanzwelt geworden war und zudem als traditionelles Bindeglied zwischen der Alten und der Neuen Welt galt. Zwei andere Standorte in Amerika hatten aus unterschiedlichen Gründen keine Chance. San Francisco, Favorit der Australier und Asiaten, wurde abgelehnt, weil die Sowjetunion nicht den verhaßten Chinesen und Japanern die Anreise erleichtern wollte. Und das bodenständige Fairfield County am Long Island Sound im Bundesstaat Connecticut disqualifizierte sich, als die Neuengländer aus Protest gegen den Anfang einer ›Weltregierung‹ die Mitglieder der Auswahlkommission der Vereinten Nationen bei ihrem Besuch mit Steinen bewarfen.

Ein Großteil des Geländes für den neuen Sitz der UNO,

auf dem sich vorher ein Schlachthof befunden hatte, wurde mit Hilfe einer Spende über 8,5 Millionen Dollar der Familie Rockefeller gekauft. Im Gegenzug wurde der Familie Steuerbefreiung gewährt. Zusätzlich profitierten die Rockefellers von der Wertsteigerung der Grundstücke, die sie rund um den neuen Komplex noch ihr eigen nannten. Bürotürme, Apartmentgebäude, Restaurants, Einkaufszentren und Amüsierbetriebe ließen sich in der ehedem heruntergekommenen Nachbarschaft nieder, um den Tausenden von Delegierten und Angestellten im Dienst der Vereinten Nationen das Leben zu erleichtern.

Die relativ geringe Größe des Geländes für dieses Projekt hatte zwei Konsequenzen. Zuerst einmal mußte das Gebäude als Wolkenkratzer konzipiert werden. Der Wolkenkratzer war eine typisch amerikanische Erfindung, geschaffen, um die begrenzten räumlichen Möglichkeiten der kleinen Insel Manhattan bestmöglich auszuschöpfen. So hatte das UNO-Hauptquartier einen eindeutig amerikanischen Anstrich. Doch die räumlichen Einschränkungen paßten den Gründern der Vereinten Nationen gut ins Konzept, denn so erhielten sie einen Vorwand, einige Schlüsselfunktionen der Organisation zu dezentralisieren, wie beispielsweise den Internationalen Gerichtshof und die Internationale Arbeitsorganisation. Diese wurden in andere Weltstädte verlegt. Der wichtigste Nebensitz der Vereinten Nationen wurde im Gebäude des ehemaligen Völkerbundes in Genf eingerichtet, als deutlicher Hinweis an die Amerikaner, daß eine Weltfriedensorganisation bereits einmal gescheitert war, weil sich nicht alle Nationen für sie eingesetzt hatten.

Aus seiner Schulzeit entsann sich Paul Hood einiger dieser Details. Auch an etwas anderes aus dieser Zeit erinnerte er sich, etwas, das seine Wahrnehmung des Gebäudes nachhaltig geprägt hatte. Während der Weihnachtsferien war er für eine Woche mit anderen prämierten Schülern von Los Angeles nach New York gekommen, und bei ihrer Fahrt vom J.-F.-Kennedy-Flughafen in die Stadt sahen sie das UN-Gebäude in der Abenddämmerung auf der anderen Seite des East Rivers liegen. Alle anderen Wolkenkratzer in seinem Blickfeld zeigten nach Norden und Süden: das Empire State Building, das Chrysler Building, das Pan Am Building. Aber die neununddreißig Stockwerke aus Glas und Marmor des Sitzes der UNO wiesen nach Osten und Westen. Er drehte sich zu seinem Nachbarn James LaVigne und berichtete ihm von seiner Entdeckung.

Der dünne, konzentrierte Brillenträger LaVigne sah von seinem Comicheft hoch – ›The Mighty Thor‹ –, das in einem Heft von *Scientific American* versteckt war.

»Weißt du, woran mich das erinnert?« fragte LaVigne.

Hood sagte, er habe keine Ahnung.

»An das Symbol auf Batmans Brust.«

»Was meinst du damit?« fragte Hood. Er hatte noch keinen einzigen Batman-Comic gelesen und auch die beliebte Fernsehserie nur einziges Mal angeschaut, um wenigstens zu wissen, worüber alle sprachen.

»Batman trägt ein glänzendes schwarzgoldenes Fledermaussymbol auf seiner Brust«, sagte LaVigne. »Weißt du auch, warum?«

Hood verneinte erneut.

»Weil Batman unter der Uniform eine kugelsichere Weste trägt«, erklärte LaVigne. »Wenn ein Gangster schießt, dann will Batman, daß er genau auf seine Brust zielt.«

LaVigne vertiefte sich wieder in seinen Comic, und der zwölfjährige Hood drehte sich noch einmal zum UN-Gebäude. LaVigne konnte sehr bizarre Bemerkungen machen, wie beispielsweise seine Lieblingsthese, daß Superman eine Nacherzählung des Neuen Testaments sei. Aber diesmal war etwas dran an seiner Beobachtung. Hood überlegte, ob die Stadt New York diesen Komplex wohl absichtlich so gebaut hatte. Wenn jemand von der Flußseite oder vom Flughafen angreifen wollte, präsentierte sich das Gebäude als leichtes und großes Ziel für kubanische oder chinesische Agenten.

Dank dieser lebhaften Kindheitserinnerung assoziierte Paul Hood die Vereinten Nationen immer als New Yorks Zielscheibe. Auch jetzt fiel ihm diese erstaunliche Verwundbarkeit auf. Bei nüchterner Betrachtung war es natürlich Unsinn. Die UNO befand sich auf internationalem Territorium. Wenn Terroristen Amerika treffen wollten, würden sie Infrastruktureinrichtungen angreifen – Eisenbahnlinien, Brücken oder Tunnel –, wie die Terroristen, die den Queens-Midtown-Tunnel gesprengt und das OP-Center veranlaßt hatten, mit seinem russischen Gegenpart zusammenzuarbeiten. Oder Monumente wie die Freiheitsstatue. An diesem Morgen auf Liberty Island hatte Hood überrascht festgestellt, wie leicht die Insel vom Wasser und aus der Luft zugänglich war. Auf der Fähre stellte er besorgt fest, wie einfach ein paar Kamikazepiloten mit sprengstoffbeladenen Flugzeugen die Statue in einen Steinhaufen verwandeln konnten. Im Verwaltungskomplex gab es zwar ein Radarsystem, aber Hood wußte, daß der Hafenpatrouille der New Yorker Polizei nur ein einziges Kanonenboot zur Verfügung stand, das vor Governor's Island vor Anker lag. Zwei Flieger aus der entgegengesetzten Richtung – mit der Statue in der Schußlinie des Kanonenbootes – würden es zumindest einem Terroristen ermöglichen, sein Ziel zu erreichen.

*Du warst zu lange beim OP-Center*, sagte er sich. Sogar in seinen Ferien setzte er sich mit Krisenkonstellationen auseinander.

Kopfschüttelnd sah er sich um. Sharon und er waren frühzeitig hier eingetroffen, um im Andenkenladen ein T-Shirt für Alexander zu kaufen. Dann hatten sie sich in die riesige Publikumshalle des Sitzes der Generalversammlung in der Nähe der bronzenen Zeusstatue hinaufbegeben, um dort auf die Repräsentantin der Jugendkunstabteilung der Vereinten Nationen zu warten. Die Halle war um sechzehn Uhr für das allgemeine Publikum geschlossen worden, damit die Angestellten sie für den jährlichen Friedensempfang dekorieren konnten. Da es ein sternenklarer, wunderschöner Abend war, würden die Gäste die Möglichkeit haben, drinnen zu essen und sich draußen zu unterhalten. Auf diese Weise konnten sie den Hof auf der Nordseite durchstreifen, die Skulpturen und

Gärten bewundern oder auf der Promenade am East River entlang spazierengehen. Um 19 Uhr 30 wurde die neue Generalsekretärin der Vereinten Nationen, Mala Chatterjee aus Indien, in den Räumen des Weltsicherheitsrats erwartet, zusammen mit Vertretern der Mitgliedsnationen des Sicherheitsrats. Dort wollten Mrs. Chatterjee und der spanische Botschafter den Mitgliedern für die enormen Friedensbemühungen der UNO in Spanien danken, die zum Ziel hatten, weitere ethnische Unruhen zu verhindern. Anschließend sollten Harleigh und die anderen jugendlichen Geiger ›A Song of Peace‹ spielen. Dieses Stück war von einem spanischen Komponisten zu Ehren der Gefallenen des Spanischen Bürgerkrieges vor über sechzig Jahren geschrieben worden. Musiker aus Washington waren für diese Aufführung ausgewählt worden, was sich als passend erwies, da eine Amerikanerin – Martha Mackall vom OP-Center – das erste Opfer der jüngsten Unruhen in Spanien gewesen war. Zufällig befand sich auch Paul Hoods Tochter unter den acht eingeladenen Geigern.

Alle anderen Eltern waren bereits eingetroffen, und Sharon hatte sich auf der Suche nach einer Toilette ins untere Stockwerk begeben. Einige Minuten vorher waren die Musiker für einen Augenblick auf ein paar Worte heruntergekommen. In ihrem weißen Satinkleid mit der Perlenkette sah Harleigh sehr reif aus. Die junge Barbara Mathis neben Harleigh trat ebenfalls ruhig und gefaßt auf, wie eine zukünftige Diva. Hood wußte, daß das Erscheinen ihrer Tochter der Grund dafür war, daß Sharon sich entschuldigt hatte. Sie weinte ungern in der Öffentlichkeit.

Seit ihrem vierten Lebensjahr spielte Harleigh Geige. Paul hatte sich daran gewöhnt, sie in ihren Overalls und Trainingsanzügen beim Üben zu beobachten. Deshalb war es ein überwältigender Anblick, als nun eine erfolgreiche Musikerin und erwachsene Frau die Treppe von den Umkleideräumen heraufkam. Hood fragte seine Tochter, ob sie Lampenfieber habe. Sie verneinte und sagte, der Komponist habe ja den schwierigsten Teil schon erledigt. Harleigh war gefaßt und außerdem schlagfertig.

In diesem Augenblick kam es Hood in den Sinn, daß es wohl nicht die alte Vorstellung dieses Gebäudes als Zielscheibe war, die ihm das Gefühl der Verwundbarkeit gab. Vielmehr war es dieser Moment, dieser spezielle Punkt in seinem Leben.

In der offenen, zwölf Meter hohen Halle fühlte Hood sich plötzlich sehr allein und von so vielen Dingen distanziert. Seine Kinder waren fast erwachsen, er hatte eine Karriere abgeschlossen, von seiner Frau war er in vielen Lebensbereichen entfremdet, und zu den Menschen, mit denen er mehr als zwei Jahre lang eng zusammengearbeitet hatte, würde er keinen Kontakt mehr haben. Sollte er sich in der Mitte seines Lebens so fühlen? Verwundbar und orientierungslos?

Zweifel überkamen ihn. Seine Freunde und Kollegen beim OP-Center – Bob Herbert, Mike Rodgers, Darrell Mc-Caskey, das Computergenie Matt Stoll, sogar die kürzlich verstorbene Martha Mackall – waren alle ledig. Ihre Arbeit war ihr Leben. Das traf auch für Colonel Brett August zu, den Leiter des Strikerteams. War Hood durch den Umgang mit ihnen so geworden? Oder fühlte er sich zu ihnen hingezogen, weil ihm dieser Lebensstil zusagte?

Wenn die zweite Hypothese zutraf, würde der Neuanfang sehr schwer für ihn werden. Vielleicht sollte er mit der Psychologin Liz Gordon über diese Dinge sprechen, solange er noch offiziell beim OP-Center angestellt war. Liz war allerdings ebenfalls ledig, und ihr Arbeitspensum lag bei etwa sechzig Stunden pro Woche.

Hood sah, wie Sharon die geschwungene Treppe auf der anderen Seite der Halle heraufkam. In ihrem eleganten cremefarbenen Hosenanzug sah sie fantastisch aus. Nachdem er ihr im Hotel ein entsprechendes Kompliment gemacht hatte, war ihr Gang deutlich beschwingter geworden, und dieser Schwung war auch jetzt noch zu sehen. Mit einem Lächeln kam sie auf ihn zu, und er lächelte zurück. Plötzlich fühlte er sich nicht mehr so allein.

Eine junge Japanerin trat zu ihnen. Sie trug einen dunkelblauen Blazer und ein Namensschild auf ihrer Brustta-

71

sche und begrüßte sie mit einem warmen Lächeln. Sie kam von einer kleinen Vorhalle an der Ostseite des Gebäudes der Vollversammlung. Im Unterschied zur Haupthalle, die sich am nördlichen Ende befand, grenzte diese kleinere Halle an den Hauptvorplatz des UNO-Komplexes. Außer den Büros der Mitgliedsnationen befanden sich hier die Versammlungssäle des Sicherheitsrats, des Wirtschafts- und Sozialrats und des Treuhandrats. Dorthin wurden sie jetzt geführt. Die drei vornehmen Auditorien lagen neben- einander mit Blick auf den East River. Der Korresponden- tenclub der Vereinten Nationen, in den die Eltern begleitet wurden, befand sich gegenüber dem Auditorium des Si- cherheitsrats.

Die junge Führerin stellte sich als Kako Nogami vor. Mit den Eltern im Gefolge begann die junge Frau eine Kurz- version ihres Touristenvortrages.

»Wie viele von Ihnen sind schon einmal hier bei den Vereinten Nationen gewesen?« fragte sie, während sie sich zu ihren Zuhörern umdrehte.

Einige Eltern hoben die Hand. Hood ließ es bleiben, denn er wollte nicht von Kako gefragt werden, woran er sich noch erinnere. Dann hätte er ihr die Geschichte von James LaVigne und Batman erzählen müssen.

»Zur Auffrischung Ihres Gedächtnisses«, fuhr sie fort, »und zur Information unserer neuen Gäste möchte ich Ih- nen ein wenig über den Teil der Vereinten Nationen er- zählen, den wir besuchen werden.« Sie erklärte, daß der Weltsicherheitsrat die mächtigste Institution der Vereinten Nationen ist und daß seine Verantwortung sich in erster Linie auf die Erhaltung des Friedens und der internationa- len Sicherheit erstreckt. »Fünf einflußreiche Länder ein- schließlich der Vereinigten Staaten von Amerika haben ei- nen Sitz als permanente Mitglieder«, sagte sie, »und zehn weitere Länder werden alle zwei Jahre neu gewählt. Heu- te abend werden Ihre Kinder für die Botschafter dieser Nationen und ihre wichtigsten Mitarbeiter spielen.

Der Wirtschafts- und Sozialrat dient, wie der Name schon sagt, als Diskussionsforum internationaler wirtschaftlicher und sozialer Themen und Belange«, erklärte die junge Frau weiter. »Dieser Ausschuß setzt sich außerdem für Menschenrechte und Grundfreiheiten ein. Bevor der Treuhandrat im Jahr 1994 seine Tätigkeiten einstellte, unterstützte er Territorien in der ganzen Welt dabei, Selbstverwaltung oder Unabhängigkeit zu erlangen, entweder als souveräne Staaten oder als Teil anderer Nationen.«

Für einen Moment dachte Hood, wie faszinierend es wäre, eine solche Institution zu leiten. Den Frieden unter den Delegierten aufrechtzuerhalten wäre bestimmt eine ebenso große Herausforderung wie den Weltfrieden zu garantieren. Als ob sie seine Gedanken lesen könnte, griff Sharon nach seiner Hand und drückte sie fest. Er verdrängte die Idee.

Im Erdgeschoß kam die Gruppe an einem großen Fenster vorbei, durch das man auf den Hauptplatz hinaussah. Draußen stand der Shinto-Schrein mit der japanischen Friedensglocke, die aus Münzen und Metall von Schenkungen aus sechzig Ländern gegossen worden war. Direkt neben dem Fenster ging es von der Halle in einen weiten Korridor. Vor ihnen lagen die Aufzüge, die von den Abgeordneten der Vereinten Nationen und ihren Mitarbeitern benutzt wurden. Zu ihrer Rechten standen Vitrinen mit Exponaten, zu denen die junge Japanerin sie nun führte. Die Ausstellung zeigte Überreste der Atombombenexplosion, die Hiroshima verwüstet hatte: deformierte Dosen, verkohlte Schuluniformen und Dachziegel, geschmolzene Flaschen und eine zernarbte Steinstatue der heiligen Agnes. Die Japanerin beschrieb die Zerstörungskraft und die Intensität der Explosion.

Weder Hood noch Barbaras Vater, Hal Mathis, dessen Vater in Okinawa gefallen war, ließen sich von der Ausstellung erschüttern. Hood hätte gern Bob Herbert und Mike Rodgers hier gehabt. Sicherlich hätte Rodgers die Führerin gebeten, ihnen doch als nächstes die Pearl-Harbor-Ausstellung zu zeigen, mit den Überresten eines Angriffs, der stattfand, als die beiden Nationen sich *nicht* miteinander im Krieg befunden hatten. Mit ihren zweiundzwanzig oder dreiundzwanzig Jahren wäre es der jungen Frau nach Hoods Meinung wohl schwergefallen, den Kontext der Frage zu verstehen.

Herbert hätte schon eine Szene gemacht, bevor sie überhaupt so weit gekommen wären. Der Geheimdienstchef hatte im Jahr 1983 seine Frau bei dem Bombenanschlag auf die Botschaft der Vereinigten Staaten in Beirut verloren und seine Gehfähigkeit eingebüßt. Sein Leben war weitergegangen, aber es fiel ihm schwer zu vergessen, und Hood konnte ihn verstehen. Im Souvenir-Shop hatte Hood in einer der Broschüren der Vereinten Nationen geblättert, in der Pearl Harbor als der ›Angriff Hirohitos‹ bezeichnet und damit indirekt das japanische Volk von der Verantwortung für dieses Verbrechen freigesprochen wurde. Selbst der politisch korrektere Hood fand diese revisionistische Geschichtsdarstellung störend.

Nach dem Besuch der Hiroshima-Ausstellung fuhr die Gruppe zwei Stockwerke hinauf zur oberen Halle. Zu ihrer Linken befand sich – nach den beiden anderen – das Auditorium des Sicherheitsrats am Ende des Korridors. Die Eltern wurden zum ehemaligen Pressezentrum auf der anderen Seite der Halle geführt. Vor der Tür stand ein Angehöriger der UN-Sicherheitskräfte Wache. Der Afro-Amerikaner trug ein kurzärmliges blaues Hemd, eine blaugraue Hose mit schwarzen Längsstreifen und ein dunkelblaues Barett. Auf seinem Namensschild stand der Name Dillon. Bei ihrer Ankunft schloß Mr. Dillon die Tür zum ehemaligen Pressezentrum auf, um die Gruppe hineinzulassen.

Neuerdings arbeiten Journalisten und Reporter üblicherweise in den technisch perfekt ausgerüsteten Presseräumen, die sich in langen, gläsernen Kabinen auf beiden Seiten des Auditoriums des Weltsicherheitsrates befinden. Zugang zu diesen Kabinen erhält man von einem Korridor zwischen dem Sicherheitsrat und dem Wirtschafts- und Sozialrat. Aber in den vierziger Jahren war dieser geräumige, fensterlose Raum in L-Form das Herz des Medienzentrums der Vereinten Nationen gewesen. Im ersten

Teil standen alte Schreibtische, Telefone, ein paar lädierte Computerterminals sowie einige Faxmaschinen älteren Datums. In der größeren zweiten Hälfte des Raumes, der Grundlinie des L, befanden sich Kunststoffsofas, ein Toilettenraum, ein Geräteschrank und vier in die Wand eingelassene Fernsehschirme. Normalerweise wurden auf diesen Monitoren die Debatten des Sicherheitsrats oder des Wirtschafts- und Sozialrats übertragen. Mit den entsprechenden Kopfhörern konnten die Zuschauer je nach Kanal die Debatten in ihrer Muttersprache verfolgen. Heute abend würden sie hier Mrs. Chatterjees Rede und anschließend das Violinkonzert verfolgen. Auf zwei Tischen am Ende des Raumes standen Platten mit Sandwiches und eine Kaffeemaschine, und in einem kleinen Kühlschrank befanden sich alkoholfreie Getränke.

Nachdem sie sich für die Aufmerksamkeit der Eltern bedankt hatte, erinnerte Kako sie besonders höflich daran, was ihnen bereits brieflich und am Vorabend in ihrem Hotel mündlich von einem Angestellten der Vereinten Nationen mitgeteilt worden war. Aus Sicherheitsgründen mußten sie sich für die Dauer der Veranstaltung in diesem Raum aufhalten. Sie teilte ihnen mit, daß sie die Kinder nach dem Konzert um halb neun hierher bringen würde. Hood fragte sich, ob der Wachposten vor der Tür stand, um Touristen am Betreten des Presseraums zu hindern oder um sie nicht hinauszulassen.

Hood und Sharon gingen zum Tisch mit den Sandwiches.

Einer der Väter deutete auf die Plastikteller und das Plastikbesteck. »Sehen Sie, was geschieht, wenn die Vereinigten Staaten ihre Beiträge nicht zahlen?« scherzte er.

Der ehemalige Polizeioffizier aus Washington bezog sich auf die Schulden der Amerikaner in Höhe von mehreren Milliarden Dollar, die sich als Resultat der Unzufriedenheit des amerikanischen Senats angesammelt hatten. Der Senat sprach von chronischer Verschwendung, Betrug und Finanzschwindel bei den Vereinten Nationen. Hauptkritikpunkt war, daß die Gelder für die UN-Friedenstruppen dazu verwendet würden, die Militärressourcen der teilnehmenden Nationen aufzubessern.

Hood lächelte höflich. Über große Budgets, Regierungspolitik und Dollardiplomatie wollte er jetzt nicht nachdenken. Er und seine Frau hatten heute einen schönen Tag verbracht. Nach der ersten verkrampften Nacht in New York hatte Sharon sich allmählich entspannt. Sie genoß die angenehme Herbstsonne auf Liberty Island und ließ sich auch von den Menschenmassen nicht stören. Sie freute sich über Alexanders Enthusiasmus angesichts der technischen Daten der Freiheitsstatue, und weil er zufrieden war, daß er mit seinen Videospielen und den nicht besonders nahrhaften Leckereien aus einem Imbißladen in der Seventh Avenue allein sein konnte. Hood hatte nicht vor, sich die gute Stimmung von Wachposten, amerikafeindlichen Äußerungen oder Plastikgabeln verderben zu lassen.

Harleigh war der Auslöser all dieser positiven Gefühle gewesen, aber weder sie noch Alexander waren dafür verantwortlich, daß Hood sich jetzt gut fühlte.

*Da ist irgend etwas*, sagte er zu sich selbst, während sie ihre Teller füllten und sich auf einem der alten Sofas niederließen, um auf die erste Aufführung ihrer Tochter in New York City zu warten. So, wie er Sharons Hand gehalten hatte, wollte er auch dieses Gefühl festhalten.

Ganz fest.


# 7

*New York/New York – Samstag, 19 Uhr 27*

Samstags abends nach neunzehn Uhr konzentriert sich der Verkehr noch stärker als normalerweise in der Umgebung des Times Square, denn die Theaterbesucher strömen von überallher in diesen Teil der Stadt. Große Wagen und Limousinen verstopfen die Seitenstraßen, vor den Garagen bilden sich lange Schlangen, und Taxis und Busse kommen durch den Stau im Zentrum des Theaterviertels nur schleppend voran.

Diese Verzögerung hatte Georgiew berücksichtigt, als er diesen Teil der Operation geplant hatte. Als er schließlich in der Forty-second Street nach Osten Richtung Bryant Park abbog, lächelte er zuversichtlich und entspannte sich. Den anderen Männern des Teams ging es ähnlich. Andererseits hätte er sie gar nicht erst für diesen Kommandoeinsatz rekrutiert, wenn er nicht mit ihnen gedient und gesehen hätte, daß sie auch unter Druck gelassen handelten.

Außer Reynold Downer war der achtundvierzigjährige ehemalige Colonel der bulgarischen Volksarmee der einzige echte Söldner im Team. Barone wollte Geld, um den Leuten in seiner Heimat zu helfen. Sazanka und Vandal hatten Gründe, die bis zum Zweiten Weltkrieg zurückgingen und mit Geld zu beseitigen waren. Für Georgiew ging es um etwas anderes. Nachdem er fast zehn Jahre mit CIA-Unterstützung im bulgarischen Untergrund verbracht hatte, war ihm der Kampf gegen die Kommunisten so in Fleisch und Blut übergegangen, daß für ihn ein Zeitalter ohne klares Feindbild unvorstellbar war. Außer seiner Militärausbildung hatte er keine beruflichen Ambitionen, doch die Armee zahlte inzwischen nur noch unregelmäßig, und er schnitt wesentlich schlechter ab als in den Zeiten amerikanischer Dollars im Schatten des Sowjetreiches. Seine Geschäftsidee bestand darin, die Suche nach Erdöl und Erdgas zu finanzieren, und mit seinem Anteil der Einnahmen von der heutigen Operation wäre sein Startkapital garantiert.

Da Georgiew mit den Taktiken der CIA vertraut war und fließend amerikanisches Englisch sprach, hatten die anderen Männer zugestimmt, diesen Teil der Mission unter seiner Führung abzuwickeln. Außerdem hatte er sein Organisationstalent und seine Führungsqualitäten beim Aufbau des Prostituiertenrings in Kambodscha unter Beweis gestellt.

Langsam und vorsichtig fuhr er mit dem Lieferwagen durch die Straßen. Besondere Aufmerksamkeit widmete er den achtlos die Straße überquerenden Fußgängern. Er fuhr nicht zu nah auf, beschimpfte keine Taxifahrer, die ihn schnitten – kurz: Er tat nichts, was die Polizei hätte veranlassen können, ihn anzuhalten. Die Situation hatte durchaus einen ironischen Beigeschmack: Auf dem Weg zu einer Tat der Zerstörung und des Mordes, an die sich die Welt noch lange erinnern würde, zeigte er sich als Musterbeispiel eines defensiven und gesetzestreuen Autofahrens. In seiner Jugend wollte Georgiew unbedingt Philosoph werden. Vielleicht gelang es ihm doch noch, wenn all dies vorbei war. Kontraste faszinierten ihn.

Am Vortag war ihm beim Abfahren dieser Strecke eine Verkehrskamera auf einer Ampel an der Südwestecke von Forty-second Street und Fifth Avenue aufgefallen. Die Kamera zeigte Richtung Norden. Es gab noch eine andere, an der Ecke Forty-second Street und Third Avenue, die in Richtung Süden gerichtet war. Vandal auf dem Beifahrersitz und Georgiew am Steuer klappten die Sonnenblenden herunter, um die Fenster rechtzeitig abzudecken. Beim Betreten der UNO würden sie Skimützen tragen, die die Gesichter ganz bedeckten. Die New Yorker Polizei würde wahrscheinlich alle Aufzeichnungen der Verkehrskameras der gesamten Gegend untersuchen, und es lag ihm wenig daran, fotografische Hinweise auf die Insassen des Vans zu liefern. Auf diese Weise würden die Bilder der Verkehrskameras nutzlos sein. Vielleicht fand die Polizei ein paar Touristen, die das Fahrzeug zufällig gefilmt hatten, aber Georgiew hatte sich absichtlich dem Ziel von der untergehenden Sonne her genähert. Auf allen Videobändern würde lediglich eine reflektierende Windschutzscheibe zu sehen sein. Gott sei Dank lernte man auch solche Details bei der CIA.

Sie kamen an der New Yorker Stadtbibliothek vorbei, dann an der Grand Central Station und am Chrysler Building. Ohne Zwischenfall gelangten sie bis zur First Avenue. Beim Heranfahren an die Kreuzung ließ Georgiew sich Zeit, so daß er an der Ampel stehenbleiben mußte. Er hielt sich ganz rechts, damit er sich nach dem Abbiegen auf der rechten Straßenseite befand, wo auch das Gebäude der Vereinten Nationen lag. Er warf einen Blick nach Norden. Das Zielgebiet war nur noch zwei Häuserblocks entfernt. Fast genau vor ihnen befand sich der Sitz der UNO, ein wenig zurückgesetzt hinter einem runden Vorplatz und einem Springbrunnen. Zur Straßenseite war der Komplex über seine gesamte Länge von vier Blocks durch einen zwei Meter hohen Eisenzaun geschützt. Insgesamt gab es auf dieser Strecke drei Wachkabinen hinter den verschiedenen Eingangstoren, New Yorker Polizisten patrouillierten auf der Straße, und auf der anderen Seite der First Avenue, an der Ecke Forty-fifth Street, befand sich zudem ein Revier der New Yorker Polizei.

Am Vortag hatte er bereits alles ausgekundschaftet. Außerdem hatte er Fotografien und Videofilme analysiert, die er Monate zuvor aufgenommen hatte. Er war mit dieser Gegend so vertraut, daß er die genaue Position jeder Ampel und jedes Feuerhydranten kannte. Georgiew wartete, bis an der Fußgängerampel zu seiner Linken DON'T WALK zu blinken begann. Jetzt blieben ihnen noch sechs Sekunden, bis ihre Ampel umsprang. Er ergriff die zwischen seinen Knien klemmende schwarze Skimütze und zog sie über seinen Kopf. Die anderen Männer des Teams taten es ihm nach. Inzwischen trugen alle dünne weiße Handschuhe, mit denen sie keine Fingerabdrücke hinterließen, aber trotzdem gut ihre Waffen handhaben konnten.

Die Ampel schaltete um.

Georgiew bog ab.

# 8

*New York/New York – Samstag, 19 Uhr 30*

Nachdem Etienne Vandal seine Skimütze übergestülpt hatte, drehte er sich nach hinten, um von Sazanka, der sich mit Barone und Downer hinten im Lieferwagen befand, seine Waffen zu erhalten. Vor der Abfahrt hatten sie die Rücksitze ausgebaut und in einer Ecke der Hotelgarage abgestellt. Die Fenster hatten sie mit Farbe überstrichen. Mit geübten Handbewegungen bereiteten sich die Männer auf den Einsatz vor. Nachdem er seine beiden Automatikpistolen in den Halftern verstaut hatte, griff Barone zu der Uzi-Maschinenpistole. Außerdem trug er den Rucksack mit dem Tränengas und den Gasmasken. Sollte es zu einem Rückzugsgefecht kommen, würden sie sowohl Gas als auch Geiseln haben.

Die Drehung nach hinten wurde durch seine kugelsichere Weste erschwert, aber Vandal zog ein wenig Unbequemlichkeit der Verletzbarkeit vor. Sazanka reichte ihm seine beiden Automatikpistolen und eine Uzi.

Downer kniete neben der Tür auf der Fahrerseite des Vans. Seine Waffen lagen vor ihm auf dem Boden. Ein Schweizer Raketenabschußgerät vom Typ B77 war über seine Schulter geschlungen. Eigentlich hatte er ein amerikanisches Gerät vom Typ M47 Dragon verlangt, aber dies war das Beste gewesen, was Ustinowiks ihm anbieten konnte. Downer hatte die leichte Panzerfaust untersucht und seinen Partnern versichert, daß die Durchschlagskraft für den Job ausreichend war. Vandal und die anderen Männer hofften, daß er recht hatte, denn sonst wäre ihnen der Tod noch auf der Straße gewiß. Barone hockte neben der Seitentür; seine linke Hand hielt bereits den Türgriff.

Noch am Hotel hatte Vandal seine Waffen geprüft. Jetzt lehnte er sich wartend zurück, während der Lieferwagen seine Fahrt beschleunigte. Endlich war es soweit, der Countdown lief, auf den sie sich so lange vorbereitet hatten, in minutiösen Planungen seit mehr als einem Jahr. Vandal hatte sogar noch viel länger auf diesen Moment gewartet. Ruhig, gefaßt, ja sogar erleichtert sah er das Zielgebiet in ihrem Blickfeld erscheinen.

Auch die anderen Männer strahlten Ruhe aus, insbesondere Georgiew. Doch bei ihm dachte man immer an eine riesige, kalte Maschine. Vandal wußte eigentlich sehr we-

80

nig von dem Bulgaren, und was er wußte, gefiel ihm nicht und ließ ihn auch keinen Respekt empfinden. Bis zur neuen Verfassung im Jahr 1991 war Bulgarien eine der repressivsten Nationen im Ostblock gewesen. Georgiew hatte der CIA geholfen, Informanten innerhalb der Regierung anzuwerben. Vandal hätte es verstanden, wenn er das Regime aus Überzeugung bekämpft hätte. Doch Georgiew hatte ausschließlich für die CIA gearbeitet, weil sie gut zahlte. Trotz gleicher Ziele lag hier der Unterschied zwischen einem Patrioten und einem Verräter. Nach Vandals Meinung würde ein Vaterlandsverräter mit Sicherheit, ohne zu zögern, auch seine Partner bei einem Verbrechen verraten. Darüber wußte Etienne Vandal Bescheid.

Sein Großvater Charles Vandal war ein ehemaliger Kollaborateur der Nazis gewesen und in einem französischen Gefängnis gestorben. Doch er hatte nicht nur sein Land verraten. Er war Mitglied der Resistancegruppe Mulot gewesen, die französische Kunstwerke und Schätze gestohlen und versteckt hatte, bevor die plündernden Deutschen sie aus den Museen Frankreichs abtransportierten. Charles Vandal verriet nicht nur Mulot und seine Gruppe, sondern führte die Deutschen auch noch zu einem Versteck mit französischen Kunstwerken.

Weniger als ein Häuserblock trennte sie noch von ihrem Ziel.

Ein paar vereinzelte Touristen drehten sich nach dem schnell fahrenden Lieferwagen um. Das Fahrzeug raste an dem Bibliotheksgebäude der Vereinten Nationen auf der Südseite des Vorplatzes entlang. Dann schoß es an der ersten Wachkabine mit grünem Panzerglas und gelangweilten Beamten vorbei. Die Kabine stand hinter dem schwarzen Eisenzaun, und etwa sieben Meter Bürgersteig trennten sie von der Straße. Für den heutigen Abendempfang hielten zusätzliche Posten Wache, und das Tor war geschlossen worden. Aber das war unwichtig, denn das Zielgebiet befand sich weniger als zwanzig Meter nördlich von ihnen.

Georgiew raste an der zweiten Wachkabine und einem

direkt daneben liegenden Feuerhydranten vorbei, dann riß er das Steuer nach rechts und trat das Gaspedal durch. Das Fahrzeug jagte über den Bürgersteig, erfaßte einen Fußgänger und überfuhr ihn mit dem linken Vorderrad. Andere Fußgänger wurden zur Seite geschleudert. Sekunden später durchschlug der Wagen einen kniehohen Zaun. Das kreischende Metall an den Seiten des Lieferwagens übertönte die Schreie der verletzten Fußgänger, dann pflügte das Fahrzeug durch eine kleine Gartenanlage mit Sträuchern und Baumsetzlingen. Um den größeren Baum auf der Südseite des Gartens machte Georgiew einen Bogen. Ein paar niedrighängende Zweige anderer Bäume klatschten gegen die Windschutzscheibe und das Dach. Einige brachen, andere schnellten hinter dem Wagen zurück.

Die Sicherheitskräfte der Vereinten Nationen, Beamte der New Yorker Polizei und einige Polizisten des State Department in weißen Hemden reagierten jetzt auf den Durchbruch. Die Pistole in der einen und das Funkgerät in der anderen Hand starteten sie von den drei Wachkabinen entlang der First Avenue, von der auf der nördlichen Hofseite gelegenen Kabine und von der Polizeizentrale auf der anderen Straßenseite.

Nach zwei Sekunden hatte sich der Lieferwagen durch den Garten und die Hecken am anderen Ende gekämpft. Die Männer hinten im Lieferwagen hielten sich fest, als Georgiew das Fahrzeug mit einer Vollbremsung zum Stehen brachte. Zwischen dem Garten und dem runden Vorplatz erhob sich eine Betonmauer von etwas über einem Meter Höhe und dreißig Zentimeter Dicke. Die Fahnenstangen mit den Flaggen der 185 Mitgliederstaaten standen in einer Reihe hinter dieser Trennmauer.

Georgiew und Vandal duckten sich, denn wahrscheinlich würde die Windschutzscheibe zersplittern. Sobald Barone die Seitentür geöffnet hatte, legte sich Sazanka auf den Boden des Fahrzeugs, um bei Bedarf Deckungsfeuer geben zu können. Downer lehnte sich über ihn hinaus und hielt seine Panzerfaust auf die dicke Mauer. Dabei zielte er so niedrig wie möglich, um sicherzugehen, daß in Bodennähe nichts stehenblieb, und drückte ab.

Es gab einen ohrenbetäubenden Knall, und dann fehlte ein mehr als zwei Meter breites Stück der Betonmauer. Einige große Brocken flogen wie Kanonenkugeln durch die Luft, landeten im Springbrunnen, schlugen auf die Einfahrt. Aber der größte Teil des gesprengten Mauerabschnitts stieg in einem dicken, etwa fünfzehn Meter hohen Pilz weißer Steinfragmente in die Luft und prasselte dann wie Hagel herab. Hinter der Mauer knickten fünf Fahnenmasten an ihrer Basis ab und klatschten mit hartem Aufprall auf den Asphalt. Vandal hörte dieses Geräusch in aller Deutlichkeit, trotz des Nachhalls der Explosion.

Obwohl immer noch Betonbrocken herunterfielen, trat Georgiew das Gaspedal durch und riß den Lieferwagen vorwärts. Es war absolut notwendig, den Zeitablauf exakt einzuhalten. Sie mußten weiter. Er brach durch die Öffnung in der Mauer und zuckte auch nicht mit der Wimper, als er dabei mit der Fahrerseite an hervorstehenden Mauertrümmern entlangschrammte. Downer hatte sich in den Lieferwagen zurückgeworfen, aber Sazanka lag immer noch an der offenen Seitentür, schußbereit für den Fall, daß es jemandem einfallen sollte, auf sie das Feuer zu eröffnen. Doch niemand schoß.

Als sie noch bei den Friedenstruppen der UNO gedient und die Grundidee für diesen Plan entwickelt hatten, war es ein leichtes für die Männer gewesen, sich die Polizeianweisungen der Vereinten Nationen zu besorgen. In unmißverständlicher Weise hieß es da: kein individuelles Vorgehen gegen eine Gruppe. Nach Möglichkeit war ein Angriff mit den zur Verfügung stehenden Sicherheitsbeamten aufzuhalten, doch sollte erst nach Eintreffen von ausreichender Verstärkung zugeschlagen werden. Wieder einmal handelte es sich um die Philosophie der Vereinten Nationen in Reinkultur. Auf internationaler Ebene funktionierte es nie, und es würde auch hier absolut nicht funktionieren.

Georgiew lenkte den Wagen über den Platz in Richtung

83

Nordosten. Die gesprungene Windschutzscheibe hing immer noch in ihrem Rahmen, doch zum Glück kannte der Bulgare seinen Weg und hielt den Lieferwagen trotz der Sichtbehinderung auf der Ausfahrtpiste des Platzes. Dann hüpfte das Fahrzeug auf den Rasen, der zum Gebäude der Generalversammlung führte, und raste in einem Bogen um die japanische Friedensglocke. Vandal zog noch einmal den Kopf ein, und der Lieferwagen schoß durch das riesige Glasfenster, das sich von der kleineren Innenhalle zum Hof hin öffnete. In der Halle prallte der Wagen gegen die Statue El Abrazo de Paz, eine den Frieden umarmende, stilisierte menschliche Figur. Die Statue neigte sich zur Seite und fiel kopfüber zu Boden, während der Lieferwagen mit einem lauten Knirschen auf ihr steckenblieb. Das war das Ende seiner Reise, doch der Wagen war jetzt ohnehin überflüssig geworden. Als die Wachen und Gäste beim Empfang der Delegierten die Störung bemerkten, hatten die fünf Männer das Fahrzeug bereits verlassen.

Georgiew feuerte eine kurze Salve auf den Posten, der im Gang zu den Personalaufzügen Wache stand. Der junge Mann drehte sich um die eigene Achse und fiel zu Boden – das erste Opfer auf seiten der UNO. Vandal fragte sich, ob zu seinen Ehren auch eine Friedensstatue aufgestellt werden würde.

Die fünf Männer rannten den Gang hinunter zu den Aufzügen, die vom Sicherheitspersonal bereits abgestellt worden waren. Damit hatten sie nicht gerechnet, aber es war völlig unwichtig. Sie stürzten die zwei Treppen nach oben, dann bogen sie nach links ab. Die außer Betrieb genommenen Aufzüge waren die einzige Form von Widerstand, auf die sie stießen. Wie schon das Deutsche Reich 1939 in Polen bewiesen und wie Saddam Hussein 1990 in Kuwait vorgeführt hatte – es gab keine wirksame Verteidigung gegen einen gut geplanten Überraschungsangriff. Als einzige Möglichkeit blieb die Sammlung der Kräfte zu einem Gegenschlag, was sich in diesem Fall als sinnlos erweisen würde.

Weniger als neunzig Sekunden nach Verlassen der First

Avenue befanden sich die fünf Männer im Herzen des Hauptquartiers der UNO und liefen an den hohen Fenstern entlang, die zum Innenhof blickten. Der Springbrunnen war abgestellt worden, um den Blick durch die Gebäudefenster zu erleichtern. Auch der Straßenverkehr war sofort angehalten worden, und die Touristen wurden in die Seitenstraßen geführt. Inzwischen wimmelte es überall von Polizisten und Sicherheitskräften.

*Abriegelung des Gebäudes, Begrenzung des Problems*, dachte Vandal. Alles war so verdammt vorhersehbar.

Außerdem rannten einige Wachtposten auf sie zu. Die drei Männer und eine Frau mit kugelsicheren Westen und ans Ohr gepreßten Walkie-talkies hatten ihre Waffen gezogen und liefen offensichtlich in Richtung des Sicherheitsrats zur Rechten. Wahrscheinlich hatten sie den Befehl, bei eventueller Bedrohung die Delegierten zu evakuieren.

Die jungen Sicherheitsbeamten hatten kein Glück. Beim Anblick der Eindringlinge blieben sie stehen. Wie alle Soldaten oder Polizisten ohne Kampferfahrung richteten sich auch diese Beamten nach ihren Ausbildungsvorschriften. Aus dem Handbuch für Sicherheitskräfte der Vereinten Nationen wußte Vandal, daß sie bei einer Konfrontation auseinanderlaufen würden, um ein weniger kompaktes Ziel zu bieten. Dann sollten sie sich in Deckung bringen und versuchen, den Feind kampfunfähig zu schießen.

Georgiew und Sazanka gaben ihnen keine Chance. Aus der Hüfte feuerten sie mit ihren Uzis auf den Unterleib der Beamten und fällten sie buchstäblich auf der Stelle. Pistolen und Funkgeräte fielen scheppernd zu Boden. Die beiden Männer gingen einige Schritte auf die stöhnenden Sicherheitsbeamten zu und feuerten eine zweite Runde in die Köpfe ihrer Opfer. Ein paar Meter vor den leblosen Körpern blieben sie stehen, und Georgiew bückte sich nach zwei Walkie-talkies, die ihnen auf dem Fußboden entgegengerutscht waren.

»Los, komm schon!« Vandal sah zu ihm hinüber und lief weiter.

Barone und Downer folgten ihm, und auch die anderen stürmten vorwärts. Jetzt befanden sich zwischen ihnen und dem Sicherheitsrat nur noch vier tote Sicherheitsbeamte und ein blutverschmierter Fußboden.

## 9

*New York/New York – Samstag, 19 Uhr 34*

Alle Eltern im alten Pressezentrum hörten und fühlten den Aufprall im Stockwerk unter ihnen. Da sich keine Fenster im Raum befanden, wußten sie nicht, woher der Lärm kam und um was es sich handelte.

Paul Hood dachte zuerst an eine Explosion. Auch andere waren dieser Meinung und wollten nachsehen, ob ihren Kindern etwas zugestoßen war. Aber in diesem Moment kam Dillon zur Tür herein und bat alle, im Raum zu bleiben und sich ruhig zu verhalten.

»Ich war gerade auf der anderen Seite der Halle beim Sicherheitsrat«, sagte Dillon. »Den Kindern geht es gut, und auch die meisten Delegierten befinden sich dort und warten auf die Generalsekretärin. Sicherheitsbeamte sind auf dem Weg, um zuerst die Kinder herauszubringen, dann die Delegierten und Sie. Wenn Sie Ruhe bewahren, wird der Spuk bald vorbei sein.«

»Wissen Sie, was passiert ist?« fragte eine der Mütter.

»Nicht genau«, gab Dillon zu. »Offensichtlich ist ein Lieferwagen durch die Absperrung gebrochen und in den Innenhof eingedrungen. Ich konnte ihn vom Fenster aus sehen. Aber niemand weiß …«

Er wurde von Geräuschen aus dem Untergeschoß unterbrochen, die sich wie Schüsse anhörten. Dillon schaltete sein Funkgerät ein.

»Freedom-Seven an Basis«, meldete er sich.

Man hörte viel Geschrei und Lärm. Dann sagte jemand: »Es gab einen Durchbruch, Freedom-Seven. Eindringlinge unbekannt. Gehen Sie sofort zu Everest-Six, Stufe Rot. Verstanden?«

»Everest-Six, Stufe Rot«, wiederholte Dillon. »Ich mache mich auf den Weg.« Er schaltete das Gerät aus und wandte sich zur Tür. »Ich gehe zurück zum Sicherheitsrat, um auf die anderen Wachen zu warten. Bleiben Sie bitte alle hier!«

»Wann kommen die anderen Wachen?« rief einer der Väter.

»In ein paar Minuten«, gab Dillon zur Antwort.

Er ging hinaus und schloß die Tür mit einem dumpfen Klick. Nur die Schreie von außerhalb des Gebäudes waren noch zu hören, drinnen war alles still.

Plötzlich stand einer der Väter auf. »Ich werde meine Tochter holen«, sagte er.

Hood trat zwischen den größeren Mann und die Tür. »Tun Sie das lieber nicht«, sagte er.

»Wieso?« fragte der Mann.

»Das letzte, was Sicherheitskräfte, Notärzte und Feuerwehrleute brauchen, sind Leute, die ihnen im Weg stehen«, sagte Hood. »Außerdem wurde diese Situation mit Stufe Rot bezeichnet. Das heißt wahrscheinlich, daß es zu einem schweren Sicherheitsvorfall gekommen ist.«

»Um so mehr Grund, unsere Kinder da rauszuholen!« rief ein anderer Vater.

»Nein«, antwortete Hood. »Wir befinden uns hier auf internationalem Territorium. Amerikanische Gesetze und Liebenswürdigkeiten gelten nicht. Die Wachen schießen wahrscheinlich auf alle unbekannten Personen.«

»Woher wollen Sie das wissen?«

»Nach meiner Arbeit als Bürgermeister von Los Angeles habe ich für eine Geheimdienstbehörde gearbeitet«, erklärte Hood den Eltern. »Leider mußte ich mehr als einmal erleben, wie Personen niedergeschossen wurden, weil sie sich zur falschen Zeit am falschen Ort befanden.«

Die Ehefrau des Mannes kam herüber und griff nach seinem Arm. »Charlie, bitte. Mr. Hood hat recht. Laß die Behörden sich darum kümmern.«

»Aber unsere Tochter ist da draußen«, sagte Charlie.

»Meine auch«, wandte Hood ein. »Doch wenn ich mich erschießen lasse, nützt ihr das auch nichts.« In diesem Moment traf ihn plötzlich die Einsicht, daß Harleigh sich *wirklich* dort draußen befand und in Gefahr schwebte. Er schaute zu Sharon hinüber, die rechts in der Ecke stand. Nach kurzem Zögern ging er zu ihr und nahm sie in die Arme.

»Paul«, flüsterte sie. »Ich finde, wir sollten jetzt bei Harleigh sein.«

»Es wird sicher nicht mehr lange dauern«, beschwichtigte er sie.

In der Halle waren laute Schritte zu vernehmen, gefolgt vom unverkennbaren Knattern einer Automatik. Den Schüssen folgten scheppernde Geräusche, Stöhnen, Schreie und erneut Schritte. Dann war es wieder still.

»Wessen Seite war das?« fragte Charlie in den Raum hinein.

Hood wußte es nicht.

Er ging zur Tür hinüber und kniete sich vorsichtig daneben auf den Boden, um für den Fall, daß jemand schießen sollte, besser geschützt zu sein. Dann bat er mit einer Handbewegung alle Eltern im Raum, sich so weit wie möglich von der Tür zu entfernen. Langsam drehte er den silbernen Türknopf, bis die Tür sich einen Spalt öffnete.

Im Korridor zwischen dem Presseraum und dem Sicherheitsrat lagen vier tote UN-Sicherheitskräfte. Wer immer sie erschossen hatte, war verschwunden. Allerdings hatten die Täter blutige Spuren hinterlassen, die zum Auditorium des Sicherheitsrats führten.

Seltsame Gedanken überkamen Hood. Mit einemmal fühlte er sich wie der Feuerwehrmann Thomas Davies, mit dem er in Los Angeles immer Softball gespielt hatte. Eines Nachmittags hatte Davies einen Anruf bekommen, daß sein Haus in Flammen stehe. Er wußte genau, was zu tun war, wußte, was vor sich ging, konnte aber nichts unternehmen.

Hood schloß die Tür und ging zu den Tischen.

»Was ist los?« fragte Charlie.

Ohne ihm eine Antwort zu geben, bemühte sich Hood, einen klaren Kopf zu bekommen.

»Verdammt noch mal, was ist passiert?« rief Charlie.

Mit versteinertem Gesicht sagte Hood: »Vier Wachen sind erschossen worden, und die Täter befinden sich im Auditorium des Sicherheitsrats.«

»Mein Kind«, schluchzte eine der Mütter.

»Vorläufig geschieht ihnen nichts, da bin ich mir sicher«, sagte Hood.

»Klar, Sie waren sich auch sicher, daß ihnen nichts geschieht, wenn wir hier drinnen bleiben würden!« schrie Charlie.

Charlies Wut riß Hood aus seiner Schocklethargie. »Wenn Sie da draußen gewesen wären, wären Sie jetzt tot«, sagte er. »Mr. Dillon hätte Sie nicht ins Auditorium gelassen, und Sie wären zusammen mit den Wachen erschossen worden.« Er atmete tief durch, um sich zu beruhigen. Dann holte er sein Handy aus der Jackentasche und wählte eine Nummer.

»Wen rufst du an?« fragte Sharon.

Ihr Mann sah sie an und berührte ihre Wange. »Jemanden, dem es scheißegal ist, ob wir uns auf internationalem Territorium befinden oder nicht«, sagte er leise. »Jemand, der uns helfen kann.«

# 10

*Bethseda/Maryland – Samstag, 19 Uhr 46*

Momentan durchlief Mike Rodgers gerade eine Gary-Cooper-Phase – nicht im richtigen Leben, sondern in bezug auf die Filme, die er sich ansah. Obwohl in diesen Tagen beide Realitäten ineinandergriffen.

Der fünfundvierzigjährige ehemalige stellvertretende und jetzt amtierende Direktor des OP-Centers hatte noch nie unter Unentschlossenheit oder Unsicherheit gelitten. Beim Basketballspielen für seine Universität hatte er sich viermal die Nase gebrochen, weil er nur den Korb sah und losstürmte – zum Teufel mit den Torpedos, den Badgers, den Ironmen, den Thrashers und all den anderen Teams, gegen die er spielte. Bei seinen beiden Einsätzen in Vietnam und als Kommandeur einer Panzerbrigade am Persischen Golf hatte er grundsätzlich alle seine Befehle ausgeführt. Jede verdammte Mission brachte er zu Ende. In Nordkorea leitete er seine erste verdeckte Striker-Operation und verhinderte dabei, daß ein fanatischer Offizier Atomraketen auf Japan abfeuerte. Nach seiner Rückkehr aus Vietnam fand er sogar Zeit, in Weltgeschichte zu promovieren. Aber jetzt ...

Nicht nur das Ausscheiden von Paul Hood deprimierte ihn, obwohl es ein wichtiger Faktor war. Man mußte es schon Ironie der Geschichte nennen, daß Rodgers vor zweieinhalb Jahren große Schwierigkeiten hatte, die Befehle dieses Mannes entgegenzunehmen – eines Zivilisten, der Empfänge zur Sammlung von Wahlkampfspenden zusammen mit Filmstars besucht hatte, während Rodgers den Irak aus Kuwait jagte. Aber Hood hatte sich als beharrlicher und politisch routinierter Manager erwiesen. Rodgers würde ihn und seinen Führungsstil sehr vermissen.

In einem weiten grauen Trainingsanzug und mit Nike-Turnschuhen bekleidet, setzte er sich auf dem Ledersofa vorsichtig in eine bequemere Position. Dann lehnte er sich langsam zurück. Vor knapp zwei Wochen hatten ihn die Terroristen im Bekaa-Tal im Libanon erwischt. Die Verbrennungen zweiten und dritten Grades, die er bei den Folterungen erlitten hatte, waren immer noch nicht ganz verheilt, genauso wenig wie die inneren Wunden.

Rodgers Blick wanderte umher. Dann sah er mit tiefer Traurigkeit in seinen braunen Augen zurück zum Fernsehschirm. Er schaute sich gerade *Vera Cruz* an, einen der letzten von Coopers Filmen. Darin spielte er einen ehemaligen Offizier des amerikanischen Bürgerkrieges, der über die Grenze nach Süden ging, um sich als Söldner zu verdingen. Am Ende setzte er sich jedoch für die Sache der mexikanischen Revolutionäre ein. Stärke, Würde und Ehre – das war Gary Cooper.

*Und das war auch einmal Mike Rodgers,* dachte er traurig.

Im Libanon hatte er mehr als nur ein bißchen Haut und Fleisch und die Freiheit verloren. Sein Selbstvertrauen war auf der Strecke geblieben, als sie ihn in der Höhle festgebunden und mit einer Fackel gebrannt hatten. Nicht aus Angst vor dem Tod. Er glaubte fest an die Lehre der Wikinger, daß der Todesprozeß im Moment der Geburt begann und daß der Tod in der Schlacht die ehrenvollste Weise war, das unvermeidliche Ende zu erreichen. Aber fast war ihm diese Ehre versagt worden. Äußerster Schmerz, ebenso wie hohes Fieber, entzieht dem menschlichen Denken jede Spur von Klarheit. Der ruhige und gefaßte Folterer wird zur Stimme der Vernunft und diktiert den Gedanken den Weg. Und Rodgers war diesem Punkt gefährlich nahegekommen; um ein Haar hätte er den Terroristen erklärt, wie sie das mobile OP-Center zu bedienen hatten, das ihnen in die Hände gefallen war.

Deshalb brauchte Rodgers den Einfluß von Gary Cooper. Nicht um seine inneren Wunden zu heilen – das hielt er für unmöglich. Er hatte seinen totalen Zusammenbruch in greifbarer Nähe vor sich gesehen, und er würde dieses Bewußtsein, dieses Wissen um die eigenen Grenzen nie wieder loswerden. Es war wie beim erstenmal, als er sich beim Basketball den Knöchel verstaucht hatte und die Heilung nicht über Nacht stattfand. Das Gefühl der Unverletzbarkeit war für immer verloren.

Doch schlimmer noch war ein gebrochenes Selbstwertgefühl.

Mike Rodgers hatte es bitter nötig, das Selbstvertrauen, das die Terroristen ihm genommen hatten, langsam wieder aufzubauen. Er brauchte es, damit er stark genug war, um das OP-Center zumindest so lange zu leiten, bis der Präsident einen Nachfolger für Paul Hood bestimmt hatte. Dann konnte er sich um seine eigene Zukunft kümmern.

Rodgers sah wieder zum Fernseher. Filme waren schon immer eine Erquickung und gleichzeitig eine Beruhigung für ihn gewesen. In seiner Jugend, nachdem der alkoholkranke Vater ihn wieder einmal geschlagen und ihn dabei mit dem breiten Ring der Yale-Absolventen verletzt hatte, schwang sich Mike Rodgers auf sein Fahrrad und fuhr zum nächsten Kino. Er zahlte die fünfundzwanzig Cents Eintritt und befand sich Minuten später in einem Western, einem Kriegsfilm oder einem Historienschinken. Mit den Jahren formte er seine Moral, sein Leben und seine Karriere nach den Helden, die von John Wayne, Charlton Heston oder Burt Lancaster dargestellt wurden.

Doch er konnte sich nicht mehr daran erinnern, ob einer seiner Helden jemals unter Folter kurz vor dem Zusammenbruch gestanden hatte. Er fühlte sich sehr allein gelassen.

Cooper hatte gerade ein mexikanisches Mädchen vor der Vergewaltigung durch gegnerische Soldaten gerettet, als das schnurlose Telefon klingelte. Rodgers nahm es auf.

»Hallo?«

»Mike, Gott sei Dank, daß Sie zu Hause sind …«

»Paul?«

»Ja. Hören Sie zu«, sagte Hood. »Ich befinde mich im ehemaligen Pressezentrum der Vereinten Nationen gegenüber dem Auditorium des Sicherheitsrats. Auf dem Korridor sind gerade vier Wachen erschossen worden.«

Mit einem Ruck setzte Rodgers sich auf. »Von wem?«

»Keine Ahnung«, erwiderte Hood. »Aber es sieht so aus, als ob die Täter ins Auditorium sind.«

»Wo ist Harleigh?« fragte Rodgers.

»Da drinnen«, antwortete Hood. »Die meisten Mitglieder des Sicherheitsrats und das gesamte Streichorchester sind im Auditorium.«

Rodgers griff nach der Fernbedienung, stoppte das Video und schaltete CNN ein. Die Reporter übertrugen bereits live von den Vereinten Nationen. Sie machten nicht den Eindruck, als ob sie wüßten, was vor sich ging.

»Mike, Sie wissen, wie die Sicherheitsbestimmungen

hier sind«, fuhr Hood fort. »Wenn es sich um eine multi-
nationale Geiselnahme handelt, könnten die Vereinten
Nationen unter Umständen Stunden über die juristischen
Zuständigkeiten diskutieren, bevor sie auch nur daran
denken, die Leute hier rauszubekommen.«

»Verstanden«, sagte Rodgers. »Ich rufe sofort Bob an,
damit er sich um die Sache kümmert. Haben Sie Ihr Handy an?«

»Ja.«

»Wenn es geht, halten Sie mich auf dem laufenden«,
fügte Rodgers hinzu.

»In Ordnung«, erwiderte Hood. »Mike ...«

»Paul, wir werden diese Sache in die Hand nehmen«,
versicherte Rodgers. »Sie wissen, daß es direkt nach einem
solchen Überfall normalerweise erst einmal eine Abküh-
lungsphase gibt. Forderungen werden gestellt, Verhand-
lungsversuche unternommen. Diese Zeitverschwendung
sparen wir uns. Sie und Sharon müssen nur versuchen, die
Ruhe zu bewahren.«

Hood bedankte sich und unterbrach die Verbindung.
Rodgers stellte den Fernseher lauter und hörte zu, während er sich langsam erhob. Der Nachrichtensprecher hatte keinerlei Anhaltspunkt, wer den Lieferwagen gefahren
oder warum man die UNO angegriffen hatte. Es gab noch
kein offizielles Kommuniqué und auch keine Nachricht
von den fünf Männern, die allem Anschein nach in das
Auditorium des Sicherheitsrats eingedrungen waren.

Rodgers schaltete den Fernseher aus. Auf dem Weg
zum Kleiderschrank im Schlafzimmer wählte er die Han-
dynummer von Bob Herbert. Der Geheimdienstchef des
OP-Centers war bei einem Abendessen mit Andrea For-
telni, einer stellvertretenden Staatssekretärin im Außenministerium. In den Jahren seit der Ermordung seiner
Ehefrau in Beirut war Herbert nicht oft mit Frauen ausgegangen. Aber er war ein chronischer Sammler von
Geheimdienstdaten. Ausländische Regierungen, seine
eigene Regierung, ganz egal ... Wie in dem japanischen
Film *Rashomon* – außer Sushi und *Die Sieben Samurai* das

einzige aus Japan, was Rodgers gefiel – gab es selten eine Wahrheit bei Regierungsangelegenheiten, sondern lediglich unterschiedliche Perspektiven. Und als Profi bemühte sich Herbert um so viele Perspektiven wie nur möglich.

Außerdem war Herbert ein treuer Freund und Kollege. Als Rodgers ihm am Telefon berichtete, was geschehen war, erklärte er sofort seine Bereitschaft, in weniger als dreißig Minuten im OP-Center zu sein. Rodgers bat ihn, auch Matt Stoll mitzubringen. Vielleicht müßten sie sich Zugang zu den UNO-Computern verschaffen, und Matt war ein konkurrenzlos guter Hacker. In der Zwischenzeit wollte Rodgers die Soldaten des Strikerteams in Alarmbereitschaft Stufe Gelb versetzen, damit sie bei Bedarf sofort losschlagen konnten. Zusammen mit dem Rest des OP-Centers waren die einundzwanzig Soldaten dieser Elitetruppe für Kommandoeinsätze an der FBI-Akademie in Quantico stationiert. Im Notfall erreichten sie den Sitz der UNO in weniger als einer Stunde.

Rodgers hoffte, daß es dazu nicht kam. Doch unglücklicherweise hatten Verbrecher, die gleich zu Anfang zu Mördern wurden, bei weiteren Opfern nichts mehr zu verlieren. Zudem hatten sich Terroristen seit fast einem halben Jahrhundert wenig um die versöhnende Verhandlungsdiplomatie im Stil der Vereinten Nationen geschert.

*Hoffnung*, dachte er bitter. *Was hat ein Theaterautor oder Gelehrter einmal geschrieben? Hoffnung ist das Gefühl, das man hat, wenn man glaubt, daß dieses Gefühl nicht von Dauer ist?*

Nachdem er sich angezogen hatte, ging Rodgers in die Dämmerung hinaus und stieg in seinen Wagen. Bei der Fahrt nach Süden auf dem George Washington Memorial Parkway in Richtung OP-Center waren seine eigenen Sorgen bereits vergessen. Jetzt ging es nur noch darum, ein Mädchen aus den Händen von Gangstern zu retten.

# 11

*Andrews Air Force Base/Maryland –*
*Samstag, 20 Uhr 37*

Vor vierzig Jahren, auf dem Höhepunkt des kalten Krieges, war das unscheinbare, zweistöckige Gebäude in der Nordostecke der Andrews Air Force Base ein Bereitschaftszentrum gewesen. Hier standen die Ravens bereit, Elitepiloten und Flugmannschaften, die im Fall eines Nuklearangriffs die wichtigsten Regierungs- und Militärpersönlichkeiten aus der Hauptstadt Washington evakuieren und in die Sicherheit unterirdischer Bunker in den Blue Ridge Mountains bringen sollten.

Aber das elfenbeinfarbene Gebäude war nicht als Denkmal an eine andere Epoche gedacht. Es gab Grasflächen und Übungsgelände, wo Soldaten ausgebildet wurden. Die achtundsiebzig hier angestellten Personen trugen nur zum Teil eine Uniform. Sie waren speziell ausgewählte Taktiker, Generäle, Diplomaten, Geheimdienstanalytiker, Computerspezialisten, Psychologen, Aufklärungsexperten, Umweltfachleute, Anwälte und Pressesprecher, die für das National Crisis Management Center NCMC arbeiteten.

Nach einer zweijährigen Aufbauzeit unter der Aufsicht des vorläufigen Direktors Bob Herbert war das ehemalige Bereitschaftszentrum zu einem technisch hochgerüsteten Operationszentrum geworden, speziell entworfen, um verschiedene Regierungsinstitutionen bei der Bewältigung nationaler und internationaler Krisen zu beraten und zu unterstützen – das Weiße Haus, das National Reconnaissance Office, die CIA, die National Security Agency, das Außenministerium, das Verteidigungsministerium, das FBI, Interpol und eine Vielzahl ausländischer Nachrichtendienste. Indem jedoch das OP-Center die Krisen in Nordkorea und Rußland im Alleingang entschärfte und in den Griff bekam, bewiesen diese Spezialisten ihre einzigartige Qualifikation, Operationen weltweit zu überwachen, in die Wege zu leiten und zu managen.

All diese Dinge waren während der Amtszeit von Paul Hood geschehen.

General Mike Rodgers stoppte seinen Jeep am Tor des Kontrollpunkts. Ein Wachsoldat der Air Force trat aus seiner Kabine hervor. Obwohl Rodgers nicht in Uniform war, grüßte der junge Sergeant militärisch und hob die Eisenschranke, damit Rodgers weiterfahren konnte.

Zwar hatte Hood das Kommando, doch Rodgers war direkt an allen Entscheidungen beteiligt gewesen und hatte außerdem an einigen der Militäreinsätze teilgenommen. Er war begierig darauf, die vorliegende Krise zu bewältigen, insbesondere wenn es auf die Weise möglich war, die er am besten kannte: unabhängig und verdeckt.

Rodgers parkte den Wagen und setzte sich in Bewegung, so schnell wie es seine engen Verbände zuließen. Im Parterre des OP-Centers passierte er die Codekontrolle. Nachdem er die bewaffneten Wachen hinter ihrem kugelsicheren Plexiglas gegrüßt hatte, eilte er durch den Verwaltungstrakt des ersten Stockwerks. Die eigentlichen Aktivitäten des OP-Centers fanden in den sicheren unterirdischen Einrichtungen statt.

Im Herzen des OP-Centers angekommen, ging Rodgers schnell durch das Schachbrett der Büroinseln zum Direktorenflügel, dessen Büros in einem Halbkreis an der Nordseite des Gebäudes angeordnet waren. Er lief an seinem Büro vorbei und hastete in den Konferenzraum, den der Anwalt Lowell Coffey III. ›Panzer‹ getauft hatte.

Wände, Boden und Decke waren mit mattgrauen und schwarzen, schallschluckenden Streifen Acoustix ausgekleidet; darunter befanden sich verschiedene Schichten Kork, etwa dreißig Zentimeter Beton und erneut Acoustix. In den Beton waren zwei Drahtmaschengitter eingelassen, die ein elektronisches Feld hervorriefen. Auf elektronische Weise konnte nichts in diesen Raum hineingelangen oder aus ihm entweichen. Um weiterhin auf seinem Handy Gespräche empfangen zu können, mußte Rodgers das Gerät programmieren, damit eventuelle Anrufe zuerst an sein Büro und dann hierher weitergeleitet wurden.

Am Konferenztisch saßen bereits Bob Herbert, Lowell Coffey, Ann Farris, Liz Gordon und Matt Stoll. Keiner hatte Dienst, doch alle waren gekommen, damit die Wochenendnachtschicht weiterhin den regulären Aktivitäten des OP-Centers nachgehen konnte. Die Besorgnis der Gruppe hing greifbar in der Luft.

»Vielen Dank, daß Sie gekommen sind«, sagte Rodgers beim Eintreten, schloß die Tür hinter sich und nahm am Kopfende des langen Mahagonitisches Platz. An beiden Enden des Tisches waren Computerterminals installiert, und an allen zwölf Plätzen standen Telefone.

»Mike, haben Sie mit Paul gesprochen?« fragte Ann.

»Ja.«

»Wie geht es ihm?«

»Paul und Sharon machen sich die größten Sorgen«, antwortete Rodgers kurz.

Bei seinen Gesprächen mit Ann beschränkte sich der General auf ein Minimum an Worten und Blickkontakt. Sympathien für die Presse hatte er keine, und kreativer Pressekontakt lag ihm nicht. Seine Vorstellung vom Verhältnis zur Presse bestand darin, die Wahrheit zu sagen oder den Mund zu halten. Aber vor allen Dingen konnte er Anns Schwäche für Paul Hood nicht gutheißen. Dabei ging es um Moral – schließlich war Paul verheiratet –, aber auch um praktische Probleme. Sie mußten alle zusammenarbeiten. Sexuelle Spannungen waren unvermeidlich, doch Ann Farris übertrieb es ein wenig, wenn Paul Hood in der Nähe war.

Wenn Ann sein Verhalten bemerkte, zeigte sie keine Reaktion.

»Ich habe Paul gesagt, daß wir ihm sofort Bescheid geben, sobald wir etwas haben«, berichtete Rodgers. »Aber ich möchte ihn nicht anrufen, wenn es nicht absolut notwendig ist. Wenn Paul nicht da herausgeholt wird, versucht er wahrscheinlich, näher an das Problem heranzukommen. Deshalb möchte ich vermeiden, daß sein Handy sich bemerkbar macht, während er gerade an einer verschlossenen Tür lauscht.«

»Außerdem«, bemerkte Stoll, »ist diese Telefonverbindung nicht gerade sicher.«

Rodgers nickte und schaute zu Herbert. »Auf dem Weg hierher habe ich Colonel August angerufen. Er hat das Strikerteam auf Alarmstufe Gelb gesetzt und durchsucht die Datenbanken des Verteidigungsministeriums nach Informationen über den genauen Gebäudekomplex der Vereinten Nationen.«

»Die CIA hat sich damals beim Bau viel Mühe gegeben, alle Einzelheiten des Komplexes aufzuzeichnen«, sagte Herbert. »Da gibt es sicherlich einige Daten.«

Der sorgfältig gekleidete Anwalt Lowell Coffey III. saß links neben Rodgers. »Ihnen ist hoffentlich klar, Mike, daß die Vereinigten Staaten absolut keine Gesetzeshoheit auf dem Territorium der Vereinten Nationen haben«, führte er aus. »Nicht einmal die New Yorker Polizei darf da rein, ohne vorher darum gebeten worden zu sein.«

»Das ist mir klar«, sagte Mike.

»Macht Ihnen das Sorgen?« fragte Liz Gordon.

Rodgers sah zu der stämmigen Betriebspsychologin neben Coffey. »Meine Sorge gilt Harleigh Hood und den anderen Kindern im Auditorium des Sicherheitsrats«, gab er zur Antwort.

Liz sah aus, als ob sie etwas sagen wollte. Doch dann ließ sie es bleiben, denn Rodgers nahm auch so die kritische Haltung in ihrem Gesichtsausdruck wahr. Als er aus dem Nahen Osten zurückgekommen war, hatte sie mit ihm darüber gesprochen, seine Wut und Verzweiflung nicht an völlig anderen Zielen auszulassen. Doch hier ging es seiner Meinung nach um etwas anderes, denn die Verbrecher, wer immer sie auch sein mochten, gaben ihm genug Anlaß zu berechtigter Wut.

Rodgers drehte sich zu Herbert um, der zu seiner Rechten saß. »Gibt es schon irgend etwas über die Täter?«

Der Intelligence Chief setzte sich in seinem Rollstuhl auf. »Nichts«, sagte er und fuhr sich mit einer Handbewegung durch die schütteren Haare. »Die Gangster sind mit einem Lieferwagen hineingefahren. Von den Überwachungsvideos erhielten wir die Autokennzeichen und haben die Spur bis zu einer Autovermietung verfolgt. Natürlich existiert der Kunde mit dem Namen Ilya Gaft nicht.«

»Aber er mußte doch einen Führerschein vorzeigen«, bemerkte Rodgers.

Herbert nickte. »Und der war auch beim Verkehrsamt gelistet, bis wir nach seiner Akte fragten – es gab keine. Einen falschen Führerschein bekommt man heute an jeder Ecke.«

Rodgers nickte.

»Für den heutigen Abend gab es einen verdreifachten Sicherheitsaufwand«, fuhr Herbert fort. »Ich habe mir einmal die vergleichbaren Zahlen vom letzten Jahr angesehen. Das Problem ist nur, daß die Beamten an den drei Kontrollkabinen und auf dem nördlichen Vorplatz konzentriert waren. Die Gangster haben sich offensichtlich mit Panzerfäusten einen Weg durch die Betonabsperrungen gesprengt und sind dann über den Innenhof direkt in das verdammte Gebäude hineingefahren. Sie haben alle, die sich ihnen in den Weg stellten, erschossen, bevor sie sich im Sicherheitsrat verschanzten.«

»Und keine Forderung?« fragte Rodgers.

»Nicht einmal ein Räuspern«, entgegnete Herbert. »Ich habe Darrell in Spanien angerufen, damit er sich mit jemandem bei Interpol in Madrid in Verbindung setzt, der die Verantwortlichen für die UNO-Sicherheitskräfte gut kennt. Sie haben sich sofort gemeldet. Sobald sie herausfinden, was sich im Lieferwagen befindet oder was für Waffen die Kerle benutzen, teilen sie es uns mit.«

»Und was ist mit den Vereinten Nationen? Haben sie irgend etwas in der Öffentlichkeit verlauten lassen?« fragte Rodgers mit einem Blick zu Ann.

»Nichts«, erwiderte sie. »Kein Pressesprecher hat sich sehen lassen.«

»Überhaupt keine Mitteilungen an die Presse?«

Ann schüttelte den Kopf. »Schnelle Reaktion ist nicht gerade die Stärke des Informationsdiensts der UNO.«

»Die Vereinten Nationen kennen den Begriff ›schnelle Reaktion‹ nicht«, bestätigte Herbert verbittert. »Der Mann, den Darrells Freund bei Interpol angerufen hat, ist persönlicher Assistent von Colonel Rick Mott, dem Chef der UNO-Sicherheitskräfte. Der Assistent sagte, daß sie noch nicht einmal die leeren Patronenhülsen vor dem Auditorium des Sicherheitsrats eingesammelt hätten, ganz zu schweigen von der Überprüfung der Fingerabdrücke und der Herkunft der Munition. Und zu dem Zeitpunkt waren bereits über fünfunddreißig Minuten seit dem Anfang dieser Geschichte vergangen. Sie fingen gerade an, sich die Videobänder der Überwachungskameras anzusehen, und anschließend haben sie eine Besprechung mit der Generalsekretärin.«

»Mit Besprechungen sind sie ganz groß«, bemerkte Rodgers. »Was ist mit anderen Videobändern?« fragte er Ann. »Die Fernsehreporter haben doch bestimmt jeden einzelnen Touristen auf der Straße nach zufälligen Aufnahmen ausgefragt, damit sie Bilder von dem Überfall bekommen.«

»Gute Idee«, antwortete sie. »Mary soll einmal versuchen, etwas zu erfahren, obwohl um die Uhrzeit wahrscheinlich nicht mehr allzu viele Touristen auf der Straße waren.«

Ann griff zum Telefon und bat ihre Assistentin, die Nachrichtendienste und Kabelstationen zu kontaktieren.

»Eigentlich bin ich mir ziemlich sicher«, warf Coffey ein, »daß die New Yorker Polizei Überwachungskameras an diversen Kreuzungen der Stadt installiert hat. Wahrscheinlich kann mir der Staatsanwalt von Manhattan da helfen.« Der Anwalt griff in seine Jackentasche und holte ein elektronisches Adreßbuch hervor.

Rodgers starrte vor sich auf den Tisch. Sowohl Ann als auch Coffey telefonierten, aber es geschah ihm nicht genug. Sie mußten mehr unternehmen. »Matt«, sagte er, »die Angreifer hatten irgendwann Zugriff auf den Computer des Straßenverkehrsamts, um den gefälschten Führerschein zu registrieren.«

»Das kann jeder minderjährige Hacker«, sagte Stoll.

»Schön, aber können wir einen solchen Eingriff nicht rückwärts verfolgen, um die Täter zu finden?«

»Nein«, erwiderte der untersetzte Stoll. »So eine Spur muß man erst einrichten. Dann wartet man, bis sie zuschlagen, und verfolgt das Signal zurück. Selbst in einem solchen Fall kann ein guter Hacker das Signal durch verschiedene Terminals in anderen Städten laufen lassen. Außerdem kannten diese Leute wahrscheinlich einen Angestellten der Behörde.«

»Vermutlich«, bestätigte Herbert.

Rodgers starrte weiter vor sich hin, auf der Suche nach einem Aufhänger, einem Muster, irgend etwas, um ein Profil zu erarbeiten. Die Zeit drängte.

»Diese Empfänge finden seit fünf Jahren regelmäßig statt«, berichtete Herbert. »Vielleicht hat jemand die Veranstaltung letztes Jahr aus der Nähe verfolgt. Wenn wir uns die Liste der Gäste ansehen, um festzustellen …«

In diesem Moment piepte Rodgers' Telefon. Seine abrupte Handbewegung zerrte an den Verbänden an seiner Seite und ließ ihn das Gesicht verziehen. »Rodgers«, meldete er sich dann.

»Hier ist Paul.«

Auf Rodgers' Handzeichen verstummen alle Anwesenden, und er schaltete den Telefonlautsprecher ein. »Wir sitzen alle im Panzer.«

»Irgendwelche Neuigkeiten?«

»Noch nichts«, erwiderte Rodgers. »Keine Kommuniqués, keine Forderungen. Wie geht es bei Ihnen?«

»Vor einer Minute hat man mir telefonisch mitgeteilt, daß ein Evakuierungsteam geschickt wird, um uns hier herauszuholen. Vorher möchte ich nachsehen, was vor sich geht.«

Die Vorstellung, daß Paul inoffiziell aktiv wurde, gefiel Rodgers überhaupt nicht. Frisch eintreffende Sicherheitskräfte könnten ihn in ihrer Nervosität für einen Terroristen halten. Doch Paul war sich dieser Dinge bewußt, ebenso wie der Tatsache, daß sie Aufklärungsinformationen brauchten, damit das Strikerteam Harleigh und den anderen Kindern helfen konnte.

»Ich bin jetzt an der Tür«, sagte Paul. »Von draußen kann ich Schritte hören. Ich mache langsam die Tür auf ...«

Lange herrschte Stille. Rodgers blickte von einem Mitarbeiter zum anderen. Alle schauten ernst und konzentriert vor sich hin; Anns Gesicht war hochrot. Ihr war sicherlich bewußt, daß alle darüber nachdachten, wie sie auf diese Situation reagierte. Alle außer Rodgers. Er wäre gern bei Hood gewesen, mitten im Geschehen. Verkehrte Welt – der Manager war auf dem Schlachtfeld, und der Soldat saß am Schreibtisch.

»Moment«, sagte Hood schließlich sehr leise. »Irgend etwas geht vor sich.«

Wieder Stille, diesmal für kurze Zeit.

»Mike, jetzt kommt jemand aus dem Auditorium des Sicherheitsrats«, berichtete Hood. »O mein Gott«, sagte er einen Moment später. »Gott im Himmel.«

# 12

*New York/New York – Samstag, 21 Uhr 01*

Reynold Downer stand in einer der beiden Türen des Auditoriums, die auf den Korridor gingen. Die schweren Doppeltüren befanden sich in der Nordecke der Rückwand des Sicherheitsrats. Draußen führte unweit der Türen eine zweite Wand im rechten Winkel zur Rückwand des Auditoriums in den Korridor hinein. Downer, der seine Skimütze trug, hatte nur die entfernter gelegene Tür geöffnet.

Vor ihm stand ein schmaler Mann mittleren Alters im schwarzen Anzug, der schwedische Delegierte Leif Johanson. Mit zitternden Händen hielt er ein Blatt Papier. Downer hatte den Mann an den blonden Haaren gepackt, wobei er ihn ein wenig zu sich zurückbog und den Lauf der

Automatik an seinen Hinterkopf drückte. Der Australier drehte den Delegierten von der Ecke der beiden Wände weg zur anderen Richtung.

Vor ihnen standen zwölf Sicherheitskräfte der Vereinten Nationen. Die Männer und Frauen trugen kugelsichere Westen und Schutzhelme mit dicken Gesichtsschutzgläsern und hatten ihre Waffen gezogen. Einige der Wachen zitterten ein wenig, was kein Wunder war angesichts der Tatsache, daß zwar die Leichen ihrer Kameraden weggeschafft worden waren, der Boden aber immer noch mit ihrem Blut beschmiert war.

»Sprich«, murmelte Downer dem Gefangenen ins Ohr.

Der Mann blickte auf das Blatt in DIN-A4-Format und begann, am ganzen Körper zitternd, zu lesen. »Mir ist aufgetragen worden, Ihnen folgendes mitzuteilen«, sagte er leise mit unverkennbar schwedischem Akzent.

»Lauter!« zischte Downer.

Der Mann hob seine Stimme. »Sie haben neunzig Minuten, um zweihundertfünfzig Millionen amerikanische Dollar auf das Konto VEB-9167681-EPB bei der Züricher Konföderationsbank zu überweisen. Der Name des Kontoinhabers ist falsch, und alle Versuche, an Kontoinformationen zu gelangen, werden mit zusätzlichen Todesopfern geahndet. Außerdem werden Sie einen Hubschrauber für zehn Personen im Hof bereitstellen, voll aufgetankt und mit laufenden Motoren. Wir werden Passagiere mitnehmen, um auch weiterhin Ihre Kooperation zu garantieren. Über die reguläre Funkfrequenz der Sicherheitskräfte der Vereinten Nationen werden Sie uns in Kenntnis setzen, wenn beide Forderungen erfüllt wurden. Keine andere Nachricht von Ihnen wird beantwortet werden. Sollten Sie unseren Forderungen nicht nachkommen, so wird sofort nach Ablauf der Frist eine Person getötet werden, und zu jeder vollen Stunde kommt eine weitere Geisel an die Reihe. Ich selbst werde den Anfang machen.« Der Mann hielt inne, um zu warten, daß das Zittern seiner Hände nachließ, bevor er weiterlas. »Der geringste Versuch einer Geiselbefreiung zwingt uns zur Freisetzung von Giftgas, das

103

alle Beteiligten in diesem Raum innerhalb weniger Sekunden töten wird.«

Rasch zerrte Downer den Mann zurück zur offenen Tür. Er befahl ihm, das Papier fallen zu lassen, damit die Behörden die Kontonummer bekamen, und veranlaßte ihn schließlich, die Tür von innen zu schließen, nachdem er ihn in den Raum hineingezogen hatte. Als die Tür ins Schloß fiel, ließ Downer die Haare des Schweden los, der sich kaum auf den Beinen halten konnte.

»Ich hätte wegrennen sollen«, murmelte der Schwede. Er blickte zur Tür, wobei er offensichtlich seine Chancen ausrechnete, bis nach draußen zu gelangen.

»Hände hinter den Kopf und jetzt vorwärts«, knurrte Downer.

Der Schwede blickte Downer ins Gesicht. »Warum? Sie werden mich ja doch in einer Stunde erschießen, ob ich nun gehorche oder nicht!«

»Nur wenn das Lösegeld nicht eintrifft«, entgegnete Downer.

»Das schaffen die doch nicht!« schrie der Mann verzweifelt. »Sie werden niemals eine Viertel *Milliarde* Dollar zahlen!«

Downer hob die Waffe. »Trotzdem wäre es schade, wenn sie es doch täten, und ich hätte Sie bereits erschossen«, sagte er. »Oder wenn ich Sie jetzt erschieße und in neunzig Minuten einen Ihrer Kollegen töten muß.«

Die Revolte des Schweden war von kurzer Dauer; einen Moment später legte er zögernd die Hände auf den Hinterkopf. Dann ging er die Treppe hinunter, die auf der Südseite entlang der Zuschauergalerie nach unten führte.

Im Abstand von einigen Schritten folgte der Australier dem Delegierten. Links waren mit grünem Samt bezogene Sitze in zwei Ränge von je fünf Reihen angeordnet. Vor dem Zeitalter erhöhter Sicherheitsmaßnahmen saß hier die interessierte Öffentlichkeit, um die Sitzungen des Weltsicherheitsrats zu verfolgen. Eine hüfthohe Holzwand trennte die unterste Sitzreihe von der eigentlichen Arena. Vor der Holzwand befand sich eine einzige Stuhlreihe für die Delegierten, die nicht Mitglieder des Sicherheitsrats waren, und unterhalb der Zuschauersitze lag die Hauptarena des Auditoriums. Hier dominierte ein großer, hufeisenförmiger Tisch. Umschlossen von diesem Halbkreis stand noch ein kleiner, rechteckiger Tisch in Ost-west-Ausrichtung. Bei den Tagungen des Sicherheitsrats nahmen die Delegierten am Außentisch Platz, die Dolmetscher in der Mitte. Am heutigen Abend saßen die Kinder seitlich hinter dem halbrunden Tisch, die Gäste der Delegierten am Hufeisentisch und am kleinen Tisch und die Delegierten selbst in der Mitte, umgeben von dem halbrunden Tisch. Als der Schwede sich wieder zu den anderen Delegierten begab, schaute seine wunderschöne junge Begleiterin von ihrem Platz am Tisch zu ihm hinüber. Mit einem Kopfnicken gab er ihr zu verstehen, daß alles in Ordnung sei.

Auf der anderen Seite des Tisches, zu beiden Seiten des Auditoriums, gaben zwei Panzerglaswände den Blick auf den East River frei. Die grünen Vorhänge davor waren jetzt zugezogen. Zwischen ihnen hing ein großes Gemälde mit Phönix, der sich aus der Asche erhob, als symbolische Darstellung der Neuerstehung der Welt nach dem Zweiten Weltkrieg. Auf beiden Seiten des Raums, jedoch ein Stockwerk angehoben, befanden sich die verglasten Medienräume, die das ehemalige Pressezentrum ersetzt hatten.

Barone und Vandal standen jeweils in einer Ecke des Auditoriums an den Fenstern. An der nördlich gelegenen Tür war Sazankas Position, und Georgiew bewegte sich im ganzen Raum, wobei er den anderen fünf Türen auf der Ebene der Hauptarena besondere Aufmerksamkeit schenkte. In diesem Augenblick stand er an der offenen Seite des halbrunden Tisches. Genau wie Downer trugen auch die anderen Männer immer noch ihre Skimützen.

Sobald der Schwede wieder saß, kam Downer zu Georgiew hinüber. »Wer war da draußen?« fragte der Bulgare.

»Ungefähr ein Dutzend Ladys waren auf dem Korridor«, antwortete Downer.

105

Die ›Ladys‹ waren die allgemeinen Sicherheitskräfte der Vereinten Nationen, die diesen Spitznamen trugen, weil sie oft zu einem Schwätzchen zusammenstanden.

»Noch keine Spezialtruppen«, fügte Downer hinzu. »Die können sich nicht einmal zum Handeln entschließen, wenn ihr eigener Speck anbrennt.«

»Heute abend werden sie es lernen müssen«, entgegnete Georgiew.

Dann deutete er mit einem Kopfnicken auf den Schweden. »Hat er den Text genau so vorgelesen, wie ich ihn verfaßt habe?«

Downer nickte.

Der Bulgare blickte auf seine Armbanduhr. »Dann haben sie noch genau vierundachtzig Minuten Zeit, bevor wir ihnen die erste Leiche vor die Tür legen.«

»Meinst du wirklich, daß sie nachgeben?« fragte Downer leise.

»Nicht sofort«, antwortete Georgiew. »Das habe ich doch von Anfang an gesagt.« Er schaute zu den Tischen und fügte mit sachlicher Stimme hinzu: »Aber letztendlich werden sie nachgeben. Spätestens dann, wenn die Leichen sich vor der Tür häufen und wir den Kindern immer näher kommen.«

# 13

*New York/New York – Samstag, 21 Uhr 33*

Paul Hood machte einen schnellen, völlig irritierten Schritt zur Seite.

Er hatte die Luft angehalten, solange der Schwede die Forderungen der Terroristen vorgelesen hatte. Der Krisenmanager in ihm wollte kein Wort und keine Nuance verpassen, um herauszufinden, ob sie vielleicht etwas von dem Spielraum hätten, von dem Mike gesprochen hatte. Fehlanzeige – ihnen verblieb kein Millimeter Spielraum.

Die Forderungen waren spezifisch und zeitlich festgelegt. Nach ihrem Vortrag durch den schwedischen Delegierten rang Hood nach Luft. Jetzt trat an die Stelle des Krisenmanagers der Vater, der gerade den unwahrscheinlichen Preis für die Freiheit seiner Tochter erfahren hatte.

Unwahrscheinlich war nicht die Höhe der Forderung. Hood wußte aus seiner Zeit als Finanzmanager, daß bis zu einer Milliarde Dollar Bargeld in den Privatbanken und den Institutionen der amerikanischen Zentralbank in New York und Boston vorrätig war. Sogar die zeitliche Frist konnte eingehalten werden, wenn die UNO und die amerikanische Regierung dies wirklich wollten. Aber sie würden es nicht tun. Um die Unterstützung von örtlichen Banken und der Zentralbank zu bekommen, müßte die amerikanische Regierung für das Darlehen bürgen. Die Regierung könnte sich auf ein solches Vorgehen einlassen, wenn die Generalsekretärin ausdrücklich darum bat und sich gleichzeitig bereit erklärte, den Kredit mit Gütern der Vereinten Nationen zu decken. Es bestand jedoch die Möglichkeit, daß sie vor einer solchen Bitte aus Angst davor zurückschreckte, die Nationen vor den Kopf zu stoßen, die immer schon den amerikanischen Einfluß auf die UNO reduzieren wollten.

Und selbst wenn die Vereinigten Staaten das Geld im Rahmen einer Teilzahlung der ausstehenden Schulden einzuzahlen bereit wären, so müßte auf jeden Fall der amerikanische Kongreß um Zustimmung für eine solche Ausgabe ersucht werden. Sogar eine Dringlichkeitssitzung wäre innerhalb dieser kurzen Frist nicht einzuberufen. Sofort nach der Einzahlung des Geldes würden die Terroristen natürlich damit beginnen, elektronische Überweisungen vorzunehmen, so daß das Geld weit verstreut auf einer Vielzahl von Konten bei den unterschiedlichsten Banken und Investmentfonds landete. Es gäbe keinerlei Möglichkeit, die Gelder zu markieren oder den Transfer zu stoppen, genauso wenig wie es eine Möglichkeit gab, die Terroristen aufzuhalten. Sie hatten einen zehnsitzigen Hubschrauber gefordert, weil sie Geiseln mit sich nehmen wollten. Eine Geisel pro Person, außer dem Piloten. Das deutete auf vier oder fünf Terroristen hin.

All diese Gedanken schossen Paul Hood durch den Kopf, während er die Tür wieder schloß und sich umdrehte. Endlich gelang es ihm, Atem zu holen. Die anderen Eltern hatten die Forderungen gehört und versuchten immer noch, das Geschehene zu verarbeiten. Sharon stand jetzt neben ihrem Mann und sah ihn mit tränenüberströmtem Gesicht an. Plötzlich befand sich Paul in einer anderen Rolle: in der des Ehemannes. Ein Mann, der für seine Frau die Nerven behalten mußte.

In diesem Augenblick öffnete sich die Tür, und Hood drehte sich um. Ein Sicherheitsbeamter lehnte sich herein; zur gleichen Zeit sicherte ein anderer den Korridor ab.

»Folgen Sie mir!« kommandierte der junge Mann. »Schnell und leise«, fügte er hinzu, während er sie mit einer Handbewegung vorwärts winkte.

Hood trat zur Seite und ließ die anderen Eltern hinausgehen. Sharon blieb an seiner Seite. Als er ihre Hand mit seiner Linken ergriff, bemerkte er plötzlich das Handy in seiner Rechten. Schnell sprach er hinein. »Mike? Sind Sie noch dran?«

»Ja, Paul«, antwortete Rodgers. »Wir haben alles gehört.«

»Wir werden jetzt woanders hingebracht«, sagte Hood. »Ich melde mich später.«

»Wir stehen hier bereit«, versicherte Rodgers ihm.

Hood schloß das Handy und steckte es zurück in seine Tasche. Nachdem die letzten Eltern das Auditorium verlassen hatten, drückte Paul sanft die Hand seiner Frau. Sie ging hinter den Eltern hinaus, und er folgte ihr auf den Korridor. Die Eltern wurden hastig am Auditorium des Sicherheitsrats vorbeigeführt, zurück zu den Aufzügen. Einige weinten leise, andere flehten um die Rückkehr ihrer Kinder, aber die Wachen sorgten dafür, daß niemand stehenblieb.

Paul Hood hielt immer noch die Hand seiner Frau. Sharon drückte seine Finger fest zusammen, wahrscheinlich merkte sie gar nicht, wie intensiv sie seine Hand umklammerte und drückte.

Während sie in einer Reihe zu den Aufzügen gingen, sah Hood weitere Sicherheitsbeamte herbeieilen, ausgerüstet mit zwei Meter hohen, durchsichtigen Schutzschilden sowie mit Audio- und Videogeräten. Offensichtlich versuchten sie, eine Vorstellung von der Lage der Geiseln zu bekommen und gleichzeitig Bruchstücke der Unterredungen im Saal aufzufangen, um eventuell Hinweise auf die Identität der Terroristen zu erhalten. Doch Hood wußte, daß die Kinder auf diese Weise nicht zurückkamen. Hierfür hatten die Vereinten Nationen weder das taktische Know-how noch die entsprechenden Fachleute. Schließlich waren sie eine Organisation des Konsenses, nicht des Handelns.

»Sag mir, daß du schon einen Plan hast«, murmelte Sharon leise, während sie im Fahrstuhl nach unten fuhren. Wie verschiedene andere Eltern machte auch sie keine Anstrengungen mehr, ihre Tränen zu verbergen.

»Wir werden uns etwas einfallen lassen«, antwortete Hood.

»Ich brauche mehr«, sagte Sharon. »Schließlich ist Harleigh meine Tochter, und ich habe sie da oben völlig verängstigt allein gelassen. Zumindest muß ich wissen, daß ich das Richtige tue.«

»Aber natürlich«, erwiderte Hood. »Wir holen sie da raus, das verspreche ich dir.«

Sobald die Gruppe die Haupthalle erreichte, führte man sie eine Treppe hinunter. In der Halle vor den Souvenirläden und dem Restaurant wurde ein provisorisches Kommandozentrum eingerichtet. Eine sinnvolle Maßnahme, denn wenn die Terroristen über Komplizen verfügten, wäre es für diese Personen nicht einfach, die Aktivitäten hier unten zu verfolgen. Auch die Presse hatte Schwierigkeiten, hierher zu gelangen, was von Vorteil war. Entsprechend den internationalen Dimensionen der Geschehnisse waren Berichterstattungen unvermeidlich. Da jedoch die Vereinten Nationen mit großer Wahrscheinlichkeit die

Zahl der anwesenden Personen auf ein Minimum begrenzen wollten, würden sie sicherlich nur eine ausgesuchte Gruppe von Journalisten zulassen.

Die Eltern wurden zur öffentlichen Cafeteria gebracht, wo ihnen weit von der Halle entfernte Tische angewiesen wurden. Man brachte Sandwiches, Mineralwasser und Kaffee. Einer der Väter zündete sich eine Zigarette an, doch niemand protestierte. Kurz darauf trafen Offiziere der Sicherheitskräfte ein, um die Eltern nach den Dingen zu befragen, die sie vielleicht im ehemaligen Presseraum gesehen oder gehört hatten. Außerdem kamen ein Psychologe und ein Arzt zur moralischen Unterstützung der Anwesenden in die Cafeteria.

Hood brauchte ihre Hilfe nicht.

Mit einem Blick zu einem der Offiziere deutete Hood an, daß er auf die Toilette wollte. Während er sich erhob, zwang er sich, Sharon anzulächeln. Dann ging er um die Tische herum in die Halle. In den Toilettenräumen eilte er zielstrebig zur letzten Kabine, schloß sich ein und wählte die Nummer von Mike Rodgers. Als er sich gegen die Fliesenwand lehnte, überraschte ihn die Kälte seines schweißnassen Hemdes.

»Mike?«

»Am Apparat.«

»Die Beamten der Vereinten Nationen versuchen es jetzt mit Audio- und Videoausrüstung«, erläuterte Hood. »Wir sind nach unten in die Cafeteria verlegt worden, zwecks Zeugenbefragung und psychologischer Unterstützung.«

»Klassische Reaktion«, antwortete Rodgers. »Sie bereiten sich auf eine Belagerung vor.«

»Das ist aber keine Alternative«, sagte Hood. »Die Terroristen zeigen keinerlei Interesse zu verhandeln, sie wollen niemanden freipressen. Sie wollen Geld. Haben die Vereinten Nationen keine spezielle Einsatztruppe?«

»Doch«, erwiderte Rodgers. »Dabei handelt es sich um neun Beamte der Sicherheitskräfte. Wurde 1977 gegründet und von der New Yorker Polizei in SWAT-Taktik und Geiselsituationen trainiert, ist aber natürlich noch nie zum Einsatz gekommen.«

»Gott im Himmel.«

»Genau«, sagte Rodgers. »Wieso sollte irgend jemand die UNO angreifen? Sie ist harmlos. Wir haben jetzt eine Telefonverbindung zu Darrell; er sagt, laut Richtlinien der New Yorker Polizei sollen grundsätzlich die Situation begrenzt und Verhandlungen angestrengt werden, damit die Dinge nicht außer Kontrolle geraten. Auch im schlimmsten Fall muß an die räumliche Begrenzung der Krise gedacht werden. Hört sich ganz so an, als ob die Sicherheitskräfte diesen Richtlinien folgen werden.«

Hood fühlte sich, als ob ihm jemand in die Gedärme getreten hätte. *Die wollten den Tod seiner Tochter ›räumlich begrenzen‹!*

»Außerdem hat sich Darrell mit dem Büro der Generalsekretärin in Verbindung gesetzt«, fuhr Rodgers fort. »Chatterjee bespricht sich mit Vertretern der betroffenen Nationen.«

»Mit welcher Absicht?« fragte Hood.

»Bis zu diesem Zeitpunkt gar keiner. Es deutet nichts darauf hin, daß man auf die Forderungen der Terroristen eingehen will. Sie versuchen immer noch, die Identität der Täter herauszufinden. Mit dem Papier, das der Schwede vorgelesen hat, konnten sie wenig anfangen; es enthielt keinen Hinweis, keine Spur, denn es war dem Delegierten offensichtlich von den Terroristen diktiert worden.«

»Also wollen sie einfach nur abwarten.«

»Bis jetzt sieht es so aus«, bekräftigte Rodgers. »Aber das ist so üblich bei den Vereinten Nationen.«

Hood fühlte, wie seine Traurigkeit in Wut umschlug. Ihm war danach, höchstpersönlich ins Auditorium des Sicherheitsrats zu marschieren und einen Terroristen nach dem anderen zu erschießen. Statt dessen drehte er sich um und hämmerte mit der Faust gegen die Wand.

»Paul«, sagte Rodgers.

In seinem ganzen Leben hatte Hood sich noch nie so hilflos gefühlt.

111

»Paul, ich habe das Strikerteam in Alarmbereitschaft Stufe Gelb gesetzt.«

Hood lehnte seinen Kopf gegen die Wand. »Wenn Sie die Strikers hier hereinschicken, wird Sie die Welt zerfleischen. Nicht nur die amerikanische Regierung – die ganze *Welt* wird Sie fertigmachen.«

»Dazu fällt mir nur ein Kommentar ein«, entgegnete Rodgers. »Entebbe. In der Öffentlichkeit verdammte die ganze Welt die israelischen Spezialeinheiten dafür, daß sie mitten in Uganda die Geiseln der Air France vor den palästinensischen Terroristen gerettet haben. Aber privat legte sich jeder vernünftig denkende Mensch an jenem Abend etwas stolzer ins Bett. Paul, mir ist scheißegal, was China oder Albanien oder die Generalsekretärin oder auch der Präsident der Vereinigten Staaten von mir denken. Ich will die Kinder da herausholen.«

Hood wußte nicht, was er sagen sollte. Der Sprung von Stufe Gelb auf Stufe Rot fiel nicht einmal unter seine Entscheidungsbefugnis; trotzdem wollte Rodgers seine Zustimmung. Tief berührt schloß er die Augen. »Sie haben meine volle Unterstützung, Mike«, sagte er. »Meine Unterstützung und Gottes Segen.«

»Gehen Sie zurück zu Sharon, und behalten Sie die Nerven«, fügte Rodgers hinzu. »Ich gebe Ihnen mein Wort, daß wir Harleigh da herausbekommen.«

Hood dankte ihm, klappte das Mobiltelefon zusammen und steckte es in seine Tasche. Mikes Geste löste die Tränen aus, gegen die er sich seit Beginn der ganzen Geschichte gewehrt hatte. Schluchzend preßte er sein Gesicht gegen die kalten Kacheln. Nach ein paar Minuten hörte er die Türe. Hood schniefte und nahm sich ein Stück Toilettenpapier, um sich die Tränen aus dem Gesicht zu wischen.

Es war merkwürdig. Als er zu Sharon gesagt hatte, was sie hören wollte, nämlich daß sie Harleigh retten würden, hatte er kaum seinen eigenen Worten geglaubt. Doch als Mike die gleichen Worte sagte, glaubte er ihm aus tiefstem Herzen. Er fragte sich, ob Vertrauen immer so leicht zu manipulieren war. Ein Bedürfnis, an etwas zu glauben, mit einem kräftigen Anschub versehen.

Dann schneuzte er sich, warf das Papier in die Toilettenschüssel und betätigte die Spülung.

Doch es gab da einen Unterschied, dachte er beim Verlassen der Toilette. Vertrauen war Vertrauen, aber Mike Rodgers war Mike Rodgers. Und der hatte ihn noch nie enttäuscht.

# 14

*Quantico/Virginia – Samstag, 21 Uhr 57*

Der Navystützpunkt in Quantico ist ein ausgedehnter ländlicher Komplex für diverse militärische Einheiten. Vertreten sind unter anderem das MarCorSysCom – das Marine Corps Systems Command – und das geheimnisumwobene Commandant's Warfighting Laboratory, eine militärische Forschungseinheit. Quantico gilt als intellektueller Übungsplatz der US-Navy, wo Arbeitsgruppen neologistischer ›Kriegführer‹ die Möglichkeit haben, taktische Strategien zunächst zu entwickeln und zu analysieren, um sie dann in realistischen Kampfsimulationen einzusetzen. Außerdem gibt es in Quantico einige der besten Kleinkaliber- und Granatschießplätze, Gelände für Bodenmanöver, Übungsgelände für leichte Panzerfahrzeuge, ebenso wie einige der härtesten Körperbelastungs-Teststrecken des gesamten Militärs der Vereinigten Staaten.

Viele der wichtigsten Aktivitäten der Basis finden in Camp Ushur statt, einem Trainingscamp etwa vierzig Kilometer nordwestlich des Stützpunktes, innerhalb vom Trainingsgebiet 17. Dort verbessern und verfeinern Delta Company, das 4. Aufklärungsbataillon für leichte Panzerfahrzeuge, die 4. Marinedivision, die Strikerdivision des OP-Centers und die Versorgungseinheiten der Marinereservetruppen die Techniken, die sie als Rekruten gelernt haben. Mit insgesamt einundzwanzig Gebäuden, die von Klassenzimmergröße bis zu Truppenunterkünften im Stile von Quonset-Hütten reichen, kann Camp Ushur Quartiere für bis zu fünfhundert Soldaten bereitstellen.

Colonel Brett August gefiel Quantico, und ganz besonders gefiel ihm Ushur. In der einen Hälfte seiner Zeit drillte er das Striker-Spezialteam, in der anderen Hälfte gab er Vorlesungen zu den Themen Militärgeschichte, Strategie und Theorie. Zu seinen besonderen Vorlieben zählte es, für die Soldaten besonders harte Sportwettbewerbe zu organisieren. Für ihn ging es dabei sowohl um psychologisches als auch um physisches Training. Eigenartig – er hatte es so eingerichtet, daß die Sieger Extradienste auferlegt bekamen wie Müllentsorgung, Küche, Latrine, und trotzdem hatte noch niemand versucht, ein Basketballspiel oder ein Footballspiel zu verlieren, nicht einmal einen Reiterkampf im Swimmingpool mit den Kindern auf den Schultern, nicht ein einziges Mal. Tatsächlich hatte August noch nie Soldaten gesehen, die so zufrieden zu sein schienen, diese Plackereien zu erledigen. Liz Gordon trug sich mit dem Gedanken, hierüber ein Buch zu schreiben. Es sollte den Titel ›Der Masochismus des Sieges‹ tragen.

In diesem Moment litt August. Nach seiner Rückkehr aus dem Einsatz in Spanien hatten ihn Beförderungen und von langer Hand vorbereitete Versetzungen einige seiner wichtigsten Strikers gekostet. In den wenigen Tagen, die seitdem vergangen waren, hatte er hart mit vier neuen Kämpfern gearbeitet. Sie hatten sich auf nächtliche Zielübungen mit 105-mm-Haubitzen konzentriert, als der Befehl von General Rodgers kam, das Team in Alarmbereitschaft Stufe Gelb zu versetzen. Lieber hätte August über mehr Zeit verfügt, um die neuen Soldaten im Kreis der erfahreneren Mitglieder besser integrieren zu können, aber das war jetzt unwichtig. August war mit dem Bereitschaftsgrad der neuen Leute zufrieden. Wenn nötig, konnten sie sofort eingesetzt werden. Die Second Lieutenants der Navy, John Friendly und Judy Quinn, gehörten zu den härtesten Soldaten, die August je erlebt hatte. Die Privates

First Class Tim Lucas und Moe Longwood waren ihre neuen Kommunikationsexperten und Nahkampfspezialisten. Es gab ein natürliches Konkurrenzverhalten zwischen den beiden Abteilungen, aber das war in Ordnung. Unter Feindfeuer verschwanden die Barrieren, und alle gehörten zum gleichen Team. Was die Fähigkeiten anging, so würden die neuen Leute hervorragend zu den erfahrenen Strikers passen – zu Sergeant Chick Grey, Corporal Pat Prementine, dem Wunderkind der Infanterietaktik, Private First Class Sondra DeVonne, dem untersetzten Private Walter Pupshaw, Private Jason Scott und Private Terrence Newmeyer.

Alarmbereitschaft Stufe Gelb bedeutete, alle Ausrüstungsgegenstände zusammenzupacken und im Bereitschaftsraum darauf zu warten, ob der nächste Schritt erfolgen würde. Der Bereitschaftsraum enthielt einen Metallschreibtisch an der Tür, an dem rund um die Uhr ein Sergeant saß, harte Holzstühle, aufgestellt wie in einem Klassenzimmer, denn die Offiziere wollten verhindern, daß es sich jemand zu bequem machte und einschlief, eine alte Tafel und schließlich ein Computerterminal auf einem Tisch vor der Tafel. Für alle Fälle stand ein fünfzehnsitziger Bell LongRanger Modell 205A-1 mit laufendem Motor auf der nahegelegenen Landebahn bereit, um sie für den halbstündigen Trip zur Andrews Air Force Base einzusammeln. Von dort ginge es dann mit einer C-130 weiter zum Air Terminal des US Marine Corps auf dem New Yorker La-Guardia-Flughafen. Rodgers hatte bereits gesagt, daß es sich bei dem potentiellen Ziel des Strikerteams um den Sitz der UNO handelte. Die C-130 brauchte keine ausgedehnte Landebahn, und obwohl La Guardia ein eher seltener Anlaufpunkt für Militärmaschinen war, so lag er doch dem Gebäude der Vereinten Nationen am nächsten.

Am meisten haßte der hochgewachsene, schlanke Colonel mit dem schmalen Gesicht das Warten. Als Spätfolge von Vietnam gab es ihm immer noch das Gefühl, keine Kontrolle über die Situation zu haben. In der Kriegsgefangenschaft hatte August oft warten müssen – auf das nächste Verhör im Morgengrauen, die nächste Folter, den Tod des nächsten Kameraden. Auch auf Neuigkeiten und Nachrichten mußte er warten, die von Neuankömmlingen im Gefangenenlager, vorsichtig flüsternd, verbreitet wurden. Aber die schlimmste Wartezeit war die bei seinem Fluchtversuch gewesen. Als sein Kumpel verwundet wurde und medizinische Versorgung brauchte, hatte er umkehren müssen. Danach gab es keine zweite Chance mehr für einen Ausbruch – dafür sorgten seine Bewacher. Er mußte auf die langwierigen Anstrengungen der lahmen, um ihr Prestige besorgten Diplomaten in Paris warten, die seine Freilassung verhandelten. Nichts davon hatte ihn Geduld gelehrt. Es hatte ihn nur gelehrt, daß Warten etwas für Leute war, die keine andere Alternative hatten. Einmal hatte er zu Liz Gordon gesagt, daß Warten die eigentliche Definition von Masochismus sei.

Weil sich der Sitz der UNO direkt am Wasser befand, befahl Colonel August den Strikers, ihre Tauchausrüstung einzupacken. Und da sie nach Manhattan fuhren, waren sie wie Zivilisten gekleidet. Während die zehn Soldaten des Teams ihre Anzüge und Ausrüstungen überprüften, benutzte August den Computer im Bereitschaftsraum, um die Homepage der Vereinten Nationen zu besuchen. Er war noch nie in dem Gebäude gewesen und wollte sich mit den Örtlichkeiten vertraut machen. Im Internet fand er die neuesten Schlagzeilen und Meldungen vom wichtigsten Ereignis in New York, dem Geiseldrama im Gebäude der UNO. August war überrascht – nicht darüber, daß eine unparteiische Institution von Terroristen angegriffen wurde, sondern daß amerikanische Truppen in Bereitschaft versetzt wurden. Er konnte sich einfach keine Situation vorstellen, in der bewaffnete Einheiten der USA gerufen würden, um in einer solchen Situation auch eingesetzt zu werden.

Während er sich mit den Optionen der Internet-Seite auseinandersetzte, kamen Sondra DeVonne und Chick Grey hinzu. Auf dem Bildschirm gab es anklickbare Themen wie ›Frieden und Sicherheit‹, ›humanitäre Angelegenheiten‹, ›Menschenrechte‹ und andere wohlklingende Schlagworte. Er klickte auf ›Datenbanken‹ und versuchte, einen Lageplan des verdammten Gebäudes zu finden. Er war nie dort gewesen und hatte im Grunde auch nicht das geringste Bedürfnis, diesen Ort kennenzulernen. Trotz aller Lippenbekenntnisse zu Frieden und Menschenrechten hatte die UNO ihn und seine Kameraden der Luftaufklärung zwei Jahre lang in einem nordvietnamesischen Gefängnis vergessen.

In den Datenbanken gab es noch mehr Referenzinformationen. Videoaufnahmen von Sitzungen des Sicherheitsrats und der Vollversammlung. Soziale Indikatoren. Internationale Verträge. Landminen. Datenbank über Ausbildungskurse zur Friedenserhaltung. Sogar eine spezielle Seite mit Erklärungen der Dokumentensymbole der Vereinten Nationen gab es. Schon der Name selbst war ein Akronym: UN-I-QUE sollte UN Info Quest bedeuten.

»Hoffentlich hat Bob Herbert mehr Glück«, sagte August. »Hier gibt es keinen einzigen Lageplan dieses ganzen Komplexes.«

»Vielleicht wäre eine solche Veröffentlichung ein Sicherheitsrisiko«, schlug DeVonne vor. Seitdem sie sich den Strikers angeschlossen hatte, trainierte die hübsche Afro-Amerikanerin für den Bereich Geografische Geheimdienstinformationen, der zusammen mit der Planungsaufklärung immer öfter eingesetzt wurde, um die Zielprogrammierung intelligenter Marschflugkörper vorzunehmen. »Ich meine, wenn man einen detaillierten Lageplan ins Netz stellt, dann kann jemand einen kompletten Raketenangriff planen und ausführen, ohne sich auch nur von der Stelle zu rühren.«

»Genau das ist das Problem mit der Sicherheit heutzutage«, sagte Grey. »Man kann noch so viele moderne Antiterror-Maßnahmen ergreifen, sie kommen immer noch auf die altmodische Art und Weise durch. Ein einziger Idiot mit einem kleinen Messer oder einer Hutnadel kann sich eine Stewardeß schnappen und ein ganzes Flugzeug in seine Gewalt bringen.«

»Trotzdem sollte man es ihnen doch nicht erleichtern«, wandte DeVonne ein.

»Richtig«, stimmte Grey zu. »Aber machen wir uns nichts vor. Kaum eine Maßnahme ist abschreckend genug, und Terroristen gelangen immer noch genau dorthin, wo sie hinwollen. Genau wie ein entschlossener Attentäter immer noch an einen führenden Weltpolitiker herankommt.«

Das Telefon klingelte, und der Sergeant vom Dienst nahm den Hörer ab. Er gab dem Colonel ein Zeichen, und August eilte an den Apparat. Sollten sie diesen Raum verlassen, würden sie sofort auf sichere mobile TAC-SAT-Funktelefone überwechseln. Solange sie sich hier befanden, nutzten sie die sicheren Leitungen des Stützpunktes.

»Colonel August am Apparat«, sagte er.

»Brett, hier ist Mike Rodgers.« In der Öffentlichkeit achteten die beiden Männer auf das formale Verhaltensprotokoll. Privat waren sie Freunde, die sich seit ihrer Kindheit kannten. »Es geht los.«

»Verstanden«, bestätigte August. Er warf einen Blick auf seine Leute, die bereits anfingen, nach ihren Ausrüstungen zu greifen.

»Die Einsatzdetails habe ich bei Ankunft bereit«, fügte Rodgers hinzu.

»Bis in einer halben Stunde«, antwortete August und legte auf.

Weniger als drei Minuten später schnallten die Strikers sich in den Sitzen des Helikopters an, bereit für den Flug zur Andrews Air Force Base. Mit großem Lärm stieg der Hubschrauber in den Nachthimmel Richtung Nordosten, während Colonel August sich immer noch über Rodgers' Worte wunderte. Normalerweise wurden Einsatzdetails über ein sicheres Boden-Luft-Modem an das Flugzeug weitergeleitet. Auf diese Weise sparte man Zeit und konnte den Vorgang auch noch während des Anfluges des Einsatzteams fortsetzen.

Rodgers hatte gesagt, daß er ihnen die Einsatzdetails erst bei der Ankunft mitteilen werde. Wenn er ihn richtig verstanden hatte, könnte dieser Abend wesentlich interessanter und ungewöhnlicher werden, als er erwartet hatte.

## 15

*New York/New York – Samstag, 22 Uhr 08*

Bei ihrer Ankunft im Auditorium des Sicherheitsrats hatten sich die Violinisten hinter dem hufeneisenförmigen Tisch in der Hauptarena versammelt. Die musikalische Direktorin, Miß Dorn, war gerade eingetroffen. Die sechsundzwanzigjährige Künstlerin hatte am Vorabend in Washington gespielt und war am Morgen am New Yorker Flughafen angekommen. Während sie die Noten überprüfte, stand Harleigh Hood an den Vorhängen vor einem der Fenster. In der Dunkelheit glitzerte der Fluß; lächelnd beobachtete sie die tanzenden Lichtreflexe auf seiner Oberfläche. Die leuchtenden, farbigen Punkte erinnerten sie an ihre Noten, und plötzlich fragte sie sich, warum es keine farbigen Partituren und Notenblätter gab, mit einer anderen Farbe für jede Oktave.

Harleigh hatte gerade den Vorhang losgelassen, als sie die Schüsse auf dem Korridor vernahmen. Sekunden später wurden die Doppeltüren auf der Nordseite des Auditoriums aufgerissen, und die maskierten Männer stürzten herein.

Weder die Delegierten noch ihre Gäste reagierten, und auch die jungen Musiker blieben in zwei eng aneinandergedrängten Reihen auf dem Fleck stehen. Nur Miß Dorn stellte sich schützend zwischen die Kinder und die Eindringlinge, doch die maskierten Männer waren zu beschäftigt, um sie eines Blickes zu würdigen. Sie rannten an den Seiten des Auditoriums herunter und umringten die Delegierten. Keiner der Eindringlinge sagte ein Wort, bis einer von ihnen einen Delegierten am Kragen zur Seite zerrte. Der Mann sprach leise zu dem Diplomaten, als ob er sich

119

Sorgen machte, belauscht zu werden. Der Delegierte war den Geigern früher am Abend vorgestellt worden – er kam aus Schweden, aber sie hatte seinen Namen vergessen. Jetzt verkündete er der Gruppe, daß niemand zu Schaden kommen werde, solange sie ruhig blieben und genau das taten, was ihnen gesagt wurde. Harleigh fand ihn nicht sehr überzeugend. Sein Kragen war bereits durchgeschwitzt, und die ganze Zeit blickte er um sich, als ob er nach einem Fluchtweg Ausschau halte.

Dann redete der Eindringling wieder auf den Delegierten ein. Sie setzten sich an den hufeisenförmigen Tisch. Vor den Delegierten wurden Papier und ein Bleistift gelegt.

Zwei der Eindringlinge überprüften die Fenster, öffneten die Türen, um zu sehen, wohin sie führten, und nahmen dann andere Positionen ein. Einen Augenblick lang hatte einer von ihnen neben dem Fenster praktisch Schulter an Schulter mit ihr gestanden, und Harleigh mußte den Drang unterdrücken, ihn anzusprechen. Ihr Vater hatte ihr immer gesagt, daß eine vernünftige Frage, auf vernünftige Weise gestellt, selten eine wütende Antwort nach sich zog.

Aber Harleigh roch den Pulvergestank – oder was immer es war – von der Waffe in der Hand des Mannes. Außerdem meinte sie, Blutflecken auf seinen Handschuhen zu entdecken. Angst verschloß ihr die Kehle und jagte in ihren Magen. Ihre Beine wurden weich, aber nicht an den Knien, sondern an der Hüfte. Sie sagte kein Wort und war danach wütend auf sich selbst, weil sie so ängstlich gewesen war. Reden hätte ihr eine Kugel einbringen, aber es hätte auch die Sympathie der Eindringlinge wecken können. Oder sie hätten sie als Sprecherin oder Gruppenleiterin ausgewählt – irgend etwas, und so wäre sie wenigstens von ihrer Angst abgelenkt worden. Und wenn sie später alle erschossen wurden? Nicht unbedingt von diesen Leuten, sondern vielleicht von denen, die kommen würden, um sie zu retten. Ihr letzter Gedanke würde sein, daß sie vorher etwas hätte sagen sollen. Als sie den Mann weggehen sah, hätte sie wiederum fast gesprochen, aber ihr Mund gehorchte ihr nicht.

Kurz darauf versammelte einer der Männer alle mit leiser Stimme und australischem Akzent um den Tisch. Zuerst waren die Kinder dran. Er befahl ihnen, die Instrumente auf dem Boden liegen zu lassen und an den Tisch zu kommen.

Harleighs Geigenkasten lag offen vor ihr, und sie nahm sich die Zeit, ihr Instrument hineinzulegen. Es war kein kleiner, verspäteter Akt des Trotzes. Sie versuchte nicht einmal, die Geduld des Mannes auf die Probe zu stellen. Ihre Eltern hatten ihr diese Violine geschenkt, und sie würde nicht zulassen, daß ihr etwas zustieß. Glücklicherweise merkte der Mann nichts, oder er ließ es durchgehen.

An dem halbrunden Tisch fühlte Harleigh sich sehr verwundbar. In der Ecke neben den Vorhängen hatte es ihr besser gefallen.

Die Angst in ihr festigte sich allmählich. Nachdem sie sich zitternd gesetzt hatte, empfand sie es fast als Erleichterung, als ein Mädchen neben ihr laut schluchzend von heftigen Zuckungen geschüttelt wurde. Die arme Laura Sabia. Laura war ihre beste Freundin, aber sie war schon immer so empfindlich gewesen. Sie sah aus, als wollte sie gleich losschreien.

Harleigh berührte ihre Hand, fing ihren Blick auf und lächelte ihr zu. *Das werden wir schon überstehen*, sagte ihr Lächeln.

Laura antwortete nicht. Erst als der maskierte Mann sich in ihre Richtung bewegte, reagierte sie sofort. Worte waren nicht nötig, und er kam auch nicht bis zu ihnen. Allein seine Schritte in ihre Richtung erschreckten sie so, daß sie auf der Stelle verstummte.

Harleigh streichelte ihr über den Arm; dann zog sie ihre Hand zurück und faltete die Hände im Schoß. Durch die Nase holte sie tief Luft und zwang sich, ihr Zittern einzustellen. Auf der anderen Tischseite hatte ihr ein anderes Mädchen zugesehen, und einen Augenblick später machte sie es ihr nach. Dann lächelte sie herüber, und Harleigh lächelte zurück. Angst war wie Kälte – wenn man sich entspannte, war es nicht so schlimm.

In dem höhlenartigen Raum wurde es still. Am Tisch breitete sich angespannte Resignation aus, geprägt von dem Gefühl, daß diese Stille jeden Moment zu Ende gehen konnte. Die Diplomaten wirkten etwas unruhiger als die Musiker, wohl weil sie die Verwundbarsten waren. Die Eindringlinge ärgerten sich offensichtlich sehr darüber, daß sich eine bestimmte Person nicht im Raum befand, aber Harleigh wußte nicht, um wen es sich handelte. Vielleicht die Generalsekretärin, die sich verspätet hatte.

Miß Dorn saß am Kopfende des Tisches und schaute der Reihe nach jedem ihrer Geiger in die Augen, um sicherzugehen, daß alle durchhielten. Alle beantworteten den Blick mit einem kurzen Nicken, aber Harleigh durchschaute die Verstellung ihrer Kollegen, denn in Wirklichkeit war niemand okay. Doch da es sonst nichts zu tun gab, erzeugte diese Geste eine Art von Zusammengehörigkeitsgefühl, eine gefühlsmäßige Stärkung für alle Musiker.

Dann hörte Harleigh Schritte auf dem Korridor. Nach ihrer Einschätzung handelte es sich wohl um Sicherheitskräfte, die sich vor den Türen sammelten. Sie hielt nach Verstecken Ausschau, in denen sie sich vor Schüssen in Sicherheit bringen konnte. Hinter dem halbrunden Tisch schien eine geschützte Stelle zu sein. Sie könnte hinüberrennen, über den Tisch rutschen und wäre in Sekunden auf der anderen Seite. Langsam hob sie ihre Knie von unten gegen den Tisch, an dem sie saß, wie in der Schule, wenn sie gelangweilt war. Der Tisch schien zu schwimmen, als er sich einige Millimeter vom Boden abhob. Demnach war er nicht fest verankert, und sie konnte ihn umkippen und auch dahinter in Deckung gehen, wenn es sein mußte.

Bei diesen Überlegungen zur Selbstverteidigung überlief Harleigh plötzlich eine heiße Welle der Angst. Ihr kam der Gedanke, daß dieser Überfall etwas mit ihrem Vater und dem OP-Center zu tun hatte. Nie hatte er zu Hause von seiner Arbeit gesprochen, nicht einmal, wenn er sich mit ihrer Mutter gestritten hatte. Könnte es sein, daß das OP-Center diesen Leuten in irgendeiner Weise etwas angetan hatte? Im Geschichtsunterricht hatte sie gelernt, daß die Vereinigten Staaten nach Israel die beliebteste Zielscheibe für Terroristen der ganzen Welt waren. Die Geiger waren die einzigen Amerikaner. Waren sie hinter *ihr* her? Vielleicht wußten sie gar nicht, daß ihr Vater sein Amt niedergelegt hatte. Vielleicht wollten die Terroristen sie unter ihre Kontrolle bringen, um ihn kontrollieren zu können.

Ihr Hals und ihre Schultern fühlten sich heiß an, und Harleigh lief der Schweiß an den Seiten herunter. Das elegante neue Kleid klebte an ihrem Körper wie ein nasser Badeanzug.

*In Wirklichkeit geschieht das alles gar nicht*, dachte sie. Es war wie die Dinge, die den Leuten im Fernsehen zustießen. Eigentlich hätte es hier Schutzvorrichtungen geben sollen, oder etwa nicht? Metalldetektoren, Wachposten an der Tür, Überwachungskameras.

Plötzlich rief der Mann, der mit dem schwedischen Delegierten gesprochen hatte, den Australier zu sich. Nach einer kurzen Unterredung griff der Australier den Delegierten am Kragen, zog ihn hoch und ließ ihn mit der Pistole im Rücken die Treppe zur Tür hinaufgehen.

Am liebsten hätte Harleigh ihre Geige bei sich gehabt, um sie fest an sich zu drücken. Oder ihre Mutter. Wahrscheinlich war ihre Mutter völlig verzweifelt – es sei denn, sie versuchte, andere verzweifelte Mütter zu beruhigen. Wohl eher die zweite Variante, denn Harleigh mußte das von ihr geerbt haben. Dann dachte sie an ihren Vater. Als Harleighs Mutter sie und ihren Bruder Alexander zu den Großeltern mitgenommen hatte, um sich zu überlegen, was sie in Zukunft machen sollten, da hatte ihr Vater sich entschlossen, lieber seine Karriere aufzugeben als sie zu verlieren. Sie fragte sich, ob er diese Krise wie jede andere angehen konnte, obwohl seine eigene Tochter darin verwickelt war.

Der Australier kam zurück. Nach einem unfreundlichen Wortwechsel mit dem Delegierten nahm er das Papier in die Hand und schob den Schweden die Treppe entlang.

Harleigh ging davon aus, daß die Eindringlinge gerade eine Liste von Forderungen überreicht hatten. Offensichtlich war sie nicht das Ziel dieses Angriffs. Sie fühlte, wie sich ihr Hals allmählich abkühlte, und in ihr wuchs die Überzeugung, daß sie es schaffen würden, hier herauszukommen.

Der schwedische Delegierte wurde zu den anderen Delegierten gebracht, und er mußte sich mit den Händen auf dem Kopf zu ihnen setzen. Harleigh sah, daß man jetzt warten würde. Das war gut so, denn ihr Vater hatte einmal gesagt, solange die Leute miteinander sprachen, schossen sie nicht aufeinander. Hoffentlich hatte er recht.

Sie beschloß, nicht mehr darüber nachzudenken. Statt dessen tat sie ganz, ganz leise, wofür sie eigentlich gekommen war. Sie summte ›A Song of Peace‹.

# 16

### *Andrews Air Force Base/Maryland –*
### *Samstag, 22 Uhr 09*

Nach dem Gespräch mit Colonel August sah Mike Rodgers auf die Uhr auf seinem Monitor. Der LongRanger traf in ungefähr fünfundzwanzig Minuten auf der Air Force Base ein. Dann war die C-130 startklar.

Bob Herbert sah zum General hinüber und runzelte die Stirn. »Mike? Hören Sie mir zu?«

»Ja«, sagte Rodgers. »Sie haben ein Team darauf angesetzt, in Mala Chatterjees Vergangenheit zu stöbern, um herauszubekommen, wer Interesse daran hätte, die neue Generalsekretärin zu demütigen. Wahrscheinlich andere Hindus, die gegen ihr öffentliches Einstehen für die Rechte der Frauen sind. Außerdem überprüfen Sie, wo die Leute stecken, die Paul in Rußland und in Spanien stoppen konnte, sollte die Sache gegen ihn gerichtet sein.«

»Richtig«, sagte Herbert.

Rodgers nickte und erhob sich langsam; die verdammten Bandagen gingen ihm auf die Nerven. »Bob, Sie müssen hier für eine Weile das Kommando übernehmen.«

Überrascht blickte Herbert auf. »Warum? Geht es Ihnen nicht gut?«

»Doch, mir geht es hervorragend. Aber ich fliege mit dem Strikerteam nach New York. Außerdem brauche ich vor Ort eine Operationsbasis. Irgendwo in der Nähe der UNO, von wo man losschlagen könnte. Die CIA hat bestimmt einen Unterschlupf in der Gegend.«

»So weit ich weiß, gibt es einen genau auf der anderen Straßenseite«, sagte Herbert. »Im Ostturm der Zwillingswolkenkratzer an der UN Plaza. Nennt sich, glaube ich, Doyle Shipping Agency. Von da beobachten sie das Kommen und Gehen von Gangstern, die vorgeben, Diplomaten zu sein, und sammeln wohl auch elektronisches Informationsmaterial.«

»Können Sie uns da reinbringen?«

»Gut möglich.« Herberts Mund zuckte unentschlossen. Er warf einen Blick zu Lowell Coffey auf der anderen Tischseite.

Rodgers war seinem Blick gefolgt. »Stimmt was nicht?« fragte er.

»Mike«, erwiderte Herbert, »wir haben nicht gerade festen Boden unter den Füßen, was Striker angeht.«

»Aus welchem Grund?« fragte Rodgers.

Herbert hob die Schultern. »Aus vielen Gründen …«

»Welche? Moralische? Juristische? Logistische?«

»Alle, die Sie genannt haben«, antwortete Herbert.

»Vielleicht bin ich ja ein wenig naiv«, sagte Rodgers, »aber meiner Meinung nach geht es hier um eine Einsatztruppe mit umfangreicher Antiterrorausbildung, die Stellung bezieht, um Terroristen zu bekämpfen. Wo sind also die moralischen, juristischen und logistischen Haken?«

Anwalt Coffey ergriff das Wort. »Zunächst einmal, Mike, sind wir von der UNO nicht um Hilfe gebeten worden. Das allein wiegt ziemlich schwer.«

»Zugegeben«, erwiderte Rodgers. »Ich gehe davon aus,

daß diese Bitte noch erfolgen wird, insbesondere wenn die Terroristen anfangen, Leichen herauszuschicken. Darrell McCaskey spricht mit den Sicherheitskräften von Mrs. Chatterjee über Interpol ...«

»Auf einer sehr niedrigen Ebene«, erinnerte ihn Herbert. »Der Kommandeur der Sicherheitskräfte der UNO wird nicht allzuviel darauf geben, was ihm ein Assistent aus zweiter Hand über einen Interpolagenten in Madrid berichtet.«

»Das wissen wir nicht«, wandte Rodgers ein. »Zum Teufel, wir wissen überhaupt nichts über diesen Kommandeur, oder?«

»Meine Leute sehen sich gerade seine Akte an«, sagte Herbert. »Wir hatten bisher noch nicht das Vergnügen mit ihm.«

»Unabhängig davon«, erwiderte Rodgers. »Der Mann befindet sich in einer Situation, in der er wahrscheinlich auf Hilfe von außen angewiesen ist. Auf echte, *sofortige* Hilfe, wo immer sie auch herkommen mag.«

»Aber Mike, das ist nicht das einzige Problem«, protestierte Coffey.

Rodgers sah auf die Uhr in der rechten unteren Ecke des Monitors. Der Hubschrauber war in weniger als zwanzig Minuten hier. Für dieses Geplänkel hatte er einfach keine Zeit.

»Länder, denen der Ausgang dieser Situation egal ist, werden sich mit Sicherheit gegen eine Eliteeinsatztruppe der amerikanischen Streitkräfte im Gebäude der UNO sträuben.«

»Seit wann machen wir uns Sorgen wegen der beleidigten Miene der Iraker oder der Franzosen?« fragte Rodgers.

»Hier geht es nicht um Gefühle«, unterstrich Coffey. »Es geht um internationales Gesetz.«

»Verdammt, Lowell – die *Terroristen* haben das Gesetz gebrochen!« brach es aus Rodgers heraus.

»Das bedeutet nicht, daß wir das jetzt auch können«, erwiderte Coffey. »Selbst wenn wir bereit wären, gegen internationale Gesetze zu verstoßen – bis jetzt wurde jede

Striker-Aktion nach den Statuten des OP-Centers durchgeführt, also nach amerikanischen Gesetzen. Insbesondere wurde grundsätzlich die Genehmigung des Geheimdienstausschusses des Kongresses eingeholt ...«

Rodgers unterbrach ihn scharf. »Wegen eines gottverdammten Militärgerichts mache ich mir wirklich keine Sorgen, Lowell.«

»Es geht hier nicht um individuelle Schuldzuweisung«, entgegnete Coffey. »Das Überleben des Op-Centers steht auf dem Spiel.«

»Richtig«, sagte Rodgers. »Es geht um unser Überleben als effiziente Antiterroreinheit ...«

»Nein«, widersprach Coffey, »als eine Abteilung der Regierung der Vereinigten Staaten. Aufgrund unserer Statuten wurden wir zum Handeln verpflichtet – ich zitiere –, ›wenn Bundesinstitutionen oder ihre Teile oder das Leben von Amerikanern im Dienst dieser Institutionen eindeutig und unmittelbar bedroht werden‹. Das liegt hier meines Wissens nicht vor. Was vorliegt, ist die Tatsache, das bei einem Eingreifen Erfolg oder Fehlschlag irrelevant sind ...«

»Nicht für Paul und die anderen Eltern.«

»Hier geht es aber nicht um sie!« schnappte Coffey. »Es geht um den größeren Blickwinkel. Die amerikanische Öffentlichkeit wird applaudieren. Verdammt noch mal, *ich* werde applaudieren! Aber Frankreich oder der Irak oder irgendein anderes Mitgliedsland wird Druck auf unsere Regierung ausüben, damit sie uns wegen Überschreitens unserer Befugnisse zur Rechenschaft zieht.«

»Insbesondere wenn es sich bei den Terroristen um Ausländer handelt und sie getötet werden«, fügte Herbert hinzu. »Amerikanische Soldaten bringen ausländische Bürger auf internationalem Boden um, wobei so ziemlich alle Medien der Welt live Bericht erstatten. Das macht uns fertig.«

»Und zwar auf Basis der amerikanischen Gesetze, nicht der internationalen«, bekräftigte Coffey. »Der Kongreß wird gar keine andere Wahl haben – sie werden uns alle vor den Ausschuß zerren. Vergessen wir einmal unsere Karrieren. Wenn sie entscheiden, das OP-Center oder auch nur die Strikers aufzulösen, wie viele Menschen werden dann in der Zukunft sterben? Wie viele Schlachten werden wir nicht schlagen können, die einen direkten Einfluß auf die Sicherheit der Vereinigten Staaten haben?«

»Ich kann es einfach nicht glauben«, stöhnte Rodgers. »Wir reden hier von *Kindern*, die als Geiseln festgehalten werden!«

»Unglücklicherweise«, sagte Herbert, »so wütend es uns alle auch macht, die Bedrohung der Delegierten und Pauls Tochter fallen nicht in diese Kategorien. Sie zu retten ist ein Luxus, den wir uns unter Umständen nicht leisten können.«

»Ein *Luxus?*« rief Rodgers. »Mein Gott noch mal, Bob, Sie hören sich an wie ein verdammtes Pfadfindermädchen!«

Herbert starrte Rodgers an. »Meine verstorbene Frau war bei den Pfadfindern.«

Rodgers sah zu Herbert hinüber und senkte dann den Blick. Die Raumlüftung hörte sich plötzlich sehr laut an.

»Da das Thema schon einmal auf dem Tisch ist«, fuhr Herbert fort, »meine Frau war auch ein Opfer von Terroristen. Ich weiß genau, wie Sie sich fühlen, Mike. Die Frustration. Ich weiß, was Paul und Sharon fühlen. Trotzdem weiß ich, daß Lowell recht hat. Bei dieser Schlacht muß das OP-Center zusehen.«

»Und nichts tun.«

»Überwachung, taktische Hilfestellung, moralische Unterstützung – wenn wir sie beisteuern können, so ist das mehr als nichts«, sagte Herbert.

»›Auch diejenigen dienen, die nur bereitstehen und warten‹«, zitierte Rodgers feierlich.

»Manchmal stimmt das.« Herbert schlug mit der Hand auf die Armlehne seines Rollstuhls. »Sonst könnte es passieren, daß Sie ziemlich lange sitzen und warten. Oder schlimmer.«

Rodgers schaute auf seine Armbanduhr. Lowell Coffey

hatte fundierte juristische Einwände vorgebracht. Und Rodgers' Ungeschicklichkeit bezüglich Yvonne Herbert hatte ihrem Ehemann das Recht gegeben, ihm eine Predigt zu halten. Trotzdem war es nicht richtig, was die beiden Männer vorbrachten.

»In etwa fünfzehn Minuten werde ich zu den Strikes ins Flugzeug steigen«, informierte Rodgers sie mit ruhiger Stimme. »Bob, ich habe Ihnen das Kommando übergeben. Wenn Sie wollen, können Sie mich aufhalten.« Dann schaute er zu Liz Gordon. »Liz, Sie können mich für geistig umnachtet erklären lassen, bedingt durch posttraumatischen Streß, oder was Ihnen sonst einfällt. Wenn Sie so vorgehen, werde ich mich Ihnen beiden nicht widersetzen. Ansonsten möchte ich nicht hier stehen und warten. Ich *kann* es einfach nicht. Nicht solange eine Bande von Mördern Kinder in ihrer Gewalt hat.«

Langsam schüttelte Herbert den Kopf. »Diesmal liegen Sie mit Ihrer Schwarzweißmalerei falsch, Mike.«

»Darum geht es nicht mehr«, erwiderte Rodgers. »Werden Sie mich aufhalten?«

Herbert sah ihm direkt in die Augen. »Nein«, erwiderte er. »Das werde ich nicht tun.«

»Und darf ich fragen, warum?« wollte Coffey indigniert wissen.

Seufzend gab Herbert die Antwort. »Bei der CIA haben wir es früher Respekt genannt.«

Coffey verzog das Gesicht.

»Wenn ein Vorgesetzter außerhalb der Regeln vorgehen wollte, ist man eben außerhalb der Regeln vorgegangen«, fuhr Herbert fort. »Man konnte lediglich versuchen zu verhindern, daß die Regeln so gravierend gebrochen wurden, daß man dafür den Arsch aufgerissen bekam.«

Coffey lehnte sich zurück. »So etwas würde ich von der Mafia erwarten, nicht von der legitimen Regierung der Vereinigten Staaten«, sagte er frustriert.

»Wenn wir alle so verdammt tugendhaft wären, würden wir keine legitime Regierung brauchen«, gab Herbert zurück.

129

Rodgers sah zu Liz hinüber. Sie machte ebenfalls keinen glücklichen Eindruck. »Also?« fragte er.

»Also was?« fragte Liz zurück. »Ich bin zwar kein Stein in Bobs Mauer des Schweigens, aber ich werde Sie nicht aufhalten. Im Moment verhalten Sie sich dickköpfig, ungeduldig und rachelüstern, auf der Suche nach jemandem, den Sie hart treffen können, als Vergeltung für das, was Ihnen die Folterer im Bekaa-Tal angetan haben. Aber untauglich oder gar geistig umnachtet? Vom psychologischen Standpunkt – nicht vom juristischen – aus kann ich nicht behaupten, daß Sie untauglich sind.«

Rodgers blickte zurück zu Herbert. »Bob, bringen Sie mich in diesen CIA-Unterschlupf hinein?«

Herbert nickte.

Dann wandte Rodgers sich an Coffey. »Lowell, könnten Sie zum Kongreß Kontakt aufnehmen, um zu sehen, ob die Abgeordneten eine Dringlichkeitssitzung des entsprechenden Ausschusses einberufen können?«

Coffeys dünne Lippen preßten sich weiter zusammen, und seine polierten Fingernägel trommelten auf die Tischplatte. Trotzdem war der Anwalt in erster Linie ein Profi. Er schob den Ärmel zurück und schaute auf seine Armbanduhr. »Ich werde Senator Warren über Handy anrufen«, sagte er. »Er hatte schon immer die meisten Sympathien für uns. Trotzdem wird es nicht einfach sein, diese Leute am Wochenende zu erreichen. Dazu noch abends …«

»Ich verstehe schon«, sagte Rodgers. »Danke. Ihnen auch, Bob.«

»Schon gut«, erwiderte Herbert.

Coffey suchte bereits die Telefonnummer in seinem elektronischen Notizbuch, während Rodgers zu Matt Stoll und Ann Farris hinübersah. Das Technik-Genie starrte wie gebannt auf seine gefalteten Hände, und die Frau für Öffentlichkeitsarbeit war still, ihr Gesichtsausdruck undefinierbar. Ihm kam der Gedanke, daß ihre Zustimmung nicht allzu schwierig zu bekommen sein dürfte, da er auf dem Weg war, Paul zu helfen. Aber er würde sie nicht fragen. Er wandte sich zur Tür.

»Mike?« fragte Herbert.

Rodgers drehte sich noch einmal zurück. »Ja?«

»Egal was Sie brauchen, wir werden Sie unterstützen.«

»Ich weiß.«

»Aber versuchen Sie zumindest, das UN-Gebäude stehen zu lassen, okay?« sagte Herbert. »Und noch etwas.«

»Was?« fragte Rodgers.

»Ich möchte nicht plötzlich die Leitung dieses verdammten Ladens übernehmen müssen«, sagte Herbert mit der Andeutung eines Lächelns. »Also sehen Sie zu, daß Sie mit Ihrem Dickkopf und Ihrer Ungeduld bald wieder hier sind.«

»Ich werde es versuchen«, antwortete Rodgers und mußte seinerseits lächeln, während er die Tür öffnete.

Zwar war dies nicht unbedingt die bedingungslose Zustimmung, auf die er gehofft hatte, aber als er jetzt zum Aufzug eilte, fühlte er sich wenigstens nicht wie Gary Cooper in *Zwölf Uhr Mittags* – allein. Und in diesem Moment war das schon etwas.

# 17

*New York/New York – Samstag, 22 Uhr 11*

Das kurzlebige, aber legendäre Office of Strategic Services wurde im Juni 1942 gegründet. Unter der Leitung von William Joseph ›Wild Bill‹ Donovan, dem Helden des Ersten Weltkriegs, war das OSS verantwortlich für das Zusammentragen militärischer Spionagedaten. Nach dem Krieg gründete US-Präsident Truman im Jahr 1946 die Central Intelligence Group, die laut ihren Statuten Spionagedaten im Ausland sammeln sollte, die für die nationale Sicherheit der Vereinigten Staaten relevant waren. Im darauffolgenden Jahr wurde die CIG im Rahmen des Nationalen Sicherheitsbeschlusses in Central Intelligence Agency umgetauft. Dieser Beschluß erweiterte zudem die in den Statuten festgelegten Kompetenzen der CIA, um Aktivitäten im Bereich der Gegenspionage zu ermöglichen.

Die zweiunddreißigjährige Annabelle ›Ani‹ Hampton war schon immer gern Spionin gewesen. Es gab in diesem Beruf so viele intellektuelle und emotionale Ebenen, so viele Gefühle. Da war die Gefahr, und dann, proportional dazu, die Belohnung für die Gefahr. Dann das Gefühl, unsichtbar zu sein, oder, wenn man erwischt wurde, nackter als nackt. Dazu kam das Gefühl, über andere Menschen Macht auszuüben, und das Risiko von Bestrafung und Tod. Außerdem gehörten sehr viel Planung dazu, sehr viel Strategie, sehr viel Geduld. Man mußte den anderen im richtigen Moment erwischen, um ihn gefühlsmäßig oder manchmal auch körperlich zu verführen.

*In Wirklichkeit ist es so ähnlich wie Sex, nur noch besser,* dachte sie. *In der Spionage kann man jemanden umbringen lassen, wenn man ihn leid ist.* Nicht daß sie so etwas schon getan hätte. Noch nicht, jedenfalls.

Ani war gern Spionin, weil sie schon immer eine Einzelgängerin gewesen war. Andere Kinder waren überhaupt nicht neugierig, im Gegensatz zu ihr. Als Kind beschäftigte sie sich damit, die Höhlen von Eichhörnchen zu entdecken und den Vögeln beim Eierlegen zuzusehen. Je nach Laune half sie den Hasen dabei, den Füchsen zu entkommen, oder den Füchsen, die Hasen zu erlegen. Sie lauschte gern unbemerkt bei der Kartenrunde ihres Vaters oder beim Kaffeekranz der Großmutter oder bei den Rendezvous ihres älteren Bruders. Dabei führte sie sogar ein Tagebuch über Dinge, die sie beim Nachspionieren ihrer Familie entdeckte. Welcher Nachbar ›ein Schwein‹ war, welche Tante ›eine gehässige Alte‹. Welche Schwiegermutter ›müßte lernen, den Mund zu halten‹. Einmal fand ihre Mutter das Tagebuch und nahm es ihr weg, aber das störte sie nicht. Sie war klug genug gewesen, ein Duplikat anzulegen.

Anis Eltern, Al und Ginny, hatten ein Geschäft für Damenbekleidung in Roanoke im Bundesstaat Virginia. Nach der Schule und am Wochenende arbeitete Ani im Geschäft.

Wann immer sie Gelegenheit dazu fand, beobachtete sie die Kunden, die den Laden betraten. Sie versuchte, ihre Gespräche zu belauschen und zu erraten, was sie sich ansehen wollten, basierend darauf, wie sie angezogen waren oder wie gut sie sich ausdrückten. Und dann ging sie auf die Kunden zu und verkaufte ihnen die jeweilige Ware. Wenn sie – wie meistens – sorgfältig und intelligent kombiniert hatte, gelang es ihr auf Anhieb.

Das Spionieren ging zu Ende, als das Geschäft ihrer Eltern bankrott war, weil große Discount-Ladenketten sie ruiniert hatten. Am Ende mußten ihre Eltern in einem dieser Läden arbeiten. Aber Anis Faszination für das Verständnis und die anschließende sorgfältige Manipulation von Menschen hatte gerade erst begonnen. Sie erhielt ein Stipendium zum Studium an der Georgetown University in Washington. Als Hauptfach wählte sie Politikwissenschaften, im Nebenfach spezialisierte sie sich auf die Politik Asiens, da es zu jenem Zeitpunkt so aussah, als ob Japan und das Pazifikbecken zu den entscheidenden Schauplätzen des einundzwanzigsten Jahrhunderts zählen würden. Obwohl die Eltern ihre eigenen Hoffnungen begraben hatten, waren sie stolz wie nie zuvor, als Ani ihr Universitätsdiplom mit summa cum laude machte. In diesem Moment faßte sie den Vorsatz, ihren Eltern noch mehr Grund zu geben, auf sie stolz zu sein. Sie beschloß, nicht nur Agentin der CIA zu werden, sondern vor ihrem vierzigsten Geburtstag die Agency zu leiten.

Direkt nach der Universität bewarb sich die schlanke, einen Meter fünfundsiebzig große Blondine bei der CIA. Sie wurde eingestellt – zum Teil wegen ihrer brillanten akademischen Leistungen, zum Teil, wie sie später herausfand, weil den gesetzlichen Vorschriften zur Chancengleichheit bei der chauvinistischen Agency mit ihrem permanenten Frauenmangel Genüge getan werden mußte. Damals waren die Gründe unwichtig. Ani war dabei. Offiziell diente sie als Visumsberaterin in einer Reihe von amerikanischen Botschaften in Asien. Inoffiziell nutzte sie ihre Freizeit, um Kontakte in Regierungs- und Militärkreisen zu knüpfen. Unzufriedene Beamte und Offiziere. Männer und Frauen, die unter den Folgen des Zusammenbruchs der Finanzmärkte in Asien Mitte der neunziger Jahre litten. Menschen, die vielleicht überredet werden konnten, Informationen gegen Geld zu besorgen.

Als Anwerberin für die CIA war Ani außergewöhnlich erfolgreich. Ironischerweise stellte sie fest, daß ihre Kenntnisse asiatischer Kultur und Regierungsinstanzen nicht ihr größter Trumpf waren. Auch nicht die Tatsache, daß sie Zeuge gewesen war, wie der amerikanische Traum ihrer Eltern sich in Luft aufgelöst hatte und sie deshalb wußte, wie man zu Menschen sprach, die sich ausgeschlossen fühlten. Ihr größter Trumpf war ihre Fähigkeit, sich emotional nicht mit den angeworbenen Personen einzulassen. Es hatte Situationen gegeben, in denen Menschen für Informationen geopfert werden mußten, und sie hatte keinen Augenblick gezögert. Die Schule, das Leben und ihre historischen Studien hatten sie gelehrt, daß Menschen das Rohmaterial für Regierungen und Armeen waren und daß man keine Scheu haben durfte, sie nach Bedarf einzusetzen. Irgendwie war es nicht viel anders, als den Frauen zu erzählen, wie gut sie in Mänteln oder Hosen oder Blusen aussahen, selbst wenn sie vom Gegenteil überzeugt war. Der Laden brauchte die Einnahmen, und sie war fest entschlossen, alles dafür zu tun.

Unglücklicherweise stellte Ani fest, daß Talent und Einsatz nicht genug waren. Nachdem sie erreicht hatte, wozu sie ins Ausland geschickt worden war, wurde die junge Frau nicht befördert; auch zu einer höheren Geheimstufe wurde sie nicht zugelassen. Jetzt trat die frauenfeindliche Politik an die Oberfläche: Die guten Jobs gingen an ihre männlichen Kollegen. Ani wurde nach Seoul geschickt, um Daten von den Kontaktpersonen zu sammeln, die sie angeworben hatte. Die meisten Daten wurden elektronisch übermittelt, und selbst bei der Interpretation der eingegangenen Informationen wurde sie nicht einbezogen. Das war Aufgabe der Teams für ELINT – elektronische Spionage – im Hauptquartier. Nachdem sie sechs Monate vor einem

Computer gesessen und Daten hin- und hergeschoben hatte, bat sie um Versetzung nach Washington. Statt dessen wurde sie nach New York geschickt. Als Datenschieberin.

Wegen ihrer Auslandserfahrungen hatte man Ani in der Doyle Shipping Agency eingesetzt. Diese Strohfirma der CIA befand sich in einem Büro im vierten Stock von 866 United Nations Plaza. Hauptaufgabe war die Spionageüberwachung von Schlüsselfiguren unter den Beamten der Vereinten Nationen. Die DSA hatte einen kleinen Empfangsraum mit einer Sekretärin – die heute frei hatte, da Samstag war –, ein Büro für den Außenstellendirektor David Battat und ein weiteres für Ani. Außerdem gab es noch ein kleines Büro für die beiden Pendler, die sowohl hier als auch in einer anderen Strohfirma im Finanzbezirk arbeiteten. Die Pendler beschatteten Diplomaten, die unter Verdacht standen, sich mit Spionen oder potentiellen Spionen in den Vereinigten Staaten zu treffen. Zusätzlich wurde die Außenstelle als Waffendepot genutzt – von Pistolen bis hin zu C-4 –, die von den Pendlern eingesetzt oder im nicht kontrollierten Diplomatengepäck zu Agenten im Ausland geschafft wurden.

Anis winziges Büro mit Blick auf den East River war in Wirklichkeit das Herz des Betriebs. Angefüllt mit fiktiven Akten der DSA, Büchern mit Fahrplänen der Frachtschiffahrt und Steuerbestimmungen, verfügte das Büro außerdem über einen Computer, der mit technisch hochentwickelten Geräten in einer Besenkammer am Ende des schmalen Korridors verbunden war.

Anis Job war die Überwachung der Aktivitäten von wichtigen Beamten der UNO. Dabei nahm sie Wanzen zu Hilfe, die von der Forschungs- und Wissenschaftsabteilung der CIA entwickelt worden waren und im Gebäude der Vereinten Nationen zum ersten Feldeinsatz kamen – ›um sie auf Vordermann zu bringen‹, wie Battat es bezeichnete. Bei den Wanzen handelte es sich buchstäblich um mechanische Insekten von der Größe eines mittelgroßen Käfers. Sie waren aus Titan und extrem leichten, piezoelektrischen Keramikteilen – Materialien, die die Batte-

135

rien minimal belasteten, so daß die Wanzen jahrelang funktionierten, ohne gewartet werden zu müssen – und elektronisch jeweils auf die Stimme einer Person eingestellt. Einmal innerhalb eines Gebäude ausgesetzt, brauchten sie keinerlei Wartung mehr. Die schnellen, sechsbeinigen Geräte erreichten jeden Punkt des Gebäudes in weniger als zwanzig Minuten und folgten ihren individuellen Zielen hinter Wänden und in Luftschächten; hakenartige Füße ermöglichten auch die Fortbewegung auf vertikalen Oberflächen. Die Stimmen wurden von den Wanzen zum Empfänger und zu Anis Computer übermittelt, der den Spitznamen ›Bienenstock‹ erhalten hatte. Normalerweise lauschte Ani den Übertragungen mit einem Kopfhörer, um störende Bürogeräusche und Straßenlärm fernzuhalten.

Sieben mobile Wanzen innerhalb des Komplexes der UNO versetzten die CIA in die Lage, einflußreiche Botschafter ebenso wie die Generalsekretärin zu belauschen. Da die Wanzen alle auf der gleichen, extrem schmalen Audiofrequenz sendeten, konnte Ani immer nur jeweils eine ansteuern, war aber mit ihrem Computer in der Lage, nach Bedarf von Wanze zu Wanze zu springen. In den Wanzen befanden sich auch Geräuschgeneratoren, die alle paar Sekunden ein Überschallsignal erzeugten. Diese Spezialausstattung sollte zur Abschreckung möglicher Räuber aus der Tierwelt dienen. Bei einem Stückpreis von zwei Millionen Dollar war die CIA nicht geneigt, die Wanzen von hungrigen Fledermäusen oder anderen Insektenfressern verschlingen zu lassen.

So sehr Ani sich innerlich gegen die Versetzung und die monotone Arbeit auflehnte, so gab es doch drei positive Aspekte. An erster Stelle spionierte sie so heimlich wie nur irgend möglich, wenn auch selten Aufregung in ihre Arbeit kam. Der Voyeur in ihr genoß dieses Gefühl. Zweitens verbrachte ihr Vorgesetzter die meiste Zeit in Washington oder im Büro der CIA bei der amerikanischen Botschaft in Moskau – wo er sich auch in diesem Moment befand – und ermöglichte ihr damit, diese kleine Außenstelle selbst zu

136

leiten. Und schließlich wurde Ani, vom ›Chauvinistischen Institut Amerikas‹ in ihrer Karriere gebremst, bewußt, daß man sich unabhängig davon, ob man Damenwäsche oder Informationen verkaufte, um sein Wohlbefinden selbst kümmern mußte. Seit sie nach New York gekommen war, hatte sie ein Faible für Kunst und Musik entwickelt, ebenso für gute Restaurants und elegante Kleidung, feine Lebensart und dafür, sich selbst zu verwöhnen. Zum erstenmal in ihrem Leben hatte sie sich Ziele gesetzt, die nichts mit ihrer Karriere zu tun hatten oder damit, Stolz in jemandem hervorzurufen. Und das gefiel ihr.

Sehr gut sogar.

Ani verfolgte die Sitzung mit gespannter Aufmerksamkeit. Unabhängig von irgendwelchen Enttäuschungen verlangte diese Situation ihren vollen Einsatz. Denn obwohl die Besprechung über Wanzen aufgenommen wurde, würde ihr Vorgesetzter eine kurze, aber umfassende Zusammenfassung ihres Inhalts sehen wollen.

Irgendwie war es interessant, Menschen nur von ihren Stimmen zu kennen. Im Lauf der Zeit begann Ani, auf Tonfall, Pausen und Sprechgeschwindigkeit weit mehr zu achten als in einer normalen Unterhaltung von Angesicht zu Angesicht. Unterhaltsam war es gewesen, Einzelheiten über die verschiedenen Leute zu erfahren, besonders über Mala Chatterjee, eine der zwei Frauen auf Anis Zielliste. Mehr als die Hälfte ihrer Zeit verbrachte Ani mit der Generalsekretärin. Die Frau aus Neu-Delhi war die dreiundvierzigjährige Tochter von Sujit Chatterjee, einem der erfolgreichsten Filmproduzenten Indiens. Als Anwältin hatte sie bei der Verteidigung von Menschenrechtsfragen erstaunliche Erfolge erzielt. Dann war Mala Chatterjee als Beraterin am Zentrum für Internationale Friedensarbeit in London tätig gewesen, bevor sie in Genf den Posten einer Vize-Sondervertreterin des Generalsekretärs für den Bereich Menschenrechte angenommen hatte. Im Jahr 1997 zog sie nach New York, um sich als Vize-Generalsekretärin für humanitäre Angelegenheiten einzusetzen. Ihre Ernennung zur Generalsekretärin basierte sowohl auf politischen Motiven und einer fernsehgerechten Erscheinung wie auch auf ihren persönlichen Leistungen. Sie erfolgte zu einer Zeit, in der die nuklearen Spannungen zwischen Pakistan und Indien zunahmen. Die Inder waren so stolz auf diese Ernennung, daß sie der frisch ernannten Mrs. Chatterjee Unterstützung gewährten, als diese nach Islamabad fuhr und mit Pakistan über Abrüstungsfragen sprach. Und das trotz eines Leitartikels auf der ersten Seite von Pakistans englischsprachiger Zeitung *Dawn*, in dem Neu-Delhi verächtlich bemitleidet wurde, weil ›die Inder angesichts der Vernichtung feige die Augen niederschlagen‹.

Die kurze Karriere der Generalsekretärin Chatterjee bei den Vereinten Nationen hatte gezeigt, daß sie Probleme persönlich und direkt in Angriff nahm, wobei sie sich auf ihre Intelligenz und ihre charismatische Persönlichkeit verließ, um Situationen zu entschärfen. Deshalb war dieser Augenblick so faszinierend. Zwar war sich Ani bewußt, daß Menschenleben auf dem Spiel standen, und sie blieb auch nicht gänzlich unberührt von dieser Tatsache. Dennoch wuchs bei ihr im Lauf der vergangenen Monate das Gefühl, als ob es sich bei Chatterjee um eine enge Freundin und respektierte Kollegin handelte. Ani platzte vor Neugier, wie die Generalsekretärin mit dieser Krise umgehen würde. Sobald die CIA von der Geiselnahme benachrichtigt wurde, stellte Ani fest, daß sich keiner der von den Wanzen belauschten Delegierten im Auditorium des Sicherheitsrats befand.

In diesem Moment besprach sich Chatterjee mit dem stellvertretenden Generalsekretär Takahara aus Japan, zwei Untersekretären und dem Leiter der Sicherheitskräfte im großen Konferenzsaal neben ihrem Privatbüro. Außerdem war der stellvertretende Sekretär für Verwaltungsangelegenheiten und Personal zugegen. Zusammen mit seinen Mitarbeitern telefonierte er mit den verschiedenen Regierungen, deren Delegierte unter den Geiseln waren. Chatterjees Assistent Enzo Donati war ebenfalls im Raum.

Sehr wenig war bisher darüber gesprochen worden, ob das Lösegeld zu zahlen sei. Selbst wenn der Betrag aufgebracht werden könnte, was an sich schon zweifelhaft war, waren der Generalsekretärin bei der Übergabe die Hände gebunden. Im Jahr 1973 hatten die Vereinten Nationen eine Grundsatzentscheidung getroffen, wie bei Entführungen von UN-Angehörigen mit Lösegeldforderungen umzugehen sei. Der Weltsicherheitsrat hatte damals vorgeschlagen – und die Generalversammlung hatte diesen Vorschlag mit der notwendigen Zweidrittelmehrheit ratifiziert –, daß im Fall von Entführungen die betroffene(n) Nation(en) die Verantwortung übernahmen und entsprechend ihrer nationalen politischen Einstellung vorgingen. Die Vereinten Nationen würden lediglich bei den Verhandlungen aktiv werden.

Bis zu diesem Zeitpunkt hatte nur eine der betroffenen Nationen, nämlich Frankreich, die Bereitschaft signalisiert, den entsprechenden Anteil des Lösegelds beizusteuern. Die anderen Länder konnten entweder ohne Zustimmung ihrer Parlamente keine Entscheidung treffen oder verhandelten prinzipiell nicht mit Terroristen. Die Vereinigten Staaten, deren Delegierte, Flora Meriwether, sich unter den Geiseln befand, weigerten sich, Lösegeld zu zahlen, waren aber bereit, an einem Dialog mit den Terroristen teilzunehmen. Chatterjee und ihre Mitarbeiter versicherten den Gesprächspartnern in verschiedenen Teilen der Welt, daß man nach Ablauf der Zahlungsfrist neuen Kontakt zu den betroffenen Ländern aufnehmen werde.

Das dringendste Problem war die Definition, wer in dieser Krise für Entscheidungen verantwortlich war. Wenn lediglich Touristen in der Gewalt der Terroristen gewesen wären, dann hätte das Militärkomitee von Colonel Rick Mott die alleinige rechtmäßige Zuständigkeit gehabt. Doch das war nicht der Fall. Entsprechend den Statuten konnten Entscheidungen, die den Sicherheitsrat betrafen, nur vom Sicherheitsrat selbst oder von der Vollversammlung getroffen werden. Da der Präsident des Sicherheitsrats, der Pole Stanislaw Zintel, zu den Geiseln gehörte und eine

Vollversammlung nicht einberufen werden konnte, hatte Chatterjee beschlossen, daß sie aufgrund ihrer Funktion als Vorsitzende der Vollversammlung bestimmen würde, welche Schritte und Initiativen unternommen wurden.

Ani hatte den Verdacht, daß hier zum erstenmal in der Geschichte der UNO eine Maßnahme nicht durch Abstimmung entschieden wurde. Natürlich mußte dafür eine Frau kommen.

Nach dieser Klärung teilte Mott den Beamten mit, daß ein Großteil der UN-Polizeikräfte von ihren Straßenposten abgezogen worden waren und jetzt das Auditorium des Sicherheitsrats umzingelt hatten. Er referierte über die Möglichkeit, einen Angriff mit Kräften der UNO oder der Spezialeinheit der New Yorker Polizei durchzuführen, die ihre Sicherheitskräfte angeboten hatte.

»Allerdings können wir keinen Plan für einen militärischen Gegenschlag entwickeln, solange wir kein klareres Bild haben, wie es da drin aussieht«, gab Mott zu bedenken. »Zwei von meinen Leuten lauschen an den Doppeltüren vom Auditorium des Treuhandrats. Unglücklicherweise haben die Terroristen Bewegungsdetektoren in den Korridoren mit Zugang zu den Medienräumen aufgestellt, deshalb können wir da nicht hinauf. Außerdem haben sie die Überwachungskameras im Auditorium des Sicherheitsrats eliminiert. Es werden gerade Versuche unternommen, einen Blick ins Auditorium zu werfen, unter Einsatz von kabeldicken Sondenkameras mit Glasfaserübertragung. Wir bohren mit Handbohrern zwei kleine Löcher durch den Fußboden in den Wandschränken hinter dem Raum. Leider werden wir erst erheblich nach Ablauf der neunzigminütigen Frist etwas sehen können. Wir haben Kopien der Bilder von den Mördern, die von den Überwachungskameras gemacht wurden, an Interpolbüros in London, Paris, Madrid und Bonn geschickt sowie an Polizeibehörden in Japan, Moskau und Mexiko City. Wir hoffen, daß irgend etwas bei diesem Überfall Ähnlichkeit mit etwas hat, das ein Sicherheitsbeamter irgendwo schon einmal gesehen hat.«

»Die Frage ist, werden sie wirklich eine der Geiseln hinrichten?« fragte Chatterjee.

»Ich glaube ja«, erwiderte Mott.

»Wer sagt Ihnen das?« fragte jemand. Ani kannte seine Stimme oder seinen Akzent nicht.

»Meine *Intelligenz*«, antwortete Mott. Durch die Art, wie er ›Intelligenz‹ aussprach, sah Ani ihn fast frustriert mit dem Finger gegen seine Stirn tippen. »Die Terroristen haben überhaupt nichts zu verlieren, wenn sie noch jemanden umbringen.«

»Was haben wir dann für Alternativen vor Ablauf der Frist?« fragte die Generalsekretärin.

»Militärisch?« fragte Mott. »Meine Leute gehen auch ohne Bilder da rein, wenn es sein muß.«

»Ist Ihr Team für eine solche Operation ausgebildet?« fragte die Generalsekretärin.

Ani hätte diese Frage beantworten können. Die militärische Einsatztruppe war auf einen solchen Fall nicht vorbereitet. Sie hatte keinerlei Felderfahrung, und die Truppe war unterbesetzt. Wenn zwei oder drei der Schlüsselleute getroffen wurden, gab es keine Reserven. Problematisch war, daß die militärischen Einheiten ebenso wie das gesamte übrige Personal der Vereinten Nationen in den letzten Jahren um fünfundzwanzig Prozent reduziert worden war. Hinzu kam, daß die fähigsten Leute in die Privatwirtschaft gingen, wie beispielsweise Firmensicherheit und private Polizeidienste, wo die Bezahlung und die Karrieremöglichkeiten erheblich besser waren.

»Wir sind darauf vorbereitet, hineinzugehen und diesen Zustand zu beenden«, erwiderte Mott. »Aber um ehrlich zu sein, wenn wir das Auditorium mit der Absicht betreten, die Terroristen da herauszuholen, ist die Wahrscheinlichkeit von Verlusten sehr hoch, nicht nur bei meinen Leuten, sondern auch bei den Delegierten und den Kindern.«

»Das können wir nicht riskieren«, erwiderte Chatterjee.

»Unsere Chancen wären sicherlich besser, wenn wir zunächst Aufklärungsdaten erhielten«, gab Mott zu.

»Wie wäre es mit Tränengas?« fragte der stellvertretende Generalsekretär, Takahara.

»Das Auditorium des Weltsicherheitsrats ist ein sehr
großer Raum«, erklärte Mott. »Deshalb würde es mindestens siebzig Sekunden dauern, um das Gas durch das Lüf-
tungssystem einzuspeisen. Vielleicht ginge es etwas
schneller, wenn wir die Türen aufreißen und Granaten hin-
einwerfen würden. In beiden Fällen hätten die Terroristen
ausreichend Zeit, ihre Gasmasken aufzusetzen, wenn sie
welche haben, die beiden Fenster zu zerschießen, um die
Effizienz des Gases zu minimieren, die Geiseln zu töten,
wenn sie merken, was geschieht, oder mit den Geiseln als
Schutzschild ganz einfach den Raum zu wechseln. Wenn
sie Giftgas dabei haben, wie sie behaupten, dann werden
sie wohl auch Gasmasken mitgebracht haben.«

»Sie werden sowieso alle Geiseln töten«, sagte einer der
Untersekretäre. Ani glaubte, Fernando Campos aus Portu-
gal zu erkennen, einen der wenigen Militanten, dem die
Generalsekretärin Gehör schenkte. »Wenn wir angreifen,
können wir vielleicht noch ein paar von ihnen retten.«

Man hörte lautes Gemurmel. Die Generalsekretärin bat
um Ruhe und gab das Wort an Mott zurück.

»Um es noch einmal zusammenzufassen, meiner Meinung nach sollten wir warten, bis wir ein paar Bilder aus
dem Auditorium vorliegen haben«, schloß er. »Dann wissen wir wenigstens, wo sich der Feind und wo sich die Geiseln befinden.«

»Die zusätzliche Zeit und Ihre Fotos werden mit dem
Leben von Delegierten erkauft«, sagte der Mann, den Ani
für Untersekretär Campos hielt. »Ich finde, wir sollten den
Saal stürmen und der Sache ein Ende machen.«

Chatterjee griff noch einmal die militärische Seite der
Diskussion auf und fragte Mott, ob er noch andere Vor-
schläge habe. Der Colonel erwiderte, daß auch darüber
nachgedacht worden sei, Luft- und Stromzufuhr des Auditoriums des Sicherheitsrats zu unterbrechen oder die
Klimaanlage so kalt zu stellen, daß es den Terroristen un-
gemütlich würde. Aber er hatte zusammen mit dem Mili-

tärkomitee entschieden, daß solche Maßnahmen eher provozieren als nützen würden. Ansonsten sei noch keine Handlungsalternative vorgeschlagen worden.

Es gab eine kurze Stille. Ani bemerkte, daß die letzten dreißig Minuten der Frist bereits begonnen hatten. Sie glaubte zu wissen, was Chatterjee unternehmen würde: das übliche.

»Obwohl ich sehr schätze, was Colonel Mott und Untersekretär Campos vorgetragen haben, können wir den Terroristen nicht geben, was sie verlangen«, sagte Chatterjee schließlich. Ihre Stimme klang noch dunkler als sonst. »Aber es muß eine ernsthafte Geste erfolgen, um ihren Status anzuerkennen.«

»Ihren Status?« fragte Colonel Mott.

»Genau«, erwiderte Chatterjee.

»Ihren Status als *was*, Madam?« fragte Mott mit Nachdruck. »Es handelt sich um erbarmungslose Killer …«

»Colonel, im Moment haben wir nicht die Zeit, unserer Entrüstung Ausdruck zu verleihen«, sagte Chatterjee. »Da wir den Terroristen nicht das Gewünschte geben können, müssen wir ihnen anbieten, was wir haben.«

»Und das wäre?« fragte Mott.

»Unsere Demut.«

»Gott im Himmel«, murmelte Mott.

»Dies ist nicht mehr Ihr SEAL-Kommando«, sagte Chatterjee streng. »Wir werden ›eine Lösung suchen auf dem Weg der Verhandlung, der Untersuchung, der Vermittlung, der Verständigung, des Schiedsspruches, der gesetzlichen Regelung …‹«

»Mir sind die Statuten bekannt, Madam«, gab Mott zur Antwort. »Aber sie wurden nicht für so eine Situation geschrieben.«

»Dann werden wir sie anpassen müssen. Der Grundgedanke ist richtig. Wir müssen offen anerkennen, daß diese Leute es in der Hand haben, unsere Delegierten und unsere Kinder zu töten oder freizulassen. Vielleicht bringt uns eine demütige Verbeugung vor ihnen Zeit und Vertrauen.«

»Ihren Respekt mit Sicherheit nicht«, bemerkte Mott.

»Da bin ich anderer Meinung«, warf Takahara ein. »Unterwerfung hat sich als besänftigendes Mittel gegenüber Terroristen gezeigt. Aber befriedigen Sie meine Neugierde, Frau Generalsekretärin. Wie stellen Sie sich diese demütige Verbeugung vor?«

Takahara überraschte Ani immer wieder. Im Lauf der Weltgeschichte hatten japanische Herrscher und Politiker nie zur Verständigung oder zur Verhandlung geneigt – es sei denn, sie gaben vor, Frieden zu wollen, während sie einen Krieg vorbereiteten. Takahara war anders; er war ein echter Pazifist.

»Ich selbst werde zu den Terroristen gehen«, sagte Chatterjee. »Ich erkläre ihnen unser Interesse, ihnen zu helfen, und werde um mehr Zeit bitten, damit sie ihre Forderungen direkt an die betroffenen Nationen richten können.«

»Das ist praktisch eine Einladung zur *Belagerung*«, erklärte Mott.

»Besser als ein Blutbad«, sagte Chatterjee. »Außerdem gehen wir Schritt für Schritt vor. Wenn wir einen Aufschub erreichen, gelingt es uns vielleicht, eine Taktik zur Entschärfung der Situation zu finden.«

»Darf ich Sie daran erinnern«, wandte Takahara ein, »daß die Mörder keine Mitteilung entgegennehmen wollen außer der Nachricht, daß Geld und Transport für sie bereitstehen?«

»Egal«, meinte Chatterjee. »Solange sie zuhören.«

»Oh, sie werden zuhören«, sagte Mott. »Und mit Gewehrfeuer antworten! Diese Monster haben sich ihren Weg in den Sicherheitsrat freigeschossen. Sie haben nichts zu verlieren, wenn sie noch ein paar Menschen mehr erschießen.«

»Meine Herren«, sagte Chatterjee. »Wir sind nicht in der Lage, das Lösegeld zu zahlen, und ich werde es nicht dulden, daß das Auditorium des Sicherheitsrats gestürmt wird.« Nach Anis Meinung wuchs die Frustration der Generalsekretärin. »Angeblich sind wir die besten Diplomaten der Welt, und im Augenblick haben wir außer

Diplomatie keine andere Wahl. Colonel Mott, würden Sie mich bitte zum Sicherheitsrat begleiten?«

»Natürlich«, antwortete der Offizier.

Aus seinen Worten klang Erleichterung. Es zeugte von Chatterjees Intelligenz, daß sie mit einem Soldaten an ihrer Seite hinausging. *Sanfte Worte und den Knüppel im Sack.*

Ani vernahm Räuspern und Stühlerücken. Ein Blick auf die Uhr ihres Computers überzeugte sie, daß die Generalsekretärin nur noch etwas mehr als sieben Minuten bis zum Ablauf der Frist hatte, gerade genug Zeit, um zum Auditorium des Sicherheitsrats zu gelangen. Die Wanze würde kurz danach eintreffen. Ani nahm ihren Kopfhörer ab und wandte sich zum Telefon, um David Battat anzurufen. Die Verbindung war abhörsicher, geschaltet durch ein in ihren Schreibtisch eingebautes TAC-SAT 5 der neuesten Generation.

Gerade als sie nach dem Telefon griff, klingelte es. Sie nahm den Hörer ab. Battat war am Apparat.

»Sie sind vor Ort«, stellte Battat fest.

»Richtig«, sagte Ani. »Habe mein heißes Date abgesagt und bin sofort hergeeilt, als es losging.«

»Braves Mädchen«, sagte der zweiundvierzigjährige Mann aus Atlanta.

Anis Finger um den Hörer wurden weiß. Battat war nicht so schlimm wie einige der anderen, und er meinte es wahrscheinlich gar nicht so. In diesem Spionageclub für Männer hatte er es sich nur so angewöhnt.

»Der Überfall kam hier gerade in den Nachrichten«, fuhr Battat fort. »Gott, ich wollte, ich wäre in New York. Wie ist der Stand der Dinge?«

Die junge Frau berichtete ihrem Vorgesetzten, was Generalsekretärin Chatterjee vorhatte. Nachdem er alle Details gehört hatte, seufzte Battat.

»Die Terroristen werden sicher den Schweden umlegen«, sagte er.

»Vielleicht nicht«, antwortete Ani. »Chatterjee ist bei solchen Sachen ziemlich geschickt.«

»Diplomatie wurde erfunden, um den Hintern von Tyrannen zu pudern, und ich habe noch nie erlebt, daß sie über längere Zeit funktioniert«, entgegnete Battat. »Deshalb rufe ich Sie unter anderem an. Ein ehemaliger Mitarbeiter namens Bob Herbert hat mich vor ungefähr zwanzig Minuten kontaktiert. Er ist jetzt beim NCMC beschäftigt und braucht einen Platz, wo sein SWAT-Team schlafen kann. Wenn sie den Befehl von oben erhalten, versuchen sie unter Umständen, die Kinder da herauszuholen. Unsere Jungs hier finden es in Ordnung, daß sie die DSA benutzen, solange sie unseren Verein raushalten. Erwarten Sie also einen General Mike Rodgers und einen Colonel Brett August mit ihrer Truppe in ungefähr neunzig Minuten.«

»Geht in Ordnung, Sir«, sagte Ani. Sie legte auf und dachte einen Moment nach, bevor sie ihren Kopfhörer wieder aufsetzte. Die Anreise des NCMC-Teams war eine Überraschung, und sie brauchte einen Moment, um die Nachricht zu verarbeiten. Sie hatte die Gespräche von Generalsekretärin Chatterjee seit drei Stunden überwacht, und es war kein einziges Wort über eine militärische Intervention der USA gefallen. Sie konnte nicht glauben, daß die Vereinigten Staaten an einer Militäraktion auf UN-Gelände teilnahmen.

Wenn es allerdings stimmte, war sie hier, um alle Einzelheiten zu verfolgen. Vielleicht konnte sie bei der Planung zum Sturm des Sicherheitsrats mithelfen.

Unter normalen Umständen war es elektrisierend, sich im Zentrum eines von der CIA euphemistisch so genannten ›Vorfalls‹ zu befinden, besonders wenn gleichzeitig ein ›Gegenvorfall‹ stattfand. Hier lagen jedoch keine normalen Umstände vor.

Auf ihrem Monitor sah Ani einen genauen Lageplan der Vereinten Nationen, mit farbig leuchtenden Punkten zur symbolhaften Ortsbestimmung aller Wanzen. Sie beobachtete, wie die Abhörwanze Mrs. Chatterjee verfolgte. In weniger als einer Minute würde sie die Generalsekretärin eingeholt haben.

Dann setzte Ani den Kopfhörer wieder auf. Hier lagen deshalb keine normalen Umstände vor, weil eine Gruppe von Leuten sich innerhalb des Gebäudes der Vereinten Nationen befand – und diese Gruppe war davon abhängig, daß Ani alles, was die Generalsekretärin sagte und plante, aufzeichnete. Die Gruppe hatte mit der CIA nichts zu tun. Anführer der Gruppe war ein Mann, den sie bei ihrer Rekrutensuche in Kambodscha kennengelernt hatte. Er hatte in Bulgarien für die CIA gearbeitet und war, genau wie sie, enttäuscht von der Art und Weise, wie die Firma ihn behandelte. Daraufhin hatte er Jahre damit verbracht, seine eigenen internationalen Kontakte zu knüpfen, jedoch nicht zu Geheimdienstzwecken. Diesem Mann war Geschlecht oder Nationalität einer Person gleichgültig, er war nur an seinen oder ihren hervorragenden Fähigkeiten interessiert.

Deshalb war Ani schon um sieben Uhr im Büro gewesen. Sie war jedoch nicht nach Beginn des Überfalls eingetroffen, wie sie Battat erzählt hatte, sondern bevor er begonnen hatte, weil sie den Angriff in allen Einzelheiten verfolgen wollte. Sie wollte sichergehen, daß sie Georgiew, wenn er sie auf seinem abhörsicheren Telefon anrief, alle Informationen geben konnte, die er benötigte. Außerdem überwachte sie das Bankkonto in Zürich. Sobald das Geld dort eingetroffen war, würde sie es auf ein Dutzend anderer Konten in der ganzen Welt verstreuen und dann die Spuren verwischen. Niemand würde es jemals wiederfinden.

Georgiews Erfolg würde auch ihr Erfolg sein. Und ihr Erfolg würde auch der Erfolg ihrer Eltern sein. Mit ihrem Anteil an den zweihundertfünfzig Millionen Dollar würde sich für ihre Eltern endlich der amerikanische Traum erfüllen.

Die Ironie war, daß Battat sich gleich zweimal getäuscht hatte. Ani Hampton war kein ›Mädchen‹. Und wenn man sie doch als Mädchen einstufte, dann sicherlich nicht als ›braves Mädchen‹.

Sie war ein außergewöhnliches Mädchen.

# 18

*New York/New York – Samstag, 22 Uhr 29*

Mala Chatterjee war knapp über einen Meter fünfundfünfzig groß und reichte kaum an das Kinn des Offiziers mit den silbergrauen Haaren, der ein wenig hinter ihr ging. Aber die geringe Zentimeterzahl sagte wenig über die wahre Größe der Generalsekretärin aus. Ihre dunklen Augen waren leuchtend und groß, ihre Haut dunkel und glatt. Die feinen schwarzen Haare wiesen die ersten grauen Strähnen auf und fielen auf die Schultern ihres elegant geschneiderten schwarzen Anzuges. Als einzigen Schmuck trug sie eine Armbanduhr und ein Paar kleiner Perlenohrringe.

In Indien hatte es zunächst lautstarke Proteste gegeben, nachdem sie zur Generalsekretärin ernannt worden war und es wagte, auf den traditionellen Sari zu verzichten. Selbst ihr Vater war verärgert. Doch wie Mrs. Chatterjee kürzlich in einem Interview mit *Newsweek* festgestellt hatte, war sie hier als Repräsentantin aller Völker und aller Glaubensrichtungen, nicht nur ihres Heimatlandes und ihrer Glaubensbrüder des Hinduismus. Glücklicherweise machte der Abrüstungsvertrag mit Pakistan dem Thema Sari ein schnelles Ende. Außerdem verstummten auf diese Weise auch die Stimmen derjenigen Mitgliedsländer der Vereinten Nationen, die sich zunächst über die Wahl einer medienwirksamen Generalsekretärin statt eines international renommierten Diplomaten entrüstet hatten.

Mrs. Chatterjee hatte nie Zweifel an ihrer Eignung für diesen Posten gehegt. Bisher war sie noch vor keine Situation gestellt worden, in der ein versöhnender Schritt nicht zur Lösung des Problems geführt hätte. So viele Konflikte wurden davon verursacht, daß eine der Parteien das Gesicht wahren mußte; nahm man dieses Element weg, erledigten sich viele Dispute von allein.

Mala Chatterjee glaubte fest an diesen Grundsatz, während sie mit Colonel Mott den Aufzug hinunter zum zweiten Stock nahm. Einige ausgewählte Journalisten waren für diesen Teil des Gebäudes zugelassen worden, und auf dem Weg zum Auditorium des Sicherheitsrats antwortete Chatterjee auf Fragen.

»Wir hoffen, daß die Angelegenheit auf friedlichem Wege beigelegt werden kann … unsere Priorität ist die Sicherheit und die Erhaltung menschlichen Lebens … wir beten dafür, daß die Familien der Geiseln und Opfer stark bleiben …«

Generalsekretäre hatten genau diese oder sehr ähnliche Worte so oft an so vielen Orten der Welt gesprochen, daß sie fast schon einer Beschwörungsformel ähnelten. Dennoch klangen sie hier anders. In dieser Situation gab es keine Menschen, die seit Jahren gekämpft und gehaßt hatten und in kriegerischen Auseinandersetzungen gestorben waren. Der Krieg war neu und der Gegner zum Äußersten entschlossen. Die Worte kamen aus Chatterjees Herzen, nicht aus ihrem Gedächtnis. Auch waren es nicht die einzigen Worte, die ihr im Kopf herumgingen. Nach dem kurzen Zwischenspiel mit den Journalisten passierten sie und der Colonel das *Golden Rule*, ein großes Mosaik, das auf einem Gemälde des amerikanischen Künstlers Norman Rockwell basierte. Es war ein Geschenk der USA zum vierzigsten Geburtstag der Vereinten Nationen.

*Wie ihr wollt, daß die Menschen zu euch sind, so sollt auch ihr zu ihnen sein.* Chatterjee betete, daß es diese Möglichkeit hier gab.

Vertreter der Nationen des Weltsicherheitsrats hatten sich nördlich vom Auditorium des Wirtschafts- und Sozialrats versammelt. Zwischen ihnen und dem Auditorium des sich daneben befindlichen Treuhandrats warteten siebenundzwanzig Wachen, das gesamte unter Colonel Motts Kommando stehende Sicherheitskontingent. Hinzu kamen Sanitäter vom Klinikum der New Yorker Universität, das sich zehn Blocks südlich der UNO befand. Alle waren freiwillig hier.

Generalsekretärin Chatterjee und Colonel Mott näherten sich den Doppeltüren des Sicherheitsrats. Sie traten ein paar Schritte zur Seite. Der Colonel nahm das bereits auf

149

die korrekte Frequenz eingestellte Funkgerät von seinem Gürtel. Mit einer knappen Bewegung schaltete er es ein und übergab es der Generalsekretärin. Mit eiskalter Hand empfing Chatterjee den Apparat. Sie sah auf die Uhr. Es war halb elf.

Auf dem Weg hierher hatte sie sich ihre Worte genau überlegt, um sich so klar wie möglich zu äußern. *Hier spricht UN-Generalsekretärin Chatterjee. Könnte ich bitte hereinkommen?*

Wenn die Terroristen sie hineinließen, wenn die Frist ohne einen weiteren Mord verstrich, dann gab es Raum für ein Gespräch. Für Verhandlungen. Vielleicht wäre es möglich, die Männer zu überzeugen, sie, die Generalsekretärin, im Austausch für die Kinder festzuhalten. Weiter dachte Chatterjee nicht, ihr eigenes Schicksal kam ihr nicht in den Sinn. Für einen Verhandler war das Ziel entscheidend, das Mittel zweitrangig. Wahrheit, Täuschung, Risiko, Leidenschaft, Kälte, Entschlossenheit, Verführungskunst – in diesen Situationen war alles zulässig.

Chatterjees schlanke Finger hielten das Funkgerät fest umschlungen, während sie das Mikrofon an ihre Lippen hielt. Aus ihren Worten mußte Stärke klingen, jedoch keine Verurteilung. Noch einmal schluckte sie, damit ihr eine klare Aussprache gelang. Sie feuchtete ihre Lippen an.

»Hier ist UN-Generalsekretärin Mala Chatterjee«, sagte sie langsam. Sie hatte beschlossen, ihren Vornamen hinzuzufügen, um die Vorstellung weniger formal zu gestalten. »Könnte ich wohl hereinkommen?«

Außer Stille war nichts zu hören. Die Terroristen hatten gesagt, sie würden diesen Kanal eingestellt lassen; sie mußten ihre Worte also gehört haben. Chatterjee hätte schwören können, daß sie Colonel Motts Herz in seiner Brust pochen hörte. Auf jeden Fall hörte sie ihren eigenen Herzschlag, ein Gefühl wie Sandpapier um ihre Ohren.

Einen Augenblick später gab es einen lauten Knall hinter den Doppeltüren des Sicherheitsrats, gefolgt von Schreien von weit hinten aus der Tiefe des Auditoriums. Unmittelbar darauf wurde die näherliegende der beiden

150

Türen brutal aufgestoßen. Der Schwede fiel lautlos heraus – ohne Hinterkopf.

Der klebte an der Wand innerhalb des Auditoriums.

# 19

*New York/New York – Samstag, 22 Uhr 30*

Paul Hood hatte sich wieder gefaßt und ging in die Cafeteria zurück. Gleichzeitig mit ihm trafen Vertreter der Sicherheitskräfte des Außenministeriums ein. Da die Eltern ausnahmslos amerikanische Staatsbürger waren, hatte der amerikanische Botschafter nachdrücklich darauf bestanden, sie sofort in die Büros des Außenministeriums auf der anderen Seite der Fifth Avenue zu transportieren. Als offizieller Grund wurden Sicherheitsaspekte genannt, aber Hood hatte den Verdacht, daß staatliche Souveränität der wahre Beweggrund war. Die Vereinigten Staaten waren nicht bereit, amerikanische Bürger von ausländischen Staatsangehörigen wegen eines Terroristenüberfalls auf internationalem Territorium befragen zu lassen. Mit einem solchen Präzedenzfall liefe man Gefahr, in Zukunft jedweder Regierung oder ihren Vertretern Handhabe zu geben, amerikanische Staatsbürger festzuhalten, denen kein einziger ausländischer oder internationaler Gesetzesverstoß vorgeworfen wurde.

Unter den Eltern fand sich niemand, dem es gefiel, das Gebäude zu verlassen, in dem die Kinder festgehalten wurden. Trotzdem begleiteten sie den stellvertretenden Sicherheitschef des Außenministeriums, Bill Mohalley. Hood schätzte Mohalley auf ungefähr Fünfzig. Wenn seine Haltung mit den nach hinten gedrückten, breiten Schultern und sein knappes und befehlendes Benehmen irgendeinen Rückschluß zuließen, so war er vom Militär zum Außenministerium gelangt. Der dunkelhaarige Mohalley wiederholte noch einmal, daß die amerikanische Regie-

151

rung sie auf diese Weise besser schützen und auch besser informieren könne. Beide Feststellungen waren richtig, obwohl Hood sich fragte, wie viel ihnen die Regierung wohl mitteilen würde. Bewaffnete Terroristen hatten das amerikanische Sicherheitssystem durchbrochen, um in den UNO-Komplex zu gelangen. Wenn den Kindern irgend etwas geschah, würde es Strafanzeigen in noch nie dagewesenen Ausmaßen geben.

Während sie gerade die Cafeteria verließen und die Haupttreppe hinaufgehen wollten, klang das Echo des Schusses aus dem Auditorium des Sicherheitsrats durch das Gebäude.

Alle hielten inne. Dann hörte man entfernt vereinzelte Schreie in der fürchterlichen Stille.

Mohalley bat alle, schnell weiterzugehen. Erst nach einem langen Augenblick bewegten sich die ersten Eltern. Einige bestanden darauf, zum ehemaligen Presseraum zurückzukehren, um näher bei den Kindern zu sein. Mohalley versicherte ihnen, daß der Bereich bereits von UN-Sicherheitskräften abgeriegelt worden und ein Durchkommen unmöglich sei. Er beschwor sie weiterzugehen, damit er sie in Sicherheit bringen und herausfinden könne, was geschehen war. Schließlich setzten sie sich in Bewegung; einige Mütter und ein paar Väter begannen zu weinen.

Hood legte seinen Arm um Sharons Schultern. Obwohl sich seine Beine schwach anfühlten, half er ihr die Treppe hinauf. Nur ein einziger Schuß war zu hören gewesen, woraus er schloß, daß eine Geisel umgebracht worden war. Hood war immer der Meinung gewesen, daß dies die schlimmste Art zu sterben war, aller Möglichkeiten beraubt, nur um die Forderung einer anderen Person zu unterstreichen. Ein Leben wurde als blutiges, unpersönliches Ausrufezeichen benutzt, die Liebe und die Träume eines Menschen endeten, als ob sie keinerlei Bedeutung hätten. Eine größere Kälte konnte er sich nicht vorstellen.

Als sie die Vorhalle erreichten, wurde Mohalley über Funk kontaktiert. Während er für einen Moment zur Seite

152

trat, gingen die Eltern der Reihe nach in den von Schein-
werfern beleuchteten Park hinaus, der sich zwischen dem
Gebäude der Generalversammlung und 866 United Nations Plaza befindet. Zwei von Mohalleys Assistenten nahmen sie in Empfang.

Die Mitteilung war kurz. Nachdem er das Funkgerät
ausgeschaltet hatte, begab sich Mohalley wieder an die
Spitze der Gruppe. Als die Eltern an ihm vorbeiliefen, fragte er Hood, ob er ihn einen Moment sprechen könne.

»Natürlich«, sagte Hood. Plötzlich fühlte sich sein
Mund sehr trocken an. »War das eine Geisel?« fragte er.
»Der Schuß?«

»Ja, leider«, antwortete Mohalley. »Einer der ausländischen Diplomaten.«

Hood fühlte zur gleichen Zeit Übelkeit und Erleichterung in sich aufsteigen. Seine Frau war ein paar Schritte
von ihnen stehengeblieben, und er winkte sie mit einem
Zeichen weiter, daß alles in Ordnung sei. In diesem Moment war *in Ordnung* ein sehr relativer Begriff.

»Mr. Hood«, begann Mohalley, »wir haben kurz die
Vorgeschichte aller Eltern durchgecheckt, und ihr Job beim
OP-Center tauchte auf …«

»Ich bin zurückgetreten«, sagte Hood.

»Das wissen wir«, erwiderte Mohalley. »Aber Ihr
Rücktritt wird erst in zwölf Tagen rechtskräftig. In der
Zwischenzeit«, fuhr er fort, »haben wir womöglich ein
ernsthaftes Problem, bei dem Sie uns helfen können.«

Hood sah ihn an. »Was für ein Problem?«

»Das kann ich Ihnen im Moment nicht sagen«, antwortete Mohalley.

Hood hatte auch nicht ernsthaft erwartet, daß Mohal-
ley ihm hier, an dieser Stelle, etwas erklären würde. Das
Außenministerium war extrem vorsichtig bezüglich der
Sicherheit außerhalb der eigenen Büros, wozu es an die-
sem Ort auch allen Grund hatte. Jeder Diplomat, jeder
Konsul war hier, um seinem eigenen Land zu helfen.
Dazu gehörte, genau aufzupassen und alle möglichen
Hilfsmittel vom einfachen Mithören bis hin zu elektroni-

schen Abhörtechniken anzuwenden, um Gespräche zu belauschen.

»Ich verstehe«, sagte Hood. »Aber geht es um diese Angelegenheit?«

»Ja, Sir. Folgen Sie mir«, antwortete Mohalley. Es war weniger eine Frage als vielmehr eine Aufforderung.

Hood schaute zum Hof zurück. »Was geschieht mit meiner Frau ...«

»Wir werden ihr sagen, daß wir Ihre Hilfe brauchten«, informierte ihn Mohalley. »Sie wird das schon verstehen. Bitte, dies ist sehr wichtig, Sir.«

Hood sah dem Mann in die stahlgrauen Augen. Ein Teil von Hood – der Teil, der sich wegen Sharon schuldig fühlte – wollte Mohalley zum Teufel schicken. Lowell Coffey hatte einmal gesagt: »*Staatsbedürfnisse kommen vor Privatbedürfnissen.*« Aus diesem Grund hatte Hood sein Regierungsamt an den Nagel gehängt. Ein Delegierter war gerade erschossen worden, ihre Tochter wurde von den Mördern festgehalten – und diese Mörder hatten geschworen, jede Stunde einen weiteren Menschen umzubringen. Er gehörte an die Seite seiner Frau.

Doch da war noch der andere Paul Hood, der nicht herumsitzen und darauf warten wollte, daß andere die Initiative ergriffen. Wenn es irgend etwas gab, das er tun konnte, um Harleigh zu helfen, oder wenn er für Rodgers und das Strikerteam Informationen sammeln konnte, wollte er das machen. Er hoffte, Sharon würde ihn verstehen. »In Ordnung«, sagte er.

Die Männer drehten sich um und gingen rasch über den Vorhof in Richtung First Avenue, die von der Forty-second bis zur Forty-seventh Street mit Polizeifahrzeugen gesperrt worden war. Hinter ihnen war eine Wand aus Helligkeit, die Lichter der Fernsehsender. Entlang der Avenue standen Patrouillen-Lkws des Emergency Service der New Yorker Polizei mit Spezialtruppen zur Festnahme von Flüchtlingen, für den Fall, daß es sich bei den Terroristen um Amerikaner handelte. Außerdem war die Bombeneinheit des 17. Polizeibezirks mit ihrem eigenen Lkw vertreten. Über ihnen flogen zwei blauweiße Hubschrauber vom Typ Bell-412 der Lufteinheit der New Yorker Polizei, die mächtigen Scheinwerfer auf den Komplex gerichtet. Reinigungspersonal und diplomatische Hilfskräfte wurden immer noch aus den Vereinten Nationen und den Hochhäusern auf der anderen Straßenseite evakuiert.

Im Schein der grellen Lichter sah Paul Hood seine geisterhaft weiße Ehefrau, wie sie mit den anderen Eltern über die Straße geführt wurde. Sie blickte zurück, versuchte, ihn zu entdecken. Er winkte, aber Sekunden später behinderten die Lkws des Emergency Service auf der Seite der Vereinten Nationen und die Polizeikette auf der anderen Straßenseite die Sicht.

Hood folgte Mohalley südlich in Richtung Forty-second Street, wo eine schwarze Limousine des Außenministeriums wartete. Mohalley und Hood setzten sich auf die Rücksitze. Fünf Minuten später verließen sie Manhattan durch den renovierten Queens-Midtown Tunnel.

Hood lauschte den Worten Mohalleys. Was er vernahm, war wie ein Schlag unter die Gürtellinie – oder als ob ihn jemand einen großen Schritt in die falsche Richtung gestoßen hätte.

# 20

*New York/New York – Samstag, 22 Uhr 31*

Als der Schuß im Auditorium des Sicherheitsrats fiel, machte Colonel Mott sofort einen Schritt vor die Generalsekretärin. Bei weiteren Schüssen hätte er sie zu seinen Sicherheitskräften zurückgeschoben. Die Beamten standen hinter ihnen, hatten ihre Schutzschilde aufgenommen und hielten sie fest vor sich.

Aber es gab keine weiteren Schüsse, nur den beißenden Pulvergestank, die durch den Schuß hervorgerufene wattige Taubheit und die undenkbare Kälte der Exekution.

Generalsekretärin Chatterjee starrte vor sich hin. Ihre Beschwörungsformel war umsonst gewesen, ein Mann war gestorben und mit ihm die Hoffnung.

Bisher hatte sie nur die Inszenierungen des Todes in den Filmen ihres Vaters gesehen und die blutigen Spuren von Völkermord auf den Videos der Menschenrechtsorganisationen. Beiden war es nicht gelungen, die entmenschlichende Realität des Mordes festzuhalten. Sie blickte auf die Leiche, die bäuchlings auf den Steinfliesen lag. Augen und Mund waren weit aufgerissen; flach auf der Wange liegend und zu ihr gedreht, erinnerte das Gesicht an eine Tonmaske. Darunter breitete sich das Blut gleichmäßig in alle Richtungen aus. Die Arme des Mannes waren verdreht unter seinen Körper zu liegen gekommen, und seine Füße wiesen in gegensätzliche Richtungen. Wo war der Schatten des *Atman*, von dem ihr Glaube sprach, der ewigen Seele der Hindus? Wo war die Würde, die die Menschen angeblich in den Zyklus der Ewigkeit mitnahmen?

»Bringen Sie ihn weg«, befahl Colonel Mott seinen Leuten nach einem Zögern von einigen Sekunden, das ihr viel länger vorkam. »Sind Sie in Ordnung?« fragte er die Generalsekretärin.

Sie nickte.

Die Sanitäter brachten eine Bahre und rollten den Körper des Delegierten hinauf. Einer der Sanitäter drückte einen dicken Wattebausch gegen die klaffende Kopfwunde. Dabei handelte es sich eher um eine Geste des Anstands als den Versuch zu helfen, denn dem Delegierten konnte nicht mehr geholfen werden.

Hinter den Wachen standen die nationalen Repräsentanten bewegungslos und still. Chatterjee sah zu ihnen, und sie sahen zu ihr – alle mit aschfahlen Gesichtern. Die Diplomaten verhandelten täglich über den Horror, doch selten kamen sie ihm so nah.

Eine lange Weile später erinnerte sich Chatterjee an das Funkgerät in ihrer Hand. Sie räusperte sich und sprach in das Mundstück. »Warum war das nötig?«

Nach einem Augenblick der Stille antwortete jemand. »Hier spricht Sergio Contini.«

Contini war der italienische Delegierte. Seine sonst mächtige Stimme war schwach und kurzatmig.

Colonel Mott wandte sich zu Chatterjee; seine Kiefer waren fest aufeinandergebissen, und seine dunklen Augen funkelten vor Wut. Offensichtlich wußte er bereits, was jetzt kam.

»Sprechen Sie weiter, Signor Contini«, sagte Chatterjee. Im Gegensatz zu Mott klammerte sie sich immer noch an einen Rest Hoffnung.

»Mir wurde befohlen, Ihnen zu sagen, daß ich das nächste Opfer sein werde«, brachte der Italiener mit langsamen und unsteten Worten hervor. »Ich werde in genau einer« – er hielt inne und räusperte sich –, »in genau einer Stunde erschossen werden. Ansonsten wird es keine weiteren Mitteilungen geben.«

»Bitte sagen Sie den Männern, daß ich hineinkommen möchte«, sagte Chatterjee. »Sagen Sie ihnen, daß ich ...«

»Sie hören Sie nicht mehr«, informierte sie Mott.

»Wie bitte?« fragte Chatterjee.

Der Colonel deutete auf die kleine rote Anzeige oben auf dem länglichen Gerät. Sie leuchtete nicht mehr.

Chatterjee ließ langsam ihren Arm sinken. Der Colonel hatte unrecht, denn die Terroristen hatten überhaupt zu keinem Zeitpunkt auch nur angefangen, ihr zuzuhören. »Wie lange wird es dauern, bis wir Bilder aus dem Auditorium haben?« fragte sie Mott.

»Ich werde jemanden nach unten schicken, um es herauszufinden. Wir vermeiden die Kommunikation über Funk, da sie vielleicht mithören.«

»Ich verstehe«, sagte Chatterjee und gab ihm das Walkie-talkie zurück.

Colonel Mott schickte einen Sicherheitsbeamten nach unten, dann befahl er zwei weiteren Beamten, das Blut des Delegierten aufzuwischen. Wenn sie das Auditorium stürmen mußten, sollte niemand darauf ausrutschen.

Während Mott mit seinen Leuten sprach, versuchten

einige der Repräsentanten, nach vorn zu gelangen. Mott ließ sie von den Wachen zurückhalten und erklärte ihnen, daß niemand den Weg zum Sicherheitsrat versperren solle. Sollte es einer Geisel gelingen, den Saal zu verlassen, so wollte er in der Lage sein, sie sofort zu beschützen.

Während Mott die Menge zur Ordnung rief, wandte Chatterjee sich ab. Sie ging zu dem großen Fenster mit Blick auf den Vorhof. Normalerweise waren hier selbst am Abend immer viele Aktivitäten zu beobachten, mit dem Brunnen und dem Verkehr im Hintergrund, Leuten, die joggten oder ihre Hunde spazierenführten, die Lichter von den Fenstern der Gebäude auf der anderen Straßenseite. Sogar der Hubschrauberverkehr wurde momentan an Midtown vorbeigeleitet – nicht nur wegen einer möglichen Explosion auf dem Boden, sondern für den Fall, daß die Terroristen Komplizen hatten. Wahrscheinlich waren auch Schlepper und Vergnügungsdampfer auf dem East River gestoppt worden.

Der gesamte Bezirk war wie gelähmt – genau wie Mala Chatterjee.

Zitternd atmete sie ein. Noch einmal sagte sie sich, daß sie nichts hätten tun können, um die Tötung des Delegierten zu verhindern. Sie hätten das Lösegeld nicht zusammengebracht, selbst wenn die verschiedenen Nationen zugestimmt hätten. Bei einem Angriff auf das Auditorium des Sicherheitsrats hätte es sicherlich noch mehr Tote gegeben. Verhandlungen gelangen nicht, obwohl sie es versucht hatte.

Plötzlich traf sie die Erleuchtung, was sie bisher falsch gemacht hatte. Eine Sache – eine kleine, aber bedeutende Sache.

Mit ein paar Schritten war sie bei den Repräsentanten und teilte ihnen mit, daß sie zum Konferenzraum zurückgehe, um die Familie des Delegierten von der Ermordung in Kenntnis zu setzen. Dann würde sie zurückkehren.

»Wozu?« fragte der Repräsentant der Republik Fiji.

»Um das zu tun, was ich von vornherein hätte tun sollen«, gab sie kurz zur Antwort und wandte sich zu den Aufzügen.

## 21

*New York/New York – Samstag, 22 Uhr 39*

Nachdem Reynold Downer den schwedischen Delegierten getötet hatte, ging er zu Georgiew. Außer ein paar weinenden Kindern und dem betenden Italiener waren alle im Raum still und bewegungslos. Die anderen maskierten Mitglieder der Gruppe blieben an ihren Posten.

Downer stand jetzt so nah bei Georgiew, daß dieser die Wärme seines Atems durch die Skimütze spürte. Auf den Fasern waren winzige Blutstropfen zu sehen.

»Wir müssen reden«, sagte Downer.

»Worüber?« flüsterte Georgiew ärgerlich.

»Wir müssen die Sache jetzt mehr anheizen«, zischte Downer.

»Geh zurück an deinen Posten«, wies ihn Georgiew an.

»Hör zu. Als ich die Tür aufgemacht habe, standen da etwa zwanzig oder fünfundzwanzig bewaffnete Wachen mit Schutzschildern auf dem Korridor.«

»Eunuchen«, erwiderte Georgiew. »Sie werden es nicht riskieren, den Saal zu stürmen. Wir haben doch darüber gesprochen. Dann würden sie alles verlieren.«

»Ich weiß.« Downers Blick schweifte zu dem abhörsicheren Handy in der Tasche auf dem Boden. »Aber dein Geheimdienstkontakt sagt, daß nur Frankreich zahlen will. Wir haben die verdammte Generalsekretärin nicht als Geisel, wie wir es eigentlich geplant hatten.«

»Das war Pech«, entgegnete Georgiew, »aber auch keine Katastrophe. Wir schaffen es auch ohne sie.«

»Wie denn?« fragte Downer.

»Wir müssen nur Geduld haben«, sagte Georgiew.

»Wenn die USA anfangen, sich um das Wohlergehen der Kinder zu sorgen, werden sie schon zahlen, unabhängig vom Verhalten der anderen Nationen. Sie werden es mit ihren Schulden bei den Vereinten Nationen aufrechnen und eine Übergabemethode ausfindig machen, bei der sie das Gesicht wahren können. Also, geh jetzt zurück und mach deine Arbeit.«

»Ich finde, wir sollten anders vorgehen«, insistierte Downer. »Die brauchen mehr Feuer unter dem Hintern.«

»Nicht nötig«, entgegnete Georgiew. »Wir haben Zeit, Essen, Wasser …«

»Das meine ich nicht«, unterbrach ihn Downer.

Georgiew maß ihn mit einem eiskalten Blick. Der Australier wurde laut. Genau so etwas hatte er von Downer erwartet. Das Ritual der Konfrontation, des Neinsagens, so vorhersagbar und extrem wie ein japanisches Kabuki-Spiel. Aber es dauerte ein wenig zu lange und wurde ein bißchen zu laut. Wenn es sein mußte, würde er Downer erschießen, genau wie jeden anderen der Männer. Hoffentlich deutete Downer seinen Blick richtig.

Downer atmete tief. Mit ruhigeren Worten sprach er weiter. Er hatte den Blick verstanden.

»Diese Bastarde scheinen nicht zu begreifen«, fuhr er fort, »daß wir Geld wollen und kein Gerede. Chatterjee versuchte auch zu verhandeln.«

»Das hatten wir erwartet«, antwortete Georgiew. »Und wir haben sie abgestellt.«

»Mal sehen, wie lange es vorhält«, murmelte Downer. »Sie wird es mit Sicherheit noch einmal versuchen. Reden ist doch alles, was diese verdammten Idioten tun.«

»Und es hat ihnen noch nie genützt«, ergänzte Georgiew. »Wir haben an alles gedacht«, erinnerte er den Australier mit ruhiger Stimme. »Sie *werden* einlenken.«

Downer hielt immer noch die Pistole, mit der er den schwedischen Delegierten getötet hatte. Zur Bekräftigung seiner Worte schüttelte er sie. »Ich finde immer noch, wir sollten herauskriegen, was sie vorhaben, und dann richtig *Druck* machen. Nach dem Italiener sollten wir uns die Kinder vornehmen. Vielleicht erst ein wenig foltern, damit sie auf dem Korridor Schreie hören. Wie die Roten Khmer in Kambodscha, die immer den Haushund einfingen und ihn langsam in kleine Stücke zerlegten, um die Familie aus den Verstecken zu locken. Druck machen, damit endlich was passiert.«

»Uns war von Anfang an klar, daß es einige Kugeln kosten würde, bis wir ihre ungeteilte Aufmerksamkeit haben«, entgegnete Georgiew. »Uns war auch klar, daß die USA, selbst wenn sie bereit sind, die Delegierten zu opfern, es niemals zulassen werden, daß die Kinder sterben. Weder durch einen Angriff noch durch Untätigkeit. Also, zum letztenmal, kehr auf deinen Posten zurück. Wir gehen auch weiterhin nach Plan vor.«

Schulterzuckend und fluchend wandte Downer sich ab, und Georgiew widmete seine Aufmerksamkeit wieder den Geiseln. Der Bulgare hatte so etwas erwartet. Reynold Downer war kein geduldiger Mann. Aber Entschlossenheit konnte auf die Probe gestellt und Teamarbeit durch Konflikt und Spannung gestärkt werden.

*Außer bei den Vereinten Nationen*, dachte Georgiew mit einem ironischen Lächeln auf den Lippen. Der Grund dafür war einfach: Die Vereinten Nationen warben für Frieden statt für Gewinn. Frieden, statt etwas zu riskieren. Frieden statt Leben.

Georgiew würde dagegen kämpfen, bis er jenem Frieden zum Opfer fiel, der nicht zu vermeiden war, dem Frieden, der am Ende zu jedem Menschen kam.

## 22

*New York/New York – Samstag, 23 Uhr 08*

Die schwere C-130 stand in Warteposition an der Landebahn vor dem Marine Air Terminal am La-Guardia-Flughafen. Bei seiner Einweihung im Jahr 1939 ursprünglich

›Übersee-Flughalle‹ getauft, war das Marine Air Terminal damals das Hauptgebäude des Flughafens. Das Meeresrauschen der Jamaica Bay war in unmittelbarer Nähe, und die Flughalle war nach einem speziellen Design gebaut worden, um die Passagiere der ›fliegenden Boote‹, der bevorzugten Art internationaler Flugreisen in den dreißiger und vierziger Jahren, standesgemäß zu empfangen.

Heute nimmt sich das ganz im Jugendstil errichtete Marine Air Terminal klein aus neben dem Central Terminal Building und den Gebäuden der verschiedenen Fluggesellschaften. Zu seiner Blütezeit jedoch stand es im Mittelpunkt des Geschehens. Auf dem Silberstreifen, der Landebahn des Flughafens, waren Politiker und führende Persönlichkeiten des Weltgeschehens, Filmstars und gefeierte Künstler, bekannte Erfinder und weltberühmte Forscher empfangen worden. Die Blitzlichter der Presse hatten sie in New York willkommen geheißen, und große Limousinen hatten sie in die Stadt befördert.

An diesem Abend stand das Marine Air Terminal in anderer Weise im Mittelpunkt des Geschehens. Elf Soldaten des Strikerteams und General Mike Rodgers befanden sich auf der dunklen Landebahn, umringt von einem Dutzend Militärpolizisten. Als er sie sah, gelang es Paul Hood kaum, seiner Wut Herr zu werden; seine Finger vergruben sich in den Rücksitzen des Wagens.

Auf der Fahrt hatte ihm der stellvertretende Sicherheitschef Mohalley berichtet, daß man Militärpolizei von Fort Monmouth im Bundesstaat New Jersey per Hubschrauber eingeflogen habe, wo sie dem Air Mobility Command untergeordnet sei.

»Nach meinen Informationen«, hatte Mohalley erklärt, »hat der Geheimdienstausschuß des Kongresses den Strikers die Erlaubnis verweigert, sich in diese Krise einzumischen. Offensichtlich war der Vorsitzende des Ausschusses besorgt, weil das Strikerteam den Ruf hat, bei seinen Aktionen die Vorschriften nicht immer so genau zu nehmen. Deshalb hat er im Weißen Haus angerufen und direkt mit dem Präsidenten gesprochen.«

Offensichtlich, dachte Hood bitter, hatte sich niemand die Mühe gemacht, an den Ruf der Strikers als Erfolgsteam zu denken.

»Der Präsident ist richtig wütend geworden«, fuhr Mohalley fort, »als er Mike Rodgers anrief und feststellte, daß sich das Strikerteam bereits in der Luft befand. Deshalb hat er sofort Colonel Kenneth Morningside, den Kommandeur von Fort Monmouth angerufen. Ich bin überhaupt nicht überrascht, daß sie so hart vorgehen«, fügte er hinzu. »Etwa fünfzehn Minuten nach dem Überfall der Terroristen auf die UNO hat das Außenministerium einen allgemeinen Befehl erlassen, daß keine Einheiten der Sicherheitspolizei den Komplex der Vereinten Nationen betreten dürften. Soweit ich weiß, bekam die New Yorker Polizei den gleichen Befehl. Jedes anderweitige Vorgehen müßte schriftlich von der Generalsekretärin beantragt und die Details vom Kommandeur der Einheit genehmigt werden.«

Diese Bestimmungen vergrößerten Hoods Sorgen um Harleigh und die anderen Kinder. Wenn es dem Strikerteam nicht erlaubt wurde, sie zu retten, wer war sonst dazu in der Lage? Aber Hoods Verzweiflung schlug in Wut um, als er sah, wie Mike Rodgers, Brett August und die übrigen Strikers festgehalten wurden. Diese heldenhaften Männer und Frauen verdienten es nicht, wie Gangster behandelt zu werden.

Hood stieg aus dem Wagen und lief zu der Gruppe. Mohalley eilte ihm nach. Von der Bucht blies ein steifer, salziger Seewind, und Mohalley hielt seine Mütze fest, damit sie nicht wegflog. Von all dem merkte Hood nichts. Der Ärger brannte in ihm in einer Intensität, die seine Angst und seine Frustration überlagerte. Seine Muskeln waren zum Zerreißen angespannt, und seine Gedanken rasten. Doch seine Wut beschränkte sich nicht auf diese empörende Situation und auf das auch weiterhin wirkungslose Verhalten der UNO, sondern entzündete auch alle anderen Brandherde, als tropfte Öl auf schwelendes Feuer. Plötzlich war er wütend auf das OP-Center, weil es sein Leben so stark beeinflußte, auf Sharon, weil sie ihn nicht genug unterstützte, und auf sich selbst, weil er all diese Dinge so schlecht im Griff hatte.

Lieutenant Solo, der Kommandeur der Abteilung der Militärpolizei, kam ihnen entgegen. Der kleine, stämmige Enddreißiger hatte den Anflug einer Glatze; sein Gesichtsausdruck ließ keinen Zweifel daran, daß er seine Aufgabe ernsthaft durchzuführen gedachte.

Mohalley holte Hood ein und stellte sich dem Offizier vor. Dann wandte er sich zu Hood, um auch ihn vorzustellen, aber Paul war bereits an den Offizieren vorbei zum Ring der Militärpolizisten gegangen. Stirnrunzelnd folgte ihm der Offizier, und Mohalley schloß sich dem Lieutenant an.

Knapp vor den ersten Militärposten stoppte Hood – fast schien es, als wollte er sich mit den Schultern einen Weg durch den Ring der Soldaten bahnen. Ihm blieb gerade noch genug gesunder Menschenverstand, um sich daran zu erinnern, daß er gegen diese Leute verlieren würde.

Der Lieutenant schob sich vor Hood. »Entschuldigen Sie, Sir ...«, begann er.

Hood ignorierte ihn. »Mike, ist alles in Ordnung?«

»Schon Schlimmeres erlebt«, kam die Antwort.

Zweifelsohne hatte er da recht, gab Hood zu. Die richtige Perspektive und der gesunde Menschenverstand bewirkten, daß er sich ein wenig entspannte.

»Mr. Hood«, insistierte der Lieutenant.

Paul Hood sah ihn an. »Lieutenant Solo, diese Soldaten unterstehen meiner Verantwortung. Wie lauten Ihre Befehle?«

»Uns ist aufgetragen worden, dafür Sorge zu tragen, daß alle Strikersoldaten wieder in die C-130 einsteigen und nach Andrews zurückfliegen«, informierte ihn Solo.

»Schön«, sagte Hood mit Verachtung in der Stimme. »Lassen wir die Herren in Washington die einzige Hoffnung zurückschicken, die den Geiseln bleibt ...«

»Es war nicht meine Entscheidung, Sir«, sagte Solo.

»Ich weiß, Lieutenant«, gab Hood zu. »Und meine Wut richtet sich auch nicht gegen Sie.« Das stimmte – sie war gegen alle gerichtet. »Aber ich befinde mich in einer Situation, in der die Gegenwart meines Stellvertreters, General Rodgers, dringend erforderlich ist. Der General ist kein Mitglied des Strikerteams.«

Lieutenant Solo blickte von Hood zu Rodgers, dann zurück zu Hood. »In diesem Fall erstrecken sich meine Anweisungen nicht auf den General.«

Rodgers entfernte sich von der Gruppe der Strikers und durchschritt den engen Ring der Militärpolizisten.

Mit einer Handbewegung griff Mohalley ein. »Einen Augenblick«, sagte er. »Meine allgemeinen Instruktionen beziehen sich auf alle Sicherheits- und Militärkräfte, einschließlich General Rodgers. Mr. Hood, mich würde interessieren, welche Situation die Gegenwart des Generals erforderlich macht.«

»Das ist eine persönliche Angelegenheit«, erwiderte Hood.

»Wenn es im Zusammenhang mit der Situation im Gebäude der Vereinten Nationen steht ...«

»In der Tat«, sagte Hood. »Meine Tochter befindet sich unter den Geiseln, und Mike Rodgers ist ihr Patenonkel.«

Mohalley sah Rodgers an. »Ihr Patenonkel.«

»Das ist richtig«, bestätigte Rodgers.

Hood sagte nichts mehr. Es ging nicht darum, ob der Sicherheitsoffizier des Außenministeriums ihm glaubte oder nicht. Wichtig war lediglich, daß Rodgers ihn begleiten durfte.

Mohalley schaute Hood in die Augen. »Nur die engsten Familienangehörigen dürfen mit Ihnen in den Warteraum.«

»Dann werde ich mich nicht in den Warteraum begeben«, erwiderte Hood durch die Zähne. Inzwischen hatte er die Nase voll. Er hatte noch nie einen Mann geschlagen, aber wenn ihm dieser Beamte nicht bald aus dem Weg ging, würde er ihn zur Seite stoßen.

Rodgers stand direkt neben dem wesentlich kleineren Beamten des Außenministeriums und beobachtete Hood. Eine Weile war nur der Wind zu hören. In der Stille schien er noch lauter.

»Geht in Ordnung, Mr. Hood«, sagte Mohalley schließlich. »In dieser Angelegenheit werde ich Sie nicht unnötig quälen.«

Hood atmete auf.

Mit einem Blick zu Rodgers wandte sich Mohalley zum Gehen. »Möchten Sie mitfahren, Sir?«

»Allerdings, danke«, entgegnete Rodgers.

Er schaute immer noch Hood an. Und Hood fühlte sich plötzlich wie immer, wenn beide in seinem Büro im OP-Center saßen. Es war dieses Gefühl des Verbundenseins und der Zugehörigkeit zu einer Gruppe echter Freunde und Kollegen.

Auf eigenartige Weise spürte er, wie sich mitten in diesem Chaos sein innerer Zwiespalt verflüchtigte.

Bevor Rodgers ging, drehte er sich noch einmal zu den Strikers um, die sofort strammstanden. Colonel August salutierte, Rodgers ebenfalls. Dann marschierten die Soldaten auf den Befehl von August zur C-130 zurück. Sofort öffnete sich der Ring der Militärpolizisten, um sie durchzulassen. Die Militärpolizisten blieben auf der Landebahn stehen, während Hood, Rodgers und Mohalley zum Auto gingen.

Paul Hood hatte keinen Plan, und er glaubte auch nicht, daß Mike Rodgers einen hatte. Rodgers' Pläne hatten in jedem Fall das Strikerteam einbezogen. Aber als die Limousine des Außenministeriums das Marine Air Terminal und die C-130 hinter sich ließ, war Hood etwas weniger verzweifelt, als er es noch vor kurzer Zeit gewesen war. Nicht nur die Gegenwart von Mike Rodgers verschaffte ihm Erleichterung. Hinzu kam die Erinnerung an etwas, das er in den Jahren beim OP-Center gelernt hatte: In aller Ruhe geschmiedete Pläne funktionierten selten in echten Krisensituationen.

Sie waren zwar nur zu zweit, aber sie wurden vom stärksten Team der Welt unterstützt, und es würde ihnen schon etwas einfallen.

Es blieb ihnen nichts anderes übrig.

# 23

*New York/New York – Samstag, 23 Uhr 11*

»Auf gar keinen Fall kann ich erlauben, daß Sie so etwas tun!« Colonel Motts Stimme war dem Schreien nah. Noch einmal versuchte er, Generalsekretärin Chatterjee umzustimmen. »Es ist Irrsinn. Nein, schlimmer als Irrsinn. Es ist *Selbstmord!*«

Sie standen am Kopfende des großen Tisches im Konferenzsaal.

Der stellvertretende Generalsekretär, Takahara, und der Vize-Generalsekretär, Javier Olivo, besprachen sich nicht weit von ihnen neben der geschlossenen Tür. Chatterjee hatte gerade das Gespräch mit Stockholm beendet. Die Ehefrau des schwedischen Delegierten, Gertrud Johanson, war zu Hause geblieben, während ihr Mann mit seiner jungen Assistentin Liv zu diesem Empfang gereist war. Mrs. Johanson würde so schnell wie möglich nach New York kommen.

Irgendwie war es zur gleichen Zeit traurig und ironisch, dachte Chatterjee, daß so viele Frauen von Politikern erst wieder mit ihren Ehemännern zusammentrafen, nachdem diese gestorben waren. Sie fragte sich, ob sie sich ähnlich verhalten würde, wenn sie verheiratet wäre.

*Wahrscheinlich*, dachte sie.

»Madam?« räusperte sich der Colonel. »Bitte sagen Sie, daß Sie es sich noch einmal überlegt haben.«

Sie konnte nicht, denn sie war fest von ihrem Tun überzeugt. In einer solchen Situation gab es für sie keine Alternative. Hierin lag ihr *Dharma*, die heilige Pflicht, die Teil des Lebens war, das sie gewählt hatte.

»Ihre Sorge ehrt mich«, antwortete Generalsekretärin Chatterjee, »aber ich glaube, es handelt sich hier um unsere beste Alternative.«

»Mit Sicherheit nicht«, widersprach Mott. »In ein paar Minuten werden wir Videobilder aus dem Sicherheitsrat vorliegen haben. Geben Sie mir eine halbe Stunde, damit ich sie mir ansehen kann, dann lasse ich meine Leute den Saal stürmen.«

»In der Zwischenzeit«, warf die Generalsekretärin ein, »wird Botschafter Contini sterben.«

»Der Botschafter wird auf jeden Fall sterben«, erwiderte Mott.

»Das kann ich nicht akzeptieren«, protestierte Chatterjee.

»Weil Sie eine Diplomatin sind und keine Soldatin«, sagte Mott. »Der Botschafter ist nach militärischer Definition ein operativer Verlust. Das ist ein Soldat oder eine Einheit, die man nicht rechtzeitig erreichen kann, ohne die Sicherheit der gesamten Kompanie aufs Spiel zu setzen. Deshalb versucht man es erst gar nicht. Man *kann* es nicht.«

»Es geht hier nicht darum, eine ganze Kompanie aufs Spiel zu setzen, Colonel Mott«, widersprach Chatterjee. »Nur mich. Ich gehe zum Sicherheitsrat, und ich werde auch hineingehen.«

Ärgerlich schüttelte Mott mit dem Kopf. »Meiner Meinung nach versuchen Sie, sich selbst zu bestrafen, Frau Generalsekretärin, und dazu haben Sie keinen Grund. Ihr Versuch, die Terroristen über Funk zu erreichen, war absolut korrekt.«

»Nein«, warf Chatterjee ein. »Es war ein kurzsichtiger Versuch. Ich habe dabei nicht bis zum nächsten Schritt gedacht.«

»Das sagen Sie jetzt so leicht«, protestierte Takahara. »Zum gegebenen Zeitpunkt hatte niemand einen besseren Vorschlag. Und wenn wir Ihre jetzige Option diskutiert hätten, so hätte ich mich gegen sie eingesetzt.«

Chatterjee sah auf ihre Armbanduhr. Nur noch neunzehn Minuten blieben ihnen bis zum Ablauf der nächsten Frist. »Meine Herren, ich werde meinen Plan durchführen«, entschied sie.

»Sie werden Sie abknallen«, warnte Mott. »Wahrscheinlich steht jemand an der Tür, der jeden erschießt, der hereinzukommen versucht.«

»In diesem Fall zählen Sie vielleicht meinen Tod als den für diese Frist fälligen Mord«, entgegnete Chatterjee. »Vielleicht verschonen Sie Botschafter Contini. Dann werden Sie, Mr. Takahara, die nächste Entscheidung treffen müssen.«

»Die nächste Entscheidung«, murmelte Mott. »Was gibt es denn sonst noch für Möglichkeiten, außer diese Monster anzugreifen? Außerdem haben Sie einen weiteren Faktor nicht berücksichtigt. Die Terroristen haben uns mitgeteilt, daß jeder Versuch, die Geiseln zu befreien, zur Freisetzung von Giftgas führen wird. Die Situation ist äußerst kritisch. Es besteht durchaus die Möglichkeit, daß Ihr Betreten des Auditoriums als Angriff meiner Sicherheitskräfte interpretiert wird oder zumindest als Ablenkungsmanöver vor einem Angriff.«

»Zuerst werde ich mit Ihnen durch die Tür sprechen«, sagte Chatterjee. »Sie werden keinen Zweifel daran haben, daß ich unbewaffnet hineingehe.«

»Genau das würden wir auch sagen, wenn wir sie täuschen wollten«, erwiderte Mott.

»Colonel, in dieser Hinsicht stimme ich der Generalsekretärin zu«, sagte Takahara. »Denken Sie daran, es geht nicht nur um das Leben von Botschafter Contini. Wenn Sie den Sicherheitsrat mit einer bewaffneten Einsatztruppe stürmen, dann werden Sie ohne Zweifel viele Verluste unter den Geiseln und auch unter Ihren eigenen Leuten zu beklagen haben, ganz zu schweigen von der Gefahr des Giftgases.«

Chatterjee sah wieder auf die Uhr. »Leider haben wir keine Zeit mehr zum Diskutieren.«

»Madam«, sagte Mott, »könnten Sie bitte wenigstens eine kugelsichere Weste anlegen?«

»Nein«, antwortete Chatterjee. »Ich muß das Auditorium mit Hoffnung und Vertrauen betreten.«

Die Generalsekretärin öffnete die Tür. Colonel Mott folgte ihr auf den Korridor.

Trotz der Hoffnungen, denen sie im Konferenzsaal Ausdruck verliehen hatte, wußte Chatterjee genau, daß sie unter Umständen ihrem Tod entgegenschritt. Das Bewußtsein, möglicherweise nur noch einige Minuten zu leben, schärfte ihre Sinne und veränderte den ansonsten so vertrauten Anblick des Korridors. Die visuellen Eindrücke, die Gerüche, ja sogar das Geräusch des Steinbodens unter ihren Schuhen waren von einer nie gekannten Intensität. Und zum erstenmal in ihrer kurzen Karriere in diesem Hause wurde sie nicht von Reden und Debatten abgelenkt, von dringenden Kriegsangelegenheiten, Friedensverhandlungen, Sanktionen und Resolutionen. Das machte ihre Erfahrung noch surrealer.

Zusammen mit Mott betrat sie den Aufzug. Sie hatten noch fünf Minuten Zeit bis zum Ablauf der Frist.

Erst jetzt wurde ihr bewußt, wie endgültig diese Frist auch für sie sein konnte.

## 24

*New York/New York – Samstag, 23 Uhr 28*

Georgiew stand in der Nähe der Öffnung des halbkreisförmigen Tisches im Auditorium des Sicherheitsrats. Sein Blick wanderte von den Delegierten zu seiner Armbanduhr. Die anderen Männer bewachten immer noch die Türen, außer Barone, der in der Mitte des Raumes, kurz vor der Tribüne, auf dem Boden kniete und nach unten sah. Als noch zwei Minuten zum Ablauf der nächsten Frist fehlten, wandte sich der Bulgare zu Downer und nickte.

Der Australier war langsam vor der nördlichen Tür auf der oberen Tribüne auf und ab gegangen, ohne Georgiew aus den Augen zu lassen. Auf das Signal hin kam er die Treppe herunter.

Einige der Männer und Frauen, die auf dem Boden innerhalb des Tisches saßen, begannen zu weinen. Georgiew haßte diese Art von Schwäche. Mit seiner Automatik zielte er auf eine der Frauen, wie er es auch damals mit seinen Mädchen in Kambodscha gemacht hatte. Immer wenn sie kamen und drohten, sie würden ihn verraten, weil sie schlecht behandelt wurden oder weil die Bezahlung schlechter war, als er versprochen hatte, sagte Georgiew kein einziges Wort. Er hielt ihnen einfach den Lauf seiner Pistole an den Kopf. Es funktionierte immer: Jede Öffnung des Gesichts – Augen, Nase und Mund – war weit aufgerissen und regungslos. Dann sagte Georgiew: »*Wenn du dich noch einmal bei mir beschwerst, bringe ich dich um. Und wenn du versuchst abzuhauen, bringe ich dich und deine Familie um.*« Danach beschwerten sie sich nie wieder. Von den mehr als einhundert Mädchen, die während der zwölf Monate des Prostitutionsrings für ihn arbeiteten, hatte er nur zwei erschießen müssen.

Alle auf dem Boden hörten auf zu weinen. Georgiew ließ die Waffe sinken. Zwar gab es noch Tränen, aber zumindest kein Geflenne mehr.

Als Downer fast am Fuß der Treppe angekommen war, sah Georgiew zu seiner Überraschung das Licht am TAC-SAT blinken. Vor etwa einer Stunde hatte er noch mit Ani Hampton gesprochen; sie hatte ihn von den Verhandlungsplänen der Generalsekretärin in Kenntnis gesetzt. Einen Augenblick lang fragte er sich, ob Downers Befürchtungen berechtigt gewesen waren und die Sicherheitskräfte einen Angriff wagen würden. Aber das konnte nicht sein. Die Vereinten Nationen würden so etwas nicht riskieren. Er ging zum Telefon.

Annabelle Hampton war Georgiews riskanteste, aber auch wichtigste Verbündete. Seit der Zeit in Kambodscha, wo sie sich kennengelernt hatten, war er beeindruckt von der entschiedenen und unabhängigen Persönlichkeit dieser Frau. In Phnom Penh hatte sie Spione und Hilfskräfte für die CIA angeworben. Georgiew versorgte sie mit den Informationen, die seine Mädchen von ihren Kunden erhielten. Außerdem gab er ihr Spionagedaten, die er von seinen Kontakten bei den Roten Khmer erhielt. Obwohl er die Rebellen bezahlte und selbst bezahlt wurde, um ihnen nachzuspionieren, machte er dabei einen hübschen, kleinen, persönlichen Profit.

Am Ende der Operation UNTAC im Jahr 1993 suchte Georgiew nach Annabelle, um ihr die Namen der Mädchen zu verkaufen, die er angestellt hatte. Als er herausfand, daß man sie nach Seoul versetzt hatte, stellte er dort den Kontakt zu ihr her. Zu diesem Zeitpunkt schien Annabelle eher wütend als ehrgeizig. Auf seine Mitteilung, daß er der Armee den Rücken kehren werde, um sich geschäftlichen Dingen zu widmen, scherzte sie, er solle sich an sie erinnern, wenn er von interessanten Gelegenheiten hörte.

Das tat er.

Bis zu diesem Nachmittag, als sie ihm den detaillierten Zeitplan für den heutigen Empfang der Vereinten Nationen übergab, hatte Georgiew sich gefragt, ob sie nicht in letzter Minute aussteigen würde. Verraten würde sie ihn nicht, davon war er überzeugt, denn er wußte, wo ihre Eltern lebten; zu Weihnachten, als Annabelle sie besuchte, schickte er ihnen demonstrativ Blumen. Trotzdem waren die letzten Stunden vor einem Einsatz kritisch. Der große bulgarische General des neunzehnten Jahrhunderts, Grigor Halachew, hatte sie ›die Zeit des größten Zweifels‹ genannt. Die äußeren Vorbereitungen waren endlich abgeschlossen, und die Soldaten konnten sich ihrer inneren Befindlichkeit zuwenden.

Annabelle war nicht ausgestiegen. Ihr Rückgrat war so stählern wie das der anderen Soldaten in diesem Raum.

Er griff nach dem Telefon. »Sprich«, sagte er. Nur auf dieses eine Wort würde Annabelle reagieren, so hatten sie es ausgemacht.

»Die Generalsekretärin ist wieder auf dem Weg«, informierte Ani ihn. »Nur will sie dieses Mal in das Auditorium hinein. Sie hofft, daß ihr sie reinlaßt.«

Georgiew lächelte.

»Entweder das«, sagte Ani, »oder als Alternative, daß ihr auf sie anlegt statt auf den italienischen Delegierten.«

»Pazifisten hoffen immer, daß man auf sie anlegt, bis man es wirklich tut«, sagte Georgiew. »Dann schreien und betteln sie. Was sagen ihre Berater dazu?«

»Colonel Mott und einer der Vize-Generalsekretäre sind dafür, den Saal zu stürmen, sobald sie die ersten Videobilder haben«, erwiderte Ani. »Die anderen Beamten haben keine Meinung.«

Georgiew schaute zu Barone. Die Sicherheitskräfte würden keine Videobilder bekommen. Sobald Annabelle sie von dem Vorhaben Motts informiert hatte, war Barone von Georgiew an die Stelle beordert worden, wo sie bohren wollten. Beim Auftauchen der Sondenkamera sollte er sie unverzüglich bedecken.

»Noch irgendwelche Diskussionen zum Thema Lösegeld?« fragte Georgiew.

»Nichts«, antwortete Ani.

»Egal«, sagte Georgiew. »Keine Videobilder, mehr Tote – bald werden sie auf unsere Bedürfnisse eingehen.«

»Noch etwas«, fügte Ani hinzu. »Mir ist gerade von meinem Vorgesetzten mitgeteilt worden, daß ein SWAT-Team vom NCMC aus Washington hierherkommt.«

»Vom NCMC?« fragte Georgiew. »Wer hat denn das befohlen?«

»Niemand«, erwiderte Ani. »Sie werden mein Büro als Hauptquartier benutzen. Wenn die Vereinten Nationen sie darum bitten, könnten sie angreifen.«

Das kam unerwartet. Georgiew hatte von der sehr erfolgreichen Aktion des NCMC in Rußland während des Putschversuchs vor mehr als einem Jahr gehört. Obwohl er Giftgas und Kampfpläne hatte, zog er es vor, sein Ziel ohne größeren Aufwand zu erreichen. Auf der anderen Seite müßten die Vereinten Nationen dem SWAT-Team erst einmal die Erlaubnis erteilen, das Gebäude zu betreten. Und wenn er Chatterjee ins Auditorium bekam, würde Georgiew dies mit ihrer Hilfe zu verhindern wissen.

Er bedankte sich bei Annabelle und legte auf.

Die Generalsekretärin war eine willkommene Verstärkung der Geiseln. Von Anfang an hatte er damit gerechnet, sie als Anwältin der Kinder dabeizuhaben, damit sie an die Nationen der Welt appellierte, zur Befreiung der Kinder zu kooperieren. Jetzt würde sie ihm außerdem helfen, das Militär draußen zu halten. Und beim Abflug wären sie und die Kinder die perfekten Geiseln.

Downer trat zu ihm. Es blieb nur noch die Frage, was sie mit dem Italiener machen sollten. Wenn sie ihn erschossen, würden sie die Glaubwürdigkeit der Generalsekretärin als Wegbereiterin des Friedens untergraben. Wenn sie ihn verschonten, würde es ihnen als Schwäche ausgelegt werden.

Mit dem Entschluß, daß ihn die Glaubwürdigkeit der Generalsekretärin nichts anging, nickte Georgiew zu Downer hinüber. Dann sah er zu, wie der Australier den schluchzenden Delegierten die Treppe hinaufzerrte.

## 25

*New York/New York – Samstag, 23 Uhr 29*

»Sie werden es noch einmal tun.« Die dunkelblonde Laura Sabia, die links von Harleigh Hood, saß, starrte blicklos vor sich hin und zitterte schlimmer als vorher. Es schien, als ob sie Schüttelfrost hätte. Wieder legte Harleigh ihre Fingerspitzen auf die Hand des Mädchens, um sie etwas zu beruhigen.

»Sie werden ihn umbringen«, sagte Laura.

»Schhhh«, flüsterte Harleigh.

Rechts von Harleigh ließ Barbara Mathis die Terroristen keinen Moment aus den Augen. Die Violinistin mit dem rabenschwarzen Haar saß kerzengerade auf ihrem Stuhl und machte einen äußerst angespannten Eindruck. Harleigh kannte diesen Anblick, denn Barbara gehörte zu der Sorte von Musikern, die regelrecht platzen, wenn jemand sie durch ein Geräusch in ihrer Konzentration stört. Es schien, als wäre Barbara kurz vor diesem Punkt angelangt. Hoffentlich nicht, dachte Harleigh.

Die Mädchen sahen zu, wie die maskierten Männer den Delegierten die Treppe hochschafften. Auf einer der Stufen fiel das Opfer auf Hände und Knie, schluchzte laut und stieß mit hoher Stimme italienische Worte hervor. Der

174

maskierte Mann, den sie für einen Australier hielt, griff ihn hinten am Kragen und zog ihn mit Gewalt nach oben. Die Arme des Italieners wirbelten herum, und er fiel vornüber. Der Maskierte fluchte, ging in die Hocke und schob dem Mann die Pistole zwischen die Beine. Dann sagte er etwas zu dem Italiener, der daraufhin umgehend nach einer Stuhllehne griff und schnell auf die Füße kam. Die Männer gingen weiter in Richtung Tür.

In der Nähe der jungen Musiker, in der Mitte des hufeisenförmigen Tisches, tröstete die Frau eines Delegierten eine andere Frau. Sie preßte sie an sich und hielt ihr die Hand auf den Mund. Harleigh nahm an, daß sie die Frau des italienischen Delegierten war, der jetzt sterben sollte.

Laura wurde inzwischen wie von elektrischen Stößen geschüttelt. So etwas hatte Harleigh noch nie gesehen; sie schloß ihre Finger um Lauras Hände und drückte sie mit aller Kraft.

»Du mußt dich beruhigen«, flüsterte sie.

»Es geht nicht«, erwiderte Laura. »Ich bekomme keine Luft mehr. Ich muß hier raus!«

»Bald«, entgegnete Harleigh. »Sie werden uns hier rausholen. Lehn dich zurück und schließ die Augen. Versuch, dich zu entspannen.«

Einmal hatte Harleighs Vater zu ihr und ihrem Bruder gesagt, wenn sie jemals in eine solche Situation kommen sollten, müßten sie vor allen Dingen die Nerven behalten. Sich unsichtbar machen. Die Sekunden zählen, hatte er gesagt, nicht die Minuten oder die Stunden. Je länger eine Geiselnahme dauert, desto besser die Chancen für eine friedliche Verhandlungslösung. Desto besser die Chancen zum Überleben. Wenn es Fluchtmöglichkeiten gab, unbedingt den gesunden Menschenverstand gebrauchen. Die Frage, die sie sich stellen mußte, war nicht: *Besteht die Möglichkeit, es zu schaffen?* Die richtige Frage war: *Besteht die Möglichkeit, es nicht zu schaffen?* Wenn die Antwort auf diese Frage *Ja* lautete, so war es besser, an Ort und Stelle abzuwarten. Außerdem hatte er ihr eingeschärft, so weit wie möglich jeden Blickkontakt zu vermeiden. Sonst würde sie ihnen menschlicher erscheinen, und sie würden sich daran erinnern, daß sie zu denen gehörte, die sie haßten. Außerdem sollte sie kein Wort von sich geben, damit sie nicht etwas Falsches sagte. Vor allen Dingen mußte sie sich entspannen. An etwas Angenehmes denken, wie die Hauptfiguren in ihren Lieblingsmusicals *Peter Pan* und *The Sound of Music* es taten.

»Laura?« fragte Harleigh.

Laura schien sie nicht zu hören.

»Laura, du mußt mir zuhören.«

Ihre Nachbarin hörte gar nichts. Sie war in einen merkwürdigen Zustand gefallen. Ihre Augen waren weit aufgerissen und ihre Lippen fest aufeinandergepreßt.

Die beiden Männer hatten die Tür erreicht.

Auf der anderen Seite von Harleigh befand sich Barbara Mathis in einem völlig anderen Zustand als Laura. Angespannt wie eine Violinensaite, grinste sie vor sich hin, in einer Weise, die Harleigh nur zu gut kannte. Harleigh kam sich zwischen ihnen wie die Statue vor dem Justizministerium, Justizia, vor. Nur daß sie statt der Waagschalen der Gerechtigkeit zwei emotionale Extreme umrahmten.

Plötzlich sprang Laura auf. Harleigh hielt immer noch ihre Hand.

»Warum tun Sie uns das an?« kreischte Laura aus Leibeskräften. »Hören Sie auf!«

Harleigh zog sanft an ihrer Hand. »Laura, laß das.«

Der Führer der Bande stand mitten auf der Treppe. Er drehte sich um und starrte zu den Mädchen herüber.

Mrs. Dorn saß drei Sitze weiter. Langsam erhob sie sich, blieb aber hinter ihrem Stuhl stehen. »Laura, setz dich hin«, sagte sie mit fester Stimme.

»*Nein!*« Laura riß sich von Harleigh los. »Ich kann nicht hierbleiben!« Schreiend rannte sie um den Tisch herum, in Richtung auf die Tür auf der anderen Seite des Auditoriums, die der Bandenführer bewachte.

Er kam die Treppe herunter, während sie durch den Raum rannte. Mrs. Dorn lief hinter Laura her, laut rufend, sie solle zurückkommen. Der Mann, der auf der anderen

Seite des Saales gestanden und die andere Tür bewacht hatte, verließ seinen Posten und folgte der Lehrerin. Oben auf der Treppe hatte der Australier innegehalten und sah ihnen zu.

Alle beobachteten gebannt, wie Laura, der Bandenführer, Mrs. Dorn und der andere Mann gleichzeitig die Tür erreichten. Der andere Mann griff Mrs. Dorn um die Taille, zog sie zurück, schwang sie herum und schleuderte sie auf den Boden. Laura riß die Tür auf, während der Bandenchef seine Schulter im gleichen Moment dagegen warf und sie wieder schloß. Er zog Laura zurück. Das Mädchen stolperte, fiel hin, stand wieder auf und rannte zur Treppe. Immer noch schrie sie wie besessen.

Die Tür ist nicht abgeschlossen.

Der Gedanke traf Harleigh wie ein Blitz. Natürlich war sie nicht abgeschlossen. Die Männer hatten die Türen geöffnet, besaßen aber keine Schlüssel, um sie abzuschließen.

Sie hatten die Tür geöffnet, auf die Laura zugerannt war, und auch die Tür, die sich hinter Harleigh befand. Harleigh hatte ihnen dabei zugesehen, als sie irgendwelche Ausrüstungsgegenstände hier unten auf den Flur gestellt hatten.

Vom Sitzplatz von Harleigh und Barbara bis zur Tür betrug die Distanz etwa sieben Meter, und der Posten an dieser Tür war gerade hinter Laura her gerannt.

Niemand bewachte die Tür.

Der Bandenchef lief Laura nach. Mrs. Dorn war außer Atem, wehrte sich aber gegen den Mann, der sie zu Boden geworfen hatte. Die Anspannung und der Streß mußten sie überwältigt haben, denn offensichtlich dachte sie nicht mehr klar. Im Gegensatz zu Harleigh, die scharf und voller Selbstvertrauen kalkulierte. Sie dachte nicht nur daran, hinauszugelangen und sich in Sicherheit zu bringen, sondern sie wollte auch ›Informationen‹ mit nach draußen nehmen, entsprechend den Ratschlägen von ›Onkel‹ Bob Herbert.

Langsam drehte sie sich um und warf einen versteckten Seitenblick auf die Tür. Bis dahin konnte sie mit Leichtig-

177

keit sprinten. Im Gymnasium hatte sie auf der Fünfzig-Meter-Strecke zweimal in vier Jahren den ersten Platz belegt. Auf jeden Fall würde sie es bis zu den Doppeltüren schaffen, bevor einer der Männer sie aufhalten konnte. Und wenn sie einmal draußen war, mußte es einen Weg ins Auditorium des Wirtschafts- und Sozialrats geben. Während der Führung hatte sie auf jener Seite ebenfalls Doppeltüren gesehen.

Mit dem Zeh ihres rechten, hochhackigen Schuhs streifte sie ihren linken Schuh ab. Dann schlüpfte sie auf die gleiche Weise aus dem rechten. Die anderen Musiker bemerkten nichts, denn sie sahen gespannt dem ungleichen Kampf zu.

Jetzt schob Harleigh vorsichtig den Stuhl zurück. Langsam, ohne aufzustehen, balancierte sie den Stuhl auf einem Bein, damit sie ihren Körper ein wenig herumdrehen konnte. Damit sie einen geraden Weg zum Ausgang frei hatte.

»Tu's nicht«, flüsterte Barbara aus den Mundwinkeln.

»Was?« fragte Harleigh.

»Ich weiß, was du dir überlegt hast«, sagte Barbara, »weil ich an das gleiche denke. Laß es sein. Ich werde es versuchen.«

»Nein …«

»Ich bin schneller als du«, murmelte Barbara. »Zwei Jahre hintereinander habe ich dich geschlagen.«

»Aber ich bin zwei Schritte näher«, protestierte Harleigh.

Barbara schüttelte langsam den Kopf, mit wütenden Augen und entschlossenem Gesichtsausdruck. Harleigh wußte nicht mehr, was sie tun sollte, denn sie wollte mit Barbara keinen Wettlauf zur Tür veranstalten, bei dem sie nur übereinander fallen würden.

Die Mädchen hoben den Blick, als der Bandenchef Laura auf halber Treppe einfing. Mit einem Ruck riß er sie hoch und schleuderte sie nach hinten, die Treppe hinunter. Laura schlug auf eine Stufe, rollte weiter und kam erst am Fuß der Treppe zu einem Halt. Langsam und unter

Schmerzen bewegte sie ihre Arme und ihren Kopf. Der Bandenführer lief zu ihr.

Barbara atmete einige Male langsam durch und legte ihre Hände auf die Kante des Holztisches. Einen Augenblick lang wartete sie, bis sie sicher war, daß niemand in ihre Richtung sah. Dann drückte sie sich von der Tischkante ab, sprang auf und rannte los.

Die Bewegungsfreiheit ihrer Beine war durch ihr enges Abendkleid erheblich eingeschränkt. Harleigh hörte, wie es an der Seite riß, doch Barbara rannte weiter. Mit wirbelnden Armen hielt sie den Blick auf den Türknauf gerichtet und ignorierte die Halt-Rufe der Terroristen oder der Delegierten.

Jetzt hatte sie die Tür erreicht.

*Lauf!* dachte Harleigh.

Barbara hielt inne, um die Tür aufzuziehen. Harleigh hörte ein Klicken, die Tür öffnete sich, und dann erklang ein peitschenartiger Knall. Das Geräusch hallte in ihren Ohren, füllte sie an wie der erste Tonschwall, wenn ihr Walkman zu laut eingestellt war.

Als nächstes sah Harleigh, daß Barbara nicht mehr stand. Zwar hielt sie noch den Türknauf, doch sie lag auf den Knien. Dann rutschte die Hand vom Knauf, und ihr Arm klatschte neben ihr auf den Boden.

Noch hielt Barbara sich aufrecht, allerdings nur für einen kurzen Augenblick. Dann fiel sie zur Seite.

Jetzt war sie nicht mehr wütend.

## 26

*New York/New York – Samstag, 23 Uhr 30*

Generalsekretärin Chatterjee blieb stehen, als sie den gedämpften Schuß vernahm. Es folgten schrille Aufschreie, und einige Momente später hörte man einen zweiten Schuß, näher an der Tür zum Korridor als der erste. Sekunden später wurde die Tür zum Sicherheitsrat aufgerissen. Botschafter Continis Körper fiel heraus, dann schlug die Tür wieder zu.

Colonel Mott rannte sofort zu der Leiche; seine Schritte durchbrachen als einziger Laut die furchtbare Stille auf dem Korridor. Dann folgten ihm die Sanitäter. Die Leiche des gutangezogenen Delegierten lag auf der Seite, Continis dunkles Gesicht war ihnen zugewandt. Sein Gesichtsausdruck war entspannt, seine Augen geschlossen, seine Lippen leicht geöffnet. Er sah nicht tot aus, nicht wie Botschafter Johanson. Langsam formte das Blut unter seiner Wange eine Lache.

Mott hockte sich neben die Leiche und sah sich den Hinterkopf an. Nur ein Einschuß, genau wie beim letztenmal.

Während die Sanitäter den leblosen Körper auf die Bahre legten, ging Chatterjee auf die Tür des Sicherheitsrats zu. Im Vorbeigehen vermied sie es, die Leiche anzusehen. Mott stand auf und hielt sie zurück.

»Sie erreichen absolut nichts damit, wenn Sie sich jetzt dort hineinbegeben, Madam«, beschwor er sie. »Warten Sie bitte, bis wir die Videoaufnahmen haben.«

»Warten!« stieß Chatterjee hervor. »Ich habe schon zu lange gewartet!«

In diesem Augenblick kam ein Beamter der Sicherheitskräfte vom Auditorium des Wirtschafts- und Sozialrates. Lieutenant David Mailman und sein Partner hatten den Auftrag erhalten, zu zweit ein improvisiertes Aufklärungsteam zu bilden, und ein fünfzehn Jahre altes Abhörgerät im Gerätelager gefunden. Eigentlich war es für Telefonleitungen konzipiert, aber es gelang ihnen, damit Stimmen und Gespräche über die Kopfhörer für die Simultanübersetzung aufzunehmen, die sich an jedem Sitz des Auditoriums befanden. Da die Reichweite nur gute acht Meter betrug, mußten sie ihre Arbeit im Nachbarraum verrichten. Sie befanden sich auf dem kleinen Korridor, der zur Medienzentrale im zweiten Stock führte, von der Türen sowohl zum Sicherheitsrat als auch zum Treuhandrat gingen.

»Sir«, wandte sich Lieutenant Mailman an den Colonel, »wir glauben, es hat gerade jemand versucht, aus dem Sicherheitsrat zu fliehen. Wir haben gesehen und gehört, wie sich der Türknauf gedreht und das Schloß geklickt hat – dann fiel der erste Schuß.«

»War es ein Warnschuß?« fragte Mott.

»Das glauben wir nicht«, antwortete Mailman. »Wer es auch war, die Person hat danach laut gestöhnt.« Der Lieutenant sah zu Boden. »Es hörte sich nicht an wie ein Mann, Sir. Es war eine sehr weiche Stimme.«

»Eins der Kinder«, sagte Chatterjee mit Schrecken in den Augen.

»Das wissen wir noch nicht«, wandte Mott ein. »Sonst noch etwas, Lieutenant?«

»Nein, Sir«, erwiderte Mailman.

Der Offizier ging. Mit geballten Fäusten sah Colonel Mott auf seine Armbanduhr. Ungeduldig wartete er auf eine Nachricht von der Videoüberwachung. Bei der technischen Abteilung des amerikanischen Außenministeriums waren abhörsichere Telefone beantragt worden; bis zu ihrer Ankunft mußte die gesamte Verständigung persönlich vorgenommen werden. Chatterjee hatte noch nie einen Mann so hilflos gesehen.

Die Generalsekretärin stand immer noch vor der Tür. Zu ihrer Besorgnis hatte der Tod von Botschafter Contini sie nicht in der gleichen Weise berührt wie der erste Mord. Oder war ihre Reaktion von der Nachricht Mailmans beeinflußt worden?

Vielleicht hatten sie ein Kind erschossen …

Chatterjee ging auf die Tür zu.

Sanft griff Mott nach ihrem Arm. »Bitte tun Sie es nicht. Noch nicht.«

Die Generalsekretärin hielt inne. »Ich kann von draußen nichts bewirken«, sagte sie. »Wenn Sie eine Aktion starten müssen, brauchen Sie mich nicht. Aber drinnen kann ich vielleicht etwas bewirken.«

Der Colonel sah der Generalsekretärin lange in die Augen, dann ließ er ihren Arm los.

»Sehen Sie?« sagte sie mit einem milden Lächeln. »Diplomatie. Ich mußte den Arm nicht wegziehen.«

Mott schien von ihren Worten nicht überzeugt zu sein, als er zusah, wie sie zur Tür ging.


# 27

### New York/New York – Samstag, 23 Uhr 31

Paul Hood und Mike Rodgers saßen auf dem Rücksitz der Limousine, Mohalley vorn. In Hoods Augen schien Manhattan bei seiner Rückkehr ein ganz anderer Ort zu sein. Das Gebäude der Vereinten Nationen stach weit mehr hervor als zu dem Zeitpunkt, als er mit seiner Familie angekommen war – sollte das wirklich erst einen Tag her sein? Es reflektierte den hellen Glanz der Scheinwerfer, die auf den Dächern der benachbarten Wolkenkratzer plaziert worden waren. Doch die dunklen Bürofenster gaben dem Turm ein gespenstisches Aussehen. Die Vereinten Nationen erinnerten ihn nicht mehr an das stolze ›Batman-Symbol‹. Der Komplex pochte nicht mehr als lebendige Brust der Stadt, sondern verharrte in scheinbar regloser Totenstarre.

Bei ihrer Abfahrt vom Flughafen um kurz nach elf hatte der stellvertretende Sicherheitschef Mohalley sein Büro angerufen, um sich über den neuesten Stand unterrichten zu lassen. Sein Assistent berichtete, daß nach der ersten Exekution offenbar nichts mehr geschehen sei. Inzwischen hatte Hood seinem Stellvertreter Rodgers die Sachlage erläutert, der mit charakteristischem Schweigen zugehört hatte. In der Öffentlichkeit vermied es der General, seinen Gedanken Ausdruck zu verleihen – und für Rodgers bedeutete die Gegenwart einer Person, die nicht zum engsten Vertrautenkreis gehörte, daß er sich ›in der Öffentlichkeit‹ befand.

Auf dem Rückweg nach Manhattan schwiegen die

Männer, bis sie den Tunnel hinter sich hatten. Dann drehte sich Mohalley zum erstenmal zu ihnen um.

»Wo darf ich Sie absetzen, Mr. Hood, General Rodgers?« fragte er.

»Wir werden dort aussteigen, wo Sie es auch tun«, antwortete Hood.

»Meine Fahrt geht zum Außenministerium«, sagte Mohalley.

»Das paßt uns gut«, erwiderte Hood. Dann schwieg er. Noch hatte er seinen Plan, sich zum Unterschlupf der CIA am United Nations Plaza zu begeben, im Hinterkopf, doch das ging Mohalley nichts an.

Wieder einmal schien Mohalley nicht glücklich über die Antwort, doch er ließ es gut sein.

Der Wagen hatte die Thirty-seventh Street erreicht. Auf dem Weg zur First Avenue sah Mohalley dem General ins Gesicht. »Eines möchte ich klarstellen: Was da auf dem Flughafen geschehen ist, gefällt mir überhaupt nicht«, erklärte er.

Rodgers nickte kurz.

»Ich habe viel von den Strikers gehört«, fuhr Mohalley fort. »Sie haben einen Wahnsinnsruf. Wenn es nach mir ginge, könnten wir eigentlich gar nichts Besseres tun, als Ihre Leute da reinzuschicken und die Sache zu Ende zu bringen.«

»Es ist krank«, sagte Hood. »Wahrscheinlich denken alle so, aber keiner will den Befehl geben.«

»Die ganze Geschichte ist ein totales Chaos«, bestätigte Mohalley, als sein Autotelefon klingelte. »Hunderte von Köpfen und kein einziges Gehirn. Auf tragische Weise ist es erstaunlich.«

Als die Limousine vor der Barrikade der Forty-second Street angehalten wurde, schaltete er das Telefon ein und meldete sich mit seinem Namen. Zwei Polizisten in Kampfausrüstung näherten sich. Während der Fahrer ihnen den Ausweis des Außenministeriums zeigte, hörte Mohalley schweigend seinem Gesprächspartner zu.

Hood beobachtete sein Gesicht im Schein einer Straßenlaterne. Neugierde überkam ihn. Er schaute zum Komplex der Vereinten Nationen hinüber. Aus dieser Perspektive erhob sich das Gebäude riesig und eindrucksvoll gegen den Nachthimmel. Wenn er an Harleigh dachte, erschien ihm seine Tochter noch kleiner und verletzlicher in dieser blauweißen Monstrosität.

Mohalley stellte das Telefon aus und sah sie wieder an.

»Was ist los?« fragte Hood.

»Ein weiterer Delegierter wurde erschossen«, informierte Mohalley ihn. »Und möglicherweise«, sagte er vorsichtig, *»möglicherweise* eins der Kinder.«

Hood starrte ihn an. Erst einen Moment später dämmerte ihm, daß ›eins der Kinder‹ *Harleigh* bedeuten konnte. Plötzlich schien das Leben nicht mehr weiterzugehen. Hood wußte genau, daß er nie in seinem Leben den ernsten Ausdruck auf Mohalleys Gesicht vergessen würde, genauso wenig wie den grellen Lichtschein auf der Windschutzscheibe oder das drohend emporragende Gebäude der UNO. Jetzt und für immer standen diese Eindrücke für verlorene Hoffnung.

»Es gab einen Schuß, bevor der Delegierte ermordet wurde«, fuhr Mohalley fort. »Im Nebenraum hörte einer der UN-Sicherheitsbeamten, wie jemand versuchte, durch eine Seitentür zu entkommen. Dann gab es einen Schrei und ein Aufstöhnen.«

»Sonst noch irgendeine Information?« fragte Rodgers, während ihre Limousine durchgewunken wurde.

»Kein einziges Wort vom Sicherheitsrat«, sagte Mohalley, »aber die Generalsekretärin versucht gerade, ins Auditorium zu kommen.«

Der Wagen hielt an. »Mike«, sagte Hood. »Ich muß jetzt zu Sharon.«

»Ich weiß«, erwiderte Rodgers. Er öffnete die Tür und stieg aus.

»General Rodgers, würden Sie lieber mit mir kommen?« fragte Mohalley.

Rodgers machte einen Schritt zur Seite, als Hood ausstieg. »Nein«, antwortete er, »aber trotzdem vielen Dank.«

184

Mohalley gab Hood seine Visitenkarte. »Wenn Sie etwas brauchen, lassen Sie es mich wissen.«

»Danke«, sagte Hood. »Ich werde darauf zurückkommen.«

Mohalley schien etwas fragen zu wollen, doch dann ließ er es bleiben. Rodgers schloß die Wagentür, und die Limousine setzte sich in Bewegung. Auf dem Bürgersteig standen sich Rodgers und Hood Auge in Auge gegenüber.

In der Ferne hörte Hood die Verkehrsgeräusche und das Brummen der Hubschrauber über dem Fluß und dem UN-Gebäude. Er vernahm die Rufe der Polizisten und das Klatschen der Sandsäcke, die hinter hölzerne Barrikaden entlang der Straßen von Forty-second bis Forty-seventh Street geworfen wurden. Trotzdem hatte er nicht das Gefühl, hier zu sein. Immer noch befand er sich im Auto, immer noch starrte er in Mohalleys Gesicht.

Immer noch hörte er ihn sagen: *Und möglicherweise eins der Kinder.*

»Paul«, sagte Rodgers.

Hood starrte auf die in der Dunkelheit verschwimmenden Wolkenkratzer der First Avenue und zwang sich dabei, regelmäßig zu atmen.

»Lassen Sie uns jetzt nicht im Stich«, beschwor Rodgers ihn. »Später werde ich Ihre Hilfe benötigen, und Sharon braucht Sie jetzt sofort.«

Hood nickte, denn Rodgers hatte recht. Aber es gelang ihm kaum, sich von der verdammten Limousine zu lösen, von Mohalleys traurigem Gesicht und dem Horror jenes Augenblicks.

»Ich gehe auf die andere Straßenseite«, fuhr Rodgers fort. »Brett trifft mich im CIA-Unterschlupf.«

Abrupt schreckte Hood auf. Sein Blick wanderte zu Rodgers. »Brett?«

»Auf dem Weg zum Terminal kurz nach unserer Landung haben wir die Militärpolizei vom Flugzeug aus gesehen«, erklärte Rodgers. »Uns war klar, was sie am Flughafen wollten. Brett hat mir versichert, daß er irgendwie verschwindet und mich hier trifft.« Um die Mundwinkel des Generals zeichnete sich ein leichtes Lächeln ab. »Sie kennen doch Brett. Er läßt sich von niemandem sagen, daß er weglaufen soll.«

Hood fand ein wenig zu sich. Wer immer das Opfer war, weitere Menschenleben standen auf dem Spiel. Mit einem Blick zum Turm des Außenministeriums wandte er sich zum Gehen. »Ich muß jetzt los.«

»Ich weiß«, sagte Rodgers. »Kümmern Sie sich jetzt um Sharon.«

»Sie haben meine Handy-Nummer …«

»Habe ich«, bestätigte Rodgers. »Sobald wir etwas herausfinden oder neue Ideen haben, melde ich mich.«

Hood dankte ihm und machte sich auf den Weg zum Außenministerium.

## 28

*New York/New York – Samstag, 23 Uhr 32*

Georgiew trug gerade das Mädchen, das in panischer Angst losgelaufen war, an seinen Platz zurück, als Barbara Mathis getroffen wurde. Downer, der den Schuß abgefeuert hatte, lief von oben herunter. Barone hatte das Mädchen angeschrien, sofort stehenzubleiben; jetzt kam er ebenfalls hinzugelaufen.

Ohne Rücksicht auf ihre eigene Sicherheit erhob sich die Ehefrau eines asiatischen Delegierten vom Tisch und ging zu Barbara hinüber. Sie war intelligent und bewegte sich mit langsamen Schritten. Als sie sie erreicht hatte, drehte sie der Tür den Rücken zu; sie hatte keinerlei Absicht zu fliehen. Der Bulgare schickte sie nicht zurück. Nachdem sie ihre Handtasche abgesetzt hatte, kniete sich die Asiatin neben das Mädchen und entfernte das blutgetränkte Kleid aus der Umgebung der Wunde. Die Kugel hatte Barbara an der linken Seite getroffen, und aus der kleinen Öffnung sickerte Blut. Sie bewegte sich nicht; ihre schmalen Arme lagen bleich und regungslos neben ihrem Körper.

Georgiew ging weiter zum halbrunden Tisch. Dabei fragte er sich, ob sie die ganze Geschichte geplant hatten: Ein Mädchen rennt schreiend in die eine Richtung, zieht dabei die Aufmerksamkeit aller auf sich, während das andere Mädchen in die entgegengesetzte Richtung läuft und versucht, aus dem Saal zu fliehen. Wenn dem so war, dann war es ein cleveres und gefährliches Manöver – ganz nach Georgiews Geschmack. Aber genau wie einige Mädchen, die damals in Kambodscha für ihn gearbeitet hatten – ein paar nicht älter als dieses hier –, war sie ungehorsam gewesen. Und sie war dafür bestraft worden.

Leider schienen die anderen Geiseln daraus keine Lehre zu ziehen. Inzwischen wurden einige erstaunlich mutig, von Angst getrieben oder von Entsetzen und Wut darüber, was mit dem Mädchen und den beiden Delegierten geschehen war. Massenhysterie, selbst unter Geiseln, konnte jede Vernunft untergraben. Wenn sie sich gegen ihn wandten, mußte er sie erschießen. Damit würde er sich seines Vorteils berauben, und außerdem würden die Sicherheitskräfte durch die Schüsse und das Geschrei darin bestärkt werden, den Saal zu stürmen.

Natürlich würde er sie erschießen, wenn es sein mußte. Zur Flucht brauchte er eigentlich nur ein paar Kinder. Sogar ein einziges würde im Zweifel ausreichen.

Plötzlich erhoben sich zwei andere Delegierte. Das kam dabei heraus, wenn man einer Person ein wenig mehr Freiheit ließ. Alle glaubten jetzt, das gelte auch für sie. Georgiew drückte die verstörte Laura in ihren Sitz, wo sie schluchzend sitzenblieb. Den Delegierten befahl er, sich wieder hinzusetzen. Wenn zu viele Leute herumstanden, konnte wieder jemand in die Versuchung geraten, einen Fluchtversuch zu unternehmen.

»Aber das Mädchen ist verletzt!« rief einer der Delegierten. »Sie braucht Hilfe.«

Georgiew hob seine Waffe. »Bis jetzt habe ich mir den

nächsten Todeskandidaten noch nicht ausgesucht. Machen Sie mir die Wahl nicht zu leicht.«

Die Geiseln setzten sich. Der Mann, der gesprochen hatte, sah aus, als wollte er noch etwas sagen, aber seine Frau flehte ihn an, still zu sein. Der andere Delegierte schaute traurig zu Barbara hinüber.

Auf der rechten Seite schluchzte Continis Frau hysterisch vor sich hin, während eine der anderen Ehefrauen sie in den Armen hielt, damit sie nicht laut losheulte.

Vandal holte die Musiklehrerin zurück und befahl ihr, sich ebenfalls hinzusetzen. Mrs. Dorn bestand darauf, daß sie für Barbara verantwortlich sei und ihr unbedingt helfen müsse, doch Vandal stieß sie zurück. Noch einmal versuchte sie aufzustehen. Wütend drehte sich Georgiew zu ihr, zielte mit der Pistole auf ihren Kopf und kam auf sie zu. Vandal machte einen Schritt zurück.

»Noch ein einziges Wort von Ihnen oder von sonst jemandem, und ich drücke ab«, zischte er durch die Zähne. »Nur noch *ein* Wort.«

Georgiew beobachtete, wie die Nasenflügel der Frau bebten und ihre Augen ihn weit aufgerissen anstarrten, genau wie bei den Huren in Kambodscha. Aber sie hielt den Mund. Widerstrebend setzte sie sich an ihren Platz und kümmerte sich um das Mädchen, das zuerst aufgesprungen war.

Nach einem Moment des Zögerns kehrte Vandal an seinen Posten zurück. Downer und Barone kamen gleichzeitig bei Georgiew an. Barone schob sich ganz nah an den Australier heran.

»Bist du verrückt?« fauchte er.

»Ich mußte es tun«, zischte Downer zurück.

»Du mußtest es tun?« wiederholte Barone mit bewußt leiser Stimme. »Wir hatten ausgemacht, daß wir versuchen, den Kindern nichts zu tun.«

»Unser Plan wäre in Gefahr gewesen, wenn sie entwischt wäre«, erwiderte Downer.

»Du hast mich doch brüllen hören und hast gesehen,

wie ich auf sie zugerannt bin«, sagte Barone. »Bevor sie nach draußen gelangt wäre, hätte ich sie längst erreicht.«

»Kann sein, kann auch nicht sein«, warf Georgiew ein. »Entscheidend ist, daß sie nicht abgehauen ist. Geht jetzt zurück an eure Posten. Wir werden uns um sie kümmern, so gut wir können.«

Barone starrte ihn an. »Sie ist ein junges Mädchen.«

Georgiew starrte zurück. »Keiner hat ihr gesagt, daß sie wegrennen soll!«

Barone kochte innerlich, preßte aber die Lippen aufeinander.

»Jetzt ist eine Tür unbewacht, und du solltest Ausschau nach der Sondenkamera halten«, fügte Georgiew leise hinzu. »Oder wäre es euch lieber, wenn unser gesamter Plan und alle unsere Anstrengungen wegen der Kleinen vor die Hunde gehen?« Dabei zeigte er auf Barbara.

Downer grunzte und ging nach oben auf seinen Posten. Beleidigt und den Kopf schüttelnd, begab sich Barone auf seinen Platz vor der Tribüne.

Georgiew sah ihnen nach. Ob es ihm gefiel oder nicht, dieser Vorfall hatte eine neue Situation geschaffen. Verbrechen bewirkten extreme Gefühlsverstärkungen. Geschlossene Räume intensivierten die Gefühle zusätzlich, und ein unerwartetes Drama verschlimmerte alles noch mehr.

»Sie müssen mir helfen, das Mädchen hier herauszubringen.«

Georgiew drehte sich um. Die Asiatin stand direkt an seiner Seite; er hatte sie nicht einmal kommen hören. »Nein«, erwiderte er. Er war unkonzentriert, doch jetzt mußte er sich zusammenreißen, seine Männer aufrütteln. Die UNO mehr unter Druck setzen. Er hatte schon über die Art und Weise seines Vorgehens nachgedacht und glaubte, die beste Methode zu kennen.

»So wird sie verbluten«, sagte die Frau.

Langsam ging Georgiew hinüber zu den Tragetaschen. Der Tod des Mädchens käme ihm ungelegen, denn dadurch könnte eine Rebellion provoziert werden. Er zog

189

eine kleine blaue Kiste aus der Tasche und kam zurück, um sie der Frau zu überreichen. »Benutzen Sie das hier.«

»Ein Erste-Hilfe-Kasten?« fragte die Frau. »Das wird nichts nützen.«

»Das ist alles, was ich Ihnen geben kann.«

»Aber sie könnte innere Blutungen haben, oder vielleicht sind Organe verletzt …«, warf die Frau ein.

In diesem Augenblick winkte Downer und zog Georgiews Blick auf sich. Der Australier deutete auf die Tür.

»Das muß ausreichen«, sagte der Bulgare zu der Frau und gab Vandal ein Zeichen, zu ihm herunterzukommen. Als der Franzose ihn erreichte, befahl Georgiew ihm, die Asiatin auf keinen Fall entwischen zu lassen. Dann ging er die Treppen hinauf, um mit Downer zu sprechen. »Was ist denn los?«

»Sie ist da draußen«, flüsterte der Australier aufgeregt. »Sie hat an die verdammte Tür geklopft und gefragt, ob sie hereinkommen kann.«

»Das war alles, was sie gesagt hat?« fragte Georgiew.

»Ja, das war alles«, erwiderte Downer.

Georgiew sah an dem Australier vorbei. *Konzentriere dich*, schärfte er sich ein. Die Sachlage hatte sich geändert, und er mußte die neue Konstellation durchdenken. Wenn er Chatterjee hereinließ, würden sich ihre Bemühungen darauf richten, das Mädchen ärztlich versorgen zu lassen, nicht darauf, ihnen das Geld zu besorgen. Und wenn er das Mädchen herausbringen ließ, würde die Presse erfahren, daß ein Kind verletzt, möglicherweise getötet worden war. Automatisch würden alle nach militärischen Aktionen rufen, trotz des Risikos für die Geiseln. Außerdem bestand die Möglichkeit, daß das Mädchen im Krankenhaus zu sich kam und den Sicherheitskräften den Standort der Männer und der Geiseln beschrieb.

Natürlich könnte Georgiew die Generalsekretärin hereinlassen und sich weigern, das Mädchen freizugeben. Würde Chatterjee das Leben der anderen Kinder riskieren, indem sie die Zusammenarbeit verweigerte?

*Die Möglichkeit gibt es*, dachte Georgiew. Und wenn sie

seine Autorität hier drinnen anfechten würde, könnte das zur Folge haben, daß die Gefangenen mutiger würden oder sein Einfluß bei seinen Leuten abnähme.

Georgiew schaute zu den Geiseln hinüber. Den Beamten der UNO war in klaren Worten mitgeteilt worden, wie sie Kontakt aufnehmen und was sie sagen sollten. Instinktiv fühlte er den Drang, nach unten zu gehen, sich eine andere Geisel zu nehmen und sie dasselbe vortragen lassen, was der letzte Delegierte bereits abgelesen hatte. Warum sollte er seinen Plan ändern, ihnen das Gefühl geben, es fehle ihm an Entschlußkraft?

*Weil solche Situationen ständig im Fluß sind*, sagte er zu sich selbst.

Dann hatte er die Lösung, ganz plötzlich, wie alle seine guten Ideen. Einen Weg, Chatterjee zu geben, wonach sie verlangte, ohne seine Forderungen zu gefährden. Er würde sie treffen. Nur anders, als sie es erwartete.

# 29

*Washington, D.C. – Samstag, 23 Uhr 33*

Zu normalen Zeiten war Bob Herbert ein umgänglicher und lockerer Mann.

Vor mehr als fünfzehn Jahren hatten ihn seine Verletzungen und der Verlust seiner Frau in eine tiefe Depression fallenlassen, die fast ein Jahr anhielt. Aber die anschließenden Behandlungen halfen ihm dabei, sein Selbstmitleid zu überwinden, und die Wiederaufnahme seiner Arbeit bei der CIA stärkte sein Selbstwertgefühl, das bei dem Anschlag auf die amerikanische Botschaft in Beirut auf der Strecke geblieben war. Seit er vor fast drei Jahren mitgeholfen hatte, das OP-Center aufzubauen und einsatzfähig zu übergeben, hatte Herbert einige der größten Herausforderungen und Bestätigungen seiner gesamten Karriere erlebt. Wahrscheinlich hätte es seine Frau ungeheuer amüsiert, daß der ewige Nörgler, den sie geheiratet und dessen Laune sie immer aufzuheitern versucht hatte, inzwischen in den Kreisen des NCMC als ›Mr. Frohsinn‹ bekannt war.

Als er jetzt jedoch allein in seinem abgedunkelten, nur vom bläulichen Schimmer des Computermonitors beleuchteten Büro saß, fühlte sich Herbert weder froh noch locker. Ihn bedrückte nicht nur das Schicksal von Paul Hoods Tochter. Auch war es nicht allein das Wissen darum, daß solche Situationen zwangsläufig in einem Blutbad endeten. Manchmal ging es schnell, wenn beispielsweise das Gastland die Eindringlinge loswerden konnte, bevor sie sich verschanzten. Manchmal dauerte es sehr lange, wenn die Konfrontation in einen Belagerungszustand überging, damit man zuschlagen konnte, sobald eine Angriffsstrategie entwickelt war. In den seltenen Fällen, in denen ein Verhandlungsresultat erzielt werden konnte, hatten die Terroristen in der Regel nur deshalb Geiseln genommen, um auf ihre Sache aufmerksam zu machen. Wenn sie Geld oder die Freilassung von Gefangenen verlangten, wurde es meistens schwierig.

Am meisten störten ihn zwei Dinge. An erster Stelle die Tatsache, daß die UNO angegriffen worden war. Sie war noch nie Ziel einer Attacke gewesen, und ihr traditionelles Verhalten gegenüber feindseligen Organisationen war alles andere als hart und durchgreifend. Zweitens hatte er gerade per E-Mail von Darrell McCaskey die Einladungsliste des Empfangs bekommen. Was für eine Ahnung hatten diese internationalen Unschuldslämmer eigentlich von der Führung einer Organisation?

McCaskey befand sich in den Büros von Interpol in Madrid. Der ehemalige Agent des FBI hatte kürzlich seinem Freund Luis García de la Vega dabei geholfen, einen Putschversuch niederzuschlagen, und war noch in Madrid geblieben, um seiner verletzten Mitarbeiterin Maria Corneja beizustehen. Bilder der Überwachungskameras vom Überfall auf die Vereinten Nationen waren an Interpol geschickt worden, um zu überprüfen, ob irgendwelche Überfälle in den Archiven mit der Vorgehensweise dieser Bande übereinstimmten. Außerdem hatte Interpol eine Liste erhalten, auf der alle Delegierten und Gäste aufgeführt waren, die beim Empfang im Sicherheitsrat zugegen waren. Vor einer halben Stunde hatte McCaskey diese Informationen an Herbert in Washington weitergesandt. Alle Teilnehmer waren rechtmäßige Repräsentanten ihrer Länder, was aus ihnen natürlich noch keine Diplomaten machte. Seit mehr als fünfzig Jahren waren unzählige Spione, Schmuggler, Mörder und Drogenhändler unter dem Vorwand der Diplomatie in die USA ein- und ausgereist.

Nichtsdestoweniger hatten die Vereinten Nationen sich bei dieser Gelegenheit selbst übertroffen, was die fehlende Überprüfung von zwei Empfangsgästen anging. Als sie vor gerade zwei Tagen bei der UNO angekommen waren, hatten sie biografische Daten angegeben, die von keiner der von ihnen aufgeführten Schulen oder Firmen bestätigt wurden. Entweder hatte ihre Regierung nicht über die Zeit verfügt, die Unterlagen entsprechend zu frisieren, oder die beiden erwarteten nicht, so lange in New York zu bleiben, daß jemand diese Details entdecken konnte. Herbert mußte herausfinden, wer sie waren.

McCaskey hatte ihre Ausweisfotos vom stellvertretenden UN-Generalsekretär für Verwaltung und Personal erhalten. Als die E-Mail mit den Fotos ankam, ließ der Geheimdienstchef des OP-Centers die Bilder durch ein Datenbankarchiv laufen, in der die Porträts von mehr als zwanzigtausend internationalen Terroristen, ausländischen Agenten und Schmugglern gespeichert war.

Die beiden Teilnehmer befanden sich tatsächlich in diesem Archiv.

Herbert las die spärlichen persönlichen Daten, die über sie aufzutreiben waren – die echten, nicht die falschen, die sie den Vereinten Nationen mitgeteilt hatten. Er wußte absolut nichts über die Leute, die den Sicherheitsrat in ihre Gewalt gebracht hatten, aber einer Sache war er sich sicher: So fürchterlich fünf Terroristen sein mochten, diese beiden konnten durchaus schlimmer sein.

Vom Strikerteam lag die Nachricht vor, daß sie ohne

General Rodgers und Colonel August nach Washington zurückkehrten. Der Verbleib von August war ihm ein Rätsel, aber Rodgers war auf jeden Fall bei Hood. Hastig wählte Herbert die Nummer von Hoods Handy.

# 30

*New York/New York – Samstag, 23 Uhr 34*

In seiner langen Geschichte hat Kambodscha nie Frieden gekannt.

Vor dem 15. Jahrhundert war das Land eine angriffslustige Militärmacht. Unter dem Kriegsrecht der mächtigen Khmer-Könige hatte die Nation das gesamte Tal des Mekong-Deltas erobert und herrschte über ein Gebiet, das das heutige Laos, die malaysische Halbinsel und einen Teil Siams einschloß. In der Folgezeit erhoben sich militärische Kräfte in den nicht eroberten Teilen Siams und im Staat Annam im heutigen Zentralvietnam. Sie verdrängten im Lauf der nächsten Jahrhunderte die Armeen der Khmer, bis die Königsdynastie selbst in Gefahr geriet. Im Jahr 1863 ergab sich deshalb der verzweifelte König von Kambodscha in sein Schicksal und stimmte der Gründung eines französischen Protektorats zu. Während eines langsamen, aber stetigen Wiederbewaffnungsprozesses gewann man verlorene Territorien zurück, doch diese Gebietserweiterungen wurden hinfällig, als die Japaner Indochina im Zweiten Weltkrieg besetzten. Nach dem Krieg wurde die Selbstverwaltung wiederhergestellt, mit Prinz Norodom Sihanouk an der Spitze des Landes. Sihanouk mußte das Land 1970 verlassen, als General Lon Nol mit Unterstützung der amerikanischen Regierung nach einem erfolgreichen Militärputsch die Macht übernahm. Kurz darauf rief Sihanouk in Peking eine Exilregierung ins Leben, während die kommunistischen Roten Khmer nach einem blutigen Bürgerkrieg Lon Nol im Jahr 1975 stürzten. Sihanouk wurde im Rahmen einer wackligen Koalitionsregierung in das jetzt angeblich demokratische Kambodscha auf seinen Thron zurückgerufen. Als Premierminister von Sihanouks Regierung fungierte der verbissene Antikommunist Son Sann. Sann war ein eiskalter Bastard. Sihanouk und seine Regierung wurden nach kurzer Zeit vom gemäßigten und wenig effizienten Khieu Samphan ersetzt, dessen Premierminister der skrupellose und ehrgeizige Pol Pot war. Pol Pot war Maoist und davon überzeugt, daß Erziehung grundsätzlich ein Übel sei und daß sich Kambodscha mit der Integration der ländlichen Gegenden in ein Utopia verwandeln würde. Statt dessen wurde das Land unter seinen grausamen Händen zu den ›Killing Fields‹; Folter, Genozid, Zwangsarbeit und Hungersnot kosteten mehr als zwei Millionen Menschen das Leben – ein Fünftel der gesamten Bevölkerung Kambodschas.

Die Schreckensherrschaft Pol Pots dauerte bis zur vietnamesischen Invasion im Jahr 1979. Die Vietnamesen eroberten Phnom Penh und errichteten eine kommunistische Regierung unter der Führung von Heng Samrin. Doch Pol Pot und die Roten Khmer kontrollierten immer noch große Teil des Landes, und der Bürgerkrieg zerfleischte das Land weiterhin. 1989 zog sich die Besatzungsmacht Vietnam zurück, nachdem sie in endlosen Guerillakämpfen zahllose Verluste erlitten hatte. Ihr Abzug überließ dem neuen Premierminister Hun Sen die Auseinandersetzung mit den verschiedenen politischen Gruppierungen; dazu gehörten die linken Roten Khmer, die rechten Blauen Khmer, die dem entmachteten Prinzen treue Nationalarmee Sihanouks, die Nationalen Streitkräfte der Khmer unter Lon Nols Führung, die Khmer Loeu, die sich aus verschiedenen Bergvölkern zusammensetzen, und die Khmer Viet Minh, die von Hanoi unterstützt wurden, neben fast einem Dutzend anderer Gruppen.

Als im Jahr 1991 Wirtschaft und Landwirtschaft des Landes völlig am Boden lagen, kamen die kriegführenden Parteien schließlich in einem Abkommen überein, Waffenstillstand zu schließen, die Waffen niederzulegen, die Präsenz von UNO-Friedenstruppen zu dulden und Wahlen unter Aufsicht der Vereinten Nationen abzuhalten. Eine neu eingesetzte Koalitionsregierung unter Mitwirkung von Hun Sens Partei führte sofort die Monarchie wieder ein; Sihanouk kam als König auf den Thron zurück. Da sie das Gefühl hatten, zuviel Macht aufzugeben, nahmen die Roten Khmer den bewaffneten Kampf wieder auf. Mit dem Tod von Pol Pot 1998 flauten die Kampfhandlungen etwas ab. Trotzdem blieben andere hohe Offiziere und Kader der Roten Khmer im Feld und schworen, daß sie den Kampf fortsetzen würden.

Infolge dieses Machtkampfes der diversen politischen und militärischen Gruppierungen lieferten sich Geheimpolizei der Regierung und Agenten der Rebellen erbitterte Schlachten um Informationen und Waffen. Die verstärkte Nachfrage danach begünstigte das Entstehen eines dichten Netzes von Spionen, Killern und Schmugglern, von denen einige für das vermeintliche Wohl ihres Heimatlandes arbeiteten, andere jedoch nur für sich selbst.

Seit fast zehn Jahren engagierten sich die zweiunddreißigjährige Ty Sokha Sary und ihr neununddreißigjähriger Ehemann Hang Sary im Antiterrorismuskampf der Streitkräfte der Nationalen Befreiung des Khmervolkes, dem militärischen Arm der Nationalen Befreiungsfront, KPNLF. Die KPNLF war im März 1979 vom ehemaligen Premierminister Son Sann gegründet worden. Ursprünglich beschränkte sich das Ziel dieser Organisation auf die Vertreibung der Vietnamesen aus Kambodscha. Nachdem das erreicht worden war, machte sich die KPNLF daran, Kambodscha von allen anderen ausländischen Einflüssen zu säubern. Obwohl Son Sann zum Mitglied des Obersten Nationalrats ernannt wurde, der die Nation unter Sihanouk regierte, war er persönlich gegen das Engagement der UNO. Sann wandte sich insbesondere gegen die Teilnahme von chinesischen, japanischen und französischen Soldaten. Er glaubte nicht, daß so etwas wie eine ›wohlmeinende‹ Besatzungsmacht existierte. Selbst wenn sich die Soldaten darum bemühten, den Frieden aufrechtzuerhalten, warf allein ihre Gegenwart ein schlechtes Licht auf den Charakter und die Stärke der Nation.

Ty und Hang waren in diesem Punkt einer Meinung mit Son Sann. Die Präsenz eines ausländischen Offiziers hatte mehr getan, als die Kultur ihres Volkes in den Dreck zu ziehen; er hatte zerstört, was Hang zärtlich geliebt hatte.

Ty Sokha kniete neben dem verwundeten amerikanischen Mädchen. Sie war höchstens vierzehn oder fünfzehn. Die Kambodschanerin hatte so viele verwundete oder sterbende Mädchen in ihrem Alter gesehen. Und dann die Toten. Einmal hatte sie Amnesty International bei der Auffindung eines Massengrabes außerhalb von Kampong Cham geholfen, wo mehr als zweihundert verweste Leichen eingegraben waren, in der Mehrzahl alte Frauen und sehr junge Kinder. Einigen hatte man Slogans gegen die Regierung auf die Körper gemalt oder auch mit dem Messer eingeritzt. Ty hatte mindestens drei Dutzend Tode verursacht, indem sie Hang zu feindlichen Offizieren oder Undercover-Agenten führte, damit er sie im Schlaf erdrosselte oder ihnen ein Stilett ins Herz rammte. In einigen Fällen gab Ty sich nicht die Mühe, Hang herbeizuholen, sondern führte die Arbeit allein zu Ende.

Wie die meisten allein oder zu zweit arbeitenden Militäragenten zählte auch Ty medizinische Kenntnisse zu ihren Waffen; mit der Versorgung von Schußwunden hatte sie ausreichend Erfahrung. Leider war der Erste-Hilfe-Kasten, den sie bekommen hatte, unzureichend für diese Situation. Es gab keine Austrittswunde, also befand sich die Kugel noch im Körper des Mädchens. Wenn die junge Amerikanerin sich bewegte, verschlimmerte sie die Verletzung. Ty benutzte die antiseptische Lösung, um das kleine, runde Loch so gut wie möglich zu reinigen. Dann bedeckte sie die Wunde mit Mullbinde und Heftpflaster. Sie arbeitete sorgfältig und effizient, doch sie vermißte ihre gewohnte kühle Distanz. Obwohl Ty durch den Kontakt mit Terrorismus und Mord schon lange abgestumpft war, riefen dieses junge Mädchen und die Umstände des Überfalls eine allzu schmerzhafte Erinnerung in ihr wach.

Sie dachte voll schmerzlicher Erinnerung an Phum, die geliebte jüngere Schwester von Hang.

Während ihre Hände vorsichtig die Wunde versorgten, kehrten ihre Gedanken zurück zu dem Ereignis, das sie an diesen so unwahrscheinlichen Ort geführt hatte, so weit von den Reisfeldern entfernt, wo alles begonnen hatte.

Ty war in einem winzigen Bauerndorf aufgewachsen, in der Mitte zwischen Phnom Penh und Kampot am Golf von Thailand. Als sie sechs Jahre alt war, kamen ihre Eltern bei einer Überschwemmung ums Leben; danach wurde sie von der Familie ihres entfernten Cousins Hang Sary aufgezogen. Ty und Hang vergötterten einander, und es war schon immer ausgemacht, daß sie eines Tages heiraten würden. Schließlich kam es zu dieser Hochzeit, direkt vor dem Aufbruch zu einer gemeinsamen Kommandoaktion im Jahre 1990. Außer dem Priester und seinem Sohn waren sie allein; die Böen des Wirbelsturms, der die Hütte des Priesters zerstört hatte, ließen gerade ein wenig nach. Es war die glücklichste Zeit in Tys Leben.

Hangs Vater war ein engagierter Anhänger von Prinz Sihanouk; er schrieb regelmäßig Artikel für die Lokalzeitung, in denen er aufzeigte, wie sehr die freie Marktwirtschaft des Prinzen den Bauern geholfen hatte. An einem dunklen, schwülen Sommerabend des Jahres 1982, während Ty und Hang in der Stadt waren, kamen Soldaten von Pol Pots Nationalarmee des Demokratischen Kampuchea NADK und verschleppten Hangs Vater, Mutter und jüngere Schwester. Zwei Tage später fand Hang seine Eltern. Sein Vater lag in einem Graben neben einem verschlammten Feldweg, die Arme auf dem Rücken zusammengebunden, die Schultern ausgerenkt. Seine Füße und Knie hatte man gebrochen, damit er weder laufen noch kriechen konnte. Dann hatten sie ihm Dreck in den Mund gestopft und ein Loch in die Kehle gestochen, so daß er langsam verblutete. Hangs Mutter war vor den Augen seines hilflosen Vaters erdrosselt worden. Von seiner jüngeren Schwester fand sich keine Spur.

Für Ty und Hang brach eine Welt zusammen. Hang setzte sich mit der KPNLF von Son Sann in Verbindung, die den

Prinzen unterstützte. Er erklärte, daß er Artikel im Stil seines Vater schreiben wolle, nicht nur zur Förderung der Politik Sihanouks, sondern um die Mörder der NADK herbeizulocken. Dann würde er ihnen zurückzahlen, was sie seiner Familie angetan hatten. Bevor der leitende Geheimdienstoffizier der KPNLF einwilligte, daß Hang und Ty sich selbst als Köder einsetzten, ließ er sie an verschiedenen Waffen ausbilden. Zwei Monate später kam ein kleiner Trupp von Terroristen der Roten Khmer zu ihrer Hütte. Hang und Ty hatten gut vorausgeplant, und sie erledigten die Terroristen, noch bevor die Beobachter der KPNLF nach Verstärkung rufen konnten.

Danach wurden sie in Überwachungstechniken geschult, wie auch in der Kunst des lautlosen Mordens. In Laos hatte man eine Anleitung der CIA gefunden, in der demonstriert wurde, wie man Hutnadeln, mit Steinen gefüllte Strümpfe, sogar gestohlene Kreditkarten einsetzte, um Augen auszustechen, Genicke zu brechen und Kehlen zu durchschneiden. Sie lernten diese Fähigkeiten, um ihrem Land zu dienen, und in der Hoffnung, daß sie eines Tages den Killer finden würden, der Phum auf dem Gewissen hatte.

Der Killer, der ihnen entwischt war, weil er unter dem Schutz der Roten Khmer stand.

Der Killer, dessen Spur sie verloren hatten, als er Kambodscha verließ, und den sie erst vor kurzer Zeit wieder aufgespürt hatten.

Der Killer, der sich in diesem Raum befand.

Iwan Georgiew.

## 31

*New York/New York – Samstag, 23 Uhr 35*

Auf dem Weg in den siebenten Stock des Außenministeriums fühlte sich Hood einsam und verängstigt. Die anderen Eltern warteten im Empfangssaal. Im Aufzug befand sich sonst niemand, nur sein Spiegelbild starrte ihn an, verzerrt und gefärbt von den polierten, goldglänzenden Wänden.

Wenn er nicht gewußt hätte, daß ihn Überwachungskameras beobachteten und daß man ihn sofort als Bedrohung abtransportiert hätte, hätte er laut schreiend in die Luft geboxt. Die Gerüchte der Schießerei ließen ihm keine Ruhe; außerdem konnte er sich nicht damit abfinden, selbst nicht eingreifen zu können.

Als Hood gerade den Aufzug verließ und zur Sicherheitskontrolle ging, piepte sein Handy. Geistesgegenwärtig hielt er inne und drehte dem Wachtposten den Rücken zu. »Ja?« sagte er leise.

»Paul, hier ist Bob. Ist Mike bei Ihnen?«

Hood kannte Herberts Stimme sehr genau. Der Spionagechef sprach schnell, also machte er sich aus irgendeinem Grund besondere Sorgen. »Mike ist zu dem Bürochef gegangen, von dem Sie ihm berichtet haben. Wieso?«

Hood wußte, daß Herbert in Andeutungen sprechen mußte, da es sich um eine offene Telefonleitung handelte.

»Weil sich zwei Leute im Zielgebiet befinden, von deren Existenz er wissen sollte«, sagte Herbert.

»Was für Leute?« drängte Hood.

»Schwere Aktenfälle«, entgegnete Herbert.

Leute mit langer, aktenkundiger Vorgeschichte, eiskalte Verbrecher. Das machte Paul wahnsinnig. Er mußte mehr herausfinden.

»Ihre Gegenwart und der Zeitpunkt können auch Zufall sein«, fuhr Herbert fort, »aber ich möchte nichts riskieren. Ich rufe Mike im anderen Büro an.«

Ohne den Wachtposten auch nur eines Blickes zu würdigen, kehrte Hood zum Aufzug zurück und drückte auf den Knopf. »Dann werde ich dasein«, sagte er. »Wie war noch der Name?«

»Doyle Shipping.«

»Danke«, antwortete Hood, klappte das Telefon zusammen und stieg in den Aufzug.

200

Diesen Rückzieher würde Sharon ihm nie vergeben. Niemals. Und er konnte es ihr nicht einmal vorwerfen. Nicht nur war sie allein unter Fremden, dazu kam, daß das Außenministerium, wie er genau wußte, den Eltern absolut nichts erzählen würde. Doch wenn die Terroristen Komplizen im Saal hatten, von denen sonst niemand etwas wußte, dann wollte er dabeisein, wenn Rodgers und August die Situation analysierten.

Auf dem Weg nach unten holte Hood seinen Ausweis vom OP-Center aus der Brieftasche. Er hastete durch die Lobby auf die First Avenue, lief über die Straße und legte die vier Blocks im Laufschritt zurück. Dann hielt er dem Wachtposten der New Yorker Polizei, der vor den United Nations Plaza Towers stand, seinen Ausweis hin. Obwohl die Türme eigentlich nicht Teil des Komplexes der Vereinten Nationen waren, hatten doch viele Delegierte hier ihre Büroräume. Eilig ging er hinein.

Außer Atem unterschrieb er das Sicherheitsprotokoll und wandte sich zur ersten Reihe von Aufzügen, die zu den unteren Stockwerken fuhren. Er wollte immer noch schreien und um sich schlagen, aber wenigstens würde er beim weiteren Verlauf aktiv dabeisein und konnte sich auf etwas anderes konzentrieren als auf seine Angst. Nicht Hoffnung, aber etwas, was fast so gut war.

Eine Offensive.

## 32

*New York/New York – Samstag, 23 Uhr 36*

Er war es.

Die flache Stimme, die grausamen Augen, die arrogante Haltung – er war es, verdammt sei seine Seele. Ty Sokha konnte kaum glauben, daß sie es nach fast zehn Jahren geschafft hatten, Iwan Georgiew aufzuspüren. Nachdem sie seine Stimme unter der Mütze gehört und nah genug bei ihm gestanden hatte, um seinen Schweiß zu riechen, wußte sie, welcher von ihnen er war.

Vor einigen Monaten war ein Waffenhändler namens Ustinowiks, der auch die Roten Khmer belieferte, gebeten worden, mit Georgiew über einen Einkauf zu sprechen. Ein Informant der Roten Khmer wußte, daß Ty und Hang Sary nach ihm suchten, und verkaufte ihnen den Namen des Waffenhändlers. Obwohl sie den Bulgaren verpaßt hatten, als er zum erstenmal nach New York kam, um mit Ustinowiks zu reden, fanden sie kurz nach Georgiews Abreise den Weg zu Ustinowiks Werkstatt. Sie machten dem Russen einen simplen Vorschlag: Entweder er ließ sie wissen, wann Georgiew seine Waffen abholen würde, oder sie würden Ustinowiks ans FBI verraten.

Der Russe hatte ihnen den vorgesehenen Zeitpunkt von Georgiews Geschäftsbesuch mitgeteilt, unter der Bedingung, daß sie ihn in seiner Werkstatt in Ruhe ließen. Sie waren einverstanden, denn noch wollten sie nicht zuschlagen. Sie wollten, daß er seine wie immer gearteten Pläne in New York ausführte, damit der Rest der Welt zusah und sie die Aufmerksamkeit der Weltöffentlichkeit auf ihr geschundenes Volk lenken konnten. Dann würden sie dem endlosen Morden, an dem auch sie selbst sich im Kampf gegen die Roten Khmer und bei der Unterminierung der schwächlichen Regierung von Norodom Sihanouk beteiligt hatten, ein für alle Male ein Ende machen.

Vom Dach des neben Ustinowiks' Werkstatt gelegenen Clubs beobachteten sie, wie Georgiew und sein Team ihren Einkauf tätigten. In jener Nacht konnte Ty ihn nur unklar erkennen. Nicht so deutlich jedenfalls wie im Camp der Vereinten Nationen, wo sie als Köchin gearbeitet, nach Agenten der Roten Khmer Ausschau gehalten und die abscheulichen Dinge mitverfolgt hatte, für die Georgiew verantwortlich war. Ohne Beweise konnte die Regierung nichts unternehmen, und alle Versuche, diese Beweise zu beschaffen, endeten mit einem weiteren Mord, genauso wie die Versuche, Georgiew zu entfliehen, wie die arme Phum es getan hatte.

Nachdem Georgiew und seine Leute die Waffen eingekauft hatten, folgten Ty und Hang ihnen zurück zum Hotel. Da die benachbarten Zimmer bereits besetzt waren, nahmen sie das Zimmer unter dem von Georgiew. Dann bohrten sie ein kleines Loch durch die Decke zum Fußboden seines Zimmers, installierten ein Abhörgerät, verbanden es mit einem Verstärker und hörten mit, als Georgiew und seine Gehilfen ihre Pläne durchgingen.

Anschließend begaben sie sich in die Ständige Vertretung des Königreichs Kambodscha auf der anderen Straßenseite und warteten.

Ty Sokha wandte ihre großen, dunklen Augen von dem angeschossenen jungen Mädchen ab, das neben ihr lag und kaum älter war als Phum damals, als sie von einem von Georgiews Handlangern ermordet worden war. Ty blickte hinüber zu Hang, der in der inneren Arena auf dem Boden saß, umgeben von dem halbrunden Tisch. Der Agent aus Kambodscha hatte sich unmerklich umgesetzt, so daß er Ty sehen konnte, ohne den Eindruck zu erwecken, daß er sie beobachtete.

Jetzt nickte sie ihm zu, und er nickte zurück.

Wenn Georgiew das nächstemal die Treppe herunterkam, war der Augenblick da.

# 33

*New York/New York – Samstag, 23 Uhr 37*

Georgiew hielt inne, als er die Doppeltür am hinteren Ende des Auditoriums des Sicherheitsrats erreichte. In einer Hand hatte er die Automatik, doch glaubte er nicht, daß er sie brauchen würde. Reynold Downer stand rechts von der Tür, in jeder Hand eine Waffe.

»Wirst du sie hereinlassen?« flüsterte er.

»Nein«, erwiderte Georgiew. »Ich gehe vor die Tür.« Er konnte selbst durch die Skimütze erkennen, wie sehr Downer überrascht war.

»Warum, in Gottes Namen?«

»Die brauchen eine Lektion zum Thema Sinnlosigkeit«, erklärte Georgiew.

»Sinnlosigkeit? Sie werden *dich* als Geisel nehmen!« erwiderte Downer.

Vor der Tür meldete sich die Generalsekretärin erneut zu Wort und bat darum, eingelassen zu werden.

»Das würden sie nicht wagen«, sagte Georgiew zu Downer. »Es wird sie überzeugen, daß sie keine Wahl haben – sie müssen mit uns zusammenarbeiten, und zwar schnell.«

»Jetzt hörst du dich wie ein verdammter Diplomat an. Was ist, wenn sie deinen Akzent erkennen?«

»Ich werde leise und tief sprechen«, entgegnete Georgiew. »Sie werden wahrscheinlich annehmen, daß ich Russe bin.« Bei diesem Gedanken glitt ein Grinsen über seine Lippen. Es würde ihn durchaus amüsieren, wenn dieser ganze Überfall Moskau oder der russischen Mafia in die Schuhe geschoben würde.

»Ich finde das nicht gut«, sagte Downer. »Verdammt noch mal, absolut nicht.«

*Kann ich mir denken*, ging es durch Georgiews Kopf. Downer kannte nur brutale Methoden, nicht die subtileren Ansätze. »Es wird schon klappen«, entgegnete er. Langsam griff er nach dem Knauf der linken Tür, drehte ihn und öffnete die Tür einen Spalt.

Vor ihm stand Mala Chatterjee, die Arme an den Körper gelegt, die Schultern und den Kopf zurückgeworfen. Einige Schritte hinter ihr wartete der Chef der Sicherheitskräfte. Hinter ihm konnte Georgiew verschiedene der mit Schutzschilden ausgerüsteten Wachen erkennen.

Chatterjees Gesichtsausdruck zeugte von ruhiger Entschlossenheit; der Offizier sah aus, als wollte er Feuer speien. So etwas gefiel Georgiew bei einem Gegner, denn auf diese Weise wurde man nicht so schnell selbstgefällig.

»Ich möchte dringend mit Ihnen sprechen«, sagte Chatterjee.

»Sagen Sie allen, daß sie bis hinter den Eingang des nächsten Auditoriums zurückgehen sollen«, erwiderte Georgiew. Er hielt es für überflüssig, darauf hinzuweisen, daß, sollte ihm etwas zustoßen, die Geiseln darunter leiden würden.

Chatterjee wandte sich um und nickte Colonel Mott zu. Der gab Order, und der Rest der Sicherheitskräfte entfernte sich bis zum vorgeschriebenen Punkt. Mott selbst blieb, wo er war.

»*Alle*«, sagte Georgiew.

»Es ist in Ordnung, Colonel«, sagte Chatterjee ohne sich umzudrehen.

»Frau Generalsekretärin ...«

»Gehen Sie jetzt bitte«, sagte sie mit fester Stimme.

Mott blies den Atem durch die Nase, drehte sich um und ging zu seinem Team. Aus etwa zehn Meter Entfernung starrte er Georgiew an.

*Das war hervorragend,* dachte Georgiew. Sie hatte gerade ihren Sicherheitschef kastriert. Jetzt sah der Colonel so aus, als ob er am liebsten seine Pistole gezogen und auf Georgiew geschossen hätte.

Chatterjee blickte ihn unverwandt an.

»Jetzt gehen Sie auch ein paar Schritte zurück«, befahl Georgiew.

Sie schien überrascht. »Sie wollen, daß ich ein paar Schritte zurück mache?«

Er nickte. Sie ging drei Schritte nach hinten, dann wartete sie. Georgiew öffnete die Tür etwas weiter. Im Hintergrund wurden die Schilde leicht angehoben, als sich die Arme der Wachen anspannten. Spürbar verlief eine Welle von ängstlicher Beklemmung durch die Sicherheitsmannschaft. Hoffentlich konnte die Generalsekretärin sehen und *fühlen*, wie aussichtslos ihre Lage war. Worthelden und arme, unerfahrene Schuljungen waren ihre gesamte Unterstützung.

Georgiew steckte seine Pistole in den Halfter und kam

zur Tür heraus. Ohne den Blick von den Sicherheitskräften abzuwenden, schloß er sie hinter sich. Langsam, furchtlos. Fast war er versucht, sich am Kopf oder an der Seite zu kratzen, nur um ihre panische Reaktion zu erleben. Doch er ließ es bleiben, denn zu wissen, wie nervös sie waren, genügte ihm. Und was noch wichtiger war, sie waren sich dieser Umstände bewußt. Sie wußten, wer mehr Mut und mehr Gelassenheit besaß. Es war richtig gewesen herauszukommen.

Er wandte sich zu Chatterjee. »Was wollen Sie?«

»Ich möchte ohne weiteres Blutvergießen eine Lösung für diese Situation finden.«

»Das können Sie haben. Geben Sie uns, was wir gefordert haben.«

»Ich versuche es. Aber die Nationen weigern sich zu zahlen.«

Das hatte er erwartet. »Dann müssen andere Länder zahlen. Lassen Sie doch die USA die Welt noch einmal retten.«

»Ich kann mit ihnen sprechen, aber es wird Zeit in Anspruch nehmen.«

»Zeit können Sie haben«, erwiderte er. »Der Preis beläuft sich auf ein Menschenleben für jede Stunde.«

»Bitte, nein«, sagte Chatterjee leise. »Ich möchte Ihnen einen Vorschlag machen. Ein Moratorium. Es verbessert meine Chancen, das zu erreichen, wonach Sie verlangen, wenn ich ihnen sagen kann, daß Sie kooperieren.«

»Kooperieren?« sagte er in fragendem Ton. »Sie sind diejenige, die Zeit verschwendet.«

»Aber es wird Stunden dauern, vielleicht sogar Tage«, wandte sie ein.

Georgiew zuckte mit den Schultern. »Dann haben Sie das Blut an den Händen, nicht ich.«

Die Generalsekretärin schaute ihn weiterhin unverwandt an, doch ihre Haltung war jetzt weniger selbstsicher als vorher. Ihr Atem ging schneller, ihre Augen waren ruheloser. Das war gut so. Einwilligung und Gehorsam wollte er, keine Verhandlungen. Georgiew sah, wie hinter ihr der Chef der Sicherheitskräfte unruhig von einem Fuß auf den anderen trat. Sicherlich kam er nicht aus den Kommandorängen der UNO. Sein Verhalten glich dem eines festgebundenen Bullen.

Chatterjee sah zu Boden. Langsam schüttelte sie den Kopf. Noch nie zuvor hatte sie sich mit etwas Vergleichbarem auseinandersetzen müssen. Fast tat sie ihm leid. Was macht ein Diplomat, wenn man nur nein sagt?

»Ich gebe Ihnen mein Wort«, versuchte sie es noch einmal. »Hören Sie auf, Menschen zu töten. Dann besorge ich Ihnen alles, was Sie verlangen.«

»Das werden Sie auf jeden Fall tun«, erwiderte er.

Chatterjee sah zu ihm hoch. Noch suchte sie nach Worten, aber es war schon alles gesagt worden.

Georgiew drehte sich zur Tür.

»Tun Sie es nicht«, sagte Chatterjee.

Er ging weiter, erreichte die Tür und faßte nach dem Türknauf.

Chatterjee kam hinter ihm her. »Verstehen Sie denn nicht? Ihr Vorgehen nützt doch niemandem«, fuhr sie fort. Voller Verzweiflung griff sie nach seinem Arm.

Georgiew hielt inne und zog den Arm an sich, doch sie ließ nicht los.

»Hören Sie mich an!« beschwor sie ihn.

Also hatte die Friedensstifterin doch Klauen. Der große Mann warf seinen Arm zurück, und Chatterjee fiel gegen die Wand. Mit einem Ruck drehte sich Georgiew wieder zur Tür.

Plötzlich hörte er Fußschritte hinter sich. Schnell griff er nach seiner Automatik und drehte sich um. Im gleichen Augenblick sauste ein Ellbogen auf ihn zu und nahme ihm die Sicht.

Vor seinen Augen drehte sich ein roter Wirbel, die Nasenwurzel und die Stirn waren plötzlich taub, und ihm wurde schwindelig. Mit allen Kräften versuchte er, wieder wach zu werden, als ein zweiter Schlag alles schwarz werden ließ.

# 34

*New York/New York – Samstag, 23 Uhr 42*

»Es ist gerade etwas passiert«, sagte Mike Rodgers zu Paul Hood.

Rodgers saß mit Ani Hampton am Computer. Einen Augenblick zuvor war Hood angekommen, noch immer keuchend von seinem Sprint hierher. Ani hatte ihn auf dem Monitor der Überwachungskamera gesichtet und auf den Knopf für die automatische Türöffnung gedrückt, um ihn hereinzulassen. Rodgers wollte wissen, warum Hood plötzlich hier auftauchte, doch was in diesem Moment mit Mala Chatterjee geschah, war im militärischen Jargon eine ›heiße Nachricht‹. Ani hatte die Audioaufzeichnungen der Wanze auf ihre Computerlautsprecher gelegt, und obwohl jedes einzelne Wort aufgenommen wurde, wollte Rodgers keinen Moment des schwach vernehmbaren Dialogs zwischen der Generalsekretärin Chatterjee und dem Terroristen verpassen.

»Paul Hood, Annabelle Hampton«, stellte Rodgers vor, während es immer schwieriger wurde, etwas zu hören.

Ani schaute zu Hood hinüber und nickte kurz. Konzentriert verfolgte sie die Ereignisse.

»Wir glauben, daß vor dem Auditorium des Sicherheitsrats gerade etwas geschehen ist«, erklärte Rodgers. »Einer der Terroristen kam heraus, um mit der Generalsekretärin zu sprechen. Nach den Geräuschen, die wir gehört haben, schrie sie auf und dann hat jemand – wahrscheinlich Colonel Mott von den UN-Sicherheitskräften, der ihr unserer Meinung nach am nächsten stand – den Terroristen offensichtlich angegriffen. Sie scheinen ihn zu haben, aber wir sind uns nicht sicher. Alle sind jetzt sehr still.«

Wortlos versuchten sie noch einen Augenblick, mehr zu hören. Dann unterbrach Hood die Stille.

»Vielleicht hat es nichts mit dieser ganzen Sache zu tun«, sagte er leise. »Aber ich habe gerade einen Anruf von Bob bekommen. Es befinden sich zwei Leute im Sicher-

heitsrat, die mindestens acht Jahre bei den kambodschanischen Streitkräften der Nationalen Befreiungsfront des
Khmervolkes waren. Sie waren ursprünglich Antiterroris-
musagenten im Kampf gegen die Roten Khmer und wurden dann zu Mördern in Son Sanns Auftrag.«

Ani fixierte ihn mit stechendem Blick.

»Sie sind vor zwei Tagen in die Vereinigten Staaten ein-
gereist, mit ausdrücklicher Genehmigung von einer Regie-
rungsstelle ihres Landes, obwohl ihre persönliche Vorgeschichte absichtlich verschleiert wurde«, fuhr Hood fort.
»Die Frage ist, sind sie nur zufällig hier, arbeiten sie mit
den Terroristen zusammen, oder geht etwas vor, von dem
wir noch nichts wissen?«

Rodgers schüttelte den Kopf. Wieder summte es, und
Ani schaltete den Überwachungsmonitor ein; Brett August
stand vor der Tür. Rodgers gab ein Zeichen, daß sie ihn
hereinlassen solle, und Ani griff unter den Schreibtisch,
um den Türöffner zu betätigen. Mit einer Entschuldigung
erhob sich Rodgers, um den Leiter des Strikerteams zu be-
grüßen.

Als Rodgers zur Empfangslobby der Büroräume eilte,
dachte er über die Tatsache nach, daß überall auf der Welt
täglich Verhandlungsführer bei Geiselnahmen mit solchen
Situationen konfrontiert waren. Einige Krisen waren von
großer politischer Tragweite und bewirkten Schlagzeilen
in allen Medien; andere waren überschauber, mit nicht
mehr als einer oder zwei beteiligten Personen in einer
Wohnung oder einer Tankstelle. Aber alle diese Krisen,
egal wo und mit wie vielen Beteiligten sie abliefen, hatten
eines gemeinsam: Unbeständigkeit. Nach seiner Erfahrung
konnte sich der Verlauf von Schlachten sehr schnell ändern, aber die Veränderungen verliefen meistens en masse.
Sie drückten massiv in eine Richtung, wenn sich die beteiligten Armeen diesem Fluß anpaßten.

Geiselnahmen waren anders – sie kannten praktisch
kein konstantes Verhalten. Es gab Sprünge, Stockungen,
abrupte Bewegungen, Wendungen und unvorhersehbare
Abläufe. Und je mehr Menschen darin verwickelt waren,

desto wahrscheinlicher war es, daß sich die Dinge jeden Moment dramatisch veränderten. Besonders wenn verängstigte Kinder, fanatische Terroristen, entschlossene Killer und Diplomaten, die als einzige Waffe das Gespräch kannten, zu den Beteiligten gehörten.

Verschwitzt und ölverschmiert stand Colonel August in der Tür, grüßte Rodgers mit militärischem Gruß und erklärte dann, wie er über die hydraulisch betriebene Lastenrampe der C-130 ausgestiegen war, während sie eingefahren wurde. Da es dunkel war, sah niemand, wie er, eng an die Rampe gepreßt, hinuntergerollt war. Von der Lippe der sich hebenden Rampe bis zur Rollbahn betrug seine Fallhöhe etwas mehr als einen Meter, aber außer ein paar Hautschürfungen war der Colonel in bester Verfassung. Unter seinem Sweatshirt trug er eine kugelsichere Weste aus Kevlar, die die Wucht des Aufpralls ein wenig abgefangen hatte. Als komplett ausgerüsteter Tourist hatte August genug Geld in seiner Brieftasche, um mit dem Taxi nach Manhattan zu gelangen.

Auf dem Weg zu Anis Büro brachte Rodgers ihn auf den neuesten Stand. Kurz vor ihrer Bürotür hielt August plötzlich inne.

»Moment mal«, sagte er leise.

»Was ist?« fragte Rodgers.

»Im Sicherheitsrat befinden sich zwei Killer aus Kambodscha?«

»Richtig.«

Für einen Moment dachte August nach, dann deutete er mit dem Kopf in Richtung der Büroräume. »Wußtest du, daß unsere Dame hier für die CIA in Kambodscha gearbeitet hat?«

»Nein«, erwiderte Rodgers, offensichtlich überrascht. »Weißt du noch mehr über sie?«

»Auf dem Flug hierher habe ich mir ihre Akte heruntergeladen«, erklärte August. »Fast ein Jahr lang hat sie in Kambodscha Agenten rekrutiert.«

Rodgers ließ in Gedanken einige mögliche Konstellationen ablaufen, auf der Suche nach wahrscheinlichen Ver-

210

bindungselementen. »Sie kam hier eine Viertelstunde vor Beginn des Überfalls an, mit dem Argument, sie müsse liegengebliebene Arbeit erledigen.«

»Das könnte auch alles seine Richtigkeit haben«, sagte August.

»Natürlich«, stimmte Rodgers ihm zu, »aber sie kam frühzeitig hier an, *und* sie hat die Möglichkeit, die Generalsekretärin zu belauschen. Außerdem hat sie ein abhörsicheres TAC-SAT in ihrem Büro.«

»Nicht gerade Standard für ein Büro der CIA«, stellte August fest.

»Das meine ich auch. Sieht aus wie der perfekte Beobachtungsposten, wenn man Aufklärungsdaten an Leute weiterreichen will, die an dieser Geschichte beteiligt sind.«

»Aber auf welcher Seite beteiligt?« fragte August.

»Keine Ahnung«, gab Rodgers zur Antwort.

»Ist das TAC-SAT angestellt?«

»Wie soll ich das wissen? Es befindet sich in einer Tasche.«

»Du rührst dich wirklich schon zu lange nicht mehr hinter deinem Schreibtisch hervor«, grinste August. »Krempel mal die Ärmel hoch.«

»Was soll das heißen?« fragte Rodgers.

»Halt deinen Armrücken in die Nähe des Geräts«, erklärte August.

»Ich kann dir nicht folgen.«

»Die Haare. Statische Elektrizität.«

»Scheiße«, sagte Rodgers. »Natürlich.«

Ein isoliertes Ausrüstungsgerät würde in eingeschaltetem Zustand statische Elektrizität hervorrufen. Davon würden sich die Haare auf seinen Armen aufstellen, wenn er in die Nähe kam.

Rodgers nickte, und sie gingen ins Büro hinein.

Keiner der beiden Männer neigte zur Panik. Seit dem Beginn ihrer Karriere waren immer wieder Tausende von Menschenleben von ihren Entscheidungen abhängig gewesen, und beide waren alles andere als selbstzufrieden

211

und unvorsichtig. Beim Betreten des Büros erinnerte sich Rodgers an etwas, das die CIA auf harte Weise hatte lernen müssen.

Unbeständigkeit kam nicht immer von außen.


# 35

*New York/New York – Samstag, 23 Uhr 43*

Einen Moment lang herrschte völlige Stille auf dem Korridor vor dem Sicherheitsrat. Dann drückte sich die Generalsekretärin Chatterjee von der Wand ab, gegen die sie geschleudert worden war. Ihr Blick ging von dem regungslosen Terroristen zu Colonel Mott.

»Dazu hatten Sie kein Recht!« zischte sie.

»Sie wurden angegriffen«, flüsterte er zurück. »Es ist meine Aufgabe, sie zu beschützen.«

»Ich habe *ihn* festgehalten ...«

»Das ist egal«, entgegnete Mott. Er zeigte auf zwei der Männer des Sicherheitsteams und bedeutete ihnen herzukommen. Dann wandte er sich wieder an Chatterjee. »Jetzt sind wir dran.«

»*Gegen meinen Willen!*« fuhr sie ihn an.

»Madam, lassen Sie uns später darüber diskutieren«, erwiderte Mott. »Wir haben nicht viel Zeit.«

»Wofür?« fragte sie.

Die beiden Wachtposten traten hinzu. »Ziehen Sie ihn aus«, sagte Mott leise, auf den Terroristen zeigend. »Schnell.«

Sie machten sich an die Arbeit.

»Was haben Sie vor?« fragte Chatterjee.

Der Colonel begann, sein eigenes Hemd aufzuknöpfen. »Da hineingehen«, sagte er. »In seiner Rolle.«

Chatterjee war perplex. »Nein! Auf keinen Fall.«

»Es wird klappen«, sagte er. »Wir sind etwa gleich groß.«

»Dazu kann ich Ihnen unmöglich meine Einwilligung geben«, entgegnete sie.

»Ihre Einwilligung brauche ich in diesem Fall nicht«, antwortete er, während er aus dem Hemd schlüpfte und seine Schuhe auszog. »Abschnitt 13C, Unterabschnitt 4 der Sicherheitsbestimmungen. Im Fall einer direkten Bedrohung der Generalsekretärin müssen alle notwendigen Maßnahmen ergriffen werden. Er hat sie geschlagen, das habe ich mit eigenen Augen gesehen. Außerdem kommt die Sondenkamera aus irgendeinem Grund nicht durch. Bald ist wieder eine Stunde um, und wahrscheinlich befindet sich ein verletztes Kind im Auditorium. Helfen Sie mir, diese Situation zu beenden, Madam. Hatte er einen Akzent?«

»Sie werden Sie entdecken.«

»Nicht schnell genug«, sagte Mott. Jede Sekunde war kostbar; er fragte sich, wie lange die Terroristen im Sicherheitsrat auf ihren Mann warten würden, und befürchtete Aktionen, um ihn zurückzubekommen. »Also bitte«, drängte Mott. »Hatte er einen Akzent?«

»Osteuropäisch, glaube ich«, erwiderte Chatterjee wie in Trance.

Als einer seiner Männer Georgiews Skimütze abnahm, sah Mott ihm ins Gesicht. »Erkennen Sie ihn?«

Chatterjee blickte in das fleischige, unrasierte Gesicht. Auf der dicken Nasenwurzel stand Blut. »Nein«, sagte sie sanft. »Und Sie?«

Mott hob seinen Blick von dem ohnmächtigen Mann und schaute zur Tür des Sicherheitsrats. »Nein.« Entweder war es seine Nervosität oder alte Instinkte aus seiner Zeit als Undercover-Agent meldeten sich – er fühlte Spannung im Auditorium. Sie mußte entschärft werden, bevor es zur Explosion kam. Mit einer Handbewegung bat er seinen Beamten um die Mütze, zog sie über den Kopf, bückte sich und schmierte etwas Blut von Georgiews Nase an die Mundöffnung. »Jetzt brauche ich keinen Akzent mehr zu haben«, sagte er.

Chatterjee schaute ihm zu, während er sich hastig dar-

213

an machte, die Kleidung und die Schuhe des Terroristen anzuziehen.

»Sorgen Sie dafür, daß sich alle ins Auditorium des Treuhandrats begeben«, unterwies der Colonel seinen Stellvertreter, Lieutenant Mailman. »Ich will alle Männer an den angrenzenden Türen, schnell, aber unauffällig. Bilden Sie zwei Gruppen: eine Verteidigungslinie und ein Team, um die Geiseln herauszuholen. Wenn Sie Schüsse hören, kommen Sie herein.« Mott nahm sich Georgiews Automatik und überprüfte das Magazin. Es war fast voll. »Erst wenn ich mich in der Lage befinde, mindestens einen oder zwei Terroristen auszuschalten, werde ich anfangen zu schießen. Im Prinzip werde ich mich auf der Nordseite halten, um ihr Feuer von Ihnen wegzulenken. Sie wissen, wie die Terroristen angezogen sind; konzentrieren Sie sich auf diese Ziele. Passen Sie nur auf, daß Sie nicht den Mann erwischen, der auf die Killer schießt.«

»In Ordnung, Sir«, antwortete der Offizier.

»Madam, ich würde mir von Interpol sagen lassen, wer dieses *Individuum* ist.« Mott spuckte das Wort regelrecht aus. »Wenn irgend etwas schiefgeht, könnte Ihnen die Information vielleicht dabei helfen, die Terroristen aufzuhalten.«

»Colonel, ich kann diesen Plan nicht gutheißen«, wiederholte Chatterjee. Sie hatte sich gefaßt und wurde zusehends ärgerlicher. »Sie riskieren das Leben aller im Auditorium.«

»Im Auditorium werden alle Gefangenen sterben, wenn wir sie nicht herausholen. Hat dieser Kerl Ihnen das nicht gesagt?« Er zeigte mit dem Fuß auf Georgiew. »Haben Sie nicht deshalb versucht, ihn zurückzuhalten?«

»Ich wollte dem Morden ein Ende machen …«

»… und ihm war es scheißegal, was Sie wollten«, wisperte Colonel Mott heiser.

»Das stimmt«, gab sie zu. »Aber ich kann immer noch hineingehen und versuchen, mit den anderen zu reden.«

»Jetzt nicht mehr«, sagte Mott. »Sie werden nach ihm fragen. Was werden Sie Ihnen sagen?«

»Die Wahrheit«, entgegnete sie. »Vielleicht veranlaßt es sie, mit uns zu kooperieren. Oder wir tauschen ihn gegen Geiseln aus.«

»Das können wir nicht«, antwortete Mott. »Wahrscheinlich brauchen wir ihn als Informationsquelle. Und egal, was sonst noch passiert, dieses Schwein muß vor ein Gericht gestellt werden.« Mott hatte Chatterjees Hartnäckigkeit immer bewundert, doch im Moment hielt er sie eher für naiv als für vorausschauend.

Während der Lieutenant zwei Teams bildete, gab der Colonel den Sanitätern ein Zeichen. Sie legten den bewußtlosen Terroristen auf eine Tragbahre und nahmen die Handschellen eines Sicherheitsbeamten, um ihn daranzufesseln.

»Bringen Sie ihn ins Krankenzimmer und fesseln Sie ihn mit den Handschellen ans Bett«, instruierte Mott den Chefsanitäter.

Der Lieutenant gab ihm ein Zeichen, daß seine Männer bereit waren. Colonel Mott signalisierte mit den Fingern die Zahl dreißig und sah auf seine Armbanduhr, während sich Lieutenant Mailmans Teams in Richtung des Auditoriums des Treuhandrats in Bewegung setzten. Dann begann er, dreißig Sekunden abzuzählen.

»Bitte, Colonel«, sagte Chatterjee. »Wenn Sie hineingehen, kann ich nicht mehr rein.«

»Ich weiß das«, erwiderte er. Noch fünfundzwanzig Sekunden.

»Aber das ist ein Fehler!« sagte sie, zum erstenmal lauter werdend.

Von der Tür des Auditoriums hörten sie ein Knarren, als ob sich jemand von innen dagegen gelehnt hätte. Sofort war Chatterjee still. Noch einmal schaute Mott zur Tür, dann zur Generalsekretärin und schließlich auf seine Uhr. Noch zwanzig Sekunden.

»Es ist nur dann ein Fehler, wenn es nicht klappt«, flüsterte er. »Bitte, Frau Generalsekretärin, wir haben jetzt keine Zeit für Diskussionen. Treten Sie zurück, damit Sie nicht verletzt werden.«

215

»Colonel ...«, begann sie, dann unterbrach sie sich. »Gott sei mit Ihnen«, sagte sie schließlich, »Gott sei mit Ihnen allen.«

»Ich danke Ihnen«, erwiderte Mott. Noch fünfzehn Sekunden.

Zögernd trat Chatterjee zurück.

Colonel Mott konzentrierte sich auf sein Vorhaben. Er schmeckte das Blut des Terroristen durch den Stoff. Barbarisch, wie bei den Wikingern, schoß es ihm durch den Kopf. Dann steckte er die Waffe in den Gürtel, an die Stelle, wo der Killer sie aufbewahrt hatte, als er herausgekommen war. In den Handschuhen ballte er mehrmals seine Hände zu Fäusten und öffnete sie wieder; ungeduldig wartete er darauf, seinen Job erledigen zu können.

Zehn Sekunden.

Einmal, vor mehr als zwanzig Jahren, als er noch Kadett an der New Yorker Polizeiakademie Ecke Twentieth Street und Second Avenue war, erklärte ihm ein Lehrer des Fachbereichs Strategie und Taktik, daß dieser Job wie ein Würfelspiel sei. Jeder Polizist, jeder Soldat hatte einen Würfel mit sechs Seiten. Diese Seiten hießen Entschlossenheit, Fähigkeit, Rücksichtslosigkeit, Naivität, Mut und Stärke. Den größten Teil der Zeit verbrachte man mit Übungswürfen. Man trainierte, patrouillierte auf der Straße, versuchte, den richtigen Dreh herauszubekommen, das richtige Gefühl, die Feinheiten. Denn wenn es um den wahren Einsatz ging, mußte man mit mehr von diesen Qualitäten aufwarten können als der Gegner, und zwar manchmal innerhalb von Sekunden.

Während seiner zwanzig Jahre als Polizist im Herzen von Manhattan hatte Mott immer an dieses Lehrbeispiel gedacht. Bei jedem Ruf zu einer Wohnung, wenn er nicht wußte, was ihn auf der anderen Seite der Tür erwartete, dachte er daran, genauso, wenn er ein Auto anhielt und nicht wußte, was sich unter der Zeitung befand, die auf dem Beifahrersitz lag. Und jetzt kam es ihm plötzlich wieder in den Sinn. Mit Entschlossenheit konzentrierte er sich auf alle Reflexe in seinem Gedächtnis, seinen Knochen, seinem Herzen. Der Vollständigkeit halber fügte er die Worte eines der Mercury-Astronauten hinzu, der kurz vor seinem Start ins All gesagt hatte: »Lieber Gott, laß mich bitte keinen Mist machen.«

Fünf Sekunden.

Wach und startklar ging Mott auf die Tür des Sicherheitsrats zu. Er stöhnte, als ob man ihn geschlagen hätte und als ob die Wunde schmerzte.

Mit einem Ruck riß er die Tür auf und trat ein.


# 36

*New York/New York – Samstag, 23 Uhr 48*

Sobald die Eltern in der Aufenthaltshalle des Außenministeriums eintrafen, wurden ihnen Telefone zur Verfügung gestellt. Nachdem sie einen Sessel in der Ecke der hell erleuchteten Halle ausgewählt hatte, rief Sharon zuerst bei Alexander im Hotel an, um sicherzugehen, daß alles in Ordnung war. Er hörte sich zufrieden an, obwohl sie vermutete, daß er schon lange nicht mehr mit den Videospielen beschäftigt war, sondern sich irgendwelche Sendungen im Fernsehen ansah. Wenn er Videos spielte, wirkte er immer sehr gestreßt, als ob das Schicksal der gesamten Galaxie auf seinen Schultern ruhte. Doch als sie gegen elf anrief, schien er eher beeindruckt und still. Wie Charlton Heston beim Anblick des brennenden Dornbusches in *Die Zehn Gebote*.

Sharon ließ ihn gewähren, sagte ihm aber nicht, was los war. Vermutlich würde Alexander heute nacht tief schlafen, und morgen früh war hoffentlich alles vorbei, noch bevor er aufwachte. Dann rief sie bei sich zu Hause an, um den Anrufbeantworter abzuhören. Sie würde ihre Eltern nicht anrufen, es sei denn, sie hatten von den Ereignissen im Fernsehen gehört und eine Nachricht für sie hinterlassen. Gesundheitlich ging es ihnen nicht besonders gut, und sie neigten dazu, sich übermäßig Sorgen zu machen. Sie wollte sie nicht unnötig belasten.

Aber ihre Mutter hatte bereits angerufen, weil sie die Fernsehberichte gesehen hatte. Also rief Sharon zurück und übermittelte, was man ihr mitgeteilt hatte – daß Sicherheitsbeamte versuchten, auf dem Verhandlungsweg eine Lösung herbeizuführen, und daß es ansonsten noch keine Neuigkeiten gab.

»Was meint Paul dazu?« fragte ihre Mutter.

»Das weiß ich nicht, Mutter.«

»Wieso nicht?«

»Er ist mit einem der UN-Militäroffiziere weggegangen und noch nicht zurückgekommen«, erwiderte Sharon.

»Wahrscheinlich versucht er zu helfen«, vermutete ihre Mutter.

In diesem Moment wollte Sharon sagen: *Er versucht immer zu helfen – anderen.* Statt dessen sagte sie: »Ganz sicher versucht er das.«

Ihre Mutter fragte, wie es ihr gehe, worauf Sharon antwortete, daß sie und die anderen Eltern sich an ihre Hoffnung klammerten und daß ihnen sonst nichts übrigbleibe. Sie versprach, wieder anzurufen, sobald sich etwas Neues ergab.

Der Gedanke an Paul und seine Hingabe an *andere* verärgerte sie. Sie wollte ihre Tochter zurückhaben und war zu jedem Opfer bereit, um sie zu retten. Doch sie wußte, daß Paul sich genauso engagiert hätte, wenn Harleigh nicht zu den Geiseln gehört hätte. Seit Beginn des Überfalls hatte Sharon kaum geweint, aber dieser Gedanke gab ihr den Rest.

Sie wandte sich von den anderen Eltern ab und wischte sich die immer wieder nachströmenden Tränen aus dem Gesicht. Noch einmal versuchte sie, sich selbst davon zu überzeugen, daß Paul sich für Harleigh einsetzte. Und selbst wenn dem nicht so wäre, so würde doch alles, was er tat, auch Harleigh helfen.

Doch sie fühlte sich jetzt sehr allein. Daß sie nicht wußte, wie es ihrer kleinen Tochter ging, ließ erneut die Wut in

ihr aufsteigen. Wenn Paul sie doch wenigstens anrufen
würde, um ihr zu sagen, was vor sich ging!

Da kam ihr ein Gedanke. Sie nahm ein Papiertaschen-
tuch aus ihrer Handtasche, schneuzte sich und griff zum
Telefon – Paul hatte sein Handy dabei. Schnell wählte sie
seine Nummer, von ihrer Wut in einer Weise gestärkt, wie
es ihr Nachdenken nicht vermocht hatte.


# 37

*New York/New York – Samstag, 23 Uhr 49*

Ty Sokha hockte immer noch neben dem Mädchen auf
dem Boden. Im Moment konnte sie sonst nichts für die
Amerikanerin tun, aber sie war schließlich nicht hier, um
Menschenleben zu retten. Ihre Fürsorge gegenüber dem
Mädchen diente nur einem einzigen Ziel: Sie wußte jetzt
genau, welcher dieser Männer Iwan Georgiew war. Welcher mit jener Stimme sprach, die sie im Lager der Vereinten Nationen gehört hatte, wenn er den nächsten Kunden
in ein Zelt schickte. Welcher von ihnen seinem Untergebenen befohlen hatte, Phum zu verfolgen und zu erschießen,
als sie zu fliehen versuchte. Falls es Ty und Hang nicht gelingen sollte, alle Terroristen zu erwischen – ihn durften
sie auf keinen Fall verfehlen.

Ty hatte eine kompakte 9 mm Browning High Power-
Pistole in ihrer Handtasche, während Hangs Waffe in einem Halfter hinten an seinem Gürtel steckte. Die Waffen
waren in Diplomatenkoffern ins UNO-Gebäude ge-
schmuggelt worden. Sie würden den Bastard zwischen
sich ins Kreuzfeuer nehmen, um danach den Rest der Terroristen zu erledigen. Auf diese Weise hätten sie nicht nur
ihre Rache, wären nicht nur die heldenhaften Retter der
Geiseln, sondern ihre Sache – ein starkes, rechtsgerichte-
tes Kambodscha unter Son Sann – erhielte gleichzeitig
weltweite Aufmerksamkeit. Die Ungerechtigkeit fänd ein

Ende. Endlich würden die Roten Khmer verfolgt und eliminiert werden, und Kambodscha hätte die Freiheit, seine politische und finanzielle Stärke in Asien zu entwickeln.

Doch all diese Dinge hingen von den nächsten Ereignissen ab. Ty bereute es, daß sie Georgiew hatte gehen lassen, aber sie hatte nicht erwartet, daß er den Saal verlassen würde. Und für den Fall, daß die anderen Terroristen sie treffen sollten, wollte sie nicht schießen, ohne ihn Hang gegenüber identifiziert zu haben.

Sie öffnete ihre Handtasche und nahm ein seidenes Taschentuch heraus. Absichtlich ließ sie die Handtasche offen vor sich auf dem Boden stehen, während sie die Stirn des verwundeten Mädchens abtupfte. Aus der Tasche ragte ihr der Griff der Browning entgegen, und beim Einstecken des Taschentuchs nutzte sie die Gelegenheit, um ihn zu entsichern. Langsam wurde sie unruhig. Hoffentlich gelang es dem elenden Scheusal nicht, mit Generalsekretärin Chatterjee zu einem Verhandlungsergebnis zu kommen. Leise verfluchte sie sich dafür, daß sie ihn nicht sofort bei der ersten Gelegenheit beseitigt hatte. Direkt neben ihr hatte er gestanden. Vielleicht wäre sie dabei gestorben, aber wenigstens in dem Wissen, daß Hang und die Geister seiner Familie stolz auf sie waren.

Plötzlich flog am gegenüberliegenden oberen Ende des Auditoriums eine der Doppeltüren auf. Der Terrorist, der dahinter gestanden hatte, sprang zur Seite, als Georgiew hineinstürmte. Der Bulgare hielt mit einer Hand den unteren Teil seiner Skimütze, schlug die Tür hinter sich zu, zog die Pistole und gestikulierte wütend mit der Waffe in Richtung Korridor. Dann wandte er sich um und ging an seinem Kumpan vorbei. Als der andere Mann Anstalten machte, ihm zu folgen, bedeutete Georgiew ihm mit einer Geste, er solle an seinem Posten bleiben. Dann kam er stolpernd die Treppe hinunter, ein wenig torkelnd, als ob ihn ein kräftiger Fausthieb erwischt hätte. Er machte keinen glücklichen Eindruck.

Das war gut so. Entsprechend der Lehre der Ältesten

der buddhistischen Theravadaschule blieb ein Mensch, der so starb, unglücklich für sein gesamtes nächstes Leben. Nach Tys Überzeugung hatte Georgiew jedes Unglück der Welt verdient.

Der Bulgare hielt noch immer seine Waffe; er stoppte auf halbem Wege nach unten und rieb sich das Kinn. Er schien zu zögern.

Der Mann von oben kam auf ihn zu, ebenso einer der beiden Terroristen, die sich unten befanden.

Verdammt, dachte Ty. Es mußte jetzt geschehen. Bald hatte sie drei von ihnen auf einer Stelle, und ein direkter Schuß könnte schwierig werden.

Sie schaute zu Hang hinüber. Offensichtlich schossen ihm die gleichen Gedanken durch den Kopf. Während sie in ihre Handtasche griff, erhob sich Hang. Er zog seine Waffe aus dem Halfter und drehte sich zu seinem Zielobjekt. Schnell riß Ty ihre Pistole aus der Tasche und richtete sie auf den Bulgaren. Hang schoß zuerst; drei Kugeln trafen Georgiew, bevor die anderen Terroristen ihn erreichten. Eine Kugel ging vorbei, aber zwei häßliche rote Flecken brachen auf seiner Stirn auf, und der Bulgare wurde mit dem Rücken gegen die Wand geschleudert. Drei lange rote Schmierspuren auf der grüngoldenen Tapete markierten seinen Weg, als er langsam auf den Boden rutschte.

Das Paar rannte vorwärts, um sich am Fuß der Treppe in Deckung zu bringen. Die anderen beiden Männer auf der Treppe duckten sich hinter die nächsten Stuhlreihen und richteten ihre Waffen auf die Schießenden. Die zwei übrigen Terroristen am anderen Ende des Auditoriums gingen ebenfalls in Deckung und zielten auf die Angreifer. In diesem Moment wurde die Verbindungstür zum Auditorium des Treuhandrats aufgerissen, und vier Sicherheitskräfte der Vereinten Nationen stürzten herein. Für die Dauer eines Herzschlages unterbrach nur Kinderschluchzen die perplexe Stille. Die beiden Kambodschaner wandten sich um, um zu sehen, wer sich hinter ihnen befand.

Die Ablenkung gab den Terroristen die Gelegenheit, das Feuer auf Ty und Hang zu eröffnen. Die Kambodschaner, die am Fuß der Galerie an der Wand hockten, wurden sofort getroffen. Hang bekam eine Kugel in die Schulter, Ty in die Hüfte. Sie drehte sich verkrampft um ihre Achse und fiel ohne einen Laut auf den Rücken; Hang stürzte auf Hände und Knie und schrie, doch seinem Schrei wurde von einem Kopfschuß ein abruptes Ende bereitet. Die Kugel kam schräg von vorn und warf ihn flach auf den Boden.

Als sie fiel, hatte Ty die Waffe verloren; während sie versuchte, den Browning zu erreichen, traf sie ein zweiter Schuß am Oberarm, dann ein dritter im Unterleib. Mit schmerzverzerrtem Gesicht griff sie nach unten, konnte jedoch ihre Bewegung nicht zu Ende führen. Eine vierte Kugel durchschlug ihre Schädeldecke.

Es hatte nur wenige Sekunden gedauert, bis die Kambodschaner fielen und starben. Aber ihre Gegenwart hatte die UN-Beamten verwirrt, da die Sicherheitskräfte nicht wußten, ob sie auf die unbekannten Angreifer schießen sollten oder nicht. Die Verzögerung gab den Terroristen auf der Nordseite des Auditoriums die Gelegenheit, sich umzudrehen, zu zielen und direkt die Treppe hinunter in Richtung Tür zu schießen. Ein Oberschenkeldurchschuß streckte einen der Sicherheitsbeamten zu Boden; er mußte aus dem Auditorium herausgezogen werden. Die anderen drei, die hereingestürmt waren, gingen in die Hocke und erwiderten das Feuer, um ihren Rückzug zu decken. Als sie das verwundete Mädchen bemerkten, griff ihr einer der Männer unter die Arme und zog sie mit sich.

Auf der Südseite des Auditoriums wurde einer der Terroristen getroffen und rollte mehrere Stufen die Treppe hinunter, bevor sein Kopf gegen einen Stuhl schlug. Einen der Sicherheitsbeamten traf eine Kugel mitten ins Gesicht; er stürzte sofort zu Boden. Schüsse, Schreie und von den Wänden zurückgeworfene Echos hallten durch den Raum, während die Terroristen gegen die UNO-Polizisten kämpften und die Geiseln verzweifelt schrien. Viele versuchten, sich zu ducken und gleichzeitig zu verhindern, daß andere in Panik ins Kreuzfeuer rannten.

Die Schießerei endete, als die Sicherheitskräfte aus dem Auditorium verschwanden und die Tür krachend ins Schloß fiel. Zwar waren keine Schüsse mehr zu hören, doch immer noch kreischten und schrien viele Geiseln durcheinander. Noch immer herrschte die Atmosphäre tollwütiger Verrücktheit im Saal, die ein paar tödliche Sekunden lang alle infiziert hatte.

## 38

*New York/New York – Samstag, 23 Uhr 50*

Während Reynold Downer Georgiews blutigen Körper auf den Boden legte, kniete sich Etienne Vandal neben ihn.

»Am besten gehst du zur Tür zurück«, sagte Vandal. »Sie könnten es noch einmal versuchen.«

»Gleich«, antwortete Downer. Er zog seine blutverschmierten Handschuhe unter Georgiew hervor und schaute sich im Saal um. Der kleinere seiner beiden Komplizen rannte die Treppe hinunter – das bedeutete, daß Sazanka den Schuß abbekommen hatte. Downer beobachtete, wie Barone sich über ihn beugte. Dann stand der Mann aus Uruguay auf und zog einen Finger über seine Kehle. Ihr Pilot war tot.

Downer fluchte, und Vandal tat es ihm nach. Dann schaute der Australier nach unten.

Vandal hatte Georgiews Mütze abgenommen. Doch es war nicht Georgiew, der dort auf dem Treppenabsatz lag.

»Dann haben sie ihn erwischt«, sagte Downer. »Als ich Geräusche auf dem Flur gehört habe, dachte ich mir schon so was. Die Scheißkerle haben ihn erwischt.« Er spuckte dem amerikanisch aussehenden Mann ins Gesicht.

Vandal zog seinen Handschuh aus und suchte nach

dem Puls. Dann ließ er das Handgelenk fallen. »Er ist tot.« Mit einem Blick streifte er die leblosen Körper unterhalb der Zuschauergalerie. »Das waren UNO-Sicherheitspolizisten, die versucht haben, den Saal zu stürmen, und ich wette, der hier hat mit ihnen unter einer Decke gesteckt. Aber wer waren die anderen beiden?«

»Wahrscheinlich Undercover-Agenten«, erwiderte Downer. »Sicherheitsbeamte für den Empfang.«

»Aber wieso haben sie nicht früher losgeschlagen?« fragte Vandal verwundert. »Beispielsweise um die Delegierten zu retten?«

»Vielleicht ist es ihnen gelungen, mit irgendeinem unbemerkten Signal Verstärkung anzufordern«, vermutete Downer. »Sie haben nur darauf gewartet, daß die anderen reinkommen.«

»Das glaube ich nicht«, entgegnete Vandal. »Sie schienen überrascht zu sein, als die Polizisten plötzlich hier reinstürmten.«

Downer ging wieder nach oben, und Vandal drehte sich um und lief die Treppe hinunter. Die Türen machten ihm Sorgen, obwohl er einen weiteren Angriff in diesem Moment für unwahrscheinlich hielt. Die Sicherheitskräfte hatten Verluste erlitten. Zwar hatten sie das verwundete Mädchen mitgenommen, aber er glaubte nicht, daß sie mit diesem Ziel in den Saal gekommen waren. Als sie hereinstürmten, sahen es so aus, als wollten sie einen Brückenkopf etablieren. Vier von ihnen drangen ein, während die Verstärkung darauf wartete, durch die Mitte nachzurücken. Warum hatte nicht die Verstärkung das Mädchen herausgeholt?

Wegen der Schießerei hatten sich die Geiseln flach auf den Boden geworfen oder sich hinter dem Tisch in Deckung gebracht. Vorläufig ließ Vandal sie, wo sie waren. Viele schluchzten und wimmerten, und alle waren völlig verstört von dem Angriff und zeigten keinerlei eigene Initiative.

Jetzt erreichte Vandal die beiden Toten, die am Fuß der Zuschauergalerie lagen. Es waren Asiaten. Er bückte sich und überprüfte die Taschen des Mannes. In der Innentasche der Jacke fand er einen kambodschanischen Paß. Endlich ergab sich möglicherweise eine Verbindung. Georgiew hatte sich in diversen schmutzigen Geschäften betätigt, während sie mit der Friedensmission der Vereinten Nationen UNTAC in Kambodscha waren, von Spionage bis hin zu Prostitution. Vielleicht hatte dies eine späte Rache sein sollen. Aber woher wußten sie, daß er hier war?

Barone trat herbei. Vandal ließ den Paß fallen und erhob sich.

»Ist er tot?« fragte Barone, mit dem Kopf auf Georgiew deutend.

»Das ist nicht Georgiew«, erwiderte Vandal.

»Was?«

»Sie haben ihn draußen geschnappt«, erklärte Vandal. »Dann haben sie einen Tausch vorgenommen.«

»Wer hätte gedacht, daß sie soviel Mut haben? Deshalb ist wohl auch das Sicherheitsteam hereingekommen. Auf ein vereinbartes Signal ihres Mannes.«

»Wahrscheinlich.«

Barone schüttelte mit dem Kopf. »Sollte er ihnen Informationen über die Bankkonten geben, nützt es uns nichts, wenn wir mit dem Geld hier herauskommen. Sie holen es sich sofort wieder zurück.«

»Richtig.«

»Was sollen wir also tun?« fragte Barone.

»Noch haben wir, was sie wollen«, dachte Vandal laut. »Und wir sind immer noch in der Lage, die Geiseln zu erschießen, wenn die Sicherheitskräfte noch einmal eindringen. Demnach sollten wir bei unserem Plan bleiben, mit zwei Änderungen.«

»Und die wären?«

Vandal wandte sich zum Konferenztisch. »Wir werden ihnen mitteilen, daß wir Bargeld wollen«, sagte er, während er nach vorn ging, »und wir beschleunigen die Angelegenheit ein wenig.«

Sein Blick bewegte sich von dem leeren Platz, wo das Mädchen gesessen hatte, das weggelaufen war, über die

Geiseln. Auf Harleigh Hood blieb er liegen. Irgend etwas Trotziges an ihrer Haltung gefiel ihm nicht.

Er befahl Barone, sie zu holen.

# 39

*New York/New York – Samstag, 23 Uhr 51*

Über die Wanze im Korridor hörten sie die Schüsse im Auditorium des Sicherheitsrats, zwar gedämpft, wie auch die Schreie auf dem Korridor, doch für Paul Hood und die anderen bestand kein Zweifel, daß eine der beiden Seiten die Initiative ergriffen hatte. Noch eine Weile nach Ende der Schießerei waren Schreie zu hören.

Hood stand hinter Ani. Einmal hatte sie sich dem Laptop auf dem Nachbarschreibtisch zugedreht, um die Tonqualität zu verbessern, wie sie sagte, ansonsten war die junge Agentin auf ihrem Platz geblieben. Sie machte einen ruhigen und konzentrierten Eindruck.

Links neben Hood stand August. Rodgers hatte seine Jacke ausgezogen, die Hemdsärmel aufgekrempelt und sich dann einen Stuhl vom anderen Schreibtisch herbeigeholt. Auf seine Bitte reichte Ani ihm ein Buch mit den Bauplänen des UN-Gebäudes. Hood sah über seine Schulter. Das FBI hatte offensichtlich die Grundrisse und Pläne zusammengestellt, um primitive Abhörgeräte einzubauen – damals, in den vierziger Jahren. Neuere Anmerkungen auf den Seiten wiesen darauf hin, daß die Baupläne von der CIA auch dazu benutzt worden waren, die Routen für die mobilen Wanzen zu programmieren.

In der Nähe der Stelle, wo Rodgers seinen Stuhl hingestellt hatte, stand eine Reisetasche aus Leinen. Der obere Reißverschluß war offen, und Hood entdeckte ein TAC-SAT-Telefon auf dem Boden der Tasche.

Während Hood den Übertragungen der Abhörwanzen zuhörte, läutete sein Handy. Wahrscheinlich Bob Herbert oder Ann Farris mit neuen Informationen. Er zog das Telefon aus der Tasche. Im gleichen Moment stand Mike Rodgers auf und kam zu ihm hinüber.

»Hallo?« sagte Hood.

»Paul, ich bin es.«

»Sharon«, sagte Hood. *Gott im Himmel, bitte nicht jetzt*, dachte er.

Rodgers blieb stehen. Hood drehte dem Raum den Rücken zu.

»Tut mir leid, Liebling«, sagte Hood mit leiser Stimme. »Ich war gerade auf dem Weg zu dir, als etwas geschehen ist. Etwas mit Mike.«

»Ist er da?«

»Ja«, sagte Hood. Eigentlich hörte er kaum zu, denn er versuchte angestrengt, gleichzeitig mitzubekommen, was im Gebäude der UNO vor sich ging. »Hältst du durch?« fragte er.

»Willst du mich verschaukeln? Paul, ich brauche dich!«

»Ich weiß«, gab er zur Antwort. »Aber im Moment sind wir beschäftigt. Wir versuchen, Harleigh und die anderen herauszubekommen. Kann ich dich zurückrufen?«

»Natürlich, Paul. Wie immer.« Sharon legte auf.

Die vier Worte trafen ihn wie eine Ohrfeige. Wie konnten zwei Menschen einander nachts so nah sein und am nächsten Tag keinen Weg zueinander finden? Aber er hatte keine Schuldgefühle. Nein, er empfand Wut. Schließlich bemühte er sich mit all seinen Kräften, Harleigh zu retten. Sharon fühlte sich allein und war verzweifelt, aber darum ging es nicht. Es ging darum, daß das OP-Center sie wieder auseinandergebracht hatte.

Hood klappte sein Telefon zusammen und steckte es in die Tasche. Im nächsten Augenblick legte Mike eine Hand auf seine Schulter.

Plötzlich hörten sie die Stimme von Chatterjee klar und deutlich. »Lieutenant Mailman, was ist geschehen?« fragte die Generalsekretärin.

»Jemand hat auf Colonel Mott geschossen, bevor das

Team hineingegangen ist«, stieß er atemlos hervor. »Unter Umständen ist er tot.«

»Nein«, unterbrach ihn Chatterjee. »Mein Gott, nein!«

»Sie haben einen meiner Leute erschossen, und dann haben wir einen der Terroristen erwischt, bevor wir uns zurückgezogen haben«, fuhr der Lieutenant fort. »Außerdem haben wir das Mädchen herausgeholt. Sie ist angeschossen. Wenn wir weitergemacht hätten, wäre es zu vielen Verlusten gekommen.«

Hood fühlte seine Knie weich werden.

»Lassen Sie mich herausfinden, um wen es sich handelt«, sagte Rodgers. »Rufen Sie Sharon noch nicht an. Sie könnten sie umsonst beunruhigen.«

»Danke«, gab Hood zurück.

Mit zwei Schritten war Rodgers am Bürotelefon und rief Bob Herbert an. Um bekannte Terroristen und Unterweltgrößen – die mit einer gewissen Regelmäßigkeit in Explosionen, Autounfälle oder Schießereien verwickelt waren – nicht aus den Augen zu verlieren, war das OP-Center durch ein Computersystem mit allen Großstadtkrankenhäusern und dem Sozial- und Krankenversicherungssystem verbunden. Immer wenn die obligate Versicherungsnummer bei einer Krankenhausaufnahme angegeben wurde, durchsuchte das Programm die Datenbank des OP-Centers, um sicherzugehen, daß weder das FBI noch die Polizei nach dieser Person fahndeten. In diesem Fall würde Herbert von Matt Stoll alle Krankenhauseingänge der letzten halben Stunde im UNO-Viertel durchsieben lassen.

Vor dem Sicherheitsrat ging der Dialog weiter.

»Sie haben richtig gehandelt, als Sie die Aktion abgebrochen haben«, sagte Chatterjee.

»Das ist noch etwas«, sagte der Lieutenant. »Zwei der Delegierten waren bewaffnet und haben geschossen.«

»Welche?« fragte die Generalsekretärin.

»Ich weiß es nicht«, antwortete der Lieutenant. »Einer meiner Leute hat sie aus der Nähe gesehen und gesagt, daß es sich um einen Mann und eine Frau aus Asien handelte.«

»Das könnte Japan, Südkorea oder aber auch Kambodscha bedeuten.«

»Sie wurden beide von den Terroristen getötet.«

»Auf wen haben die Delegierten geschossen?« fragte Chatterjee.

»Ob Sie es glauben oder nicht, sie haben auf Colonel Mott geschossen«, erwiderte er.

»Auf den Colonel? Sie müssen ihn für den ...«

»... Terroristen gehalten haben, den er ersetzt hat«, vervollständigte der Lieutenant.

Während der Lieutenant sprach, piepte das Funkgerät, und Chatterjee antwortete. »Hier spricht Generalsekretärin Chatterjee.«

»Das war dumm und unbesonnen«, sagte eine kratzige Männerstimme mit deutlichem Akzent. Die Stimme war schwer verständlich, doch Hood konnte einen Großteil der Unterhaltung verstehen. Das konzentrierte Zuhören stellte eine willkommene Ablenkung von den Gedanken an das verletzte Mädchen dar.

»Was passiert ist, tut mir sehr leid«, sagte Chatterjee. »Wir haben versucht, mit Ihrem Partner zu verhandeln ...«

»Tun Sie nicht so, als ob es *unsere* Schuld wäre!« unterbrach sie der Anrufer.

»Nein, es war alles meine ...«

»Sie kannten die Regeln, und Sie haben sie ignoriert«, fuhr er fort. »Jetzt haben wir neue Anweisungen für Sie.«

»Sagen Sie mir bitte zuerst, wie der Zustand unseres Beamten ist«, sagte Chatterjee.

»Er ist tot.«

»Sind Sie sicher?« fragte Chatterjee flehend.

Im gleichen Augenblick hörte sie einen Schuß. »Jetzt ja«, erwiderte der Anrufer. »Haben Sie noch weitere Fragen?«

»Nein«, antwortete Chatterjee.

»Wenn wir weg sind, können Sie sich seine Leiche holen«, fuhr der Terrorist fort. »Wie schnell das geschehen wird, hängt ganz von Ihnen ab.«

Es gab eine kurze, schmerzhafte Stille. »Sprechen Sie weiter«, sagte Chatterjee schließlich. »Ich höre.«

»Wir wollen den Hubschrauber mit sechs Millionen amerikanischen Dollar«, sagte er. »Aber Bargeld, keine Bankanweisungen. Sie halten unseren Mann fest, wahrscheinlich nennt er Ihnen unsere Namen. Mir würde es gar nicht gefallen, wenn unsere Konten eingefroren würden. Sagen Sie uns Bescheid, sobald der Hubschrauber bereitsteht. In acht Minuten werden wir die nächste Geisel töten, danach jede halbe Stunde eine weitere Person. Aber von jetzt an werden wir keine Delegierten mehr töten, sondern mit den jungen Damen weitermachen.«

Mit einem Schlag wurde Hood klar, daß er bis zu diesem Moment nicht wirklich gewußt hatte, was Haß bedeutete.

»Nein, bitte nicht!« rief Chatterjee.

»Das haben Sie sich selbst zuzuschreiben«, sagte der Anrufer.

»Hören Sie mir zu«, bat Chatterjee eindringlich. »Wir *besorgen* Ihnen, was Sie wollen, aber es darf keine Morde mehr geben. Es sind schon zu viele Menschen gestorben.«

»Sie haben acht Minuten.«

»Nein! Geben Sie uns ein paar Stunden!« flehte Chatterjee. »Wir werden alles tun, was Sie verlangen. Hallo? *Hallo!*«

Die Leitung war still. Hood konnte sich die unendliche Verzweiflung der Generalsekretärin gut vorstellen.

August schüttelte den Kopf. »Die Truppen sollten sofort stürmen. Sie hart treffen, wenn sie es am wenigsten erwarten.«

»*Wir* sollten da reingehen«, sagte Hood.

»Sie haben gesagt, sie benutzen Giftgas«, teilte ihnen Ani mit.

»Sie haben es bis jetzt nicht eingesetzt«, sagte August. »Geiselnehmer wollen leben, deshalb haben sie Geiseln. Diesen Vorteil werden sie nicht einfach aufgeben.«

Rodgers kehrte vom Telefon zurück. »Es war nicht Harleigh. Das angeschossene Mädchen heißt Barbara Mathis.«

Alles war relativ. Harleigh war immer noch gefangen, eine ihrer Freundinnen vom Ensemble verwundet, und dennoch spürte Hood eine Welle der Erleichterung.

Trotz der Tatsache, daß Harleigh immer noch festgehalten wurde, mußte er Colonel August zustimmen. Die Männer im Auditorium des Sicherheitsrats waren keine selbstmörderischen Bombenattentäter oder politische Terroristen. Sie waren Piraten, wollten plündern, und sie wollten lebendig aus der Angelegenheit herauskommen.

Nach einem Augenblick teilte Chatterjee dem Lieutenant mit, daß sie zum Krankenzimmer gehen werde, um mit dem gefangenen Terroristen zu sprechen. Als die Generalsekretärin fort war, gab es keine Tonübertragungen mehr.

»Sie befindet sich außerhalb der Reichweite der Wanze«, erklärte Ani.

Rodgers sah auf die Uhr. »Uns bleiben weniger als sieben Minuten«, sagte er scharf. »Was können wir tun, um sie aufzuhalten?«

»Wir haben nicht genug Zeit, um zum Sicherheitsrat zu laufen und hineinzugelangen«, sagte August.

»Sie hören jetzt seit fast fünf Stunden zu«, wandte sich Rodgers an Ani. »Was denken Sie?«

»Ich weiß es nicht«, erwiderte sie.

»Was *glauben* Sie?« drängte Rodgers.

»Sie sind führerlos. Deshalb ist es jetzt schwierig, ihre Aktionen vorauszusehen.«

»Woher wissen Sie das?« fragte Hood.

Sie sah ihn an.

»Daß sie führerlos sind?« fragte er.

»Wer hätte denn sonst auf dem Korridor in ihrem Namen gesprochen?« fragte sie zurück.

Das Telefon klingelte, und Ani nahm den Hörer ab. Darrell McCaskey war am Apparat und wollte mit Mike Rodgers sprechen. Ani reichte ihm den Hörer, und sie wechselten einen feindseligen Blick. Oder war es Zweifel?

Die Unterhaltung war kurz. Knapp gab Rodgers einige Kommentare ab, während Darrell McCaskey ihm Bericht erstattete. Als er fertig war, reichte er Ani den Hörer, und sie legte ihn zurück auf die Gabel.

»Die Sicherheitskräfte der Vereinten Nationen haben dem festgenommenen Terroristen die Fingerabdrücke abgenommen«, sagte Rodgers. »Darrell bekam gerade die Informationen.« Wieder sah Rodgers zu Ani hinüber. Er lehnte sich über ihren Sessel, die großen Hände auf den Armlehnen. »Sprechen Sie sich aus, Mrs. Hampton.«

»Was?« sagte sie.

»Was ist los, Mike?« fragte Hood.

»Der Terrorist heißt Oberst Iwan Georgiew«, sagte Rodgers, immer noch auf Ani herunterblickend. »Während der Friedensmission UNTAC hat er in Kambodscha Dienst getan. Außerdem hat er für die CIA in Bulgarien gearbeitet. Haben Sie schon einmal von ihm gehört?«

»Was? Ich?« fragte Ani.

»Ja, Sie.«

»Nein.«

»Aber Sie wissen etwas über diese Angelegenheit, das wir nicht wissen«, fuhr Rodgers fort.

»Nein ...«

»Sie lügen.«

»Mike, was ist?« fragte Hood.

»Sie ist vor dem Überfall ins Büro gekommen«, erklärte Rodgers und lehnte sich noch näher zu Ani hinunter. »Um zu arbeiten, haben Sie gesagt.«

»Genau.«

»Sie sind nicht so angezogen, als wollten Sie arbeiten gehen«, sagte Rodgers.

»Jemand hat mich versetzt. Deshalb bin ich hierhergekommen. Eigentlich hatte ich bei Chez Eugenie reserviert, das können Sie nachprüfen. Also, ich weiß nicht, warum ich mich hier verteidigen soll ...«

»Weil Sie lügen. Wußten Sie, was hier passieren würde?«

»Natürlich nicht!« protestierte sie.

»Aber Sie wußten, *daß* etwas passieren würde«, sagte Rodgers scharf. »Sie haben in Kambodscha gedient. Colonel Mott wurde von zwei Kambodschanern getötet, die sich als Delegierte der Vereinten Nationen ausgaben. Haben sie vielleicht geglaubt, daß sie auf Iwan Georgiew schießen?«

»Wie, zum Teufel, soll ich das wissen«, schrie Ani.

Rodgers stieß ihren Stuhl zurück, der über den Steinfußboden rollte und gegen einen Aktenschrank prallte. Ani versuchte aufzustehen, doch er drückte sie auf den Sitz zurück.

»Mike!« rief Hood.

»Wir haben keine Zeit für diesen Mist, Paul«, sagte Rodgers. »Ihre Tochter könnte als nächste getötet werden!« Er starrte zu Ani hinunter. »Ihr TAC-SAT ist an. Wen haben Sie angerufen?«

»Meinen Vorgesetzten in Moskau …«

»Rufen Sie ihn an«, befahl Rodgers.

Sie zögerte.

»*Rufen Sie ihn an!*« schrie Rodgers.

Ani machte keine Bewegung.

»Wer ist am anderen Ende dieser Leitung?« fragte Rodgers mit scharfer Stimme. »Waren es die Kambodschaner, oder sind es die Terroristen?«

Ani sagte nichts. Ihre Hände lagen auf den Armlehnen, und Rodgers klatsche seine Linke auf ihre rechte Hand, so daß sie sie nicht mehr bewegen konnte. Dann schob er seinen Daumen unter ihren Zeigefinger und bog ihn zurück. Sie schrie auf und versuchte mit der anderen Hand, sich aus seinem Griff zu lösen. Mit seiner freien Hand schob er ihre Hand zurück auf die Armlehne und verstärkte dann den Druck auf ihren Zeigefinger.

»Wer ist am anderen Ende dieser verdammten Leitung?« brüllte er sie an.

»Das habe ich doch schon gesagt!«

Jetzt bog Rodgers den Finger so weit zurück, bis der Nagel fast ihr Handgelenk berührte. Ani schrie aus Leibeskräften.

»Wer ist am anderen Ende?« wiederholte Rodgers.

»Die Terroristen!« schrie Ani. »Es sind die Terroristen!«

Übelkeit stieg in Hood hoch.

»Gibt es außer Ihnen noch weitere Außeneinheiten?« wollte Rodgers wissen.

»Nein!«

»Was sollen Sie als nächstes tun?« fragte Rodgers.

»Ihnen sagen, ob das Geld wirklich geliefert wird«, stieß sie mit schmerzverzerrtem Gesicht hervor.

Erst jetzt ließ Rodgers ihre Hand los und erhob sich.

Hood starrte die junge Frau an. »Wie konnten Sie denen helfen? *Wie konnten Sie nur?*«

»Dafür haben wir jetzt keine Zeit«, sagte Rodgers. »Sie werden in drei Minuten jemanden umbringen. Die Frage ist, wie können wir sie daran hindern?«

»Indem wir bezahlen«, warf August ein.

Rodgers drehte sich zu ihm um. »Wie?«

»Wir lassen uns vom OP-Center die Nummer von Chatterjee geben und sagen ihr, sie soll das Funkgerät nehmen und den Terroristen sagen, daß das Geld bereitsteht. Dann wird unsere junge Dame hier alles bestätigen. Wir setzen uns mit der New Yorker Polizei in Verbindung, lassen einen Hubschrauber in den Hof fliegen, ganz wie sie es gefordert haben, und wenn sie herauskommen, stehen wir mit einer SWAT-Einheit bereit.«

»Sie werden herauskommen, aber mit Geiseln«, erwiderte Hood.

»An irgendeinem Punkt werden wir das Leben der Geiseln riskieren *müssen*«, sagte August. »Auf diese Weise retten wir mehr Leben als im Auditorium – und eines mit Sicherheit.«

»Gut, legen Sie los«, sagte Hood mit einem Blick auf seine Armbanduhr. »Aber machen Sie schnell.«

# 40

*New York/New York – Samstag, 23 Uhr 55*

Generalsekretärin Chatterjee rannte die Rolltreppe zum Krankenzimmer hinunter, das sich im Erdgeschoß nicht weit von der Besucherlobby befand. Am Fuß der Rolltreppe war Enzo Donati, einer ihrer Assistenten, zu ihr gestoßen, der sie nun begleitete. Er war ein junger Student aus Rom, der bei der UNO das Praktikum für sein Diplom im Fachbereich Internationale Beziehungen absolvierte. Er hielt ihr Handy am Ohr und sprach mit dem New Yorker Büro von Interpol. Sie hatten herausgefunden, daß der Gefangene Iwan Georgiew hieß und ein ehemaliger Offizier der bulgarischen Armee war. Der bulgarische Botschafter war beim Empfang nicht zugegen gewesen und benachrichtigt worden.

Chatterjee passierte den Durchgang mit der Aufschrift *Nur für Delegierte* in der Nähe der Hiroshima-Ausstellung und folgte den hellbeleuchteten Korridoren. Verzweifelt versuchte sie, nicht an Colonel Mott, den gefallenen Sicherheitsbeamten und die ermordeten Delegierten zu denken. Sie dachte an die verstreichende Frist, an den drohenden Tod einer der jungen Geigerinnen und wie sie diese neue Tragödie vermeiden konnte. Sie trug sich mit dem Gedanken, Georgiew ein Tauschgeschäft vorzuschlagen. Wenn er seine Komplizen überzeugte, die Exekution zu verschieben, und ihr dabei half, die Situation zu entschärfen, würde sie alles in ihrer Macht Stehende unternehmen, um ihm mildernde Umstände zu gewährleisten.

Natürlich zählte Chatterjee darauf, daß Georgiew sich zumindest in wachem Zustand befand. Seit der Rettungsdienst ihn hierhergebracht hatte, hatte sie nicht mehr mit den Sanitätern gesprochen. Wenn er nicht bei Bewußtsein war, wußte sie nicht, was sie tun sollte. Sie hatten weniger als fünf Minuten. Motts militärischer Versuch war erfolglos verlaufen, und ihre diplomatischen Bemühungen waren ebenfalls fehlgeschlagen. Es bestand die Möglichkeit der

Zusammenarbeit, aber die geforderten sechs Millionen Dollar konnten nicht in wenigen Minuten bereitgestellt werden. Sie hatte Vize-Generalsekretär Takahara angerufen und ihn gebeten, mit den anderen Mitgliedern des Krisenstabs nach einer Lösung zu suchen. Ihr war bewußt, daß es selbst bei einer Bezahlung zu weiterem Blutvergießen kommen würde. Die New Yorker Polizei oder das FBI würden zuschlagen, sobald die Terroristen zur Flucht ansetzten. Aber zumindest bestand so die Chance, daß sie vorher einige Delegierte und Musikerinnen in Sicherheit brachte.

Warum kam ihr das Management internationaler Krisen leichter vor als diese Aufgabe? Weil die Konsequenzen so drastisch waren? Weil es zwei oder mehr Seiten gab, von denen eigentlich niemand abdrücken wollte? Wenn das stimmte, dann war sie wirklich keine Friedensstifterin. Sie war nur eine Mittlerin, ein Medium, wie ein Telefon – oder wie die Filme ihres Vaters. Sie mochte aus dem Land Gandhis kommen, aber sie hatte nichts mit ihm gemein. Gar nichts.

Sie bogen um eine Ecke und kamen zur Tür des Krankenzimmers. Enzo griff nach der Klinke und öffnete der Generalsekretärin die Tür. Chatterjee ging hinein und blieb abrupt stehen.

Zwei Sanitäter lagen im Empfangsbereich auf dem Boden, die Schwester vom Dienst im Behandlungszimmer, neben ihr zwei Sicherheitsbeamte.

Enzo rannte zu den nächsten Körpern. Auf dem Steinfußboden waren Blutspuren zu sehen. Die Sanitäter lebten, waren aber bewußtlos, offensichtlich von Schlägen auf den Kopf. Auch die Krankenschwester war ohnmächtig.

Alle Kleidungsstücke waren intakt und ohne Risse; es gab keinerlei Anzeichen eines Kampfes.

Von den Handschellen und von Georgiew war nichts zu sehen.

Während Chatterjee einen Augenblick benötigte, um die Geschehnisse zu verarbeiten, blieb ihr nur eine einzige Schlußfolgerung: Jemand hatte hier gewartet.

# 41

*New York/New York – Samstag, 23 Uhr 57*

Paul Hood rief Bob Herbert an, um ihn nach der Handy-Nummer von Mrs. Chatterjee zu fragen. Während er auf die Antwort wartete, band Rodgers Ani Hampton auf ihrem Stuhl fest. Er benutzte das schwarze Isolierband, das er im Schrank gefunden hatte, um zuerst ihr linkes Handgelenk an die Armlehne zu fesseln. Im Regal hatte er auch Bindfaden gesehen, aber der Gebrauch von Isolierband war eine Angewohnheit von Verhören in Kriegszeiten: Es hinterließ keine Spuren oder Verletzungen auf der Haut, und es war wesentlich schwieriger, sich daraus zu befreien. Außerdem hatte Rodgers verschiedene Pistolen und andere Ausrüstungsgegenstände der CIA im Schrank gefunden. Die Pistolen befanden sich hinter einer Spezialverriegelung.

Nachdem er Ani gefesselt hatte, nahm Rodgers den Schlüsselbund aus der Tasche ihres Blazers, der in der Garderobe hing. Die Bestimmungen der CIA verlangten, daß der jeweilige Verantwortliche für ein ›Büro‹ Zugang zum ›Material zur Selbstverteidigung‹ haben mußte. Rodgers fand den richtigen Schlüssel und holte zwei Berettas für sich selbst und ein weiteres Paar für August hervor. Jede Pistole hatte ein Magazin mit fünfzehn Schuß. Außerdem schnappte er sich zwei Walkie-talkies und einen Würfel C-4 mit den entsprechenden Zündern. Den Sprengstoff steckte er in einen gefütterten Rucksack, den er schulterte. Es entsprach zwar nicht gerade der Striker-Ausrüstung – Nachtsichtgeräte und Uzis wären ideal gewesen –, aber es mußte reichen. Er hoffte, daß er keine der Waffen benötigte, aber er bereitete sich lieber auf das Schlimmste vor.

Als er wieder ins Büro zurückkehrte, sah er auf Ani herunter. »Falls Sie uns helfen, können Sie auf mich zählen, wenn alles vorbei ist.«

Sie gab keine Antwort.

»Haben Sie mich verstanden?« drängte Rodgers.

»Ja«, erwiderte sie, ohne ihn anzusehen.

Nachdem er August die Waffen ausgehändigt hatte, nahm Rodgers den Arm des Colonels und führte ihn zu Hood, der immer noch das Telefon hielt.

»Was ist los?« fragte August.

»Bei unserer Gefangenen habe ich überhaupt kein gutes Gefühl«, sagte Rodgers leise.

»Warum?« fragte Hood.

»In ein paar Minuten hat sie uns in der Hand«, murmelte Rodgers. »Nehmen wir an, Chatterjee ruft die Terroristen für uns an. Dann weigert sich diese Frau, unsere Version zu bestätigen. Wo stehen wir dann?«

»Ich würde sagen, genau da, wo wir jetzt auch stehen«, gab August zur Antwort.

»Nicht ganz«, erwiderte Rodgers. »Die Terroristen wurden zuerst angegriffen, dann belogen. Sie werden zurückschlagen wollen. Eine Geisel wie geplant erschießen, dann noch eine aus Rache.«

»Wollen Sie damit sagen, wir sollten es nicht tun?« fragte Hood.

»Nein, denn wir haben keine Wahl«, sagte Rodgers. »Zumindest gewinnen wir damit ein paar zusätzliche Minuten.«

»Wofür?« fragte Hood.

»Um die Situation unter Kontrolle zu bringen«, sagte Rodgers mit fester Stimme. »Um eine Kommandoaktion Flaschenhals zu starten.«

August strahlte voller Vorfreude.

Doch Hood schüttelte den Kopf. »Mit welcher Einsatztruppe? Nur Sie beide?«

»Es kann funktionieren«, erwiderte Rodgers.

»Ich wiederhole – nur mit zwei Männern?« fragte Hood.

»Im Prinzip ja«, bestätigte Rodgers.

Bei dieser Antwort verzog Hood das Gesicht.

»Wir haben das schon simuliert«, fuhr Rodgers fort. »Und Brett hat sich lange dafür gedrillt.«

»Mike«, antwortete Hood, »selbst wenn Sie hineingelangen – die Geiseln werden sich in einer extrem heiklen Lage befinden.«

»Wie ich schon sagte, was glauben Sie, was passiert, wenn uns die Dame hier verrät?« fragte Rodgers. »Wir haben ein menschliches Pulverfaß, und wir halten ein Streichholz dran. Die Terroristen werden explodieren.«

Hood mußte zugeben, daß Rodgers wahrscheinlich recht hatte. Mit einem Blick auf die Uhr sprach er ins Telefon. »Bob?«

»Ja?« antwortete Herbert.

»Was ist mit der Telefonnummer?«

»Das Außenministerium hat immer noch lediglich die Telefonnummer des ehemaligen Generalsekretärs Manni, ob Sie es glauben oder nicht. Ich habe Darrell gebeten, die Nummer über Interpol herauszufinden, und Matt versucht, über das Netz an die Information zu gelangen«, erklärte Herbert. »Ich könnte wetten, daß Matt mir die Nummer zuerst liefert. Noch eine Minute oder zwei.«

»Bob, wir messen die Zeit hier in Sekunden«, sagte Hood mit eindringlicher Stimme.

»Verstanden«, gab Herbert zurück.

Hood sah zu Rodgers hinüber. »Wie werden Sie hineingelangen?«

»Nur Colonel August muß reingehen«, fuhr Rodgers fort. »Mein Platz wird an der Basisstellung sein, außen vor dem Sicherheitsrat.« Er warf August einen Blick zu. »Der Eingang zur Tiefgarage des UN-Gebäudes befindet sich auf der Nordostseite des Komplexes, genau ein Stockwerk unterhalb des Haupteingangs zum Gebäude. Da kommt man am besten rein.«

»Woher wollen Sie wissen, daß die Garage offen ist?« fragte Hood.

»Sie war offen, als ich hierherkam«, gab Rodgers zur Antwort, »und sie werden sicherlich nichts daran ändern, für den Fall, daß sie Soldaten oder Ausrüstung ins Gebäude bringen wollen. Wahrscheinlich würden die Terroristen das Geräusch von einem so schweren Tor oben hören, und es würde sie warnen, daß irgend etwas vorbereitet wird.«

Ein gutes Argument, dachte Hood.

»Außerdem werden sich wohl kaum Sicherheitsbeamte in dem Rosengarten vor dem Eingang zur Garage befinden«, sagte Rodgers zu August. »Sie werden die äußeren Abgrenzungen bewachen, um ihre Kräfte zu maximieren. Wenn sie Helikopter einsetzen, gibt es genügend Schutz unter den Büschen und Statuen. Nach dem Park und der Garage ist das einzige Problem der Korridor zwischen dem Aufzug und dem Sicherheitsrat.«

»Ist das nicht schwerwiegend?« fragte Hood.

»Nicht unbedingt«, sagte August. »Weniger als zwanzig Meter kann ich ziemlich schnell zurücklegen. Wenn es sein muß, renne ich auch ein paar Leute um. Der Überraschungseffekt funktioniert auch bei den eigenen Leuten.«

»Was ist, wenn das Sicherheitspersonal das Feuer auf Sie eröffnet?« fragte Hood.

»Über unsere Wanze habe ich einige ausländische Akzente gehört«, sagte August. »Ich bin mir sicher, daß es Beamte der Vereinten Nationen gibt, die ich als Schild benutzen kann. Wenn ich einmal im Sicherheitsrat bin, ist es egal, was sie unternehmen.«

»Es handelt sich trotzdem um ein zusätzliches Hindernis«, erwiderte Hood.

»Vielleicht können wir Chatterjee überzeugen, uns dabei zu helfen«, schlug August vor.

»Wenn die Lüge mit dem Lösegeld nicht funktioniert, bezweifle ich, daß sie es mit einer zweiten Lüge versuchen wird«, sagte Hood. »Diplomaten, die noch nie im Feld waren, verstehen wenig von der sich in permanentem Fluß befindlichen Natur moderner Kriegführung.«

»Zu dem Zeitpunkt wird sie wohl keine Wahl mehr haben«, sagte Rodgers. »Dann wird Colonel August schon drin sein.«

»Wer wird die Garagentür bewachen?« wandte sich August an Rodgers.

»Wahrscheinlich überlassen sie das der New Yorker Polizei«, vermutete Rodgers. »Die meisten UNO-Sicherheitskräfte sind meiner Meinung nach oben.«

Bob Herbert meldete sich wieder. Dem Computergenie vom OP-Center, Matt Stoll, war es gelungen, die Nummer in einer zugangsbeschränkten Telefonliste der Vereinten Nationen im Internet zu identifizieren, noch bevor Darrell McCaskey sie von seinen Bekannten bei Interpol erhalten hatte. Hood schrieb sie auf. Die Verbindung würde zwar nicht abhörsicher sein, aber das mußten sie in Kauf nehmen. Viel Ziel blieb ihnen nicht mehr.

Er mußte es riskieren, entschied er. Er gab seine Zustimmung zu Rodgers' Plan, und August machte sich sofort auf den Weg.

Dann wählte Hood die Nummer.

Ein Mann mit italienischem Akzent antwortete. »Hier ist der Anschluß der Generalsekretärin.«

»Hier spricht Paul Hood, Direktor des OP-Centers in Washington«, sagte Hood. »Ich muß mit der Generalsekretärin sprechen.«

»Mr. Hood, wir befinden uns hier in einer schwierigen Situation ...«

»Ich weiß!« schnappte Hood. »Und wir können das nächste Opfer retten, wenn wir schnell handeln! Lassen Sie mich mit ihr sprechen.«

»Einen Moment«, erwiderte der Mann.

Hood blickte auf die Uhr. Wenn die Terroristen nichts überstürzten, hatten sie noch etwa eine Minute Zeit.

Eine Frau meldete sich. »Hier spricht Mala Chatterjee.«

»Frau Generalsekretärin, hier ist Paul Hood. Ich bin Direktor eines Teams für Krisenmanagement in Washington. Eine der Geiseln ist meine Tochter.« Hoods Stimme zitterte. Ihm war bewußt, daß seine nächsten Worte Rettung oder Untergang für Harleigh bedeuten konnten.

»Ja, Mr. Hood?«

»Ich brauche Ihre Hilfe«, fuhr Hood fort. »Bitte kontaktieren Sie die Terroristen über das Funkgerät, und teilen Sie ihnen mit, daß Geld und Hubschrauber bereitstehen, wie sie es verlangt haben. Wenn Sie das tun, können wir dafür sorgen, daß Ihnen geglaubt wird.«

»Aber wir haben diese Dinge nicht«, erwiderte Chatter-

241

jee. »Und es sieht auch nicht so aus, als ob wir sie bald zur Verfügung hätten.«

»Wenn die Terroristen das merken, sind sie schon aus dem Gebäude heraus«, erklärte Hood. »Und ich werde dafür sorgen, daß die New Yorker Polizei sie draußen empfängt.«

»Wir haben bereits einen sehr verlustreichen Angriff versucht«, entgegnete Chatterjee. »Einen zweiten werde ich nicht genehmigen.«

Hood wollte sie nicht wissen lassen, daß er darüber bestens im Bild war. »Diesmal wird es völlig anders sein. Wenn die Terroristen einmal draußen sind, sind sie nicht mehr in der Lage, alle Geiseln unter ihrer Kontrolle zu halten. Wir werden einige in Sicherheit bringen können. Und wenn sie Giftgas einsetzen, ist unsere Ausgangsposition erheblich besser, um den Opfern zur Hilfe zu kommen. Aber Sie müssen sich *jetzt* mit ihnen in Verbindung setzen. Außerdem müssen Sie ihnen sagen, daß Ihr Angebot nur gilt, wenn sie keine weiteren Geiseln mehr töten.«

Chatterjee zögerte. Hood konnte absolut nicht verstehen, *weshalb* sie zögerte. Nach dem Rückschlag, den die Sicherheitskräfte gerade erlitten hatten, gab es nur eine einzige Antwort: Ich werde es tun. Ich werde dabei helfen, Menschenleben zu retten und diese Bastarde auszuräuchern. Oder glaubte sie etwa immer noch, sie konnte einen Dialog beginnen, die Terroristen überreden, sich zu ergeben? Wenn er Zeit für detaillierte Erläuterungen hätte, würde er darauf hinweisen, daß Georgiew offensichtlich dabei geholfen hatte, die UNTAC-Mission in Kambodscha in ein Fiasko zu verwandeln. Er würde sie fragen, wie sie es immer noch schaffte, ihrer eigenen Propaganda Glauben zu schenken, nämlich daß Friedenserhaltung und Verhandlung der bessere Weg seien, Gewaltanwendung grundsätzlich der schlechtere.

»Bitte, Frau Generalsekretärin«, bat Hood. »Wir haben nicht mal mehr eine Minute.«

Immer noch zögerte sie. Noch nie war Hood von Machthabern so angewidert gewesen wie jetzt in diesem Moment

242

von dieser sogenannten Menschenrechtskämpferin. Was gab es da zu überlegen? Daß sie die Terroristen belügen mußte? Daß sie der Gabunischen Republik erklären mußte, warum die Statuten der Vereinten Nationen umgangen und die überlebenden Mitglieder der Vollversammlung nicht befragt worden waren, bevor die USA die Erlaubnis erhielten, die Geiselnahme zu beenden?

Aber jetzt war keine Zeit für Diskussionen. Hoffentlich sah Chatterjee das ein. Und zwar schnell.

»In Ordnung«, erwiderte die Generalsekretärin. »Ich werde mit ihnen sprechen, um ein Menschenleben zu retten.«

»Ich danke Ihnen«, antwortete Hood. »Ich werde mich bei Ihnen melden.«

# 42

*New York/New York – Sonntag, 0 Uhr*

Harleigh Hood lag auf den Knien, mit dem Gesicht zur geschlossenen Tür des Auditoriums des Sicherheitsrats.

Der Mann aus Australien stand hinter ihr und hielt sie mit schmerzhaftem Griff an den Haaren fest. Der andere Mann, der sich spanisch anhörte, befand sich hinter ihm und sah auf seine Armbanduhr. Harleighs Gesicht oberhalb der rechten Wange war stark angeschwollen. Dorthin hatte der Australier sie mit der Pistole geschlagen, als sie versucht hatte, ihn zu beißen. Ihr Mund blutete von einem harten Fausthieb. An beiden Schultern war ihr Abendkleid zerrissen. Ihr Nacken war aufgeschürft, weil sie auf dem Teppichboden heraufgeschleift worden war, wobei sie ununterbrochen um sich getreten hatte. Und ihre linke Seite schmerzte, weil sie dort gerade einen brutalen Tritt erhalten hatte.

Harleigh hatte sich nicht freiwillig zu ihrer Exekution begeben.

243

Als sie jetzt hier kniete, starrte sie mit leerem Blick vor sich hin. Überall hatte sie Schmerzen, aber nichts tat so weh wie der völlige Verlust ihrer Menschenwürde, etwas, das man nicht einmal berühren konnte. In einem erstaunlich klaren Moment wurde ihr bewußt, daß man sich bei einer Vergewaltigung wahrscheinlich ähnlich fühlen mußte. Der freien Wahl, der Würde beraubt. Angst vor zukünftigen Berührungen, die an diese Erfahrung erinnerten, sei es, wenn jemand ihr ins Haar greifen oder wenn sie Teppichboden unter ihren Knien spüren würde. Am schlimmsten war jedoch, daß diese Aggression in keinerlei Zusammenhang mit etwas stand, das sie irgendwann einmal getan oder gesagt hatte. Sie war lediglich eine brauchbare Zielscheibe für diese tierischen Feindseligkeiten. Sollte sich der Tod so anfühlen? Keine Engel und Fanfaren. Sie war einfach nur ein Stück Fleisch.

Nein.

Harleighs Wutschrei kam tief aus ihrem Inneren. Sie schrie noch einmal, und dann explodierten ihre geschundenen Muskel, als sie versuchte, auf die Beine zu kommen. Der Tod fühlte sich so an, wenn man es zuließ. Der Australier riß heftig an ihren Haaren und zog sie zur Seite. Harleigh fiel zu Boden, landete auf dem Rücken. Krampfhaft wand sie sich von einer Seite zur anderen und bemühte sich, wieder aufzustehen. Der Mann ließ sein Knie gegen ihre Brust fallen, mit aller Kraft, und hielt sie auf diese Weise am Boden fest. Dann schob er ihr den Lauf seiner Pistole in den Mund.

»Da kannst du reinschreien«, sagte er.

Genau das tat Harleigh trotzig, bis er ihr den Lauf der Pistole so weit in die Kehle schob, daß sie fast erstickte.

»Mach weiter, noch einmal, Engelchen«, sagte er. »Schrei noch mal, dann schreit sie zurück.«

Ihr Speichel bekam einen metallischen Beigeschmack und sammelte sich in Harleighs Kehle. Blut vermischte sich mit dem Speichel, und sie konnte nicht weiterschreien, denn sie mußte versuchen, um den Pistolenlauf herum zu schlucken. Aber sie konnte weder schlucken noch husten oder atmen. Sie würde an ihrem eigenen Speichel ersticken, bevor er sie erschießen konnte. Mit einer Handbewegung nach oben bemühte sie sich, seine Hand zurückzuschieben, aber er benutzte seine freie Hand, um ihre Handgelenke zu fassen. Mit Leichtigkeit drückte er Harleighs schlanke Arme zur Seite.

»Es ist Zeit«, sagte Barone.

Downer starrte auf Harleigh herunter, die nur ein gutturales Geräusch um den Pistolenlauf herum herausbrachte.

In diesem Moment piepte das Funkgerät.

»Warte«, sagte Barone schnell und meldete sich. »Ja?«

»Hier spricht Generalsekretärin Chatterjee«, sagte die Anruferin. »Wir haben Ihr Geld, und der Hubschrauber ist bereits auf dem Weg.«

Downer und Barone sahen sich an. Barone drückte auf die Stumm-Taste. Voller Mißtrauen verengten sich seine Augen zu Schlitzen.

»Sie lügt«, sagte Downer. »Unmöglich, das Geld so schnell zu beschaffen.«

Barone drückte erneut auf die Taste, um das Mikrofon wieder zu aktivieren. »Wie haben Sie es bekommen?« fragte er.

»Die Regierung der Vereinigten Staaten hat einen Kredit der Federal Reserve Bank in New York garantiert«, sagte sie. »Sie zählen gerade das Bargeld ab und bringen es herüber.«

»Warten Sie, bis Sie wieder von mir hören«, befahl der Mann aus Uruguay. Mit einer Drehung wandte er sich zur Treppe.

»Sie werden die Geisel nicht erschießen?« fragte Chatterjee beschwörend.

»Ich werde zwei Geiseln erschießen, wenn Sie gelogen haben«, antwortete er. Dann schaltete er das Funkgerät aus und lief hinunter zum TAC-SAT-Telefon an der Stirnseite des Auditoriums.

245

# 43

*New York/New York – Sonntag, 0 Uhr 01*

Während sie gespannt darauf warteten, daß das TAC-SAT klingelte, telefonierte Rodgers mit Bob Herbert und gab ihm einen Zwischenbericht. Herbert versprach, Commissioner Kane von der New Yorker Polizei anzurufen. Sie hatten zusammengearbeitet, als russische Spione in Brighton Beach Unterstützungsarbeit für den Putschversuch in Moskau geleistet hatten. Aufgrund seiner guten Beziehung zu Gordon Kane ging Herbert davon aus, daß der Commissioner froh sein würde über die Gelegenheit, bei der Rettung der Geiseln – und der Vereinten Nationen – helfen zu können.

Danach lieh sich Rodgers das Handy von Paul Hood für ein weiteres Telefonat – um seinen Anrufbeantworter abzufragen, sagte er. Das entsprach zwar nicht der Wahrheit, aber die junge Frau mußte nicht alles mitbekommen. Hood sah zu, wie Rodgers zwischen ihr und dem Schreibtisch stand, so daß sie nicht sehen konnte, was er tat. Den Trick, den er jetzt anwenden wollte, hatte er von Bob Herbert gelernt, der sein Rollstuhltelefon dazu benutzte, Leute zu bespitzeln, nachdem er eine Besprechung verlassen hatte. Rodgers schaltete die Klingel des Bürotelefons ab und wählte dann diese Nummer mit Hoods Handy. Als die Verbindung stand, schaltete er auf die Freisprechanlage um und ließ beide Leitungen offen. Vorsichtig, um nicht versehentlich die Verbindung abzubrechen, steckte er das Handy in seine Hosentasche.

Dann ging er zurück und setzte sich auf den Schreibtisch gegenüber von Annabelle Hampton, während Hood unruhig zwischen ihnen auf und ab ging. Je mehr Zeit verstrich, desto mehr war Rodgers überzeugt davon, daß diese Angelegenheit nicht so lief, wie er es gern gesehen hätte. Die junge Frau starrte ununterbrochen geradeaus vor sich hin. Es gab für Rodgers keinen Zweifel, wohin sie blickte: In die Zukunft. Ani Hampton war seiner Meinung nach kein analytischer Menschentyp. Viele Geheimdienst- und Militärbeamte arbeiteten wie Schachmeister oder Tangotänzer. Sie folgten sorgfältig einstudierten Bewegungsmustern und wichen so wenig wie möglich von den häufig sehr komplexen Strategien ab. Sollte es doch zu Abweichungen kommen, wurden diese später analysiert und entweder in die bestehenden Abläufe integriert oder als einmalige Varianten ignoriert.

Allerdings gab es auch viele Beamte im Außendienst der CIA, die eine eher oberflächliche taktische Vorgehensweise hatten; dies waren die sogenannten ›Haie‹. Normalerweise handelte es sich bei den Haien um Einzelgänger, deren Modus Operandi in ununterbrochener Bewegung mit Blick nach vorn bestand. Ob die Brücke hinter ihnen brannte, war ihnen egal; wahrscheinlich würden sie ohnehin nicht zurückgehen. Solche Leute infiltrierten Dörfer im feindlichen Ausland ebenso wie Terroristenzellen und feindliche Stützpunkte.

Rodgers wettete darauf, daß Ani Hampton ein Hai war. Reue schien nicht ihre starke Seite zu sein. In Gedanken war sie bei ihrem nächsten Schritt. Rodgers konnte sich verdammt gut vorstellen, worum es sich dabei handelte. Aus diesem Grund hatte er August bereits losgeschickt. Für alle Fälle.

Der Anblick der jungen Frau ließ ihn erschauern – innerlich, nicht nach außen. Was sie hier getan hatte, erinnerte ihn an etwas, das er während seines ersten Dienstaufenthalts in Vietnam gelernt hatte: Obwohl Verrat eher die Ausnahme als die Regel war, gab es ihn doch überall. In jeder Nation, jeder Stadt, jedem Dorf. Und es existierten keine eindeutigen Kennzeichen, keine Regeln, um die Verräter zu identifizieren. Sie waren in allen Altersgruppen, Geschlechtern und Nationalitäten zu finden. Sie arbeiteten in öffentlichen und privaten Berufen und hatten Arbeitsstellen, bei denen sie in Kontakt zu Personen oder Informationen kamen. Was sie taten, konnte persönliche Gründe oder aber auch ausschließlich finanzielle Motive haben.

Verräter hatten eine andere Eigenschaft gemeinsam. Sie waren äußerst gefährlich, wenn sie gefaßt wurden. Im Angesicht der Todesstrafe hatten sie nichts mehr zu verlieren. Wenn es irgendeinen letzten Schachzug gab, sei er noch so aussichtslos oder zerstörerisch, würden sie ihn versuchen.

Im Jahr 1969 hatte die CIA in Erfahrung gebracht, daß Nordvietnam ein südvietnamesisches Militärkrankenhaus in Saigon als Drogenumschlagplatz für amerikanische Soldaten benutzte. Rodgers ging hin und tat, als wollte er einen verwundeten Kameraden besuchen. Er beobachtete, wie südvietnamesische Krankenschwestern amerikanische Dollar von ›verwundeten‹ südvietnamesischen Soldaten annahmen – in Wirklichkeit fünfzehn- bis achtzehnjährige Vietcong-Mitglieder, die sich eingeschmuggelt hatten. Es war die Bezahlung dafür, daß sie Heroin und Marihuana vom Keller in die medizinischen Versorgungskästen für die Front packten. Bei ihrer Festnahme zogen zwei der drei Krankenschwestern die Sicherungen von Handgranaten und töteten sich selbst und weitere sieben verwundete Soldaten auf der Krankenstation.

Pflegepersonal und Teenager wurden zu Killern. In dieser Hinsicht war Vietnam einzigartig. Deshalb drehten so viele Veteranen durch, wenn sie nach Hause kamen. In stillen Dörfern kam es häufig vor, daß junge Mädchen die amerikanischen Soldaten freundlich begrüßten. Einige fragten nach Süßigkeiten oder Geld. Oft wollten sie wirklich nichts anderes. Doch bei einigen Gelegenheiten trugen die Mädchen Puppen, in denen sich Explosionssätze verbargen. Manchmal flogen die Mädchen zusammen mit ihren Puppen in die Luft. Alte Frauen boten den amerikanischen Soldaten Schalen mit Reis an, der mit Blausäure vergiftet war und den sie zuerst vor den Augen der Soldaten selbst aßen, um die Opfer in Sicherheit zu wiegen.

Diese Zerstörungsmethoden waren schrecklicher und angsteinflößender als ein Maschinengewehr oder eine Landmine. Mehr als jeder andere Krieg hatte Vietnam die amerikanischen Soldaten des Glaubens beraubt, daß man irgendwo irgendeiner Sache oder Person trauen konnte. Zurück in der Heimat, entdeckten viele Soldaten, daß sie sich nicht länger ihren Frauen, Verwandten oder Kindern gegenüber öffnen konnten. Dies war einer der Gründe, warum Mike Rodgers nie geheiratet hatte. Es schien ihm unmöglich, einer anderen Person nahezukommen, es sei denn einem anderen Soldaten. Und alle Therapien, alle Überlegungen der Welt konnten daran nichts ändern. Wenn sie einmal tot war, konnte die Unschuld nicht wieder zum Leben erweckt werden.

Rodgers war irritiert, daß ihm diese Gefühle des Mißtrauens von Annabelle Hampton wieder ins Gedächtnis gerufen wurden. Die junge Frau hatte aus Geldgier unschuldige Menschenleben verkauft und die Regierung entehrt, für die sie arbeitete. Wie konnte jemand mit Blutgeld glücklich werden? fragte er sich kopfschüttelnd.

Im Gebäude selbst war es ruhig, und auch von draußen drang kein Laut herein. Die First Avenue war ganz in der Nähe dieses Wolkenkratzers abgesperrt worden, und den Verkehr auf dem FDR Drive hatte man untersagt, weil diese Schnellstraße direkt hinter dem Komplex der Vereinten Nationen verlief. Natürlich wollte die New Yorker Polizei freien Zugang haben, falls sie ihn benötigte. Die Sackgasse vor diesem Gebäude war ebenfalls gesperrt worden.

Als das TAC-SAT piepte, zuckten alle zusammen.

Hood blieb neben Rodgers stehen. Annabelles Blick richtete sich auf den General. Ihr Mund war entschlossen, und in ihren blaßblauen Augen gab es nicht einen Schimmer von Fügsamkeit.

Für Rodgers war dies keine Überraschung. Schließlich war Annabelle Hampton ein Hai. »Gehen Sie ans Telefon«, forderte er sie auf.

Sie starrte ihn mit eiskalten Augen an. »Wenn ich es nicht tue, werden Sie mich wieder foltern?«

»Ich würde es vorziehen, darauf verzichten zu können.«

»Das weiß ich«, erwiderte Annabelle. Sie grinste. »Die Zeiten haben sich geändert, nicht wahr?«

249

Es war deutlich zu hören, daß die Stimme der jungen Frau eine neue Färbung bekommen hatte. Aggressivität. Selbstvertrauen. Sie hatten ihr zuviel Zeit zum Überlegen gelassen. Jetzt hatte der Tanz angefangen, und Annabelle Hampton hatte die Führung übernommen. Rodgers war froh, daß er seine Vorsichtsmaßnahmen ergriffen hatte.

»Sie könnten mich zur Antwort zwingen, indem Sie meinen Finger wieder zurückbiegen«, sagte sie. »Oder Sie könnten mir auf andere Art und Weise weh tun. Zum Beispiel eine Büroklammer in die weiche Haut unter meinem Auge stechen. Standardmethode der CIA, um jemanden zu etwas zu überreden. Aber dann würden sie meiner Stimme den Schmerz anhören. Sie würden sofort merken, daß ich unter Zwang spreche.«

»Sie hatten versprochen, mit uns zusammenzuarbeiten«, sagte Hood.

»Und wenn ich nicht mit Ihnen zusammenarbeite, was tun Sie dann?« fragte sie. »Wenn Sie mich erschießen, stirbt die Geisel mit Sicherheit.« Absichtlich sah sie Hood direkt in die Augen. »Möglicherweise Ihre Tochter.«

Hood versteifte sich.

Sie war besser, als er ihr zugetraut hatte, dachte Rodgers. Aus dem Tanz war ein schneller, dreckiger Hahnenkampf geworden, und er wußte auch schon, in welche Richtung sich diese Geschichte entwickeln würde. Deshalb mußte er so viel Zeit wie möglich für August herausholen. »Was wollen Sie?« fragte er.

»Schneiden Sie mich los, und verlassen Sie den Raum«, sagte sie. »Ich werde das Telefongespräch führen, dann lassen Sie mich gehen.«

»Da mache ich nicht mit«, sagte Rodgers.

»Wieso nicht?« fragte Ani. »Wollen Sie sich nicht die Hände an einem Deal mit mir schmutzig machen?«

»Ich habe schon mit Leuten Deals abgeschlossen, die viel schlimmer als Sie waren«, sagte Rodgers. »Mit Ihnen kann ich keinen Deal machen, weil ich Ihnen nicht traue. Sie brauchen den Erfolg dieser Operation. Terroristen zahlen nicht im voraus. So garantieren sie Loyalität. In Ihrer

Situation sind Sie in jedem Fall auf Ihren Teil des Lösegelds angewiesen.«

Das TAC-SAT piepte zum zweitenmal.

»Ob Sie mir trauen oder nicht«, antwortete Annabelle,
»wenn ich nicht ans Telefon gehe, werden sie annehmen,
daß mir etwas zugestoßen ist. Dann werden sie das Mädchen umbringen.«

»In diesem Fall«, erwiderte Rodgers gelassen, »werden
Sie entweder hingerichtet, oder Sie verbringen den Rest
Ihres Lebens wegen Mittäterschaft im Gefängnis.«

»Wenn ich mit Ihnen zusammenarbeite, geben sie mir
zehn bis zwanzig Jahre«, sagte Ani. »Wenn ich es nicht tue,
bekomme ich lebenslang oder die Todesstrafe. Worin besteht der Unterschied?«

»In etwa dreißig Jahren«, erwiderte Rodgers. »Vielleicht
erscheint Ihnen das jetzt nicht so wichtig, aber mit Sechzig
werden Sie den Unterschied begreifen.«

»Verschonen Sie mich mit Ihrer Weisheit«, entgegnete
sie.

»Bitte, Mrs. Hampton«, griff Paul Hood ein. »Noch ist
es nicht zu spät, Ihnen selbst und Dutzenden von unschul-
digen Menschen zu helfen.«

»Sagen Sie das Ihrem Partner, nicht mir«, sagte sie.

Das TAC-SAT piepte zum drittenmal.

»Sie werden es insgesamt fünfmal klingeln lassen«, erklärte Ani. »Dann bekommt ein Mädchen im Auditorium
des Sicherheitsrats eine Kugel in den Kopf. Will das einer
von Ihnen?«

Rodgers machte einen halben Schritt vorwärts und
schob seine breiten Schultern zwischen Hood und die Frau.
Er wußte nicht, ob Hood auf ihre Provokation eingehen und
ihm befehlen würde, ihren Wünschen zu entsprechen, aber
er wollte es auf keinen Fall riskieren. Noch war Hood der
Direktor des OP-Centers, und Rodgers hatte keinerlei Ambitionen, sich mit ihm anzulegen. Insbesondere da Hood
nicht wußte, was in diesem Moment sonst noch geschah.

»Lassen Sie mich gehen, und ich werde ihnen sagen,
was Sie wollen«, sagte Ani.

»Warum sagen Sie nicht, was wir wollen, und dann lassen wir Sie gehen?« konterte Rodgers.

»Weil ich Ihnen genauso wenig traue wie Sie mir«, entgegnete sie. »Und in diesem Augenblick brauchen Sie mich mehr als ich Sie.«

Das TAC-SAT piepte zum viertenmal.

»Mike ...«, sagte Hood.

Obwohl Hood dabeigewesen war, als sie die Kommandoaktion geplant hatten, machte er sich offensichtlich noch Hoffnungen, die ursprüngliche Idee könnte ausgeführt werden: die Terroristen herauszulocken. Aber Rodgers wartete. Ein paar Sekunden mehr konnten den Unterschied zwischen Erfolg und Mißerfolg ausmachen.

»Das gefällt mir nicht«, sagte er zu Annabelle.

»Und Sie verabscheuen den Gedanken, daß es darauf überhaupt nicht mehr ankommt«, gab sie zur Antwort.

»Nein«, sagte Rodgers zu der jungen Frau. »Ich habe schon einiges schlucken müssen. Wir alle hier sind erwachsen. Nur verabscheue ich es ganz einfach, jemandem trauen zu müssen, der bereits ein Versprechen gebrochen hat.«

Der General steckte eine Pistole in den Gürtel und holte ein Springmesser aus seiner Hosentasche. Mit einem Daumendruck ließ er es aufspringen und begann, ihre Fesseln zu zerschneiden.

Das TAC-SAT piepte zum fünftenmal.

Annabelle griff nach dem Messer. »Lassen Sie mich weitermachen«, sagte sie.

Rodgers gab ihr das Messer und trat zurück, für den Fall, daß sie auf den Gedanken kam, es gegen ihn einzusetzen.

»Gehen Sie jetzt«, befahl sie. »Ich will Sie beide auf meiner Überwachungskamera im Korridor sehen. Und lassen Sie meine Schlüssel hier.«

Mit einem Griff fischte Rodgers den Schlüsselbund aus seiner Hosentasche und warf ihn vor ihr auf den Boden. Dann schnappte er sich seine Jacke von der Stuhllehne und folgte Hood nach draußen.

Die junge Frau schnitt die letzten Fesseln durch; dann

schaltete sie den Computermonitor auf Überwachungskamera. Als Rodgers die Bürolobby in Richtung Korridor
durchquerte, lehnte sich Ani vornüber und nahm das
TAC-SAT auf.

»Sprich«, sagte sie.

Rodgers war gerade außer Hörweite, doch glücklicherweise dauerte dieser Zustand nicht sehr lange. Hastig
stürzte er in den Korridor und ging unter der Überwachungskamera durch.

Wie Annabelle Hampton, so war auch Mike Rodgers ein
Hai. Aber trotz ihrer wilden Drohungen und Lügen, trotz
ihrer auftrumpfenden Prahlerei hatte er etwas, das der jungen Frau fehlte.

Die Erfahrung von dreißig Jahren im Wasser.


# 44

*New York/New York – Sonntag, 0 Uhr 04*

Sobald Rodgers und Hood das Fischaugenobjektiv der
Überwachungskamera passiert hatten, nahm Rodgers
Hoods Handy aus seiner Hosentasche. Mitten auf dem
Korridor hielt der General inne und hörte schweigend für
eine Weile zu; dann schaltete er das Gerät aus. Er gab
Hood das Handy zusammen mit einer seiner Pistolen.

»Sie hat ihm die Wahrheit gesagt?« fragte Hood.

»Sie hat uns reingelegt«, bestätigte Rodgers.

Er zog ein Walkie-talkie aus seiner Jackentasche und
drückte auf den Übertragungsknopf.

»Brett?« sagte er.

»Ja, General.«

»Kommandoaktion Flaschenhals läuft. Wirst du es
schaffen?«

»Ich werde es schaffen«, entgegnete August.

»Gut«, sagte Rodgers. »Wann willst du die Rückkopplung?«

»In zwei Minuten«, antwortete August.

Rodgers sah auf seine Uhr. »In Ordnung. Werde mich auf der Nordseite des Gebäudes in Stellung begeben. Bin in sieben Minuten soweit.«

»Verstanden«, erwiderte August und verabschiedete sich. »Viel Glück.«

»Viel Erfolg.« Rodgers steckte das Funkgerät in seine Tasche.

Hood schüttelte den Kopf. »Sie haben es erwartet.«

»Ja«, gab Rodgers zu. Nach einem Blick auf seine Uhr sagte er: »Hören Sie. Ich muß jetzt los. Rufen Sie die New Yorker Polizei an. Lassen Sie dieses Stockwerk abriegeln und unsere Dame festnehmen. Wahrscheinlich ist sie bewaffnet. Das heißt, wenn sie herauskommt, bevor die Polizei hier ist, müssen Sie sie erledigen.«

»Das schaffe ich schon«, erwiderte Hood.

Alle Führungskräfte des OP-Centers bekamen ausgiebiges Waffentraining, da sie bevorzugte Zielpersonen für Terroristen darstellten. In diesem Moment glaubte Paul Hood kaum, daß er irgendwelche Skrupel haben würde, auf Annabelle Hampton zu schießen. Nicht nur, weil Ani sie getäuscht hatte, sondern auch, weil Rodgers die Situation so völlig unter Kontrolle hatte, daß man seine Befehle ohne Fragen befolgte. So sollte militärische Führung aussehen.

»Außerdem müssen Sie das versuchen, was Sie vorhin vorgeschlagen haben.«

»Chatterjee?«

Rodgers nickte. »Es wird nicht einfach sein, aber versuchen Sie, ihr zu erklären, was geschehen wird. Wenn sie nicht kooperieren will, sagen Sie ihr, daß uns nichts mehr aufhalten kann …«

»Ich kenne die Sprüche«, sagte Hood.

»Natürlich«, entgegnete Rodgers. »Entschuldigen Sie. Aber sagen Sie ihr noch, daß ich nur eine einzige Bitte an sie und ihre Leute habe.«

»Und die wäre?« fragte Hood.

Rodgers suchte nach dem Ausgangsschild und eilte auf die Treppen zu. »Uns nicht in die Quere zu kommen.«

# 45

*New York/New York – Sonntag, 0 Uhr 05*

Colonel August bewegte sich wie ein Leopard durch den stillen Park. Über diesem Sektor flogen keine Helikopter; sie warfen ihre Scheinwerfer auf den Komplex der Vereinten Nationen und seine direkten Zugänge. Außer einem Restlicht von den Lichtkegeln vor dem Gebäude lagen die Büsche in der Dunkelheit.

Augusts Schritte waren ausgreifend und sicher, sein Körper neigte sich vornüber, seine Balance war perfekt. Der hohe Einsatz stimulierte ihn, statt ihn zu lähmen. Trotz der mäßigen Aussichten war er begierig darauf, loszuschlagen und sich selbst auf die Probe zu stellen. Und trotz der Tatsache, daß bei einem Kampf nichts garantiert werden konnte, war er doch zuversichtlich. Er glaubte an seine Ausbildung, seine Fähigkeiten und an die Notwendigkeit seines Auftrags.

Außerdem glaubte er an den Plan. Was General Rodgers über die chaotischen, sich in permanentem Fluß befindlichen Eigenschaften der modernen Kriegführung gesagt hatte, entsprach absolut der Wahrheit. Doch eine Kommandoaktion gab einer Kampfeinheit die Gelegenheit, dieses Chaos ein wenig einzuschränken.

Die Kommandoaktion ›Flaschenhals‹ ist ein klassisches Manöver, das, soweit dies geschichtlich nachzuvollziehen ist, zuerst von einer kleinen, zerlumpten russischen Bauernarmee unter der Führung von Prinz Alexander Newskij angewandt wurde. Im zwölften Jahrhundert kämpften die Russen gegen gut bewaffnete und von schweren Rüstungen geschützte teutonische Invasoren. Die einzige Möglichkeit, diese größere und besser ausgerüstete Armee zu besiegen, bestand darin, sie auf einen zugefrorenen See zu treiben, dessen Eis unter dem Gewicht der schweren Ausrüstungen schließlich nachgab. Praktisch alle feindlichen Soldaten ertranken. Diese Strategie war vom früheren Kommandeur der Strikers, Lieutenant

255

Colonel Charles Squires, für unterbesetzte Angriffe adaptiert worden.

Die Idee bestand darin, ein Gelände auszuwählen, das genügend Schutz auf beiden Seiten der feindlichen Kräfte bot – wie etwa eine Schlucht, einen Wald oder ein Seeufer. Anschließend teilte man die Einheit, auch wenn sie noch so klein war, in zwei Kampftrupps. Einer umging den Feind, so daß sich der in der Mitte befand. Der andere Trupp der geteilten Einheit begann daraufhin einen Vormarsch in engster Formation; er bewegte sich sozusagen in den Flaschenhals hinein. Der Feind konnte nicht fliehen, da verborgene Soldaten den Rückzug mit Heckenschützen behinderten. Und wenn der Feind einen Gegenangriff unternahm, konnte der Trupp im Flaschenhals vorne, rechts oder links zuschlagen.

Wenn der Angriff die feindlichen Soldaten zurückweichen ließ, wurden sie von den Kräften überrascht, die sich in ihrem Rücken befanden. In diesem Moment griffen beide Trupps der geteilten Einheit massiv an. Gut ausgeführt und unter dem Schutz der Nacht oder entsprechender geografischer Gegebenheiten war es einer relativ kleinen Einheit mit einer Kommandoaktion Flaschenhals möglich, wesentlich stärkere Truppen zu besiegen.

Colonel August konnte nicht auf die Dunkelheit zählen, um ins Auditorium des Sicherheitsrats zu kommen. Selbst wenn es ihm gelang, für einige Sekunden das Licht zu löschen, wäre das eine unnötige Warnung für die Terroristen. Ihm war totale Überraschung lieber. Leider würden die Gegner bei voller Beleuchtung auch sofort begreifen, daß er ganz allein war. Sie würden ihn in den Saal kommen sehen, genau wie sie auch die Sicherheitskräfte der Vereinten Nationen gesehen hatten. Wenn sie schnell handelten, konnte der Flaschenhals zerbrochen werden.

Sollte es dazu kommen, hatte August allerdings noch verschiedene Vorteile. Seine Ausbildung war die eines Soldaten, nicht die eines Sicherheitspolizisten. Die Sitze im Sicherheitsrat würden ihm Deckung bieten. Wegen der langen, offenen Treppe würde es den Terroristen kaum gelingen, sich an ihn heranzuschleichen, insbesondere wenn er sich duckte und in den oberen Reihen in Bewegung blieb. Wenn die Terroristen versuchen sollten, Geiseln als menschliche Schutzschilde einzusetzen, hatte der Kommandeur der Strikers zwei weitere Vorteile. Einer davon war sein sicheres Auge. Brett August gehörte zu den besten Schützen von allen Spezialeinheiten, und ein Schrank voller Trophäen bewies seine Qualitäten. Nur Mike Rodgers hatte noch mehr errungen. Der andere Vorteil bestand darin, daß August keine Angst davor hatte, von seiner Waffe Gebrauch zu machen. Wenn er es riskieren mußte, eine Geisel zu töten, um einen Terroristen zu eliminieren, war er auch dazu bereit. Wie Mike Rodgers bereits gesagt hatte, wenn sie nicht entschieden und bald handelten, würden sowieso alle Geiseln sterben.

Die Gartenanlagen erstreckten sich über mehrere Blocks in Richtung Süden. Eigentlich war es ein kleiner Park mit Büschen und Bäumen und einer riesigen Statue des heiligen Georg, der den Drachen erschlägt, in der Mitte. Diese Statue, ein Geschenk der ehemaligen Sowjetunion, war aus Teilen der sowjetischen SS-20 und der amerikanischen Pershing-Raketen mit nuklearen Sprengköpfen gefertigt, die in der Folge des Abrüstungsabkommens für Mittelstreckenraketen von 1987 verschrottet worden waren. Wie die Vereinten Nationen, so war auch diese Statue eine Geste der Öffentlichkeitsarbeit: ein lauter, verlogener Gruß an den Frieden. Die Sowjets wußten verdammt gut, daß der Frieden äußerst unbeständig war, wenn man über keine SS-20 oder Pershings zu seiner Sicherung verfügte.

*Oder über gute Taktiken wie die Aktion Flaschenhals*, dachte August. Sie war ein russisches Denkmal, das seinen Respekt verdiente.

Fette graue Ratten bewegten sich träge unter den Rosenbüschen. Ratten waren auf ihre Weise gute Kundschafter, denn solange sie unterwegs waren, war klar, daß sich sonst niemand im Gelände aufhielt. Als August näherkam, rannten die Tiere in alle Richtungen auseinander.

Der Colonel duckte sich tiefer, als er an das Ende der Gartenanlagen kam. Angrenzend an den Park befand sich ein offener Hof von etwa zwanzig Meter Durchmesser, der zur Hauptlobby des Gebäudes der Vollversammlung führte. Noch waren zu viele Büsche und Bäume im Weg und sein Blickfeld entsprechend beschränkt.

In seiner Hand hielt August eine der beiden Berettas, die Rodgers ihm gegeben hatte, während die andere in seiner rechten Hosentasche steckte. Seit der Colonel bei seiner letzten Mission in Spanien als Tourist aufgetreten war, hatte er es sich angewöhnt, Hosen mit so tiefen Taschen zu tragen, daß eine versteckte Waffe darin Platz fand. Außerdem hatte er das Funkgerät bei sich, für den Fall, daß er es brauchte, um hineinzugelangen. Sonst hätte er es ausgeschaltet und zurückgelassen. Eine Mitteilung oder statische Geräusche zum falschen Zeitpunkt könnten seine Position verraten. Ironischerweise brauchte er unter Umständen genau so etwas, um in das Gebäude zu gelangen.

Als er noch ungefähr achtzig Meter vom Haus der Vollversammlung entfernt war, konnte August an den anderen, kleineren Skulpturen vorbeisehen bis hin zum eigentlichen Komplex der Vereinten Nationen. Außer den drei über dem Gelände kreisenden Hubschraubern sorgten zusätzlich alle Scheinwerfer des Hofes für taghelle Beleuchtung; vor dem Haupteingang hielt ein halbes Dutzend New Yorker Polizisten Wache. Rodgers hatte die Lage richtig eingeschätzt. Man hatte der Polizei erlaubt, sich von ihren Überwachungskabinen an der Straße auf das Gelände der Vereinten Nationen zu begeben, nachdem die UN-Wachen abkommandiert worden waren.

August konnte nicht den Aufgang über die Treppe nehmen und riskieren, daß er von ihnen gesehen wurde. Die New Yorker Polizisten waren anders als die UNO-Sicherheitskräfte; ihr Verhalten ähnelte mehr dem der Strikers. Sie wußten, wie man Feinde zu Boden brachte und dort festhielt. Während seiner Tätigkeit als NATO-Berater hatte August mit einem ehemaligen Abteilungsleiter des

Emergency Service der New Yorker Polizei gearbeitet, der NATO-Strategen in bezug auf Geiselnahmen ausbildete. Die Vorgehensweise der New Yorker Polizei bestand darin, einen inneren Ring aufzustellen und zu sichern, ihn dann so eng wie möglich zusammenzuziehen, um anschließend spezielle Waffen und schwere Schutzwesten herbeizuholen. Jetzt waren sie bereit, die Geiselnehmer anzugreifen, wenn die Verhandlungen fruchtlos blieben.

Diese Krise wäre schon vor Stunden beendet worden, wenn Chatterjee nicht so zuvorkommend gewesen wäre. Doch ihr Verhalten gehörte zu dieser neuen, weltweiten Mentalität nach dem Krieg am Persischen Golf. Eine Nation bricht internationales Gesetz. Allgemeine Dialoge und Verhandlungen beginnen, während der Gesetzesbrecher stärker wird und sich immer mehr verschanzt. Wenn es schließlich zu einer Entscheidung kommt, braucht man eine größere Koalition von Kräften, um der Sache Herr zu werden.

Das war alles dummes Zeug. Man mußte einfach nur den Urheber des Problems die Gewehrläufe sehen lassen. Dann würde er schnell genug nachgeben.

August achtete selten auf die Uhrzeit. Grundsätzlich bewegte er sich, so schnell und so effizient er konnte, und seine knappen Zeiteinschätzungen ließen ihm eine gewisse Pufferzone. Bis jetzt hatte er noch nie eine vorgegebene Frist überschritten. Aber auch ohne einen Blick auf seine Uhr wußte er, daß ihm keine Zeit blieb, um zu erklären, wer er war und was er hier tat. Statt dessen entschloß er sich, den Park zu verlassen und zum FDR Drive hinunterzuspringen. Die Schnellstraße verlief unterhalb des breiten Grünstreifens, der den Park nach Osten begrenzte. Obwohl er sich fallen lassen mußte, statt die Treppen hinter dem Komplex der Vereinten Nationen zu benutzen, war es nach seiner Einschätzung die einzige Methode, um ungesehen in die Tiefgarage zu gelangen.

Auf dem Weg zum Fluß lief August auf dem Kieselpfad entlang, der zu dem betonierten Gehweg führte. Dann kam er jenseits des Grünstreifens an einen niedrigen Metallzaun und stieg hinüber. Auf dem Bauch in Richtung Osten liegend, blickte er über den Rand des Gehwegs nach unten. Zur Schnellstraße betrug die Fallhöhe etwa vier Meter, und es gab nichts, woran man sich festhalten konnte. Er holte das Funkgerät aus der Tasche und steckte die Pistole ein. Dann nahm er seinen Gürtel ab und zog das schmälere Ende durch die Trägerschlaufe des Walkie-talkies, bis die Schnalle gegen den Griff stieß. Er schlang den Gürtel um eine der dünnen Stangen, die das Geländer stützten. Während er sich mit den Händen an beiden Enden seines improvisierten Kletterseils festhielt, ließ er sich langsam auf der Straßenseite hinunter. Die Schnallenseite des Gürtels mit dem Funkgerät fest im Griff, ließ er die andere Seite los und fiel die restlichen knapp zwei Meter auf den Asphalt.

Er landete mit leicht angewinkelten Knien und stand schnell auf. Die Tiefgarage der Vereinten Nationen befand sich in Richtung Süden, direkt vor ihm. Noch konnte er den Eingang nicht klar erkennen, da er von der Ecke eines Gebäudes auf der Nordostseite der Straße verdeckt war.

Während er durch die unheimliche Stille unterhalb der Schnellstraße schlich, schnallte er sich den Gürtel wieder um. Als er der Garageneinfahrt näherkam, erblickte er zwei Polizisten, die an der Ostseite des offenen Tors standen. Von innen war die Garage beleuchtet, doch draußen war es dunkel. Wenn es ihm gelang, die Polizisten von der Einfahrt wegzulocken, würde er ohne Schwierigkeiten und ungesehen zum Tor gelangen.

August sah auf seine Uhr. In zwanzig Sekunden würde Rodgers sein Funkgerät auf volle Lautstärke drehen. Da sein eigenes Walkie-talkie ebenfalls bis zum Anschlag aufgedreht war, würde das charakteristische Pfeifen einer statischen Rückkopplung erfolgen. In diesem Augenblick hätten die Polizisten drei Alternativen: Entweder würden beide Beamte dem Geräusch folgen, oder einer würde nachsehen, während der andere auf seinem Posten blieb, oder aber sie würden Verstärkung rufen.

Nach Augusts Einschätzung würden beide Polizisten nachsehen. Sie konnten es sich nicht erlauben, eine mögliche Bedrohung zu ignorieren, und wahrscheinlich folgte die New Yorker Polizei den Einsatzrichtlinien der Polizei in anderen Großstädten, die keinen Beamten allein in eine potentiell gefährliche Situation gehen ließ.

Sollte dies nicht geschehen, mußte August einen oder beide Polizisten unschädlich machen. Es bereitete ihm kein Vergnügen, Männer der eigenen Seite anzugreifen, aber ihm blieb keine Wahl. Er stellte sich auf eine Konfrontation ein, wobei er sich auf das Ziel konzentrierte, nicht auf die Mittel.

Schnell bewegte er sich durch die Schatten unter der Schnellstraße und legte dann sein Funkgerät in den Rinnstein, nachdem er sich noch einmal davon überzeugt hatte, daß die maximale Lautstärke eingestellt war. Mit nur noch wenigen Sekunden Spielraum duckte er sich daraufhin in einen dunklen Eingang gegenüber der Garage. Ungefähr zehn Meter trennten ihn von der Ecke, etwa die gleiche Distanz fehlte bis zur Garage.

Er streifte die Schuhe ab.

Weniger als fünf Sekunden später schrillte ein markerschütterndes Pfeifen durch die Nacht. August beobachtete, wie die Beamten hinübersahen. Einer von ihnen zog seine Dienstwaffe und seine Taschenlampe und setzte sich in Richtung Straße in Bewegung, während der andere Polizist den Schlüsselcode für den Vorgang durchgab. Das Geräusch wurde als nicht verbrechensrelevant identifiziert.

»Hört sich an wie ein Funkgerät«, sagte der Meldung erstattende Beamte. »Haben wir sonst noch jemanden in diesem Block?«

»Negativ«, kam die Rückmeldung.

»Verstanden«, sagte der Polizist. »Ich gehe mit Orlando nachsehen.«

Der erste Polizist näherte sich dem Funkgerät vorsichtig, wobei er seine Taschenlampe auf die Gebäudeseite an der Nordostecke richtete. Sein Partner hielt sich ein wenig

seitlich und rückte mit gezogener Waffe und eingeschaltetem Funk vorwärts. August wettete, daß sie ihn sofort erschießen würden, sollten sie ihn sehen. Deshalb mußte er
dafür sorgen, daß es nicht dazu kam.

Während das Funkgerät weiterhin lärmte, beobachtete
er die Beamten. Als sie die Ecke erreichten, duckte er sich
und rannte in Strümpfen über die Straße. Er lief, ohne einen einzigen Laut zu verursachen, und merkte dabei nicht
einmal, auf was er trat. Nur das Ziel zählte.

Als er das Garagentor erreichte und vor sich den Aufzug erblickte, hatte er nur noch ein Ziel.

Zu gewinnen.

# 46

*New York/New York – Sonntag, 0 Uhr 06*

Die Generalsekretärin stand immer noch im Korridor vor
dem Sicherheitsrat. Wenig hatte sich seit Beginn der Belagerung geändert. Einige Delegierte waren gegangen,
andere heraufgekommen. Die Sicherheitsbeamten waren
nervöser als zuvor, insbesondere diejenigen, die an dem
abgebrochenen Angriff teilgenommen hatten. Der junge
Lieutenant Mailman, ein britischer Offizier, der nach New
York gekommen war, nachdem er bei der Planung von
Operation Wüstenfuchs im Irak mitgeholfen hatte, war am
unruhigsten von allen. Nachdem Chatterjee den Terroristen Hoods Nachricht übermittelt hatte, kam der Offizier
zu ihr herüber.

»Madam?«

Die Stille war bedrückend. Obwohl er flüsterte, klang
seine Stimme sehr laut.

»Ja, Lieutenant?«

»Madam, der Plan von Colonel Mott war gut. Wir konnten unmöglich die Variable voraussehen, die anderen Pi-
stolenschützen.«

»Was wollen Sie damit sagen?«

»Jetzt sind nur noch drei Terroristen übrig, und ich habe einen Plan, der funktionieren könnte.«

»Nein«, sagte sie mit freundlicher Stimme. »Wie wollen Sie wissen, daß es keine anderen Variablen geben wird?«

»Das kann man vorher nie wissen«, gab er zu. »Soldat sein bedeutet nicht, die Zukunft vorherzusagen. Es geht darum, Kriege zu führen. Das kann man nicht, solange man nur zuschaut.«

Von der Innenseite der Auditoriumstür hörte man jetzt Geräusche. Schluchzen, Schläge, Schreie. Irgend etwas geschah im Sicherheitsrat.

»Ich habe Ihnen meine Antwort gegeben«, erwiderte sie.

Einen Augenblick später rief Paul Hood an. Enzo Donati gab ihr das Handy.

»Ja?« fragte Chatterjee nervös.

»Sie hat uns verraten«, sagte Hood.

»O mein Gott, nein«, stöhnte Chatterjee. »Deswegen die Geräusche von drinnen!«

»Was für Geräusche?« fragte Hood.

»Es hört sich an wie ein Kampf«, antwortete sie. »Sie werden noch eine Geisel hinrichten.«

»Nicht unbedingt«, sagte Hood. »Einer meiner Männer ist auf dem Weg nach oben. Er kommt in Zivilkleidung …«

»Nein!« sagte die Generalsekretärin.

»Frau Generalsekretärin, Sie müssen uns diesen Fall übernehmen lassen«, erwiderte Hood. »Sie haben keinerlei Plan. Wir haben …«

»Sie hatten einen Plan, und wir haben versucht, ihn durchzuführen«, wandte sie ein. »Er ist fehlgeschlagen.«

»Dieser wird nicht …«

»Nein, Mr. Hood!« sagte Chatterjee und unterbrach die Verbindung. Das Telefon klingelte noch einmal. Sie stellte es aus und gab es Donati. Dann befahl sie ihrem Assistenten, sich zu entfernen.

263

Es war, als ob sich alles um sie drehte. Sie fühlte sich zur gleichen Zeit schwindlig, elektrisiert und erschöpft. Waren das die Empfindungen im Krieg? Ein reißender Fluß, der den Menschen zu Orten führte, wo das Beste, was man tun konnte, das Beste, worauf man hoffen konnte, darin bestand, Vorteile daraus zu ziehen, daß sich ein anderer Mensch noch schwindliger und erschöpfter fühlte als man selbst?

Chatterjee blickte zur Tür des Sicherheitsrats. Sie würde es noch einmal versuchen müssen. Was gab es sonst für Möglichkeiten?

In diesem Augenblick geschah etwas im Korridor unterhalb der Tür des Wirtschafts- und Sozialrats. Verschiedene Delegierte drehten sich um, und Beamte der Sicherheitskräfte machten sich auf den Weg, um nach der Ursache des Tumults zu sehen.

»Da kommt jemand!« rief einer der Sicherheitspolizisten.

»Ruhe, verdammt noch mal!« zischte Mailman.

Der Lieutenant rannte zu den Polizisten. Gerade als er sie erreichte, bahnte sich der barfüßige Colonel August einen Weg durch die Delegierten, beide Hände erhoben, um den Sicherheitskräften zu zeigen, daß er unbewaffnet war. Doch ließ er sich keine Sekunde lang aufhalten.

»Lassen Sie ihn durch!« flüsterte Mailman so laut er konnte.

Die Kette der blauen Hemden öffnete sich auf sein Kommando, und August kam auf ihn zu. Jetzt griff er in seine Hosentaschen und holte beide Berettas hervor. Seine Bewegungen waren schnell und sicher, ohne überflüssige Schnörkel. Nur drei Meter trennten ihn noch von der Tür. Zwischen ihm und dem Auditorium des Sicherheitsrats stand nur noch Mala Chatterjee.

Die Generalsekretärin blickte in Augusts Gesicht, während er auf sie zukam. Seine Augen erinnerten sie an den Tiger, den sie einmal in der Wildnis in Indien gesehen hatte. Dieser Mann hatte seine Beute gerochen, und nichts würde mehr zwischen ihn und diese Beute kommen. In diesem Moment schienen seine Augen der einzige Fixpunkt in ihrem Universum zu sein.

Sie hatte nicht gewollt, daß es soweit kam. Leo Trotzkij hatte einmal geschrieben, daß ihm die Gewalt als der kürzeste Weg zwischen zwei Punkten erscheine. Die Generalsekretärin wollte das nicht glauben. Als sie an der Universität von Delhi studiert hatte, unterrichtete Professor Sandhya A. Panda, ein Anhänger Gandhis, Pazifismus, als ob es sich um eine Religion handelte. Chatterjee war diesem Glauben gefolgt. Doch in den letzten fünf Stunden war alles, was ins Leere laufen konnte, ins Leere gelaufen. Ihre Bemühungen, ihre Selbstaufopferung, ihre ruhigen Gedanken. Colonel Mott hatte mit seinem verunglückten Angriff zumindest erreicht, daß das verwundete Mädchen in ein Krankenhaus gebracht wurde.

Plötzlich hörte man einen leisen Aufschrei von der anderen Seite der Tür. Es war die Stimme eines Mädchens, hoch und gedämpft.

»Nein!« schluchzte sie. »*Bitte nicht!*«

Chatterjee erstickte ihren eigenen unwillkürlichen Aufschrei. Mit einem Reflex drehte sie sich um und wollte zu dem Mädchen gehen, aber August hielt sie mit festem Griff auf und stürzte an ihr vorbei.

Die Pistole im Anschlag, folgte Lieutenant Mailman dem Colonel. Einige Schritte hinter ihm hielt er inne.

Chatterjee wollte ihnen nachlaufen, doch Mailman drehte sich um und hielt sie zurück. »Lassen Sie ihn gehen«, sagte er ruhig.

Chatterjee hatte weder die Energie noch die Willenskraft, um sich zu widersetzen. Im Irrenhaus fühlen sich nur die Verrückten zu Hause. Beide sahen zu, wie der Colonel an der Tür innehielt, aber nur für den Bruchteil einer Sekunde. Mit der Unterseite seiner Handfläche drehte er den Türknauf. Immer noch waren seine Bewegungen sauber und effizient.

Einen Herzschlag später drang er in den Saal ein.

# 47

*New York/New York – Sonntag, 0 Uhr 07*

Kurz nachdem sie den TAC-SAT-Anruf von Barone beantwortet hatte, trat Annabelle Hampton an den Schrank, nahm sich eine der letzten Berettas und ging auf den Korridor. Es war niemand zu sehen. Die Bastarde, die versucht hatten, sie einzuschüchtern, waren verschwunden. Sie lief an den verschlossenen Büroräumen, Schränken und Toiletten vorbei in Richtung Treppenhaus.

Aus zwei Gründen wollte Annabelle nicht mit dem Aufzug fahren. Einmal waren Überwachungskameras in die Decke eingebaut. Und zweitens könnten die Männer vom OP-Center in der Lobby auf sie warten. Im Treppenhaus konnte sie bis in den Keller hinuntergehen und von dort durch eine Seitentür auf die Straße gelangen. Später würde sie wieder Kontakt zu Georgiew aufnehmen, wie vereinbart. Sie hatte die beiden CIA-Mitarbeiter damit beauftragt, Georgiew aus dem Krankenzimmer der Vereinten Nationen herauszuholen. Ihrem Vorgesetzten würde sie sagen, daß sie Georgiew habe wegschaffen lassen, weil er zuviel über die CIA-Operationen in Bulgarien, Kambodscha und im übrigen Fernen Osten wisse. Diese Informationen dürften nicht in die Hände der Vereinten Nationen fallen. Außerdem würde sie ihm erzählen, daß die Männer vom OP-Center mit den Terroristen gemeinsame Sache machten. Das würde die Spezialtruppe lange genug auf Distanz halten, so daß sie ihren Anteil am Lösegeld abholen und das Land verlassen konnte. Sollte es kein Lösegeld geben, hatte sie immer noch das Geld, das Georgiew ihr als Vorauszahlung gegeben hatte, um damit nach Südamerika zu fliegen.

Die Tür zum Treppenhaus ging nach innen auf und war aus massivem Metall gefertigt, wie es die Brandschutzgesetze vorschrieben. Allerdings hatte die Tür kein Fenster, deshalb öffnete sie sie mit aller Vorsicht, für den Fall, daß auf der anderen Seite jemand wartete.

Doch da war niemand. Annabelle ließ die Tür ins Schloß klicken und ging über den Treppenabsatz aus Beton. Bis zum Keller waren es fünf Etagen. Hood oder einer seiner Männer konnten auch dort unten noch auf sie warten. Die Gegenwart des NYPD hielt sie für unwahrscheinlich, da die Polizei ihr Netz gewöhnlich ganz eng warf. Sie wäre in den vierten Stock gekommen, um sie dort festzuhalten, statt ihr eine Gelegenheit zur Flucht zu geben.

Als sie gerade die ersten Stufen nach unten zurückgelegt hatte, ging das Licht aus. Sogar die Notbeleuchtung erlosch, und deren Sicherungen konnten nur direkt vom Sicherungsschrank abgeschaltet werden. Verärgert dachte sie: *Und der befindet sich direkt neben der Herrentoilette. Verdammt sei der Mistkerl, der daran gedacht hat.* Noch mehr ärgerte sie sich über sich selbst, weil sie den Sicherungsschrank nicht überprüft hatte.

Zunächst überlegte Annabelle, ob sie zurückgehen sollte, aber sie wollte nicht unnötig Zeit verlieren oder einen Zusammenstoß mit demjenigen riskieren, der das Licht ausgeschaltet hatte. Sie nahm die Waffe in die linke Hand, griff mit der rechten nach dem Geländer und ging langsam weiter nach unten. Kurz darauf gelangte sie zum Treppenabsatz, machte die Wende und begann, die zweite Treppenhälfte hinabzusteigen. Sie war zufrieden über ihr schnelles Vorwärtskommen.

Bis plötzlich ein grelles Licht vor ihr angeknipst wurde und ein scharfer, unerträglicher Schmerz ihren linken Oberschenkel traf.

Unfähig zu atmen fiel sie zur Seite; dabei entglitt ihr die Pistole, während der Schmerz ihre gesamte linke Seite durchfuhr.

»Licht an!« rief jemand.

Die Treppenhausbeleuchtung ging wieder an, und Annabelle blickte in das fleischige Gesicht eines schwarzhaarigen Mannes, der sich über sie beugte. Sein weißes Hemd steckte in einer marineblauen Uniformhose. In seinen grobschlächtigen Händen hielt er ein Funkgerät und einen schwarzen Polizeischlagstock. Er gehörte zum

Sicherheitsdienst des Außenministeriums, und auf dem Namensschild an seinem Hemd stand *Deputy Chief Bill Mohalley*.

Mohalley nahm ihre Waffe an sich und steckte sie in seinen Gürtel. Wütend versuchte Annabelle aufzustehen, aber es gelang ihr nicht. Sie konnte kaum atmen. Dann hörte sie, wie sich die Tür zum vierten Stock öffnete.

Während der Beamte des Außenministeriums den Rest seines Teams über Funk zum dritten Stock beorderte, rannte Hood die Treppen hinunter. Also hatte er die Beleuchtung ausgeschaltet. Dann stand er auf dem Treppenabsatz und blickte mit traurigem Gesichtsausdruck auf die junge Frau.

»Ich dachte … wir hätten eine Abmachung«, keuchte sie.

»Dachte ich auch«, erwiderte Hood. »Aber ich weiß, was Sie getan haben. Ich habe es gehört.«

»Sie lügen«, brachte sie hervor. »Ich … konnte Sie … auf dem Bildschirm sehen.«

Hood schüttelte nur den Kopf. Mohalley trat zur Seite, als sein Team die Treppe hinaufstürmte.

»Meine Leute werden jetzt übernehmen«, sagte Mohalley zu Hood. »Danke für Ihre Hilfe.«

»Danke dafür, daß Sie mir Ihre Visitenkarte gegeben haben«, erwiderte Hood. »Haben Sie etwas von dem verwundeten Mädchen gehört?«

Mohalley nickte. »Barbara Mathis wird gerade operiert. Sie hat viel Blut verloren, und die Kugel ist immer noch nicht entfernt worden. Die Ärzte tun alles Menschenmögliche, aber es sieht nicht besonders gut aus.« Zu Annabelle gewandt fügte er hinzu: »Sie ist gerade einmal vierzehn Jahre alt.«

»Ich wollte nicht, daß den Kindern etwas geschieht«, keuchte Annabelle.

Hood trat zurück. Kopfschüttelnd drehte er sich um und lief die Treppen hinunter.

Annabelle fiel nach hinten, als die anderen Sicherheitsbeamten des Außenministeriums näherkamen. Ihr Oberschenkel pochte mit unerträglicher Intensität, und ihr Rücken und ihre Seite schmerzten von dem Aufprall auf die Treppenstufen. Doch zumindest konnte sie wieder atmen.

Was sie zu Mohalley gesagt hatte, entsprach der Wahrheit. Ihr tat es leid, daß eine der jungen Musikerinnen vielleicht sterben würde. Das hätte nicht geschehen sollen. Wenn die Generalsekretärin sich nicht so unkooperativ verhalten und das Richtige getan hätte, wäre keinem der Mädchen etwas geschehen.

Obwohl sie es noch nicht richtig fassen konnte, wußte Annabelle, daß sie aller Voraussicht nach den Rest ihres Lebens im Gefängnis verbringen würde. So entsetzlich dieser Gedanke auch sein mochte, was sie am meisten störte, war die Tatsache, daß Paul Hood sie ausgetrickst hatte.

Daß sich schon wieder ein Mann zwischen sie und ihr Ziel gestellt hatte.

# 48

*New York/New York – Sonntag, 0 Uhr 08*

Die Holztür des Sicherheitsrats öffnete sich nach außen. Colonel August stand im Türrahmen, gleichzeitig nach dem Killer Ausschau haltend und sich selbst als Zielscheibe anbietend. Er trug eine kugelsichere Weste und war bereit, die Kugeln auf sich zu lenken, wenn er damit einer Geisel das Leben rettete. Der Terrorist konnte keine Geisel erschießen, wenn er zur gleichen Zeit auf August feuerte.

Als erste Person sah August ein schlankes Mädchen, das weniger als fünf Meter von ihm entfernt wimmernd und zitternd auf dem Boden kniete. Er war sich nicht sicher, wer sie war. Direkt hinter ihr stand der Terrorist. Aus den Augenwinkeln nahm August den Standort der anderen beiden wahr. Einer von ihnen befand sich ganz vorn im

Auditorium, hinter dem halbrunden Tisch. Der andere stand direkt neben der Tür, die zum benachbarten Auditorium des Treuhandrats führte.

Alle Terroristen waren schwarz gekleidet und maskiert. Der Mann direkt vor ihm hielt die langen blonden Haare des Mädchens bei den Wurzeln über ihrer Stirn, so daß ihr Gesicht zur Decke gewandt war. Der Lauf seiner Pistole zeigte direkt auf ihren Scheitel.

August hatte die Maske des Mannes im Visier, aber er wollte nicht zuerst schießen. Wenn er den Terroristen traf, konnte sich dessen Finger immer noch um den Auslöser krümmen und eine Kugel in den Schädel des Mädchens jagen. Im Unterbewußtsein wußte August, daß dies falsch war; wenn er den Mann im Visier hatte, sollte er schießen. Doch der Gedanke, daß es sich um Paul Hoods Tochter handeln könnte, ließ ihn innehalten.

Der Terrorist zögerte und tat dann etwas für August völlig Überraschendes. Direkt hinter dem knienden Mädchen ließ er sich fallen, warf sich zur rechten Seite und rollte hinter eine Sitzreihe. Dabei hielt er weiterhin die Haare des Mädchens fest und zerrte sie mit sich zwischen die Sitze. Offensichtlich wollte er keinen Schußwechsel. Und jetzt hatte er einen menschlichen Schutzschild.

*Verdammt noch mal, du hättest schießen sollen*, tadelte August sich selbst. Statt sich um einen Terroristen weniger sorgen zu müssen, brachte er alle in Gefahr.

Der Terrorist und das Mädchen lagen vier Reihen weiter unten. Mit einem schnellen Handgriff steckte August die Beretta in seiner rechten Hand in die Hosentasche, wandte sich zur linken Seite und lief lautlos auf nackten Füßen ein paar Meter hinter der Zuschauergalerie entlang. Dann griff er mit der freien Hand nach der Trennstange, die hinter der letzten Sitzreihe verlief. Mit einem Satz sprang er über die grünen Samtsitze und sofort weiter über die nächste Reihe. Jetzt war er nur noch zwei Reihen von dem Terroristen und dem Mädchen entfernt.

»Downer, er folgt dir!« schrie einer der Terroristen mit französischem Akzent. »Direkt hinter dir …«

»Verschwinde, oder ich bring' sie um!« schrie Downer, der am Boden liegende Terrorist. »Ich blase ihr das gottverdammte Gehirn aus dem Schädel!«

August war immer noch zwei Reihen entfernt. Der Mann mit dem französischen Akzent kam in seine Richtung gerannt. In zwei bis drei Sekunden würde er auf der Treppe sein. Der dritte Mann hielt die Geiseln in Schach.

»Barone, das Gas!« rief der Franzose.

Der Terrorist mit dem Namen Barone sprintete zu einer Leinentasche, die vorn im Auditorium offen auf dem Boden stand, ganz in der Nähe des Nordfensters. Gerade war August über die dritte Reihe gesprungen. Jetzt konnte er Downer und das Mädchen sehen. Sie duckten sich hinter die nächste Reihe. Der Terrorist lag auf dem Rücken und hielt das Mädchen mit dem Gesicht nach oben über sich. Aber August hatte ein Problem.

Bei der Kommandoaktion Flaschenhals war vorgesehen, den Tod des Mädchens zu verhindern und den nächsten der drei Terroristen außer Gefecht zu setzen, um auf diese Weise einen Brückenkopf an der Rückseite des Auditoriums zu etablieren, bis General Rodgers eintraf. Das war jedoch nicht geschehen. Leider war nicht nur die Aktion Flaschenhals gestorben; er mußte zudem seine gesamten Prioritäten neu ordnen. Zuerst kümmerte er sich am besten um das Gas.

Barone befand sich auf der gegenüberliegenden Seite des halbrunden Tisches, geschützt durch den Tisch und die Geiseln. Seine Maske hatte er bereits abgenommen und aus der Leinentasche drei Gasmasken hervorgezogen. Er setzte eine auf, während er die anderen beiden an seine Partner verteilte. Die anderen Männer benutzten sie nicht sofort, da sie ihre Sicht stark beeinträchtigt hätten. Dann lief Barone zur Leinentasche zurück und entnahm ihr einen schwarzen Kanister.

August drehte sich um und rannte auf die Nordseite des Auditoriums zu. Der französische Terrorist hatte die Treppe auf der Südseite erreicht und sprintete nach oben. August wollte nicht anhalten und ihn in einen Schuß-

271

wechsel verwickeln. Selbst wenn der Franzose ihn verfolgen würde, wäre er in einer besseren Position, um Barone zu erwischen, wenn er sich auf der gleichen Seite des Sicherheitsrats befand.

Immer noch standen ihm der Tisch und die eng zusammengedrängten Geiseln im Weg.

»Alle stehenbleiben!« schrie August. Wenn sie liefen, könnten sie zwischen ihn und Barone geraten.

Keiner machte eine Bewegung.

Dann hatte August die Treppe erreicht und begann, nach unten zu laufen. Seinen rechten Arm hielt er an die Brust gepreßt, denn an seiner Seite wäre er wesentlich verwundbarer. Der Franzose war jetzt genau auf der gegenüberliegenden Seite des Raumes. Plötzlich stoppte er und feuerte mehrmals. Zwei der vier Schüsse trafen August an der Seite und auf Höhe der Rippen. Die Wucht des Aufpralls warf ihn gegen die Wand, obwohl die kugelsichere Weste die Kugeln abgefangen hatte.

»Dich habe ich erwischt, du Bastard!« schrie der Franzose triumphierend. »Downer, deck mich!« rief er dann, während er zwischen zwei der mittleren Stuhlreihen der Zuschauergalerie in Richtung Nordseite kam.

Der Australier warf das Mädchen zur Seite und stand auf. Dabei brüllte er voller Frustration und Wut.

Nachdem er sich von der Wand gelöst hatte, kroch August die Treppen weiter nach unten. Den scharfen Schmerz in seiner Seite ignorierte er, so gut es ging. Hinter den Sitzreihen, wo er sich jetzt befand, konnte der Franzose ihn nicht treffen. Und Barone war fast in seinem Visier.

In diesem Augenblick krachte die Auditoriumstür hinter ihm auf. Aus den Augenwinkeln sah August, wie der Franzose zwischen den Sitzreihen vornüberstürzte. Downer duckte sich schnell, als er Lieutenant Mailman mit seiner Waffe in der offenen Tür hocken sah.

»Laufen Sie weiter, Sir!« rief Mailman.

*Guter Mann*, dachte August. Mailman hatte auf den Franzosen geschossen, doch August war sich nicht klar darüber, ob der Terrorist getroffen war oder nicht.

Als August die letzte Stufe erreichte, war Barone gerade dabei, sorgfältig einen roten Plastikstreifen von der Kanisteröffnung zu entfernen. Er warf den Streifen neben sich und begann, den Deckel abzuschrauben. August feuerte zweimal. Die Kugeln bohrten sich in die linke Seite von Barones Kopf und streckten ihn zu Boden. Der halbgeöffnete Kanister fiel auf den Teppich, wobei eine dünne grüne Rauchfahne hochstieg.

August fluchte, stand auf und rannte auf die Tür zu, die zum Treuhandrat führte. Er hatte es sich in den Kopf gesetzt, zum Kanister zu gelangen und ihn wieder zu verschließen. Wenn er das nicht schaffte, konnte er vielleicht die Geiseln decken, während sie durch diese Tür flohen.

Doch so weit kam er nicht.

Der Franzose tauchte auf der Nordseite der Zuschauergalerie wieder auf, unverletzt, und eröffnete das Feuer auf August. Allerdings zielte er dieses Mal auf die Beine des Colonels.

August fühlte zwei scharfe Bisse, einen in seinem linken Oberschenkel, den anderen neben dem rechten Schienbein. Mit teuflischen Schmerzen ging er zu Boden. Er biß die Zähne zusammen und kroch vorwärts. Beim Schmerzbewältigungstraining hatte man ihm eingeschärft, kleine, erreichbare Ziele zu verfolgen. Nur auf diese Weise blieben Soldaten bei Bewußtsein und funktionsfähig. Er konzentrierte sich darauf, wo er hin mußte.

Hinter ihm feuerte Downer auf Mailman und trieb ihn durch die Tür wieder aus dem Saal heraus. In der Zwischenzeit war der Franzose einige Stufen heruntergekommen.

Der Kanister war nur noch ein paar Meter entfernt. Der Verschlußdeckel befand sich zwar noch an seinem Platz, doch das Gas begann sich bereits langsam auszubreiten. August mußte unbedingt den Deckel wieder zuschrauben. Er hatte keine Zeit, sich umzudrehen und zu schießen.

Plötzlich barst etwa vier Meter vor ihm klirrend die Fensterwand. Die großen braunen Vorhänge des nördlichsten Fensters wurden aufgerissen, und kugelsicheres Glas flog quer durch den Vorderabschnitt des Sicherheitsrats. Fast gleichzeitig hörte man ein fürchterliches Krachen, als der obere Teil des hochragenden Fensters nach unten donnerte.

Einen Augenblick später trat Mike Rodgers in den Raum, pünktlich auf die Sekunde.

## 49

*New York/New York – Sonntag, 0 Uhr 11*

*Das sieht nicht nach einer Aktion Flaschenhals aus*, dachte Mike Rodgers, als er sich im Auditorium des Sicherheitsrats umschaute. Eher ein Beweis für das Striker-Motto, daß niemals irgend etwas mit Garantie eintraf.

Rodgers hatte den Rosengarten auf demselben Weg durchquert wie August. Als er den Innenhof erreichte, begann der Schußwechsel, und die meisten der Polizisten liefen hinein. Ungesehen drang er bis zu den Hecken auf der Ostseite des Hofes vor. Dann kroch er zum nördlichen Fenster des Sicherheitsrats, plazierte unverzüglich den C4-Sprengstoff und brachte ihn Sekunden später zur Explosion. Er nahm nur eine relativ geringe Menge Sprengstoff, um die Menge der Glassplitter auf ein Minimum zu beschränken, da er davon ausging, daß der obere Teil der riesigen Fensterscheibe hinunterstürzen würde, sobald im unteren Teil die Explosion erfolgt war. Genau so geschah es.

Als er ins Auditorium kam, sah Rodgers, daß Colonel August sich etwa vier Meter vor ihm auf dem Boden befand. Er lag auf den Knien und blutete an beiden Beinen. Zwischen ihnen befanden sich ein toter Terrorist und ein Kanister, aus dem Gas entwich. Außerdem bemerkte Rodgers den bewaffneten Killer auf dem Treppenabsatz der nördlichen Zuschauergalerie. Offensichtlich war irgend etwas schrecklich schiefgegangen.

Mit zwei Schüssen trieb er den Terroristen zwischen die Sitzreihen. Dann drehte er sich zur Seite und griff nach dem Vorhang. Die Explosion hatte ihn in der Mitte zerrissen; mit einem heftigen Ruck zog er die untere Hälfte vom Fenster. Viele Giftsorten waren bereits bei Hautkontakt tödlich. Er zog es vor, das Gas auf diese Weise einzudämmen, statt den Kanister mit den Händen zu verschließen.

Er warf den schweren Vorhang über den Kanister. Wahrscheinlich hatten sie jetzt noch etwa fünf Minuten Zeit hier drinnen – genug, um alle Geiseln zu evakuieren. Er würde sie durch das zerbrochene Fenster hinausschikken; da es hinter ihm lag, war es einfacher für ihn, die Geiseln bei diesem Fluchtweg zu decken.

Als Rodgers sich zu den Mädchen wandte, die sich um den Tisch drängten, schwang August sich herum und setzte sich auf. Immer noch eine der Berettas haltend, schaute er jetzt auf den hinteren Teil des Sicherheitsrats.

»Los!« sagte Rodgers mit einem Blick in die Gesichter der Mädchen. »Laufen Sie alle durch das Fenster nach draußen, schnell!«

Angeführt von Mrs. Dorn, eilten die Mädchen in Richtung Außenterrasse, um sich in Sicherheit zu bringen. Gleichzeitig wandte sich Rodgers wieder zu August.

»Wo ist der dritte?« fragte er.

»Vierte Reihe von oben«, erwiderte August keuchend. »Er hat eines Mädchen.«

Rodgers fluchte. Da er unter den Mädchen hier unten Harleigh Hood nicht entdeckt hatte, mußte sie es sein.

Während August sprach, manövrierte er sich auf die Knie und kroch zurück in Richtung Treppe. Am Holzgeländer zog er sich hoch und begann, die Treppenstufen zu bewältigen. Offensichtlich bedeutete jeder Schritt eine Qual für ihn; er versuchte, den Großteil seines Gewichts auf seinen linken Arm zu verlagern. Den rechten Arm hielt er ausgestreckt, mit der Beretta im Anschlag. Rodgers brauchte ihn nicht danach zu fragen, was er vorhatte, denn allem Anschein nach bot er sich als Köder an, um die Aufmerksamkeit des Terroristen auf sich zu ziehen. Schleppend kämpfte sich der Colonel die Stufen hinauf.

Rodgers stand zwischen den Geiseln und der Zuschauergalerie. Verschiedene Delegierte hatten sich bereits erhoben und rannten in Richtung Fenster; um besser vorwärts zu kommen, drängten sie die Mädchen zur Seite. Wäre es nach Rodgers gegangen, hätte er diese Leute erschossen. Aber er konnte der Galerie jetzt nicht den Rükken zuwenden. Nicht solange sich dort oben ein bewaffneter Terrorist aufhielt.

Das Auditorium leerte sich schnell, und der dicke Vorhang schien das Gas noch für eine Weile zurückzuhalten. Am liebsten wäre Rodgers zur Nordseite gelaufen, um August zu decken, aber er wußte, daß er sich zunächst um die Sicherheit der Geiseln kümmern mußte. Konzentriert verfolgte er, wie August immer höher humpelte.

Für einen Augenblick schaute Rodgers hinter sich, um nach den Mädchen zu sehen. Sie waren bereits alle draußen, und gerade liefen auch die letzten Delegierten zum Fenster. Als er sich wieder zurückdrehte, hörte er einen Schuß von der Zuschauergalerie. Er sah, wie Augusts Arme zurückflogen, die Waffe des Colonels zu Boden fiel und er selbst gegen die Wand taumelte. Dann fiel er auf den Rücken.

Mit einem Fluch auf den Lippen rannte Rodgers zum Fuß der Treppe. Der Terrorist erhob sich und feuerte auf den General. Da Rodgers keine kugelsichere Weste trug, warf er sich vor der Zuschauergalerie auf den Boden.

»Keine Sorge!« schrie der Terrorist zu Rodgers hinunter. »Hier kommt jeder an die Reihe!«

»Geben Sie auf!« brüllte Rodgers zurück, während er auf dem Bauch in Richtung Treppe robbte.

Der Terrorist gab keine Antwort. Jedenfalls nicht mit Worten – Rodgers hörte zwei Schüsse und einen Aufschrei.

Diesmal fluchte er laut. *Ich werde ihn umbringen*, dachte er erbittert. Dann sprang er mit einem Satz auf, in der Hoffnung, den Terroristen zu erwischen, bevor dieser sich umdrehen und zielen konnte.

Aber Rodgers kam zu spät. Er sah, wie der Terrorist seine Waffe fallen ließ, strauchelte, und dann über der Rückenlehne eines Sitzes in sich zusammenfiel. Auf seinem Rücken zeichneten sich zwei große rote Austrittslöcher von Geschossen ab. Mit einem Blick zur Treppe sah Rodgers, daß August immer noch auf dem Rücken lag. In seiner linken Hosentasche war ein Loch, das vom Durchschuß der Kugeln herrührte.

»Der Hundesohn hätte besser aufpassen sollen«, sagte August und zog die zweite Pistole aus der Tasche. Aus dem Lauf der glänzenden Beretta trat Rauch.

Rodgers war erleichtert, doch noch lange nicht beruhigt. Er wandte sich wieder der steilen Galerie zu. Noch gab es einen dritten Terroristen, der offensichtlich Harleigh Hood als Geisel bei sich hatte. Während der gesamten Schießerei war er merkwürdig ruhig gewesen. Ein Sicherheitsbeamter der Vereinten Nationen duckte sich oben im Türrahmen. Außer dem gedämpften Zischen des Kanisters unter den Vorhängen war es sehr still im Sicherheitsrat. Dann hörten sie plötzlich eine Stimme vom Gang der oberen Zuschauergalerie.

»Ihr habt nicht gewonnen«, sagte Reynold Downer. »Ihr habt nur dafür gesorgt, daß ich mehr Lösegeld bekomme.«

# 50

*New York/New York – Sonntag, 0 Uhr 15*

»Sie sind draußen!« rief ein junger Mann in den Wartesaal. »Die Kinder sind draußen, sie sind in Sicherheit!«

Augenblicklich reagierten die Eltern mit Lachen und Tränen, standen auf und umarmten einander, bevor sie zur Tür drängten. Auf dem Korridor erhielten sie kurz darauf die offizielle Bestätigung. Eine uniformierte Beamte des Sicherheitsdienstes des Außenministeriums kam ihnen entgegen. Sie war mittleren Alters, hatte kurze braune Haare und große braune Augen, und auf ihrem Namensschild stand *Baroni*; sie teilte ihnen mit, daß die Kinder augenscheinlich in guter Verfassung seien, daß sie jedoch als Vorsichtsmaßnahme in die Klinik der New Yorker Universität gebracht würden und daß ein Bus bereitgestellt werde, um die Eltern dorthin zu fahren. Voller Erleichterung dankten die Eltern ihr, als hätte sie persönlich zur Rettung der Kinder beigetragen.

Die Beamte bahnte sich einen Weg in den Saal, während sie den Eltern den Weg zum Aufzug am Ende des Korridors zeigte. Allem Anschein nach war sie auf der Suche nach jemandem. Als sie Sharon Hood entdeckte, berührte sie ihren Arm.

»Mrs. Hood, mein Name ist Lisa Baroni«, begann sie. »Kann ich kurz mit Ihnen sprechen?«

Die Frage ließ augenblicklich Übelkeit in Sharon aufsteigen. »Was ist passiert?« fragte sie.

Lisa manövrierte Sharon vorsichtig von den letzten, den Saal verlassenden Eltern weg. Die beiden Frauen standen direkt am Eingang neben einem der Sofas.

»Was ist los?«

Eindringlich musterte Sharon die Beamte.

»Mrs. Hood«, entgegnete Lisa Baroni, »leider muß ich Ihnen mitteilen, daß Ihre Tochter noch drin ist.«

Diese Worte hörten sich lächerlich an. Vor einem Augenblick waren alle in Sicherheit gewesen, Sharon erleichtert. »Was wollen Sie damit sagen?« fragte sie.

»Ihre Tochter befindet sich noch im Auditorium des Sicherheitsrats.«

»Nein, sie sind draußen!« stieß Sharon wütend hervor. »Der Mann hat gerade gesagt, sie sind draußen!«

»Die meisten Kinder wurden durch ein zerbrochenes Fenster evakuiert«, erklärte die Frau. »Aber ihre Tochter war nicht dabei.«

»Warum nicht?«

»Mrs. Hood, warum setzen Sie sich nicht?« fragte Lisa

leise. Vorsichtig drückte sie Sharon auf das Sofa. »Ich werde bei Ihnen bleiben.«

»Warum war meine Tochter nicht bei der Gruppe?« wiederholte Sharon. »Was geht da drinnen vor? Ist mein Mann im Sicherheitsrat?«

»Alle Einzelheiten der Situation kennen wir nicht«, sagte Lisa behutsam. »Aber wir wissen, daß sich inzwischen drei SWAT-Offiziere im Auditorium des Sicherheitsrats befinden. Es scheint, daß sie alle Terroristen bis auf einen ausgeschaltet haben ...«

»*Und der hat Harleigh!*« schrie Sharon. Sie raufte sich die Haare. »Mein Gott, er hat mein Baby!«

Die Frau griff nach Sharons Handgelenken und hielt sie behutsam fest. Dann schob sie ihre Finger zwischen Sharons eng verkrampfte Finger und drückte sie.

»Wo ist mein Mann?« rief Sharon.

»Mrs. Hood, Sie müssen mir zuhören«, sagte Lisa. »Sie werden alles Menschenmögliche tun, um ihre Tochter zu beschützen, aber es kann eine Weile dauern. Sie müssen jetzt stark sein.«

»Ich will meinen Mann hierhaben!« schluchzte Sharon.

»Wo ist er hingegangen?« fragte die Frau.

»Ich weiß es nicht«, gab Sharon zur Antwort. »Er sagte, er würde etwas unternehmen. Aber er hat sein Funktelefon dabei! Ich muß ihn anrufen!«

»Sagen Sie mir doch einfach die Nummer, ich rufe für Sie an«, bot Lisa an.

Sharon gab ihr die Nummer von Pauls Handy.

»Okay«, sagte Lisa. Sie ließ Sharons Hände los und zeigte auf einen der Tische. »Lassen Sie mich kurz rübergehen und anrufen. Bleiben Sie hier sitzen, ich bin gleich zurück.«

Sharon nickte. Dann begann sie, leise vor sich hin zu schluchzen.

Lisa Baroni ging zum Tisch mit den Telefonen und versuchte, Hood zu erreichen, aber der hatte sein Funktelefon abgestellt.

Es gelang Sharon nicht, sich an eine Gelegenheit zu erinnern, in der sie sich so wütend und verzweifelt gefühlt hatte. Sie brauchte jetzt keine Angestellte des Außenministeriums, um ihre Hand zu halten, sie brauchte ihren Mann. Mit ihm hätte sie jetzt sprechen müssen, um sich nicht so schrecklich allein zu fühlen. Egal was er gerade tat, wo immer er war, zumindest hätte er mit ihr *sprechen* können. Mehr verlangte sie nicht.

Unabhängig davon, wie dieser Tag enden würde – eines wußte Sharon sicher.

Dies würde sie Paul nie verzeihen.

Niemals.

# 51

*New York/New York – Sonntag, 0 Uhr 16*

Paul Hood rannte durch den Park, als er die Explosion vernahm und den Lichtblitz hinter dem Gebäude der Vereinten Nationen sah. Da er keine Glassplitter sah oder fallen hörte, nahm er an, daß Mike Rodgers das Fenster nach innen gesprengt hatte. Mit großer Anstrengung lief Hood noch schneller und sah währenddessen, wie die Polizisten, die bisher den Eingang zur Lobby bewacht hatten, zurückkamen. Als Hood die Terrasse einsehen konnte, rannten Kinder und Delegierte bereits durch das zerschmetterte Fenster nach draußen.

*Sie haben es geschafft*, dachte Hood stolz. Hoffentlich waren Rodgers und August unverletzt.

Außer Atem erreichte Hood endlich den Innenhof. Einer der Polizisten war zur First Avenue vorausgelaufen. Offensichtlich hatte er über Funk Kontakt mit dem medizinischen Personal aufgenommen und wollte ihnen zeigen, wo sie ihre Stationen aufbauen konnten – auf dem Parkplatz, in ausreichender Entfernung vom Gebäude. Inzwischen halfen andere Polizeibeamte den jungen Frauen und den Delegierten über den Innenhof zum Parkplatz. Alle schienen in der Lage zu sein, sich ohne fremde Hilfe fortzubewegen; sie machten einen relativ unbeschädigten Eindruck.

Für einen Moment blieb Hood stehen und sah zu, wie sie näherkamen. Noch konnte er Harleigh nicht unter ihnen entdecken, aber er erkannte eine ihrer Freundinnen, Laura Sabia, und ging zu ihr hinüber.

»Laura!« rief er.

Einer der Polizisten kam, um ihn zurückzuhalten.

»Entschuldigen Sie, Sir, aber Sie müssen warten, bis Ihre Tochter ...«

»Sie ist nicht meine Tochter. Ich bin Paul Hood vom OP-Center in Washington. Wir haben diese Rettungsaktion organisiert.«

»Meine Glückwünsche«, sagte der Beamte, »aber trotzdem muß ich Sie bitten, den Weg frei zu machen und uns ...«

»Mr. Hood!« rief Laura und wandte sich in seine Richtung.

Hood glitt an dem Polizisten vorbei, rannte hinüber und faßte nach der Hand des Mädchens. »Laura, Gott sei Dank. Alles in Ordnung?«

»Ich bin okay«, sagte sie unsicher.

»Was ist mit Harleigh?« fragte er. »Ich habe sie noch nicht entdeckt.«

»Sie ist – sie ist immer noch da drin.«

Wie ein Faustschlag in den Magen traf es Hood. »Da drin?« fragte er ungläubig. »Im Sicherheitsrat?«

Laura nickte.

Hood sah dem Mädchen in die verängstigten Augen. Es gefiel ihm überhaupt nicht, was er dort sah. »Ist sie verletzt?«

»Nein«, entgegnete Laura kopfschüttelnd und begann zu weinen. »Aber er hat sie bei sich.«

»Wer?«

»Der Mann, der auf Barbara geschossen hat.«

»Einer der Terroristen?« fragte Hood.

Laura nickte wieder.

Mehr brauchte Hood nicht zu hören. Abrupt ließ er Lauras Hand los. Ohne den Halt-Rufen des Polizisten die geringste Aufmerksamkeit zu schenken, eilte er auf die Terrasse zu.


# 52

*New York/New York – Sonntag, 0 Uhr 18*

Harleighs Kopf tauchte über den Rücklehnen der Sitze auf und stoppte dann. Downer befand sich hinter den Sitzen, ihre Haare immer noch fest im Griff. Ihr Gesicht war blaß und nach oben gerichtet, die Haut um ihre Augen an den Schläfen zum Zerreißen gestrafft. Die Spitze des Pistolenlaufs drückte sich gegen ihren Hinterkopf.

Mike Rodgers stand am Fuß der Zuschauergalerie, in der Mitte. Wegen der steil ansteigenden Sitzreihen und der dazwischenliegenden Sitze war sein einziges mögliches Ziel in diesem Moment die linke Hand des Geiselnehmers. Das war zu nah an Harleighs Hals, und außerdem hatte der Terrorist die Waffe in der rechten Hand. Rodgers hielt seine Pistole weiterhin auf die Hand gerichtet, obwohl er wußte, daß sie nicht mehr allzuviel Zeit hatten. Der Vorhang würde das Giftgas nur noch ein paar Minuten zurückhalten. Selbst wenn er an eine der Gasmasken gelangen könnte, war Harleigh damit nicht geholfen.

Rechts von Rodgers kroch August die Stufen auf der Nordseite des Auditoriums hinauf. Trotz der offensichtlich schmerzenden Schußwunden hatte der Colonel nicht die Absicht, bei dieser Aktion den Zuschauer zu spielen. Hinter dem Terroristen hatte ein Sicherheitsagent der Vereinten Nationen den Raum vorsichtig durch die Hintertür betreten. Das mußte jener Lieutenant Mailman sein, der Generalsekretärin Chatterjee nach der fehlgeschlagenen Angriffsaktion im Sicherheitsrat informiert hatte.

Plötzlich hörte Rodgers hinter sich ein Geräusch. Als er

sich umdrehte, erschien Hood im Rahmen des zerschmetterten Fensters. Rodgers machte ihm ein Zeichen, vorläufig draußen zu bleiben.

Hood zögerte für einen Augenblick, dann trat er zur Seite, zurück in die Dunkelheit der Terrasse.

Tief durchatmend wandte sich Rodgers wieder der Galerie zu und zielte mit seiner Waffe in die Richtung des Terroristen.

»He, du Held!« schrie der Terrorist. »Siehst du, daß ich sie hier habe?«

Seine Stimme war laut, herausfordernd und kompromißlos. Diesen Mann würden sie nicht einschüchtern können. Aber Rodgers hatte eine andere Idee.

»Siehst du sie?« schrie der Terrorist noch einmal.

»Ja, ich kann sie sehen«, antwortete Rodgers.

»Und ich werde das verdammte Mädchen umbringen, wenn es sein muß!« brüllte Downer. »Ich werde ihr ein Loch in den gottverdammten Hinterkopf blasen!«

»Ich habe gesehen, wie Sie meinen Partner getötet haben«, entgegnete Rodgers. »Ich glaube Ihnen.«

August stoppte und sah zu Rodgers zurück. Rodgers machte ihm ein Zeichen, sich ruhig zu verhalten. August verstand und stellte sich tot.

»Was sollen wir jetzt tun?« fragte Rodgers.

»Erst mal soll der, der versucht, sich von hinten an mich heranzuschleichen, verschwinden«, erwiderte der Terrorist. »Von hier kann ich seine Füße genau sehen. Außerdem sehe ich das Fenster, deshalb wird es mir nicht entgehen, wenn jemand von dort reinkommt.«

»Keine Tricks«, sagte Rodgers. »Schon verstanden.«

»Ich hoffe es«, erwiderte Downer. »Wenn der Kerl hinter mir draußen ist, bist du dran. Leg die Waffe auf den Boden und streck beide Hände in die Höhe. Wenn ihr beide draußen seid, schickt ihr mir die verfluchte Generalsekretärin herein, mit den Händen auf dem Kopf.«

»Sie haben nicht allzuviel Zeit«, wandte Rodgers ein. »Das Gas wird durch den …«

»Mit dem Gas kenne ich mich aus«, schrie Downer. »Ich

283

*brauche* auch nicht viel Zeit, wenn du das Maul hältst und dich bewegst!«

»In Ordnung«, sagte Rodgers. Dann schaute er zur Tür. »Lieutenant – sehen Sie bitte, ob die Generalsekretärin vor der Tür ist, und bleiben Sie dann draußen. Ich komme zu Ihnen herauf.«

Mailman zögerte.

Abrupt änderte Rodgers die Schußrichtung seiner Waffe; statt auf die Hand des Terroristen zielte er nunmehr auf die Stirn von Lieutenant Mailman. »Lieutenant, ich sagte, ich will Sie hier raushaben.«

Mailman fluchte und verließ das Auditorium rückwärts.

Rodgers kniete nieder, legte seine Pistole auf den Boden und streckte seine Hände in die Höhe. Dann ging er zur Treppe auf der Südseite des Auditoriums und stieg mit schnellen Schritten die Stufen hinauf. Er glaubte nicht, daß der Terrorist sich die Mühe machen würde, auf ihn zu schießen. Bis die Generalsekretärin hereinkam, war Rodgers sein einziges Verbindungsglied zur Außenwelt.

Zügig stieg er die Treppe hoch. Jetzt befand er sich fast auf Höhe der vierten Reihe von oben, wo der Terrorist Deckung gesucht hatte. Dann sah er Harleigh, die ihm den Rücken zudrehte. Das schlanke Mädchen konnte sich nicht bewegen; ihre Haare wurden straff nach hinten gezogen. Es war keine Überraschung für ihn, daß sie in dieser Situation nicht weinte. Aus Gesprächen mit Kriegsgefangenen wußte Rodgers, daß Schmerz die Gedanken beschäftigte. Oft bedeutete der Schmerz eine Gnade, eine Ablenkung von Gefahr oder von einer scheinbar hoffnungslosen Situation.

Am liebsten hätte er etwas gesagt, um Harleigh zu ermutigen. Doch er mußte alles vermeiden, was den Terroristen in irgendeiner Weise irritieren könnte. Auf jeden Fall so lange, wie ein Pistolenlauf gegen den Schädel des Mädchens gepreßt wurde.

Rückwärts trat Rodgers durch die offene Tür, was ihm eine letzte Gelegenheit gab, zur Nordseite des Sicherheitsrats hinüberzuschauen. Von seiner Position aus sah er Brett August nicht. Entweder hatte sich der Colonel dicht an die Stuhlreihen geschmiegt, oder er war aufgrund des enormen Blutverlustes ohnmächtig geworden.

Inständig hoffte Rodgers, daß dies nicht zutraf. Auch so war die Angelegenheit schon schwierig genug.

Er trat auf den Korridor. Chatterjee stand vor ihm und sah ihn einen Augenblick lang an; dann legte sie ihre Hände auf den Kopf und ging zur Tür des Auditoriums.

Kurzentschlossen hielt Rodgers seinen Arm vor die Generalsekretärin, um ihr den Weg zu versperren. »Wissen Sie von dem Giftgas?« fragte er.

»Der Lieutenant hat mich informiert«, erwiderte sie.

Rodgers trat näher an sie heran. »Hat er Ihnen auch gesagt, daß noch einer meiner Männer da drin ist?« flüsterte er.

Sie schien überrascht.

»Der Terrorist glaubt, daß der Mann tot ist«, erklärte Rodgers. »Wenn Colonel August die Gelegenheit erhält, wird er schießen. Ich möchte vermeiden, daß Sie überrascht reagieren und ihn verraten.«

Chatterjees Gesichtsausdruck verdunkelte sich.

Rodgers ließ seinen Arm sinken, und die Generalsekretärin ging an ihm vorbei. Als sie den Sicherheitsrat betrat und die Tür hinter sich zuzog, fühlte Rodgers den Drang, ihr nachzulaufen und sie wieder herauszuziehen. Tief in seinem Bauch verspürte er Übelkeit; er hatte das Gefühl, daß Chatterjee trotz allem, was geschehen war, immer noch an ungeschriebene Grundsätze der Vereinten Nationen glaubte. Grundsätze, die von der Weltorganisation hartnäckig aufrechterhalten wurden, wider den gesunden Menschenverstand und die einfachsten Moralprinzipien.

Grundsätze wie den, daß Terroristen Rechte hätten.

# 53

*New York/New York – Sonntag, 0 Uhr 21*

Mit peinigenden Gedanken betrat Mala Chatterjee das Auditorium des Sicherheitsrats.

Der Terrorist war auf dem Boden in Deckung gegangen. Chatterjee sah das Gesicht seiner Gefangenen, und im gleichen Moment erblickte sie die Waffe am Hinterkopf des Mädchens. Mitgefühl mit der Geisel durchzuckte sie wie physischer Schmerz; gleichzeitig empörte sie dieser terroristische Akt. In diesem Augenblick hätte sie alles getan, um das Mädchen zu retten.

Doch die Generalsekretärin war verunsichert von der Vorstellung, einen Mord zuzulassen, solange es möglicherweise einen anderen Ausweg gab. Wenn sie sich wie diese Leute verhielt, wenn sie ohne Gewissensbisse und ohne Gesetz tötete, was für einen Sinn hätte ihr Leben dann? Sie wußte nicht einmal, ob dieser Mann wirklich jemanden umgebracht hatte, ob er überhaupt jemanden umbringen *konnte*.

Langsam ging sie die Stufen hinunter. »Sie wollten mit mir sprechen«, sagte sie.

»Nein, ich habe Ihnen ausrichten lassen herzukommen«, entgegnete Downer. »Geschwätz liegt mir nicht. Ich will hier raus. Außerdem will ich das haben, weswegen ich gekommen bin.«

»Ich möchte Ihnen helfen«, sagte Chatterjee. Am Anfang des Ganges blieb sie stehen. »Lassen Sie das Mädchen los.«

»Kein *Geschwätz* mehr, habe ich gesagt!« schrie Downer. Harleigh wimmerte, als der Australier noch heftiger an ihren Haaren zerrte. »Da vorn strömt Giftgas aus dem Kanister. Ich brauche einen Platz, wo ich mit der jungen Dame darauf warten kann, daß ich endlich mein Geld und meinen Hubschrauber bekomme. Ich will sechs Millionen Dollar.«

»In Ordnung«, sagte sie.

In diesem Augenblick bemerkte Chatterjee, daß sich auf dem nördlichen Treppenaufgang etwas bewegte. Vorsichtig spähte jemand über die Armlehne des letzten Sitzes. Dann erhob sich der Mann, der zurückgelassen worden war, ein klein wenig und legte den Zeigefinger an seine Lippen.

Innerlich aufgewühlt, kämpfte die Generalsekretärin mit sich selbst. Würde sie einen Rettungsversuch unterstützen oder wäre sie nur die Komplizin bei einem eiskalten Mord? Dieser amerikanische Soldat und sein Partner hatten die anderen Geiseln gerettet. Vielleicht hatten sie dabei töten müssen, aber das gab ihnen nicht das Recht weiterzumorden. Chatterjees Ziel war es immer gewesen, Konfliktlösungen ohne Blutvergießen zu finden. Solange sie noch eine Chance sah, würde sie nicht aufgeben. Außerdem ging es hier auch um Vertrauen. Wenn sie den Terroristen überzeugte, daß sie ihm ernsthaft helfen wollte, konnte sie ihn vielleicht auch überzeugen, sich endlich zu ergeben.

»Colonel August«, sagte sie, »es wurde heute schon genug gemordet.«

August erstarrte. Einen Augenblick lang fragte sich Chatterjee, ob er sie erschießen würde.

»Mit wem reden Sie da?« unterbrach sie Downer. »Wer ist sonst noch hier drinnen?«

»Ein Soldat«, erwiderte sie.

»Dann war der Schweinehund gar nicht tot!« rief Downer voller Wut.

»Legen Sie bitte Ihre Waffen auf den Boden, und verlassen Sie den Saal, Colonel«, sagte Chatterjee.

»Kann ich leider nicht«, gab August verbittert zur Antwort. »Ich bin angeschossen.«

»Du bekommst sofort noch ein paar Kugeln, wenn du dich nicht sofort verpißt!« brüllte Downer.

Der Australier schwang Harleigh mit einem brutalen Ruck herum. Dann zog er sie an den Haaren hoch, kniete sich hinter sie und zielte mit seiner Automatik auf August. Als der Kommandeur des Strikerteams sich zurückfallen ließ, feuerte er mehrmals. Holzsplitter von den Armlehnen flogen in alle Richtungen. Das Echo der Schüsse klang noch einen Moment nach.

Mit wutverzerrtem Gesicht richtete Downer seinen Blick wieder auf Chatterjee. Dabei hielt er Harleigh zwischen sich und August. Inzwischen bemerkte die Generalsekretärin, wie unten im Auditorium das Giftgas langsam unter den Rändern des Vorhangs hervorwaberte.

»Bringen Sie ihn hier heraus!« schrie Downer.

»Ich versuche doch nur, Ihnen zu helfen!« rief Chatterjee zurück. »Lassen Sie mich die Situation …«

»Maul halten! Tun Sie, was ich sage!« brüllte Downer. Dabei drehte er sich zu ihr um. Einen Moment lang wandte er dabei seine Brust zur Vorderseite des Auditoriums.

Ein Pistolenschuß krachte, eine Kugel durchquerte den Raum und schlug ein Loch in die rechte, von Harleigh abgewandte Seite von Downers Hals. Die Pistole fiel ihm aus der Hand, und Harleigh kam frei, als die Wucht der Kugel ihn die Arme hochreißen ließ.

Vorn im Sicherheitsrat sprang Paul Hood auf, in seiner Hand die Beretta, die Mike Rodgers zurückgelassen hatte.

»Runter, Harleigh!« schrie er.

Mit den Händen auf dem Kopf ließ sich das Mädchen auf den Boden fallen. Einen Moment später krachte ein zweiter Pistolenschuß vom nördlichen Treppenaufgang. Colonel August traf den Terroristen genau in die linke Wange, ein weiterer Schuß zerschlug Downers Stirn, als er zu Boden stürzte.

Noch bevor der Körper den Boden erreichte, spritzte sein Blut in alle Richtungen.

Chatterjee schrie laut auf.

Paul Hood ließ die Waffe fallen und stürzte die nördliche Treppe nach oben. Als August ihn weiterwinkte, rannte Hood auf kürzestem Weg zu seiner Tochter.

# 54

*New York/New York – Sonntag, 0 Uhr 25*

Unmittelbar, nachdem er den Sicherheitsrat verlassen hatte, erstattete Mike Rodgers der Abteilung für Gefahrenstoffe der New Yorker Polizei Meldung über das entweichende Giftgas. Das Spezialistenteam traf sich auf dem Innenhof der Nordseite, bereit zum Einsatz, sobald sich keiner mehr im Saal befand. Der gesamte UNO-Komplex war abgeriegelt worden; jetzt stand das Auditorium des Sicherheitsrats unter Quarantäne, und die Türen und Fenster waren mit Plastikplanen bedeckt, die man an den Rändern mit schnelltrocknendem Schaum versiegelt hatte. Da niemand mehr übrig war, um der Polizei zu sagen, um was für ein Giftgas es sich handelte, hatte man ein mobiles Einsatzlabor mitgebracht, um vor Ort eine Analyse vorzunehmen. Kommandoteams des medizinischen Notdienstes der New Yorker Feuerwehr waren zur Stelle und installierten ihre Zelte auf dem Robert Moses Playground unmittelbar südlich der Vereinten Nationen. Auch das Schiff Marine 1 der New Yorker Feuerwehr hatte angelegt. In Situationen mit Gefahrenstoffen war die Gegenwart der Feuerwehr gesetzlich vorgeschrieben. Viele Terroristenorganisationen verfolgen eine Strategie der verbrannten Erde. Wenn sie nicht siegen können, setzen sie alles daran, daß niemand siegt. Da einer der Terroristen spurlos aus dem Krankenzimmer der UNO verschwunden war und die New Yorker Polizei nicht wußte, ob es noch weitere Komplizen gab, mußte sie auf alle Eventualitäten vorbereitet sein. Auch auf einen letzten Akt der Heimtücke.

Paul Hood und seine Tochter hielten sich lange in den Armen, wobei Hood keinerlei Anstalten machte, seine Tränen zu verbergen. Harleigh wurde von heftigem Schluchzen geschüttelt. Ihr Kopf lag an seiner Brust, und sie klammerte sich an seine Arme. Einer der Sanitäter legte ihr eine Decke über die Schultern, bevor er Vater und Tochter den Weg zu den Zelten des Ärzteteams zeigte.

»Wir müssen deiner Mutter Bescheid sagen«, sagte Hood unter Tränen.

Harleigh nickte.

Hinter ihnen stand Mike Rodgers und sah zu, wie Brett August von den Sanitätern weggetragen wurde. Er bot an, Sharon zu ihnen zu bringen. Dann erklärte er Hood, daß er sehr stolz auf ihn sei. Immer noch mit Tränen in den Augen schaute Hood ihm ins Gesicht und bedankte sich. Er wußte, daß ihn, nachdem Rodgers den Sicherheitsrat verlassen und er selbst ins Auditorium geschlichen war, nichts – weder die Sorge um seine eigene Sicherheit noch nationale oder internationale Gesetze – davon abgehalten hätte, sich mit allen Mitteln um Harleighs Rettung zu bemühen.

Hood und seine Tochter gingen mit Delegierten und Sicherheitspersonal zu den Rolltreppen. Während sie nach unten fuhren, wagte er kaum, sich vorzustellen, was jetzt in ihrem Kopf vorging. Sie hielt ihn immer noch ganz fest und starrte mit gläsernen Augen vor sich hin. Sie stand nicht unter Schock, hatte keine der physischen Verletzungen erlitten, die hypovolämische, kardiogene, neurogene, septisch-toxische oder anaphylaktische Schockreaktionen hervorriefen. Aber das junge Mädchen hatte in den letzten fünf Stunden im Saal des Sicherheitsrats zusehen müssen, wie auf Menschen geschossen wurde, darunter eine ihrer besten Freundinnen. Sie selbst wäre um ein Haar hingerichtet worden. Der posttraumatische Streß würde massiv sein.

Aus Erfahrung wußte Hood, daß die heutigen Geschehnisse seiner Tochter in jedem Moment eines jeden Tages ihres restlichen Lebens gegenwärtig bleiben würden. Ehemalige Geiseln waren nie mehr völlig frei. Noch lange später wurden sie verfolgt vom Gefühl hoffnungsloser Isolation, von der Erniedrigung, als Ding behandelt worden zu sein und nicht als menschliches Wesen. Ihre Menschenwürde konnte wieder aufgebaut werden, aber in einer zusammengestückelten Art und Weise. Die Summe dieser Teile würde nie dem zerschlagenen Ganzen gleichkommen.

290

*Was das Leben uns aufbürdet ...* dachte er.

Aber seine Tochter befand sich in Sicherheit in seinen Armen. Als sie die zweite Rolltreppe verließen, sah er Sharon quer durch die Lobby stürzen. Wenn irgend jemand versucht haben sollte, sie am Betreten zu hindern, so war es ihm offensichtlich nicht gelungen. Eine Frau des Außenministeriums lief hinter ihr her und versuchte verzweifelt, mit ihr Schritt zu halten.

»Mein Baby!« schrie Sharon. »*Mein Mädchen!*«

Harleigh löste sich von Hood und rannte zu ihrer Mutter. Sie klammerten sich aneinander und schluchzten unter Krämpfen, wobei Sharon das Mädchen fast in ihren Armen erstickte. Hood blieb stehen.

In Begleitung von Bill Mohalley kam Rodgers zurück. Im Innenhof hinter ihnen sprach Generalsekretärin Chatterjee ärgerlich gestikulierend mit Journalisten.

»Ich möchte Ihnen die Hand schütteln«, sagte Mohalley. Mit mächtigem Griff hielt er Hoods Hand. »Sie drei haben heute das Lehrbuch für Krisenmanagement neu geschrieben. Es war mir eine Ehre, daß ich als Zeuge dabeisein durfte.«

»Danke«, entgegnete Hood. »Wie geht es Brett?«

»Er wird es schaffen«, erklärte Rodgers. »Zum Glück haben die Kugeln keine wichtigen Arterien getroffen. Deshalb verursachen die Wunden mehr Schmerzen, als sie Schaden angerichtet haben.«

Hood nickte. Immer noch sah er zu Chatterjee hinüber. Auf ihrem Kostüm, ihren Händen und ihrem Gesicht klebten Spritzer vom Blut des Terroristen. »Sie macht keinen sehr glücklichen Eindruck«, bemerkte er.

Mohalley zuckte mit den Achseln. »Wir werden noch viel Mist darüber hören, was Sie hier getan haben«, sagte er. »Aber die Geiseln sind gerettet, und vier der Terroristen hat es erwischt. Und eines ist sicher ...«

»Und das wäre?« fragte Rodgers.

»Es wird verdammt lange dauern, bis wieder irgend jemand auf eine solche Idee kommt«, erwiderte Mohalley.

# 55

*New York/New York – Sonntag, 0 Uhr 51*

Als Hood ins Hotelzimmer kam, schlief Alexander bereits tief und fest.

Sharon war mit Harleigh in die Klinik der New Yorker Universität gefahren. Außer der routinemäßigen körperlichen Untersuchung sollte das Mädchen so schnell wie möglich mit einem Psychologen sprechen. Harleigh mußte begreifen, daß sie selbst nichts getan hatte, um diese Ereignisse auszulösen, und daß sie sich nicht schuldig fühlen durfte, weil sie zu den Überlebenden gehörte. Bevor irgendwelche anderen Schäden behandelt werden konnten, mußte sie diese Zusammenhänge begreifen.

Im Hotelzimmer stand Hood neben dem riesigen Doppelbett und schaute auf seinen Sohn. Das Leben des Jungen hatte sich geändert; seine Schwester würde von nun an ganz andere Bedürfnisse haben, und in der Unschuld des Schlafes wußte er noch nichts davon.

Dann drehte Hood sich um und ging ins Badezimmer. Er ließ Wasser ins Waschbecken laufen und wusch sich das Gesicht. Auch sein Leben hatte sich verändert. Er hatte einen Mann getötet. Und ob dieser Mann es verdient hatte zu sterben oder nicht, Hood hatte ihn auf internationalem Territorium erschossen. Wahrscheinlich würde es ein Gerichtsverfahren geben, unter Umständen nicht einmal in den Vereinigten Staaten. Der Prozeß könnte Jahre dauern und sogar die Arbeit des OP-Centers beeinträchtigen.

Woher hatten sie ihre Informationen? Bis zu welchem Punkt waren die CIA und das Außenministerium in die Angelegenheit verwickelt? Welche Verbindung bestand zwischen der amerikanischen Regierung und dem verschwundenen Bulgaren Georgiew? Keine der verschiedenen Regierungsinstanzen besaß in einem dieser Bereiche Handlungsfreiheit.

Ironischerweise würden die Vereinten Nationen wahrscheinlich als das verwundete Opfer einer amerikanischen Verschwörung angesehen werden. Vom Zurückhalten der Beitragsgelder bis zum Belauschen der Generalsekretärin hatten die USA viele der Regeln verletzt, die die Mitgliedstaaten der Vereinten Nationen aufrechtzuerhalten versprochen hatten. Nationen, die den Terrorismus unterstützten, den Drogenhandel begünstigten und die Menschenrechte mit Füßen traten, würden indigniert mit dem Finger auf die Vereinigten Staaten zeigen können.

Und es würde keinen Protest geben. Schon deshalb nicht, weil die Presse genau zusehen würde. Hood hatte schon immer das Gefühl gehabt, daß das Fernsehen und die Vereinten Nationen füreinander geschaffen waren. In ihren Augen galten alle gleichviel.

Er trocknete sein Gesicht und sah in den Spiegel. Es war traurig, doch sein schwierigster Kampf würde nicht der mit den Terroristen sein. Er würde beginnen, wenn er und Sharon miteinander zu sprechen versuchten. Nicht nur über sein Verhalten in dieser Nacht, sondern über eine Zukunft, die plötzlich völlig anders aussah, als sie noch am Vorabend angenommen hatten.

»Genug«, sagte er leise.

Hood warf das Handtuch auf die Ablage und trank einen Schluck Wasser. Dann ging er langsam ins Schlafzimmer zurück. Allmählich spürte er die Strapazen der Nacht in seinem Körper. Seine Beine waren schwach von der Lauferei, und er hatte seinen Rücken überanstrengt, als er geduckt in den Sicherheitsrat gerannt war. Vorsichtig ging er neben Alexander in die Knie und küßte den Jungen hinter das Ohr. Seit Jahren hatte er das nicht mehr getan, und er war überrascht, daß sein Sohn immer noch ein wenig wie ein kleiner Junge roch.

Die friedliche Ruhe des Kindes entspannte ihn. Beim Einschlafen war sein letzter Gedanke, wie merkwürdig es doch war. Er hatte mitgeholfen, diese beiden Kinder auf die Welt zu bringen. Doch aufgrund ihrer Bedürfnisse und ihrer Liebe entsprach auch das Umgekehrte der Wahrheit.

Diese Kinder hatten einen Vater auf die Welt gebracht.

## 56

*New York/New York – Sonntag, 7 Uhr 00*

Ein Anruf von Bill Mohalley schreckte Hood um sieben Uhr aus dem Schlaf.

Der Beamte des Außenministeriums informierte ihn, daß seine Frau, seine Tochter und die anderen Familien zum La-Guardia-Flughafen gebracht wurden, um nach Washington zu fliegen. Mohalley sagte, daß Sharon im Krankenhaus bereits Bescheid erhalten habe und daß die New Yorker Polizei in einer Stunde am Hotel sein werde, um ihn und seinen Sohn zum Flughafen zu eskortieren.

»Warum diese hastige Evakuierung?« fragte Hood. Er fühlte sich schlapp und erschöpft, und das grelle weiße Sonnenlicht brannte in seinem Schädel wie Säure.

»Hauptsächlich Ihretwegen«, entgegnete Mohalley, »aber wir möchten nicht, daß es so aussieht, als ob wir nur Sie aus New York schleusen.«

»Ich kann Ihnen nicht ganz folgen«, sagte Hood. »Und wieso nimmt die New Yorker Polizei diese Sache in die Hand und nicht das Außenministerium?«

»Weil die Polizei daran gewöhnt ist, Persönlichkeiten zu beschützen, die Schlagzeilen schreiben. Ob Sie es wollen oder nicht, Sie sind jetzt zu einer solchen Persönlichkeit geworden.«

In diesem Augenblick piepte Hoods Handy. Ann Farris war am Apparat. Hood bedankte sich bei Mohalley und stieg aus dem Bett. Langsam ging er in Richtung Tür, wo er Alexander nicht wecken würde und wo es zu seiner Erleichterung wesentlich dunkler war.

»Guten Morgen«, sagte Hood.

»Guten Morgen«, erwiderte Ann. »Wie geht es Ihnen?«

»Erstaunlich gut«, entgegnete er.

»Hoffentlich habe ich Sie nicht geweckt …«

»Nein, das hatte das Außenministerium schon übernommen.«

»Irgend etwas Wichtiges?«

»Ja. Sie wollen mich hier so schnell wie möglich weg haben.«

»Das freut mich. Sie stehen im Moment ziemlich im Rampenlicht.«

»Und offensichtlich bin ich nicht ganz auf dem laufenden«, erwiderte er. »Was, zum Teufel, ist geschehen, Ann?«

»Was wir Presseleute ›Dreck aufwirbeln‹ nennen«, erwiderte sie. »Niemand kennt die Namen der beiden sogenannten SWAT-Männer, die vor Ihnen den Sicherheitsrat stürmten. Also ist aus der ganzen Angelegenheit die Paul-Hood-Show geworden.«

»Mit Empfehlungen von Mala Chatterjee«, bemerkte Hood.

»Sie ist nicht besonders zufrieden mit Ihnen«, erwiderte Ann. »Sie sagt, sie hätten das Leben Ihrer Tochter unnötig aufs Spiel gesetzt, nur um eine schnelle und dazu noch kriminelle Lösung der Krise herbeizuführen.«

»Sie soll mich am Arsch lecken.«

»Darf ich Sie zitieren?« stichelte Ann.

»Schlagzeile auf der ersten Seite«, entgegnete Hood. »Wie groß ist der Schaden bisher?«

»Was die Sicherheit angeht, hat Bob Herbert die Sache im Griff«, sagte sie. »Sie sind das einzige Gesicht in einem Team, das Terroristen aus drei verschiedenen Ländern beseitigt hat. Bob hat gerade angefangen, die möglichen Verknüpfungen dieser Leute mit anderen Terroristengruppen oder irgendwelchen krankhaften Nationalisten zu analysieren, die sie unter Umständen rächen wollen.«

»Also, es tut mir sehr leid, daß ich daran nicht gedacht habe«, erwiderte Hood bitter.

»Es geht nicht um Schuld und Vergebung. Es geht um spezielle Interessen. Das versuche ich Ihnen allen seit Jahren klarzumachen. Medienpolitik ist heute kein Luxus mehr. Angesichts der Vernetzung der Systeme ist sie eine simple Notwendigkeit.«

Natürlich stimmten ihre Beobachtungen, das mußte Hood zugeben. Manchmal trafen sie auf unerwartete Weise zu. Vor fünfzehn Jahren waren die von Bob Herberts CIA-Team zusammengetragenen Spionagedaten routinemäßig anderen amerikanischen Nachrichtendiensten zugängig gemacht worden; dazu gehörte auch der Marinenachrichtendienst. Als in den achtziger Jahren der Marineexperte Jonathan Pollard amerikanische Spionagegeheimnisse an die Israelis verkauft hatte, wurden in der Folge eine Reihe dieser Geheimnisse an Moskau weitergereicht, im Austausch für die Freilassung jüdischer Flüchtlinge. Altkommunisten in Moskau setzten die Daten bei der Planung eines Putschversuches gegen die russische Regierung ein. Jahre später, als man das OP-Center bei der Niederschlagung des Putschversuchs hinzuzog, wurden Herberts eigene Daten gegen ihn genutzt.

»Wie wird die ganze Angelegenheit in der Presse überhaupt dargestellt?« fragte Hood.

»In der nationalen Presse hervorragend«, gab Ann zur Antwort. »Zum erstenmal seit Menschengedenken sind sich die liberalen und die konservativen Blätter einig. Sie zeichnen ein Bild von Ihnen als ›Helden-Vater‹.«

»Und die internationale Presse?« fragte er.

»In England und Israel würden Sie sofort zum Premierminister gewählt werden«, sagte sie. »Ansonsten sind die Nachrichten nicht so gut. Die Generalsekretärin hat Sie als ›einen weiteren ungeduldigen Amerikaner mit der Waffe in der Hand‹ beschrieben. Sie verlangt eine Untersuchung und Hausarrest. Der Rest der Weltpresse, soweit ich sie gesichtet habe, plappert das mehr oder weniger nach.«

»Und das Resultat?« fragte Hood.

»Wie Sie schon sagten: Sie werden evakuiert. Niemand im Außenministerium oder im Weißen Haus hat bisher eine Entscheidung getroffen, wie weiter vorgegangen werden soll. Ich nehme an, die wollen Sie hier haben, um ihnen beim Überlegen zu helfen. Zumindest kann ich Ihnen schon sagen, daß Bob als Vorsichtsmaßnahme die Polizei von Chevy Chase kontaktiert und um besondere Schutzmaßnahmen für Ihr Haus ersucht hat. Sie sind schon da, für alle Fälle.«

Hood bedankte sich bei ihr und weckte dann Alexander, damit er sich fertig machte. Aus Prinzip war Hood mit seinen Kindern immer sehr offen gewesen, und beim Anziehen berichtete er seinem Sohn in allen Einzelheiten, was in der Nacht zuvor geschehen war. Alexander machte einen ungläubigen Eindruck, bis die New Yorker Polizei am Hotel erschien, um ihn und seinen Vater zu eskortieren. Die sechs Beamten behandelten Hood wie einen der ihren, gratulierten ihm und führten Vater und Sohn durchs Erdgeschoß zur Garage, wo drei Einsatzwagen als Polizeieskorte warteten. Diese VIP-Behandlung beeindruckte Alexander mehr als alles andere, was er in New York erlebt hatte.

Die Hoods und die anderen Familien flogen mit einer 737 der Air Force nach Washington zurück. Sharon war während des gesamten Fluges sehr still. Sie hatte sich zu Harleigh gesetzt, die ihren Kopf auf ihre Schulter legte. Auf der anderen Seite des Gangs beobachtete Hood sie. Wie die meisten Mitglieder des Ensembles hatte auch Harleigh ein leichtes Beruhigungsmittel bekommen, damit sie besser einschlief. Doch im Gegensatz zu den anderen Mädchen wimmerte, stöhnte und zuckte sie im Schlaf. Vielleicht war die größte Tragödie bei der ganzen Angelegenheit, begriff Hood langsam, daß er Harleigh nicht vor diesem verdammten Auditorium hatte bewahren können. Wenn auch nicht körperlich, so war das arme Mädchen doch im Geist immer noch im Sicherheitsrat.

Das Flugzeug landete auf der Andrews Air Base, mit der offiziellen Begründung, daß auf diese Weise das Militär die Privatsphäre der Kinder garantieren könne. Doch Hood kannte den wahren Grund – das Hauptquartier des OP-Centers befand sich auf Andrews. Nachdem das Flugzeug zum Stillstand gekommen war, sah Hood, wie der weiße Kleinbus vom OP-Center auf der Landebahn auf ihn wartete. Durch die offene Seitentür konnte er Lowell Coffey und Bob Herbert erkennen.

Sharon entdeckte die Männer erst, als sie die Stufen des

Flugzeugs herunterging. Hood begrüßte sie mit einem Nik-ken, doch die Männer blieben im Kleinbus sitzen.

Das Außenministerium hatte Rollstühle bereitgestellt, für alle, die sie benutzen wollten. Außerdem wartete ein Bus, der alle nach Hause bringen sollte. Ein Beamter infor-mierte die Eltern, daß ihre Autos im Lauf des Tages vom Flughafen abgeholt würden.

Sharon und Hood halfen Harleigh in einen Rollstuhl, und Alexander nahm mannhaft seinen Platz dahinter ein, während Sharon sich an ihren Mann wandte.

»Du kommst nicht mit uns, oder?« fragte sie. Ihre Stim-me war kühl, ihr Blick zeugte von der Distanz zwischen ihnen.

»Ich wußte nicht, daß sie hier sein würden«, sagte er, mit dem Daumen auf den Kleinbus deutend.

»Aber du bist nicht überrascht.«

»Nein«, gab er zu. »Schließlich habe ich jemanden auf ausländischem Territorium getötet. Das wird Konsequen-zen nach sich ziehen. Aber für euch ist gesorgt. Bob hat bereits Polizeischutz rund um die Uhr für unser Haus an-gefordert.«

»Deswegen war ich nicht beunruhigt«, sagte Sharon und wandte sich zum Rollstuhl. Hood nahm ihre Hand, und sie hielt inne.

»Sharon, tu es bitte nicht.«

»Was soll ich nicht tun?« fragte sie. »Mit den Kindern nach Hause fahren?«

»Schließ mich nicht aus«, erwiderte er.

»Ich schließe dich nicht aus, Paul«, sagte Sharon. »Ge-nau wie du versuche ich, ruhig zu bleiben und die Dinge zu erledigen. Was wir in den nächsten Tagen entscheiden, wird unsere Tochter für den Rest ihres Lebens prägen. Ich möchte gefühlsmäßig für solche Entscheidungen bereit sein.«

»*Wir* müssen für solche Entscheidungen bereit sein«, sagte Hood. »Das ist *unsere* Aufgabe.«

»Hoffentlich«, erwiderte sie. »Aber du hast schon wie-der zwei Familien, und ich werde keine Energie mehr darauf verschwenden, für eine wirklich gerechte Zeitaufteilung zu kämpfen.«

»Zwei Familien?« sagte Hood. »Sharon, ich habe mir diese Krise nicht herbeigewünscht. Ich hatte schon meinen Abschied beim OP-Center eingereicht! Daß ich jetzt wieder dabei bin, liegt daran, daß wir uns mitten in einem internationalen Vorfall befinden. Ich – *wir* – werden damit nicht allein fertig werden.«

In diesem Augenblick kam der Beamte des Außenministeriums, um ihnen mitzuteilen, daß der Bus auf sie warte. Sharon schickte Alexander voraus und sagte, daß sie in wenigen Minuten nachkommen werde. Mit einem Augenzwinkern bat Hood seinen Sohn, gut auf seine Schwester aufzupassen. Alexander versprach es ihm.

Dann wandte Hood sich wieder seiner Frau zu. Mit Tränen in den Augen sah Sharon zu ihm auf.

»Und wenn dieser internationale Vorfall abgeschlossen ist?« fragte sie. »Werden wir dich dann für uns haben? Glaubst du wirklich, daß du glücklich sein wirst, wenn du im Haushalt hilfst, statt eine Stadt zu verwalten oder eine Regierungsbehörde zu leiten?«

»Das weiß ich nicht«, gab Hood zu. »Gib mir eine Chance, es herauszufinden.«

»Eine Chance?« Sharon lächelte. »Paul, vielleicht verstehst du mich nicht, aber gestern abend, als ich gehört habe, was du für Harleigh getan hast, war ich wütend auf dich.«

»Wütend? Warum?«

»Weil du dein Leben, deinen Ruf, deine Karriere und deine Freiheit aufs Spiel gesetzt hast, um unsere Tochter zu retten«, erwiderte sie.

»Und das hat dich *wütend* gemacht?« fragte Hood. »Ich kann nicht glauben, daß …«

»Doch«, sagte sie. »Alles was ich jemals von dir wollte, waren kleine Stückchen deines Lebens. Zeit für ein Geigenkonzert, ein Fußballspiel, manchmal eine Woche Ferien. Abendessen zusammen mit der Familie. Feiertage bei meinen Eltern. Ganz selten nur habe ich solche Dinge bekommen. Es ist mir nicht einmal gelungen, dich dazu zu bewegen, gestern abend bei mir zu bleiben, als unsere Tochter in Gefahr war.«

»Ich war zu sehr damit beschäftigt, sie da *herauszu-holen* ...«

»Ich weiß«, entgegnete sie. »Und es ist dir gelungen. Du hast mir gezeigt, was du erreichen kannst, wenn du willst. Wenn du *willst*.«

»Soll das heißen, daß ich nicht bei meiner Familie sein wollte? Sharon, du bist mit den Nerven am Ende ...«

»Ich sagte doch, du würdest mich nicht verstehen.« Tränen liefen ihr über die Wangen. »Ich gehe jetzt besser.«

»Nein, warte«, antwortete Hood. »Nicht auf diese Weise ...«

»Bitte, sie warten schon auf mich.« Sharon machte sich von ihm los und lief zum Bus.

Hood sah ihr nach. Als sich die Falttüre geschlossen hatte und der Bus anfuhr, ging er zu dem Kleinbus hinüber, zu Coffey und Herbert.

In diesem Moment war er wütend.

Er konnte es einfach nicht glauben. Selbst seine Frau hatte etwas daran auszusetzen, was er im Sicherheitsrat getan hatte. Vielleicht sollte sie zusammen mit Chatterjee eine Pressekonferenz abhalten.

Aber seine Wut verrauchte schnell, während er sich dem Bus näherte. Gleichzeitig nagte ein neuer Zweifel an ihm, vielmehr eine Mischung aus Schuldgefühlen und Zweifel, die ihm in dem Moment zu Bewußtsein kam, als er Bob Herbert seine großen Hände zum Willkommensgruß ausstrecken sah.

In dem Moment, in dem er entdeckte, daß er sich nicht mehr so allein fühlte.

In dem Moment, in dem er sich die ehrliche, wenn auch schmerzhafte Frage stellen mußte:

Und wenn Sharon recht hatte?

# 57

*Washington, D.C. – Sonntag, 10 Uhr 00*

Die Begrüßung war warmherzig und die guten Wünsche ernstgemeint. Nachdem Herbert die Tür geschlossen und Hood sich auf dem Beifahrersitz niedergelassen hatte, fuhr Coffey die kurze Strecke zum OP-Center. Der Anwalt informierte Hood, daß ihm gerade genug Zeit bleibe, um zu duschen, sich zu rasieren und einen sauberen Anzug anzuziehen, den Herbert aus seinem Haus geholt hatte.

»Warum denn das?« fragte Hood. »Wohin soll die Reise gehen?«

»Ins Weiße Haus«, erwiderte Coffey.

»Was erwartet mich da, Lowell?« fragte Hood.

»Um ehrlich zu sein, ich habe keine Ahnung«, gab Coffey zu. »Generalsekretärin Chatterjee fliegt mit Botschafterin Meriwether nach Washington, um Präsident Lawrence zu treffen. Die Besprechung ist um zwölf Uhr heute mittag. Der Präsident will Sie dabeihaben.«

»Können Sie sich denken, warum?«

»Ich kann mir kaum vorstellen, daß der Präsident Ihre gegenseitigen Beschuldigungen erleben möchte«, antwortete Coffey. »Alle anderen Varianten sind nicht gerade entzückend.«

»Was meinen Sie damit?« fragte Hood.

»Damit meine ich, daß er Sie unter Umständen in Gewahrsam der amerikanischen Botschafterin nach New York zurückschicken möchte«, entgegnete Coffey. »Um dafür zu sorgen, daß Sie vor Ort die Fragen der Generalsekretärin und ihrer Leute beantworten. Um der Öffentlichkeit mit einer solchen Geste zu zeigen, daß wir die Angelegenheit sehr ernst nehmen.«

Herbert, dessen Rollstuhl hinten zwischen den Sitzen stand, fauchte: »Eine Geste! Paul hat den verdammten Laden gerettet. Dazu gehört mehr Mut, als ich je erlebt habe. Mike und Brett waren ebenfalls groß in Form. Aber Paul ... Als ich erfahren habe, daß Sie den letzten Terroristen erledigt haben ... Ich glaube, ich war noch nie so stolz auf jemanden. Noch nie.«

»Unglücklicherweise ist ›stolz sein‹ als Verteidigung im internationalen Recht nicht relevant«, warf Coffey ein.

»Trotzdem sage ich Ihnen, Lowell, wenn Paul nach New York oder nach Den Haag zum angeblich so gerechten Internationalen Gerichtshof geschickt wird«, sagte Herbert, »oder an irgendeinen anderen Ort, wo sie ihn als Sündenbock präsentieren wollen, werde *ich* Geiseln nehmen.«

Die Debatte war typisch für Herbert und Coffey, und wie üblich befand sich die wirkliche Welt irgendwo zwischen den beiden Extremen. Natürlich gab es rechtliche Überlegungen, aber auch Gerichtshöfe berücksichtigten emotionale Ausnahmesituationen. Darüber machte sich Hood weniger Sorgen als über seine weitere Zukunft. Er wollte mit seiner Familie zusammmen sein und dabei mithelfen, daß Harleigh schnell über ihr traumatisches Erlebnis hinwegkam. Solange er seine Verteidigung in einem anderen Land betrieb, konnte er nicht bei seiner Familie sein.

Außerdem wollte Hood beim OP-Center bleiben. Vielleicht war die Amtsniederlegung eine Überreaktion gewesen. Es wäre wohl besser gewesen, für eine Weile unbezahlten Urlaub zu nehmen, um ein wenig Distanz zu gewinnen.

*Aber unter Umständen sind alle diese Überlegungen theoretischer Natur*, dachte er. Vor ein paar Tagen hielt er seine Zukunft noch in den eigenen Händen. Jetzt befand sie sich in den Händen des Präsidenten der Vereinigten Staaten.

Da sonst niemand wußte, daß Hood zum Op-Center gebracht wurde, war niemand von der normalen Tagesbelegschaft zugegen. Die Wochenendmannschaft gratulierte Hood zur heldenhaften Rettung seiner Tochter Harleigh und wünschte ihm Glück und Erfolg bei allem, was auf ihn zukommen sollte.

Mit Genuß ließ Hood das heiße Wasser über seine geschundenen Muskeln laufen, und die frischen Kleider waren ebenfalls eine Wohltat. Fünfundvierzig Minuten nach seiner Ankunft auf der Air Force Base stieg Hood wieder zu Herbert und Coffey in den Kleinbus.

## 58

*Washington, D.C. – Sonntag, 11 Uhr 45*

In der Limousine auf dem Weg ins Weiße Haus fühlte sich Mala Chatterjee unsauber.

Es war nicht ihr körperliches Befinden, obwohl sie sich nach ausgiebiger Entspannung und einem heißen Bad sehnte. Sie hatte in ihrem Büro geduscht und auf dem Flug hierher ein kleines Nickerchen gemacht.

Nein, sie fühlte sich miserabel, weil sie die Diplomatie in einem Schlachthaus hatte sterben sehen. Da sie schon das Blutvergießen nicht hatte verhindern können, war sie entschlossen, zumindest die Säuberungsaktion zu überwachen. Und es würde eine gründliche Aktion werden.

Auf der Fahrt hatte Mala Chatterjee nicht viel mit Botschafterin Flora Meriwether gesprochen. Die siebenundfünfzigjährige Botschafterin war Mitgastgeberin des Empfangs am Vorabend gewesen. Ähnlich wie Chatterjee waren sie und ihr Mann wesentlich später im Sicherheitsrat eingetroffen und deshalb nicht unter den Geiseln gewesen. Allerdings war die Botschafterin nach dem Überfall nicht bei den anderen Delegierten geblieben, sondern hatte sich in ihr Büro begeben, mit dem Argument, daß dies eine Angelegenheit für Chatterjee und deren Berater sei. Das entsprach der Wahrheit, doch unterstrich die Botschafterin damit unmißverständlich, daß sie sich von dem Überfall distanzierte.

Die Botschafterin hatte nicht den Anschein erwecken wollen, daß sie die UNO unter Druck setze, damit amerikanische Verhandlungsführer oder SWAT-Personal eingesetzt würden, soviel wußte Chatterjee. Ironie des Schick-

303

sals, wenn man rückblickend den Ausgang der Belagerung analysierte.

Mala Chatterjee wußte nicht, wie sich die Botschafterin jetzt fühlte oder was der amerikanische Präsident dachte. Das war im übrigen auch unwichtig. Die Generalsekretärin hatte auf diesem Treffen bestanden, da sie unverzüglich das Recht der UNO wiederherstellen mußte, die eigenen Konflikte selbst zu bewältigen und diejenigen Nationen zu disziplinieren, die internationales Gesetz brachen. Die Vereinten Nationen waren sehr schnell bereit gewesen, den Irak für die Invasion von Kuwait zu verdammen. Sie könnten ebenso schnell handeln, um die USA dafür anzuklagen, daß sie sich in die Geiselkrise eingemischt hatten.

Die internationale Presse wartete in Scharen auf die Limousine, die durch das südwestliche Eingangstor fuhr. Botschafterin Meriwether wartete kommentarlos, während Chatterjee zu den Journalisten sprach.

»Die Geschehnisse der vergangenen achtzehn Stunden waren eine große Belastung für die Vereinten Nationen«, sagte sie, »und wir betrauern den Verlust so vieler von unseren geschätzten Mitarbeitern. Trotz unserer Befriedigung, daß die Geiseln wieder mit ihren Familien vereint sind, können wir nicht umhin, unser Befremden bezüglich der Methoden auszudrücken, mit denen diese Krise beendet wurde. Der Erfolg der UNO hängt von der Großmut seiner Gastnationen ab. Ich habe um dieses Zusammentreffen mit dem Präsidenten und der Botschafterin gebeten, damit wir zwei höchst wichtige Ziele in Angriff nehmen können. An erster Stelle steht die Rekonstruktion der Vorgänge, die dazu führten, daß die Souveränität der Vereinten Nationen, ihre Statuten und ihre selbst auferlegte Verpflichtung zur Diplomatie unterminiert wurden. An zweiter Stelle muß die Garantie stehen, daß diese Souveränität in Zukunft nicht wieder verletzt wird.«

Chatterjee bedankte sich bei den Reportern, ignorierte laut gerufene Fragen und versprach weitere Ausführungen nach dem Treffen mit dem Präsidenten. Sie hoffte, daß sie den Eindruck hinterlassen hatte, sie sei von Angehörigen des amerikanischen Militärs gegen ihren Willen ausmanövriert worden.

Der Weg zum Oval Office ist eine Zickzackroute, die den Besucher am Büro des Pressesekretärs und am Kabinettssaal vorbeiführt. An den Kabinettssaal schließt sich das Büro der Sekretärin des Präsidenten an. Dies ist der einzige Zugang zum Oval Office, und rund um die Uhr steht hier ein Beamter des Secret Service Wache.

Der Präsident war pünktlich. Persönlich kam er zur Tür, um Mala Chatterjee willkommen zu heißen. Mit der stattlichen Größe von einem Meter neunzig, den kurz geschnittenen silbergrauen Haaren und dem sonnengebräunten Gesicht war Michael Lawrence ein eindrucksvoller Mann. Sein natürliches Lächeln zog sich über das ganze Gesicht, sein Händedruck war kräftig, und seine tiefe Stimme hatte eine sonore Resonanz.

»Es freut mich, Sie wiederzusehen, Frau Generalsekretärin«, sagte er.

»Die Freude ist ganz auf meiner Seite, Herr Präsident, obwohl ich wünschte, die Umstände wären andere«, entgegnete sie.

Die blaugrauen Augen des Präsidenten wanderten zu Botschafterin Meriwether, die er seit fast dreißig Jahren kannte. Sie hatten zur gleichen Zeit Politikwissenschaft an der New Yorker Universität studiert, und der Präsident hatte sie der akademischen Karriere entrissen, um die Vereinigten Staaten bei der UNO zu repräsentieren.

»Flora«, sagte er, »könnten Sie uns ein paar Minuten allein lassen?«

»Aber natürlich«, erwiderte die Botschafterin.

Während die Sekretärin des Präsidenten die Tür schloß, bot der Präsident der Generalsekretärin einen Sessel an. Chatterjees Schultern waren durchgedrückt, Hals- und Nackenpartie hochgereckt und steif. Der Präsident trug einen grauen Anzug ohne Krawatte; gelassen schaltete er mit der Fernbedienung den Fernseher aus, auf dem er die CNN-Direktübertragungen verfolgt hatte.

305

»Ich habe Ihre Worte an die Presse vernommen«, begann er. »Mit den Ereignissen, die zur Unterminierung der Souveränität der Vereinten Nationen führten, haben Sie sich da auf den Überfall der Terroristen bezogen?«

Chatterjee, die auf einem gelben Sessel saß, faltete die Hände in ihrem Schoß zusammen und schlug die Beine übereinander. »Nein, Herr Präsident. Das ist ein ganz anderes Thema. Ich bezog mich auf den ungebetenen Angriff von Mr. Paul Hood von Ihrem National Crisis Management Center und von zwei bisher nicht identifizierten Mitgliedern der amerikanischen Streitkräfte.«

»Ach so, Sie beziehen sich auf den Angriff, der die Geiselkrise beendete«, erwiderte er freundlich.

»Es geht nicht um das Ergebnis«, gab Chatterjee zurück. »Im Augenblick mache ich mir große Sorgen um die Mittel.«

»Ich verstehe«, sagte der Präsident und setzte sich an seinen Schreibtisch. »Was möchten Sie diesbezüglich unternehmen?«

»Es wäre mir lieb, wenn Mr. Hood nach New York zurückkehren und einige Fragen zu diesem Angriff beantworten könnte«, sagte sie.

»Soll er jetzt sofort losfahren?« fragte der Präsident. »Während sich seine Tochter noch von dem Überfall erholt?«

»Es muß nicht sofort sein«, erwiderte sie. »Mitte der Woche wäre ausreichend.«

»Ich verstehe. Und was möchten Sie mit diesen Fragen erreichen?«

»Mir liegt daran, offiziell festzustellen, ob gegen Gesetze verstoßen wurde und ob Grenzen unerlaubt überschritten wurden«, antwortete sie.

»Frau Generalsekretärin«, warf der Präsident ein, »wenn Sie erlauben, Sie scheinen die großen Zusammenhänge nicht zu sehen.«

»Und die wären?«

»Ich bin der festen Überzeugung, daß die New Yorker Polizei, das Außenministerium, das FBI und die amerikanischen Militärstreitkräfte vor Ort mit außergewöhnlicher Zurückhaltung und sehr viel Respekt vorgegangen sind, wenn man bedenkt, wie viele junge amerikanische Bürger bedroht waren. Als die Situation außer Kontrolle zu geraten drohte und Ihre eigenen Sicherheitskräfte zurückgeschlagen wurden – ja, in diesem Augenblick sind drei von unseren Leuten in den Sicherheitsrat eingedrungen. Aber sie sind auf selbstlose und wirkungsvolle Weise vorgegangen, wie es amerikanische Soldaten immer getan haben.«

»Ihr Mut wurde nicht in Frage gestellt«, gab Chatterjee zur Antwort. »Aber die Gesetzestreue vieler wiegt die heroische Gesetzlosigkeit weniger nicht auf. Wenn gegen Gesetze verstoßen wurde, dann könnten rechtliche Konsequenzen notwendig sein. Es geht nicht um meine persönliche Einstellung, Herr Präsident. Dies sind unsere Statuten, dies ist unser Gesetz. Und es hat bereits Forderungen gegeben, daß diese Gesetze aufrechterhalten werden.«

»Forderungen von wem?« fragte der Präsident. »Von den Nationen, deren Terroristen bei dem Angriff getötet wurden?«

»Von den zivilisierten Nationen der Welt«, entgegnete sie.

»Und um ihre zivilisierte Blutgier zu befriedigen, wollen Sie Paul Hood vor Gericht stellen?«

»Ihr Sarkasmus entgeht mir nicht«, erwiderte Chatterjee. »Natürlich gehört eine Gerichtsverhandlung zu den möglichen Alternativen. Das Verhalten von Mr. Hood verlangt danach.«

Der Präsident lehnte sich zurück. »Frau Generalsekretärin, in der letzten Nacht ist Paul Hood für mich und etwa zweihundertundfünfzig Millionen andere Amerikaner zum Helden geworden. Es gab auch Bösewichte in dieser Angelegenheit, einschließlich einer verräterischen CIA-Agentin, die wohl den Rest ihres Lebens hinter Gittern verbringen wird. Aber auf gar keinen Fall wird Mr. Hood vor Gericht gestellt werden, weil er seine Tochter vor einem Terroristen gerettet hat.«

Chatterjee sah den Präsidenten für einen Moment an. »Sie werden ihn uns nicht zur Befragung überstellen?«

»So könnten Sie die Entscheidung dieser Regierung zusammenfassen«, erwiderte der Präsident.

»Die Vereinigten Staaten werden den Willen der internationalen Gemeinde ignorieren?« fragte sie.

»In aller Öffentlichkeit und mit viel Enthusiasmus«, gab der Präsident zur Antwort. »Und um mich klar auszudrücken, Frau Generalsekretärin, ich glaube nicht, daß die Delegierten der Vereinten Nationen sich allzu lange darum scheren werden.«

»Wir sind nicht der amerikanische Kongreß, Herr Präsident. Unterschätzen Sie nicht unsere Fähigkeit, eine Angelegenheit konzentriert weiterzuverfolgen.«

»Das würde ich mir nie erlauben«, erwiderte der Präsident. »Ich bin überzeugt davon, daß die Delegierten sich äußerst konzentriert der Aufgabe widmen werden, geeignete Schulen und Wohnungen zu finden, wenn sich diese Regierung für die Verlegung der Vereinten Nationen von New York in eine andere Stadt einsetzt, sagen wir Khartum oder Rangun.«

Chatterjee fühlte, wie sie errötete. *Der Bastard, der unverschämte Bastard.* »Herr Präsident, ich reagiere nicht auf Drohungen.«

»Ich glaube doch«, sagte der Präsident. »Sie haben auf diese Drohung sofort und deutlich reagiert.«

Sie sah ein, daß er recht hatte.

»Niemand wird gern gegen seinen Willen zu etwas gezwungen«, fuhr der Präsident fort, »und darum geht es hier. Wir müssen für dieses Problem eine Lösung finden, die keine Konfrontation und keine Bedrohung darstellt und die für alle Beteiligten akzeptabel ist.«

»Und was schlagen Sie vor?« Trotz aller Frustration war Chatterjee doch in erster Linie Diplomatin. Sie würde zuhören.

»Es wäre sicherlich eine konstruktivere Methode, die aufgebrachten Delegierten zu besänftigen, wenn die Vereinigten Staaten damit beginnen würden, ihre Schulden in

308

Höhe von zwei Milliarden Dollar zu bezahlen«, sagte der Präsident. »Dann hätten die Delegierten mehr Geld für Projekte der UNO in ihren Heimatländern, wie zum Beispiel für den Welternährungsrat, UNICEF, das Ausbildungs- und Forschungsinstitut. Und wenn wir es richtig anstellen, werden sie sich als Sieger fühlen. Sie werden die Kapitulation der amerikanischen Regierung in der Schuldenfrage erreicht haben. Ihr persönliches Ansehen wird in keiner Weise beeinträchtigt werden«, erklärte er.

Chatterjee warf ihm einen kalten Blick zu. »Herr Präsident, ich danke Ihnen für Ihre Überlegungen zu diesem Thema. Dennoch gibt es rechtliche Aspekte, die nicht einfach ignoriert werden können.«

Der Präsident lächelte. »Frau Generalsekretärin, vor nahezu fünfundzwanzig Jahren hat der russische Schriftsteller Alexander Solschenizyn etwas ausgesprochen, das ich als Anwalt nie wieder vergessen habe. ›Ich habe mein ganzes Leben unter einem kommunistischen Regime verbracht‹, sagte er, ›und ich kann sagen, daß eine Gesellschaft ohne einen objektiven rechtlichen Maßstab wirklich schrecklich ist. Doch eine Gesellschaft, die sich einzig und allein am rechtlichen Maßstab orientiert, ist auch nicht menschenwürdig.‹«

Chatterjee beobachtete den Präsidenten aufmerksam. Es war das erstemal seit ihrer Ankunft im Oval Office, daß sie in seinen Augen und seinem Gesichtsausdruck einen ehrlichen Zug entdeckte.

»Frau Generalsekretärin«, fuhr der Präsident fort, »Sie sind völlig erschöpft. Darf ich Ihnen einen Vorschlag machen?«

»Bitte«, erwiderte sie.

»Warum fliegen Sie nicht nach New York zurück, entspannen sich ein wenig und denken in aller Ruhe darüber nach, was ich Ihnen gesagt habe? Überlegen Sie sich, wie wir alle gemeinsam neue moralische Ziele ansteuern können.«

»Statt Entscheidungen zu alten Zielen zu fällen?«

»Statt solche Ziele wieder aufzukochen, die uns tren-

nen. Wir müssen den Abstand überbrücken, nicht vergrö-
ßern. Das ist unsere Aufgabe«

Mit einem Seufzer erhob sich Chatterjee. »Ich glaube,
diesen Worten kann ich zustimmen, Herr Präsident«, sagte sie langsam.

»Das freut mich«, entgegnete er. »Ich bin mir sicher, daß
sich alle anderen Dinge ergeben werden.«

Der Präsident kam um seinen Schreibtisch herum,
schüttelte ihr die Hand und ging mit ihr zur Tür.

Die Generalsekretärin hatte nicht erwartet, daß dieses
Treffen so verlaufen würde. Zwar war ihr klar gewesen,
daß sie beim Präsidenten auf Widerstand stoßen würde,
doch hatte sie geglaubt, ihn mit der Presse im Rücken um-
stimmen zu können. Was sollte sie jetzt den Reportern erzählen? Daß der Präsident sich ihr gegenüber wie ein Bastard benommen hatte? Statt einen amerikanischen Vater
auszuliefern, hatte er angeboten, die UNO finanziell wieder auf stabilen Grund zu stellen und Tausenden von Vä-
tern in den unterentwickelten Ländern der ganzen Welt zu
helfen.

Als sie den dicken blauen Teppich mit dem goldenen
Präsidentensiegel überquerten, mußte Chatterjee an die
Ironie dieser Besprechung denken. Auf dem Weg ins
Weiße Haus hatte sie sich unsauber gefühlt, weil die Diplomatie gestorben war. Doch hier, in diesem Raum, war
sie gerade mit Geschick und Intelligenz praktiziert worden.

Warum also fühlte sie sich noch schmutziger als zuvor?

# 59

*Washington, D.C. – Sonntag, 12 Uhr 08*

Paul Hood hatte genügend politisch und emotional gela-
dene Situationen erlebt, sowohl in Regierungsämtern wie
auch an der Wall Street, um zu wissen, daß der Ausgang

wichtiger Treffen häufig entschieden wurde, noch bevor diese Treffen stattfanden. Schlüsselpersonen, oft nicht mehr als zwei, sprachen miteinander oder trafen sich vorher. Wenn die anderen Teilnehmer schließlich kamen, waren alle weiteren Gespräche in erster Linie Show.

Doch diesmal gab es nicht einmal eine Show. Zumindest nicht im Oval Office.

Den Presseleuten hatte Hood zugewinkt, ohne auf ihre Fragen einzugehen. Als er das Oval Office betrat, plauderte Botschafterin Meriwether mit der Sekretärin des Präsidenten, der zweiundvierzigjährigen Elizabeth Lopez. Die beiden Frauen verglichen ihre Eindrücke der Geschehnisse des Vortags. Bei seiner Ankunft hielten sie inne.

Seit jeher hatte Hood Mrs. Lopez für höflich, aber sehr förmlich gehalten. Heute jedoch hieß sie ihn mit aller Herzlichkeit und Wärme willkommen und bot ihm Kaffee an – aus der Privatkanne des Präsidenten. Dankend nahm er eine Tasse. Die normalerweise undurchdringliche Botschafterin war ebenfalls außergewöhnlich aufgeschlossen. Es war schon merkwürdig, dachte Hood, daß die einzige Mutter, die ihm gegenüber heute kritisch eingestellt schien, die Mutter seiner eigenen Kinder war.

Die Botschafterin informierte Hood, daß Mala Chatterjee beim Präsidenten sei.

»Lassen Sie mich raten«, sagte Hood. »Sie verlangt, daß ich vor irgendein schnell ins Leben gerufenes Komitee gebracht werde, das aus Leuten besteht, die die Vereinigten Staaten hassen.«

»Sie übertreiben.« Die Botschafterin lächelte.

»Aber nicht sehr«, gab Hood zur Antwort.

»Die Generalsekretärin ist keine engstirnige Frau«, sagte Botschafterin Meriwether, »lediglich sehr idealistisch veranlagt und noch ein wenig unerfahren. Nichtsdestoweniger haben der Präsident und ich heute früh über einen möglichen Lösungsansatz gesprochen, den auch die Generalsekretärin akzeptabel finden wird.«

Hood nippte an seinem Kaffee und wollte sich gerade setzen, als sich die Tür zum Oval Office öffnete. Mala Chatterjee trat heraus, gefolgt vom Präsidenten. Die Generalsekretärin machte keinen glücklichen Eindruck.

Hood stellte seine Tasse auf einen Tisch, während der Präsident Botschafterin Meriwether die Hand schüttelte.

»Frau Botschafterin, vielen Dank dafür, daß Sie sich hierher bemüht haben«, sagte der Präsident. »Es freut mich, Sie in bester Verfassung zu sehen.«

»Ich danke Ihnen, Sir«, erwiderte sie.

»Botschafterin Meriwether«, fuhr der Präsident fort, »die Generalsekretärin und ich hatten gerade einen sehr fruchtbaren Gedankenaustausch. Vielleicht können wir Ihnen das Wichtigste erläutern, während wir zum Südwest-Tor gehen.«

»Sehr gut«, sagte die Botschafterin.

Dann wandte der Präsident sich zu Hood. »Paul, es freut mich, auch Sie wohlbehalten zu sehen«, sagte er und streckte die Hand aus. »Wie geht es Ihrer Tochter?«

»Sie ist noch sehr mitgenommen«, mußte Hood bedauernd zugeben.

»Das ist verständlich«, entgegnete der Präsident. »Unsere Gebete werden Sie und Ihre Familie begleiten. Sollte es irgend etwas geben, wobei wir Ihnen helfen können, dann lassen Sie es mich wissen.«

»Ich danke Ihnen, Sir.«

»Ich glaube, wir haben die Dinge hier recht gut unter Kontrolle. Warum fahren Sie nicht nach Hause zu Ihrer Tochter?«

»Danke, Sir«, erwiderte Hood.

»Sollte es sonst noch etwas geben, setzen wir uns mit Ihnen in Verbindung«, sagte der Präsident. »Es ist allerdings besser, wenn Sie für ein paar Tage einen Bogen um die Presse machen. Überlassen Sie die der Pressestelle des OP-Centers. Zumindest bis die Generalsekretärin Gelegenheit hatte, mit ihren Leuten in New York zu sprechen.«

»Natürlich«, sagte Hood.

Dann schüttelte er dem Präsidenten und der Botschafterin die Hand, zuletzt auch der Generalsekretärin. Es war das erstemal seit der vergangenen Nacht, daß sie ihn an-

312

sah. Ihre Augen waren dunkel und müde, ihre Mundwinkel nach unten gezogen, und in ihren Haaren stellte er graue Strähnen fest, die er vorher nicht bemerkt hatte. Sie sagte nichts. Das mußte sie auch nicht. Auch sie hatte diesen Kampf nicht gewonnen.

Zwischen dem Ende des Hauptkorridors und dem Eingang zum Westflügel befand sich eine Sicherheitszone. Dort saßen Lowell Coffey und Bob Herbert und plauderten mit zwei Geheimdienstbeamten. Man hatte sie zu diesem Treffen nicht eingeladen, aber sie wollten für den Fall in der Nähe bleiben, daß Hood moralische oder taktische Unterstützung benötigte. Vielleicht brauchte er auch nur jemanden, der ihn mitnahm, gleichgültig, wohin er sich nach dem Treffen begeben mußte.

Sie kamen auf Hood zu, während der Präsident, die Generalsekretärin und die Botschafterin hinausgingen, um mit den Reportern zu sprechen.

»Das ging aber schnell«, kommentierte Herbert.

»Was ist passiert?« fragte Coffey.

»Ich weiß es nicht«, sagte Hood, »Botschafterin Meriwether und ich waren bei der Besprechung nicht dabei.«

»Hat denn der Präsident etwas zu Ihnen gesagt?« fragte Coffey.

Ein schwaches Lächeln glitt über Hoods Gesicht. Dann legte er dem Anwalt eine Hand auf die Schulter. »Er hat gesagt, ich soll nach Hause zu meiner Tochter fahren, und genau das werde ich auch tun.«

Die drei Männer verließen das Weiße Haus. Sie mieden die Presseleute, indem sie zuerst zur West Executive Avenue gingen und sich dann südlich in Richtung auf die Ellipse zu bewegten, wo sie geparkt hatten.

Auf dem Weg mußte Hood noch einmal an Chatterjee denken. Sie tat ihm leid, denn sie war kein schlechter Mensch und beileibe nicht die falsche Person für diesen Job. Das Problem lag bei der Institution selbst. Nationen griffen andere Nationen an oder begingen Völkermord. Dann gaben ihnen die Vereinten Nationen ein Forum, in dem sie ihre Handlungen erklären konnten. Allein die Tat-

313

sache, daß sie angehört wurden, führte bereits dazu, daß die Unmoral legitimiert wurde.

Hood ging der Gedanke durch den Kopf, daß es vielleicht für das OP-Center einen Weg geben könnte, diese Entgleisungen zu bekämpfen. Einen Weg oder eine Methode, bei der er das Potential seines Teams nutzen konnte, um internationale Verbrecher zu identifizieren und ihnen Gerechtigkeit widerfahren zu lassen. Keine Gerichtsverhandlungen, sondern Gerechtigkeit. Am besten, bevor sie zuschlugen.

Darüber mußte einmal in Ruhe nachgedacht werden. Denn obwohl er seiner Tochter einen Vater und eine Familie schuldete, war er ihr auch noch etwas anderes schuldig. Etwas, was nur sehr wenige Leute erreichen konnten.

Eine bessere Welt, damit sie einst eigene Kinder aufziehen konnte.

## 60

*Los Angeles, Kalifornien – Sonntag, 15 Uhr 11*

Er war schon an vielen Orten der Erde gewesen. In arktischen Breiten, in den Tropen. Jede Gegend hatte ihren besonderen Charme und ihre eigene Schönheit. Aber er war noch nie an einem Ort gewesen, der ihm auf Anhieb so gut gefallen hatte wie dieser.

An der Ausgangstür des Flughafenterminals atmete er die lauwarme Luft ein. Der Nachmittagshimmel war klar und blau, und er hätte schwören können, daß er den Ozean in der Luft schmeckte.

Er steckte seinen Paß in die Jackentasche und sah sich um. Die Sonderbusse der großen Hotels standen direkt vor ihm am Bordsteig; er wählte einen, der zu einem bekannten Hotel in der Stadt fuhr. Zwar hatte er keine Reservierung, aber an der Rezeption würde er einfach behaupten, daß er bereits vor langer Zeit reserviert habe. Er habe die

Bestätigung verloren, aber schließlich war es Aufgabe des Hotels, solche Details zu regeln, nicht seine. Selbst wenn sie keinen Platz für ihn hätten, würden sie sich Mühe geben, ihn anderweitig unterzubringen. Große Hotels waren nun einmal so hilfsbereit.

Nachdem er eingestiegen war, setzte er sich und sah aus dem Fenster. In diesem Augenblick fuhren sie bereits am weißen Kontrollturm vorbei. Rechts und links von der Straße erstreckten sich weitflächige Grünanlagen. Der Verkehr bewegte sich zügig, nicht wie in New York oder Paris.

Iwan Georgiew wußte, daß es ihm hier gefallen würde.

Südamerika hätte ihm auch gefallen. Aber es war nicht alles nach Plan verlaufen. Das kam leider manchmal vor. Deshalb hatte er, im Gegensatz zu den anderen, auch einen Fluchtweg eingeplant. Annabelle Hampton sollte die CIA-Leute schicken, um ihn zu holen, falls etwas schiefging. Nach dem ursprünglichen Plan sollte er sie später am Hotel treffen, um ihr entweder ihren Anteil des Lösegelds zu geben oder sie aus seinen eigenen Mitteln zu bezahlen.

Als sie nicht auftauchte, nahm er das Schlimmste an. Später, als die CIA-Leute zurückkamen, um ihn in ein Flugzeug zu setzen, damit er das Land verlassen konnte, erfuhr er, daß sie festgenommen worden war. Wahrscheinlich würde sie durch geschickte Verhandlungen der Verteidigung unter Hinweis auf Verbindungen zwischen der CIA und UNCTAD mit einer Gefängnisstrafe von fünfzehn Jahren davonkommen, sagten sie. Deshalb mußte er das Land verlassen. Denn die CIA würde alles abstreiten.

Georgiew sollte eigentlich von Los Angeles nach Neuseeland weiterfliegen. Aber er hatte nicht die Absicht, nach Neuseeland zu reisen. Außerdem wollte er nicht, daß die CIA seinen Aufenthaltsort kannte. Schließlich verfügte er über Geld und hatte neue Ideen. Hinzu kamen seine Kontakte zu anderen Auswanderern aus osteuropäischen Ländern, speziell zu Rumänen, die in Hollywood Filmgesellschaften gegründet hatten.

Georgiew lächelte still vor sich hin. Seine Geschäftsfreunde hatten ihm gesagt, daß die Filmindustrie ein rücksichtsloses Geschäft mit viel Sex sei. Ein Geschäft, bei dem ein ausländischer Akzent als exotisch und gebildet galt und eine Garantie für Einladungen zu Festen bedeutete. Ein Geschäft, bei dem man nicht aus dem Hinterhalt ein Messer in den Rücken bekam. Hier wurde so etwas öffentlich gemacht, damit alle es sehen konnten.

Georgiew lächelte noch einmal. Den Akzent hatte er, und er würde sich freuen, Leute dorthin zu stechen, wo sie es wollten.

Es würde ihm hier gefallen.

Es würde ihm hier sehr, sehr gut gefallen.

# Tom Clancy

Kein anderer Autor spielt so gekonnt mit politischen Fiktionen wie Tom Clancy.

»Ein Autor, der nicht in Science Fiction abdriftet, sondern realistische Ausgangssituationen spannend zum Roman verdichtet.«

*DER SPIEGEL*

01/13041

Eine Auswahl:

**Tom Clancy**
**Gnadenlos**
01/9863

**Ehrenschuld**
01/10337

**Der Kardinal im Kreml**
01/13081

**Operation Rainbow**
Im Heyne-Hörbuch als MC oder CD lieferbar

Tom Clancy
Steve Pieczenik
**Tom Clancys OP-Center 5**
**Machtspiele**
01/10875

**Tom Clancys OP-Center 6**
**Ausnahmezustand**
01/13042

**Tom Clancys Net Force 1**
**Intermafia**
01/10819

**Tom Clancys Net Force 2**
**Fluchtpunkt**
01/10876

**Tom Clancys Power Plays 2**
01/10874

**Tom Clancys Power Plays 3**
**Explosiv**
01/13041

## HEYNE-TASCHENBÜCHER

# Jack Higgins

Packende Agententhriller vom Autor des Weltbestsellers ›Der Adler ist gelandet‹.

Eine atemberaubende Mischung aus Abenteuer und Spannung.

**Die Tochter des Präsidenten**
01/13002

**Der Adler ist gelandet**
02/25

**Die Mordbeichte**
02/44

**Goldspur des Todes**
01/13073

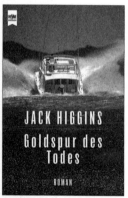

01/13073

## HEYNE-TASCHENBÜCHER

# Anonymus

Mit aller Macht

*Über Amerika und den Krieg, der sich Wahlkampf nennt.*

»*Die perfekte Mischung aus Macht, Sex und Politik.*«  FOCUS

»*Der beste psychologische Politthriller seit 1946!*«
 DER SPIEGEL

01/10318

Heyne-Taschenbücher

# Robert Harris

»Eine perfekte Symbiose aus
Historie und Fiktion.«
*DIE WELT*

»Politthriller der Extraklasse.«
*HANDELSBLATT*

**Vaterland**
01/8902

**Enigma**
01/10001
Im Heyne Hörbuch auch
als CD oder MC lieferbar.

**Aurora**
01/13010

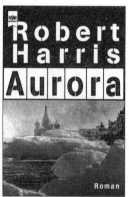

01/13010

# HEYNE-TASCHENBÜCHER